VIKTOR DÜCK

DÜSTERE VERKETTUNG

VERKETTUNG

BLINDE VERACHTUNG

MYSTERY-THRILLER

© 2024 Viktor Dück
www.viktor-dueck.de
Auflage 1

© Lektorat: Lisa Reim-Benke – www.lektorat-reim.de
© Coverdesign und Umschlaggestaltung: Marina und Torsten Mueller – www.buchcover.design
© Schriftsatz – marykuniz.de/herzblut-buchsatz
Verlag: BoD • Books on Demand GmbH, In de Tarpen 42, 22848 Norderstedt
Druck: Libri Plureos GmbH, Friedensallee 273, 22763 Hamburg.
ISBN: 978-3-7583-7000-7

Diese Neuausgabe trägt einen neuen Untertitel, während der Haupttitel unverändert bleibt. Ursprünglich wurde dieses Buch unter dem Untertitel »Ingeborg« veröffentlicht.

Bibliografische Information der Deutschen Nationalbibliothek: Die Deutsche Nationalbibliothek verzeichnet diese Publikation in der Deutschen Nationalbibliografie; detaillierte bibliografische Daten sind im Internet über dnb.dnb.de abrufbar.

Für Diego.
Mein Verbündeter.
Mein Rebell.
Mein Sohn.

VORWORT

Liebe Leserinnen, liebe Leser,

mit »Düstere Verkettung – Blinde Verachtung« halten Sie den zweiten Teil einer Reihe in den Händen. Die Geschichte in diesem Buch ist für sich allein abgeschlossen. Der vorherige und die nachfolgenden Teile widmen sich jeweils eigenen Themen, wobei die Düstere Verkettung als verbindendes Element fungiert. Sie haben die Freiheit, die Bücher in beliebiger Reihenfolge zu lesen. Durch Ihre individuelle Lesereihenfolge haben Sie die Möglichkeit, bestimmte Handlungen auf eigene Weise zu erfahren, wodurch Sie ein einzigartiges Leseerlebnis gestalten können.

Ich danke Ihnen herzlich für Ihr Interesse an diesem Buch und wünsche Ihnen viel Spaß in dem namenlosen Land zwischen Finnland und der UdSSR, wo die Polizei als Polis bezeichnet wird und die Namen der Städte stets mit Bindestrich geschrieben werden.

Viktor Dück

PS: Sie können die Übersetzung der Ortsnamen auf der Seite 343 erfahren.

INGEBORG

Gran-Kotten
Sonntag, 09. Juli 1989

1 Finn Arvidsson sah einen Wimpernschlag lang in die Sonne, die hoch zwischen den Fichtenbäumen stand. Seit Tagen war der Himmel wolkenlos und eine Woche vor den Sommerferien, die traditionell in diesem Land stets am 17. Juli anfingen, erreichte der Sommer längst seine erwartungsgemäßen Temperaturen.

Als er jünger war, hatte sein Vater ihm erklärt, wie man anhand vom Standpunkt der Sonne, unter Berücksichtigung der aktuellen Jahreszeit, die Tageszeit bestimmen konnte. Finn hatte es auf Anhieb verstanden und durch tägliche Beobachtung der grellen Kugel innerhalb von zwei Jahreszyklen seine Abschätzung so gut verfeinert, dass kaum fünfzehn Minuten Unterschied zwischen der Zeit, die er nannte, und dem, was die Uhr anzeigte, lagen. Der jetzige Sonnenstand sagte, dass es jetzt Mittagessen gab.

Zu Hause, das wusste er, wartete seine Mutter auf ihn. Sonntag war der einzige Tag in der Woche, an dem er und Mutter gemeinsam zu Mittag aßen. Sonntag war der Tag, an dem sie am Tisch über seinen Vater redeten. Das hieß, seine Mutter redete, er hingegen ließ es willfährig über sich ergehen. Hatte sie gute Laune, war der monotone Vortrag, warum Kjartan Arvidsson sie möglicherweise verlassen hatte, nach etwa einer halben Stunde beendet. Hatte sie aber einen schlechten Tag, was nach seiner Erkenntnis seltsamerweise jeden vierten Sonntag vorkam, wollte ihr leeres Gerede einfach nicht enden.

Dennoch. An ihrem freien Tag duldete Mutter keine Verspätungen und erst recht keine Ausreden. Sie wusste

9

genau, wozu ihr Sohn auch ohne eine Uhr in der Lage war und bestrafte ihn für seine regelmäßigen Verspätungen nicht nur am Sonntag mit Arbeit, die er hasste.

Mal ließ sie ihn das Geschirr abwaschen, mal das ganze Haus vom Staub befreien und den Boden wischen, mal den Schnee wegräumen, mal Unkraut in den Beeten jäten. Oft glaubte Finn, sie hoffte insgeheim, dass er zu spät kam, um nicht selbst all diese schrecklichen Dinge erledigen zu müssen.

Finn wischte sich den Schweiß von der Stirn, heute war sein Vorhaben zweifellos wichtiger als das Mittagessen. Er seufzte angesichts der zu erwartenden Strafe und schlich weiter, während der Waldboden leise unter seinen Füßen knackte.

Seit er Ingeborgs Häuschen erblickt hatte, flog über seinem Kopf ein lästiger Buntspecht. Auf der Suche nach Insekten schwirrte der Vogel von Fichte zu Fichte und schlug in schnellem Takt mit dem Schnabel auf das Holz. Tuk, tuk, tuk. Tuk, tuk, tuk.

Finn überlegte, einen Tannenzapfen nach ihm zu werfen, fand aber, dass es keinen Sinn hatte, da er sowieso nicht treffen, wohl aber noch mehr Geräusche verursachen würde.

Erfasst von einer neuen Welle Furcht und Zweifel, sah er ängstlich zu Ingeborgs Häuschen. Die kleine heruntergekommene Holzhütte stand einsam auf einer Lichtung. Sie war so dicht an den Fichtenbäumen gebaut, dass einige Äste das Dach und den Schornstein berührten. Neben der Tür befanden sich auf jeder Seite Fenster, die mit Fensterläden verschlossen waren. An der linken Seite lehnte ein hoher Stapel Brennholz, sorgfältig mit einer Teerplane abgedeckt. Daneben stand ein breiter Baumstamm, auf dem Ingeborg ihr Holz hackte und den Hühnern, die sie gelegentlich auf dem Markt kaufte, die Köpfe abschlug.

Unweit vom Häuschen, fast mittig auf der Lichtung, stand ein Steinofen, aus dessen Schornstein schwache Rauchschwaden aufstiegen. Offenbar hatte sie früh am Morgen etwas darin zubereitet. Vermutlich Brot.

Etwas bewegte sich in den Preiselbeerbüschen, die links der Hütte wucherten. Finn legte sich erschrocken auf die Erde und hoffte, durch die herumliegenden Äste und niedrigen Pflanzen unentdeckt zu bleiben. Mit rasendem Herzen atmete er den frischen, vertrauten Moosgeruch des Waldbodens ein.

Dies war seine Heimat. Der blaue Wald, seinen Namen verdankte dieser den Blaufärbungen der Nadeln der Stech-Fichten, erstreckte sich quer über das gesamte Land. Wobei er seine Anfänge in der UdSSR und seine Enden in Finnland hatte.

Der Specht schlug abermals auf das Holz und Finn musste sich beherrschen nicht zu schreien.

Er hatte heute Morgen mit eigenen Augen gesehen, wie Ingeborg mit dem 10-Uhr-Bus in die Stadt fuhr. Die alte Dame, stets in dasselbe Kleid mit Blumenmustern gekleidet, die Haare mit einem Kopftuch verdeckt, war wie immer mit Thermosflaschen vollbeladen, die Teigtaschen enthielten.

Ihr Ziel, das wusste er, war der Basar von Stor-Yel, welcher jeden Samstag und Sonntag bis 16 Uhr geöffnet hatte. Wie bei so vielen anderen alten Menschen in diesem Land blieb Ingeborg die einzige Einnahmequelle der Verkauf ihrer Ware, da das sogenannte Rentensystem seit Jahren aufgrund der drohenden Staatspleite abgeschafft worden war.

Dennoch, wohl wissend, dass Ingeborg unmöglich da sein konnte, sah Finn in seinen Gedanken, wie die Alte versteckt hinter den Büschen mit ihrer Doppelbüchse auf ihn zielte.

Warum seine Vorstellung so drastisch war, gleich ein Gewehr anstatt vielleicht einen Stock oder harmlose Schimpfe zu vermuten, lag klar auf der Hand. Er hatte Ingeborg noch nie gemocht. Für sein Empfinden war die alte Frau viel zu freundlich, zu zuvorkommend und damit zu unglaubwürdig. Sie mochte dauerhaft grinsen, doch ihr Blick wirkte stets niederträchtig und löste jedes Mal ein starkes Unbehagen in ihm aus. Und die alte Frau wusste das, da war er sich ganz sicher.

Finn überlegte krampfhaft, welchen Weg er nehmen sollte, falls es notwendig würde wegzurennen. Den schmalen Trampelpfad, der von der Lichtung bis zu seinem Dorf führte und den Ingeborg beinahe täglich benutzte, oder doch lieber durch den Wald, wo ein unebener Waldboden

und herumliegende Äste das Lauftempo deutlich redu-
zierten.

Er schluckte seine Tränen runter, die urplötzlich hoch-
kamen, und wartete regungslos, bis die Preiselbeerbüsche
sich nicht mehr bewegten.

Dann hob er den Kopf aus der Deckung und sah erst
jetzt, dass an der Tür des Häuschens ein Vorhängeschloss
hing. Das bestätigte, dass Ingeborg nicht da war. Obwohl
er das auch so ganz genau wusste.

Dennoch. Grenzenlos erleichtert stand er auf und
sprintete entschieden die letzten Meter zu der Hütte. An
der Tür angekommen, klopfte er ärgerlich kleine Äste
und Kiefernnadeln von dem weißen Unterhemd, welches
früher sein Vater getragen hatte.

Er achtete penibel darauf, dass dieses Hemd, das ihn
seinem Vater so nah brachte, wie es in der gegenwärtigen
Situation nur möglich war, sauber blieb.

Als er endlich an Ingeborgs Hütte stand, konnte die Suche
nach dem vermissten Malteser namens Fluffy beginnen.
Tot oder lebendig, Hauptsache er fand ihn. Und zwar
rasch.

Er sah zum Stapel Brennholz, der an der Seite des
Häuschens lehnte, und entschied sich, mit seiner Suche
genau dort zu beginnen. Ingeborg hatte ihre Axt in den
breiten Baumstamm geschlagen. Auf dem Holz und daneben waren wie erwartet ein paar Blutspritzer zu sehen.

Finn zog den Zeigefinger über einen Blutfleck, er war
getrocknet. Es könnte sowohl von einem Huhn als auch
von einem Hund stammen.

Das half nicht weiter. Er schlich um den Stapel herum
und gelangte hinter das Häuschen. Hier stand die Hütte
so dicht an den Fichtenbäumen, dass er sich fragte, was
zuerst da war, die Hütte oder die Bäume. Jedoch keine
Spur von Fluffy oder anderen auffälligen Dingen.

Er eilte zwischen den Fichten auf die andere Seite. Hier
gab es nur ein Fenster, das ebenfalls mit den Fensterläden
verschlossen war.

Finn wägte ab. Wenn der vermisste Malteser noch am
Leben war und in der Hütte eingeschlossen wurde, hätte
er mit Sicherheit gebellt! Schließlich wusste jeder, wie gut
das Gehör eines Hundes war. Da Fluffy aber nicht bellte,

musste er tot sein. So wie er Ingeborg einschätzte, hatte die Rentnerin dem Hund zweifelsohne bereits das Fell über die Ohren gezogen, um sich daraus eine Mütze für den Winter zu machen. Wobei es bei seiner Größe eher Ohrenwärmer werden würden. Aber sicher war er sich nicht, schließlich war er kein Hutmacher.

Finn eilte zurück zum linken Fenster neben der Tür. Beim Abklopfen des Unterhemdes hatte er vorhin bemerkt, dass an einer Lade das untere Scharnier fehlte.

Das war vielleicht die Chance, in das Innere des Häuschens zu sehen. Er zog an der Ecke der losen Lade und steckte die Hand durch, um den Haken, der die Läden zusammenhielt, aus der Öse zu holen. Während er nach dem Haken tastete, beobachtete er ängstlich den Wald um sich herum. Auf einer der Kiefern entdeckte er den Buntspecht.

Das Köpfchen des Vogels war in seine Richtung gedreht. Es schien, als würde das, was Finn da gerade versuchte, ihn wirklich interessieren. Und da war noch etwas. In den kleinen Augen des Vogels schimmerte das Sonnenlicht. Als ob sie aus Glas wären.

Finn wandte den Blick ab, dieser Specht war unheimlich. Stattdessen konzentrierte er sich auf die Suche nach dem Haken, und gerade als er ihn zwischen die Finger bekam, ertönte aus dem Häuschen ein lauter Knall, gefolgt von klirrendem Getöse.

Erschrocken kreischte Finn, zog die Hand unter den Fensterläden raus und rannte zum Trampelpfad zurück.

Da der Pfad eng war, versperrten gelegentlich herabhängende Äste seinen Weg. Er rannte durch sie hindurch, während sie gnadenlos auf ihn einpeitschten und ihm die Haut zerkratzten.

Von Angst getrieben, sah er ständig nach hinten in der Befürchtung, Ingeborg würde jeden Moment aus dem Haus kommen und auf ihn schießen. Dann plötzlich stieß er gegen etwas Hartes am Boden, strauchelte einige Schritte und fiel unsanft. Ein stechender Schmerz in der rechten Hand ließ ihn aufschreien, als er auf dem Waldboden aufschlug.

Finn schloss die Augen.

Ganz kurz.

Nur eine Sekunde Verschnaufpause, das brauchte er jetzt.

Und weiter.

Weinend kam er wieder auf die Beine und rannte in Schlangenlinien, in der Hoffnung, Ingeborg so das Zielen zu erschweren. Denn er war sich sicher, sie war mit ihrem Gewehr bewaffnet aus dem Häuschen gekommen. Überwältigt von Panik wagte er nicht mehr, nach hinten zu sehen, konnte aber nahezu spüren, wie ihre hageren Hände sich jeden Moment um seinen Hals schlingen würden, oder eine kalte Kugel sein Fleisch durchbohren würde, mitten ins Herz.

Doch die unheimliche Frau hatte ihn verschont. Irgendwann, erschöpft und nach Atem ringend, trat Finn Arvidsson weinend aus dem Wald und bemerkte entsetzt, dass die Sonne bereits den späten Nachmittag ankündigte. Vor ihm sah er spielende Kinder aus seinem Dorf. Als sie Finn entdeckten, liefen sie interessiert auf ihn zu.

Sein rechter Arm hing unnatürlich abgewinkelt runter. Sein Unterhemd war an der Seite zerrissen und dreckig. Die blonden Haare nass geschwitzt. Das Gesicht und die Arme zerkratzt. Die linke Sandale fehlte.

Ein Junge, den alle nur bei seinem Nachnamen Blom nannten, zeigte laut lachend auf ihn. »Seht euch das an, Finn hat sich in die Hose gepinkelt!«

PEETU VIRTANEN

2 Als der Bus, ein weiß-oranger Mercedes-Benz O 305, quietschend zum Stehen kam, atmete Peetu Virtanen erleichtert auf. Ein Junge auf dem Sitz hinter ihm wippte seit einer gefühlten Ewigkeit ungeduldig hin und her und rüttelte dabei unentwegt an der Lehne. Lediglich die Ausstrahlung der Mutter, eine ansehnliche Blondine, hinderte Peetu daran, die Beherrschung zu verlieren.

Noch bevor er von seinem Sitz hochkam, drehte der Busfahrer den Kopf nach hinten und sagte genervt: »Kvist-Yel!«

»Mach lieber die Tür auf«, erwiderte Peetu barsch auf die Worte des Fahrers, dessen Dienstmütze seine feiste Visage lächerlich aussehen ließ. Dann zog er seinen Koffer zwischen den Sitzen hervor und schlenderte, bewusst langsam, zum hinteren Ausgang.

Kaum hatte sein Fuß die letzte Stufe verlassen, klappten die Türen zu. Der Bus fuhr los und hinterließ eine bläuliche Wolke mit beißendem Gestank.

Peetu stellte den Koffer zwischen die Beine und blickte lächelnd auf sein Dorf auf der Straßenseite gegenüber. Er hatte vor einer halben Ewigkeit seine Heimat verlassen, und doch hatte sich hier nichts verändert. Zumindest optisch.

Kvist-Yel, eine Siedlung zwischen zwei Wäldern und nur durch eine Fernstraße erreichbar, war ursprünglich überwiegend von Holzfällern besiedelt. Nachdem der Staat seinen Holzschlag verlagert hatte, schrumpfte die Anzahl der Bevölkerung rapide.

Die Menschen zogen meist in eine der beiden beliebtesten Großstädte. Stor-Yel im Süden oder Liten-Yel im Norden.

15

Vor allem jetzt, da die Wirtschaft einen Aufschwung erlebte wie seit Jahrzehnten nicht mehr, war die Chance, dort Arbeit zu finden, erheblich gestiegen. Zurück blieben nur Alte und diejenigen, die andere triftige Gründe dafür hatten. Zum Beispiel pflegebedürftige Eltern, Alkoholsucht, zu wenig Selbstvertrauen für einen neuen Abschnitt im Leben, oder ganz einfach die Zufriedenheit mit dem, wie es war.

Von der Bushaltestelle aus, die nur aus einem Schild mit einem grünen Bus bestand, das noch genauso schief hing, wie damals, als er abgereist war, konnte Peetu das Haus seines Vaters sehen. Er glaubte zu erkennen, wie der alte Mann ihn vom Fenster aus beobachtete.

Peetu überquerte langsam die Straße und steuerte auf das Schild an der Ortseinfahrt zu.

Willkommen in Kvist-Yel verkündete die Tafel aus Blech. Unmittelbar unter den Buchstaben waren gefällte Fichten abgebildet. Im Vergleich zu anderen Ortsschildern im Land war dieses eher langweilig.

Plötzlich erinnerte Peetu sich daran, wie er als Kind einen Wurm essen musste, weil er eine Wette gegen seinen kleinen Bruder Ragan verloren hatte. Es ging darum, wie viele Schritte das Bushaltestellenschild von ihrer Haustür entfernt lag. Es waren 546 Schritte eines Vierzehnjährigen gewesen. Peetu tippte auf 800. Der Wurm schmeckte schrecklich.

Er lächelte und schlenderte zurück zu der Bushaltestelle, um die Schritte erneut zu zählen. Noch bevor er den Hof erreichte, sah er seinen Vater an der Tür stehen. Der alte Mann beobachtete mürrisch sein Treiben durch trübe Augen, die früher so blau gewesen waren wie Peetus.

Peetu blieb einen Schritt vor der Türzarge stehen, stellte den Koffer ab und umarmte seinen Vater. 468 Schritte von einem 32-Jährigen.

»Hallo Pa«, sagte er leise. Der Gestank nach dem selbstgebrannten Schnaps, der von seinem Vater ausging, war überwältigend. Der alte Mann war wie immer angetrunken.

Er hatte sich einen ungepflegten Bart wachsen lassen, der genauso grau war wie seine kurzen Haare, welche wie Peetus heute einst schwarz gewesen waren. Gemeinhin sahen Vater und Sohn sich auffallend ähnlich. Die buschigen, ästhetischen Augenbrauen, eine bucklige, dennoch hübsche Nase, große Ohren und ein Grübchen am Kinn.

Walter drückte seinen Sohn fest an sich und sie blieben eine Weile in ihrer Umarmung stehen.

Peetu lauschte, wie Vater leise weinte, und weigerte sich in Gedanken erneut zu glauben, dass sein Bruder Ragan tot war. Walter löste die Umarmung und deutete mit einem Nicken in das Hausinnere.

Bevor Peetu eintrat, beäugte er das Haus, die Scheune und den Hof. Alles war über die Maßen verwittert. Sein Vater, wohl wissend, dass weder Peetu noch sein Bruder jemals wieder in diesem Dorf leben würden, pflegte seinen Besitz seit Jahren nicht mehr. Er sprach stets die Garantie aus, noch zu sterben, bevor das Haus über seinem Haupt zusammenkrachte.

Peetu betrat die Sommerküche.

»Setz dich, ich habe Suppe für dich gekocht. Nach der langen Reise musst du hungrig sein«, sagte Walter und zeigte auf einen Stuhl vor dem Tisch, der in der Mitte des Raumes stand.

Nichts hatte sich in dem Zimmer verändert. Selbst der uralte Kühlschrank war immer noch derselbe. Sein Brummen brachte Peetu sofort dazu, sich geborgen zu fühlen. Er war zu Hause.

»Wie ist das passiert? Erzähl es mir ganz genau«, sagte er und schob den Koffer unter den Tisch.

Walter entzündete mit einem Streichholz die Flamme auf dem Gasherd und stellte einen großen Topf darüber. Dann gab er Peetu mit einem Nicken zu verstehen, ihm wieder nach draußen zu folgen.

»Siehst du den schief stehenden Strommast dahinten?« Walter zeigte auf einen Mast nur einige Meter von der Bushaltestelle entfernt. »Dort ist es passiert. Ragan raste mit seinem Motorrad frontal in einen Lastwagen, der dann beim Bremsen von der Straße abkam und den Mast streifte. Die Polis sagte mir, er sei betrunken gewesen.«

»Wer war betrunken, Pa, Ragan oder der Fahrer?«

»Ragan!«

»Seit wann fuhr Ragan ein Motorrad?«

Irgendwo im Dorf bellte ein Hund.

Walter zuckte mit den Schultern. »Ich habe Ragan, genau wie du, seit fünfzehn Jahren nicht gesehen. In seinem letzten Brief hatte er mir geschrieben, dass er mich bald besuchen würde. Und als es dann so weit war ...« Walter verstummte weinend.

Peetu wandte den Blick von seinem Vater ab und kämpfte gegen die Tränen.

Als er Walter wieder ansah, nickte dieser mit dem Kopf zum Schuppen. Früher wurden dort drei Kühe und ein Pferd gehalten.

Peetu schob mühsam das Tor zur Seite. Ein muffiger Geruch vom verschimmelten Heu kam ihnen entgegen.

»Das ist sein Motorrad.« Walter zeigte auf eine deformierte Maschine. »Ein Moto Guzzi California II!«

Peetu beugte sich über das Motorrad und versuchte vergebens das Hinterrad, das noch an der Karosserie dran war, zu drehen. Das andere Rad lag zusammen mit dem Lenkrad und anderen Kleinteilen daneben.

»Hast du schon irgendwelche Vorbereitungen für die Beerdigung getroffen, Pa?«

Walter lehnte sich an das Tor. Seine Hand, mit der er sich über das Haar strich, zitterte. »Die Beerdigung hat schon stattgefunden«, verkündete er leise.

»Was?«, fragte Peetu ungläubig. Er eilte aus der Hocke und starrte seinen Vater wütend an.

»Ich habe nach seinem Tod fünf Tage auf dich gewartet. Der Bestatter drängte mich, Ragan möglichst schnell zu begraben. Das Kühlhaus war defekt. Am Freitag habe ich nachgegeben, und wir haben ihn sofort beerdigt.«

Peetu setzte sich auf den dreckigen Boden und vergrub den Kopf zwischen den Knien. Er erinnerte sich an den Tag, an dem seine Mutter begraben wurde.

Er war acht Jahre alt gewesen, als sie bei der Geburt seiner Schwester starb. Das Baby überlebte seine Mutter nur um zwei weitere Tage. Sie wurden gemeinsam in einem Sarg bestattet. Das tote Baby in den Händen seiner toten Mutter. Der Anblick war markerschütternd gewesen.

Die Ältesten aus dem Dorf hatten darauf bestanden, dass er wenigstens seiner Mutter einen Abschiedskuss gab, wenn er sich schon weigerte, dem Baby einen zu geben. Schließlich war das seine Pflicht.

Der kleine Peetu zitterte am ganzen Körper, als er seine tote Mutter küsste. Und seine Tränen, die er damals vergoss, galten viel mehr der Angst als der Trauer.

Vielleicht war es gut, dass ihm der Anblick von seinem Bruder erspart geblieben war. Wenn er heute an seine Mutter dachte, hatte er nur das Bild von ihr und dem Baby im Sarg vor Augen. Es schien, als hätte er sie nie anders erlebt oder gesehen.

Ragan nicht im Sarg zu sehen, bedeutete wenigstens, ihn lebend in Erinnerung zu behalten.

»Es tut mir leid«, sagte Walter nach einer Weile.

»Ist schon gut, Pa, ich mach dir keine Vorwürfe. Dein Telegramm hat mich vier Tage zu spät erreicht. Entschuldige, dass ich dich mit den ganzen Sorgen alleine gelassen habe.«

Walter nickte. »Hab dein Telegramm erhalten, kannst nichts dafür.«

»Hatte Ragan ein Mädchen? Pa, du hast doch irgendjemanden aus Ragans Umfeld informiert, oder?«

»Nein. Ich wüsste nicht, wie. Er hatte noch nie eine feste Adresse. Sein ständiges Huren zwang ihn laufend dazu, seinen Wohnsitz zu wechseln. Die letzten beiden Briefe hatten noch nicht mal eine Absenderadresse. Sag du mir, an welchem Ort er sich zuletzt aufhielt.« Walter sah Peetu fragend an.

Peetu schüttelte den Kopf. »Ich habe schon lange nichts mehr von Ragan gehört.«

Walter holte aus seiner Brusttasche eine halb gerauchte Zigarette und zündete sie mit einem Streichholz an. »Ich habe Ragan seinen Bart abrasieren lassen, damit er wenigstens ein bisschen vernünftig aussah.« Walter senkte seine Stimme. »Er hatte auf seiner Glatze eine seltsame Tätowierung«, sagte er vorwurfsvoll.

Peetu sah seinen Vater überrascht an.

»Die Bestatter haben ihm meinen alten Anzug angezogen. Eigentlich hatte ich vor, ihn bei meiner Beisetzung zu tragen.« Über Walters Gesicht huschte ein Lächeln. »In diesem Anzug habe ich eure Mutter geheiratet.«

Peetu lächelte seinen Vater traurig an. Außer dem muffigen Haufen Heu in einer Ecke und den Motorradteilen war die Scheune komplett leer. Er wusste, dass sein Vater alles verkauft hatte, weil er das Geld zum Leben brauchte. Der alte Mann bewirtschaftete noch nicht einmal einen Garten, was in einem Dorf überlebenswichtig war. Seine Zeit widmete er ausschließlich dem Alkohol. Hätte Peetu ihm nicht gelegentlich Geld zugeschickt, wäre er vermutlich längst verhungert.

»Hatte Ragan einen Führerschein für das Ding?« Er zeigte auf das Motorrad.

Walter zuckte mit den Schultern. »Nein, dabei hatte er keinen!«

»Aber seinen Ausweis, oder?«

»Nein.«

»Irgendwas anderes, was ihn als Ragan Virtanen ausweisen könnte?«, fragte Peetu geduldig.

Walter antwortete ihm nicht sofort. Er drückte seine Zigarette am Tor aus und steckte das bisschen, was von der Zigarette übrigblieb, zurück in seine Brusttasche. »Wozu? Ich brauche keinen Ausweis als Beweis. Wenn mein Sohn vor mir steht, erkenne ich ihn. Ich bin siebenundsechzig, keine hundert!«

Peetu legte die Hand auf Walters Schulter. »Nein, Pa, du bist keine hundert. Aber ein Motorrad, eine tätowierte Glatze. Das ist irgendwie nicht Ragan. Ich hoffe nur, dass du nicht irgendeinen vorbeifahrenden Fremden begraben hast. Oder?«

Walter schüttelte seine Hand ab. »Ich erkenne meinen Sohn«, sagte er beleidigt und ging aus der Scheune.

Peetu folgte ihm. »Keine Papiere, warum nicht?«

Walter blieb stehen. »Er hatte einfach keine dabei. Vielleicht hatte er sie vergessen.«

»Und die Tätowierung auf seinem Kopf. Haben sowas nicht nur Sträflinge, die ihr halbes Leben im Knast verbracht haben?«

Walter grunzte wütend.

»Hatte Ragan etwa gesessen? Unser Ragan?« Peetu sah seinen Vater durchdringend an. »Und dann dieser Bart. Ragan und Bart? Er hatte sich schon bei einem Dreitagebart beschwert, dass es juckt.«

»Er hatte zwei große Narben im Gesicht, die mit dem Bart verdeckt waren. Vermutlich hatte er deshalb einen getragen. Und dein Onkel Wilmer hatte schon mit dreißig eine Glatze. Die Tätowierung war bestimmt eine seiner Dummheiten. So etwas macht ihr Kinder doch ständig. Reik hatte ihn auch erkannt.«

Peetu zog die Augenbrauen hoch. »Konnte Reik denn noch geradeaus gehen, als er Ragan erkannte? Was sagten die anderen hier im Dorf, als sie deinen Sohn gesehen haben?«

Walter schnappte aufgebracht nach Luft, machte eine wegwerfende Handbewegung in Peetus Richtung, drehte sich um und eilte zum Haus. Nach ein paar Schritten blieb er stehen und zeigte mit zitternder Hand auf seinen Sohn. »Du warst nicht da, um es zu beurteilen«, entfuhr es ihm hysterisch.

Peetu hob beschwichtigend beide Hände und machte einen Schritt auf seinen Vater zu.

»Reik und ich haben Ragan später beim Leichenbestatter in Anwesenheit der Polis fürs Protokoll noch einmal identifiziert. Nachdem ich Ragans Tätowierung auf der Glatze im Licht entdeckt hatte, beschloss ich, niemanden aus der Verwandtschaft und Nachbarschaft zur Beerdigung einzuladen. So sehr habe ich mich dafür geschämt. Nur Reik war dabei.«

»Wie in aller Welt lässt die Polis zu, einen Mann zu begraben, der keine Papiere bei sich hat?«

»Weil sein Vater ihn identifiziert hat!«, schrie Walter ungehalten.

»Seid ihr wenigstens bei der Identifizierung oder der Beerdigung nüchtern gewesen?«, fragte Peetu ernst, wohl wissend, dass diese Frage seinen Vater noch mehr verärgern würde. Und obwohl er eigentlich die Antwort darauf bereits kannte.

Walter schüttelte enttäuscht den Kopf und ging ins Haus.

Peetu fluchte. Er dachte wütend an den Angelausflug mit seinen Freunden. Wäre er zu Hause geblieben, hätte das Telegramm ihn pünktlich erreicht. Am liebsten, das half immer, würde er irgendetwas zertrümmern, um sich besser zu fühlen. Er sah sich suchend um und entdeckte erstaunt hinter dem Zaun drei kleine Jungs, die ihn beobachteten. Ihre Gesichter waren mit Dreck beschmiert. Jeder hatte einen selbst gemachten Bogen und Stöcke in der Hand, die als Pfeile dienen sollten. Indianer also!

»Dürfen wir das Mo... Mo... Mororad sehen?«, fragte der kleinste von ihnen.

»Geht in die Schule, ihr Schwänzer!«, sagte Peetu wütend und schlenderte zum Haus.

»Wir gehen noch nicht zur Schule«, sagte der Größte beleidigt, spannte seinen Bogen und verfehlte mit seinem Pfeil knapp Peetus Kopf.

Peetu hob fluchend den Pfeil auf, zerbrach ihn in Stücke, ließ ihn auf den Boden fallen und verschwand im Haus. Aus dem Fenster sah er wie die Jungen, jeder jeweils einen Pfeil, auf Walters Grundstück schossen und anschließend selbstzufrieden wegrannten.

Walter rührte die Suppe. Sie war bereits aufgekocht und roch herrlich. Dem Geruch nach zu urteilen, hatte er eine Pilzsuppe zubereitet.

»Hatte Ragan überhaupt irgendetwas außer seinem Motorrad dabei?«, fragte Peetu.

Walter zeigte wortlos auf das Sofa im Wohnzimmer. Dort lag eine Tasche aus Leder.

Peetu durchsuchte sie. Eine Zahnbürste, Zahnpasta, Seife, ein Rasiermesser und zwei Schraubenschlüssel. »Mehr war nicht drin?«

»Nein.«

»Das kann doch nicht wahr sein. Er muss doch wenigstens Geld dabeigehabt haben.«

»Nein. Er hatte nichts mehr bei sich.«

»Diese verfluchte Polis, die haben bestimmt den Geldbeutel eingesteckt, diese korrupten Bastarde!«

»Nein, sie waren ebenfalls erstaunt darüber, dass Ragan noch nicht einmal einen Geldbeutel dabeihatte.«

Walter stellte einen vollen Teller Suppe auf den Tisch und holte ein hartes Stück Brot aus der Dose.

»Wer war zuerst am Unfallort? Hat irgendjemand aus dem Dorf den Unfall mit eigenen Augen gesehen? Hat etwa der Lastkraftwagenfahrer die Tasche geleert?«, fragte Peetu aufgeregt. Möglich war alles.

»Nein, er war unter Schock. Saß in seiner Kabine, bis die Polis ihn dort rausholte.«

»Wer war dann als Erster vor Ort?«

»Reik und ich. Wir saßen draußen und haben den Unfall gesehen.«

»Reik!«, schrie Peetu auf, schoss von seinem Stuhl hoch und eilte mit großen Schritten in Richtung Tür. »Diese miese Sau! Die Suppe muss warten, Pa!«

Ehe Walter protestierte, knallte Peetu die Tür hinter sich zu.

Kvist-Yel hatte fünf Straßen. Eigentlich war Reiks Haus in einer Minute zu erreichen, doch auf dem Weg dorthin wurde Peetu von drei Dörflern aufgehalten, die ihm ihr Beileid aussprachen und ihn in Gespräche verwickelten. Er zwang sich dazu, mit ihnen einige freundliche Worte zu wechseln, schließlich war er hier aufgewachsen und die meisten kannten ihn von Kindheit an.

Das Haus von Reik sah noch verkommener aus als das seines Vaters. Das komplette Grundstück war mit Unkraut überwuchert. Mitten im Hof stand eine verrostete Karosserie auf Ziegelsteinen aufgebockt. Als Laie war es unmöglich, zu sagen, von welcher Marke das Auto ursprünglich war. Außerdem interessierte es Peetu nicht, wie dieses Wrack hierherkam. Sicher war nur, dass Reik es bis auf die letzte Schraube ausgeschlachtet hatte, um ans Geld zu kommen.

Peetu blieb an der Tür stehen und wartete auf seinen Vater, den er schon von weitem gesehen hatte. Walter erreichte keuchend Reiks Grundstück, doch bevor er etwas sagen konnte, hämmerte Peetu ungehalten gegen die Tür.

»Peetu!«, rief Reik überrascht, als er die Tür aufmachte. Er ergriff eifrig seine Hand und schüttelte sie energisch.

Reik stank nach Schweiß. Sein Unterhemd und seine Hose sahen aus, als ob sie seit einer Ewigkeit nicht mehr gewaschen worden waren. Seine blonden Haare standen in alle Richtungen ab. Seine unregelmäßigen Bartstoppeln ebenfalls. Er hatte stark abgenommen.

»Das mit Ragan tut mir wirklich leid«, sagte er und ließ Peetu und Walter ins Haus.

»Ja«, sagte Peetu kalt. »Mir auch.«

»Mann, war das ein Schock. Ich kann seitdem kaum schlafen, habe es ständig vor Augen«, sagte Reik ernst. Er zeigte zum Tisch.

Während Walter sich setzte, schaute Peetu sich um. Das Haus wirkte wie ausgeräumt. Es waren kaum noch Möbel vorhanden. Auch das schöne Porzellangeschirr, das Reik von seiner Mutter geerbt hatte und das er als Heiligtum ansah, war nicht mehr in der Glasvitrine.

Auf dem Tisch stand eine Flasche vom Selbstgebrannten, daneben ein volles Glas.

»Setzt euch. Seit wann bist du da?« Reik zog einen Hocker, er hatte insgesamt nur noch zwei, unter dem Tisch hervor und schob ihn zu Peetu.

»Bin gerade erst angekommen«, antwortete Peetu und sah Reik prüfend an.

»Und da kommst du mich sofort besuchen?« Reik lächelte verunsichert. »Ich würde gerne mit dir auf unser Wiedersehen anstoßen, aber dieses Zeug macht für mich momentan alles nur noch schlimmer. Du kannst ja für uns beide trinken. Walter, bediene dich!«

Reik eilte zur Vitrine, die ohne dem Geschirr seiner Mutter fast leer war, um für Peetu ein Glas zu holen.

Walter wartete nicht, er nahm das volle Glas auf dem Tisch und leerte es mit drei Zügen.

Peetu wandte angewidert den Blick von seinem Vater ab. »Was genau, Reik, macht dieses Zeug ausgerechnet bei dir noch schlimmer?«, fragte er spöttisch, ignorierte den Hocker am Tisch und setzte sich stattdessen auf einen Zweisitzer, vor dem früher mal ein Fernseher gestanden hatte. Der Stoff von dem kleinen Sofa war so alt und zerfetzt, dass Reik vermutlich niemals einen Abnehmer dafür finden würde. Versucht hatte er es sicherlich schon.

»Hat dein Alter dir nichts erzählt?« Reik sah verwundert zu Walter rüber.

»Bin noch nicht dazu gekommen«, brummte dieser.

Reik setzte sich neben Peetu, drehte das leere Glas in der Hand, schaute kurz zu der Flasche auf dem Tisch rüber und stellte den Becher auf dem Boden ab. »Dein Alter und ich haben uns an dem Abend, an dem es passiert war, einen Drink genehmigt. Wir saßen bei euch neben der Scheune auf dem Baumstamm, ist so eine Art Tradition bei un...«

»Jaja«, unterbrach Peetu ihn ablehnend. »Ihr seid zwei Alkoholiker, die sich gefunden haben, hier im Dorf ist das längst kein Geheimnis mehr, Reik.«

»Heeee!«, mahnte Walter seinen Sohn.

»Ich wollte dich nur aufklären«, sagte Reik beleidigt.

Peetu deutete ihm mit einer Geste weiterzuerzählen.

»Wir hörten das Motorrad schon von Weitem kommen. Gleichzeitig sahen wir einen Lastwagen in Richtung Stor-Yel fahren. Und genau in dem Moment, als beide in unser Blickfeld kamen, raste Ragan frontal in den Laster.« Reik kratzte sich nervös an seinem unrasierten Bart.

»Moment. Der Lastkraftwagen fuhr nach Stor-Yel? Nach Süden!«

»Ja!« Raik nickte.

»Und sie krachten so gesehen fast direkt gegenüber vor Pas Haus zusammen? Bei dem schiefen Strommast?«

Reik nickte abermals.

»Das bedeutet, wenn Ragan in Richtung Liten-Yel fuhr, also nach Norden, ist er dann an der Abbiegung ins Dorf vorbeigefahren. Die ist nämlich noch vor Pas Haus«, stellte Peetu überrascht fest. Er war ursprünglich davon ausgegangen, dass Ragan von Norden kam. Vermutlich weil Liten-Yel sein zuletzt bekannter Aufenthaltsort war.

Reik und Walter nickten gleichzeitig.

»Darüber haben wir auch nachgedacht«, sagte Reik. »Vergiss nicht, er war betrunken. Bestimmt wollte er wenden, daher der Zusammenstoß. Die Polis geht übrigens auch davon aus.«

»Sah es nach einem Wendemanöver aus?«

»Ich kann es nicht mit Sicherheit sagen, keine Ahnung«, gestand Reik. »Auf jeden Fall fuhr er plötzlich auf die Gegenfahrbahn.«

Peetu drehte den Kopf zu Walter, um eine zweite Meinung einzuholen. Doch sein Vater zuckte nur mit den Achseln.

»Nach dem Aufprall flog Ragan auf die Wiese. Ich dachte, er wäre sofort tot. Aber als wir sahen, dass er wieder auf die Beine kam, sind wir zu ihm rübergerannt«, sagte Reik. Er hob das leere Glas vom Boden und blickte hinein.

»Ragan humpelte uns entgegen. Sein rechtes Bein, nein, sein linkes war total verdreht.« Er stellte das Glas erneut auf den Boden und wischte sich stöhnend über das Gesicht. »Wir waren schon fast bei ihm, da blieb er stehen. Seine Nase war zertrümmert. Überall war Blut. Seine Schädeldecke hing halb herunter, na ja, das glaube ich zumindest. Er hob deinem Alten die Hände entgegen und sagte

Papa.« Reik ließ einen Moment seine Worte wirken. »Und dann fiel er zu Boden und war tot. Es war schrecklich.«

Sie schwiegen eine Weile. Peetu sah, wie sein Vater sich die Tränen wegwischte.

»Reik, das ist der Grund, warum der Alkohol bei dir im Moment alles nur noch schlimmer macht?«, fragte Peetu schließlich leise. »Du kannst das Gesehene nicht verarbeiten.«

»Ja.«

Kaum hatte er den Satz ausgesprochen, schnellte Peetu vom Zweisitzer hoch und zerrte Reik an seinem Unterhemd auf den Boden. Mit zwei Tritten in den Bauch brachte er ihn dazu, winselnd nach Luft zu schnappen.

»Bist du verrückt, was machst du da?«, brüllte Walter. Er rannte auf seinen Sohn zu und schubste ihn von Reik weg.

Peetu ignorierte ihn. »Reik, du hast eine Minute Zeit, um mir alles zu holen, was du von Ragan gestohlen hast.« Er umkreiste geschickt seinen Vater, der mit ausgebreiteten Armen Reik zu schützen versuchte, und verpasste dem am Boden liegenden Mann einen weiteren Tritt in die Seite.

Reik brüllte vor Schmerz.

Peetu setzte sich mit verschränkten Händen auf den Hocker. »Nur noch dreißig Sekunden, Reik.«

Reik starrte ängstlich seinen einst besten Freund an. Dann kam er mit Walters Hilfe auf die Beine und humpelte in sein Schlafzimmer. Nach weniger als zehn Sekunden kam er mit einigen Dingen in den Händen zurück. »Das ist alles, was in der Ledertasche drin war«, sagte er immer noch nach Luft ringend und schleuderte wütend die Sachen auf den Zweisitzer.

»Aber Reik!«, sagte Walter enttäuscht, entfernte sich kopfschüttelnd zum Tisch und schenkte sich Selbstgebrannten ein.

Peetu schubste Reik vom Sofa weg und fing an, die Gegenstände laut aufzuzählen. »Eine Sonnenbrille. Ein Klappmesser. Und, wow, ein Schlagring. Anscheinend war Ragan zu einem Knochenbrecher geworden, Pa!« Er zeigte Walter demonstrativ den Schlagring.

Ragans letzte Habe war ein kleiner Beutel aus Seide. Peetu öffnete die Schlaufe und schüttelte den Inhalt auf den Zweisitzer. Drei mit einem Gummiband zusammengehaltene Bündel Geldscheine fielen raus.

»Es sind genau dreitausend amerikanische Dollar! Eintausend pro Rolle«, sagte Reik leise.

Peetu zählte das Geld von jeder Rolle nach. Die Summe stimmte.

»Wo ist der Rest?«

Reik hob abwehrend die Hände. »Das ist alles, ich schwöre es beim Grab meiner Mutter, Peetu. Wirklich! Ich habe nur diese Sachen mitgenommen. Es waren nur dreitausend Dollar gewesen.«

»Wo ist die Geldbörse?«

»Das ist alles, was ich aus der Tasche rausgeholt habe, mehr war nicht drin Peetu, das schwö...«

»Halt dein Maul«, unterbrach er ihn wütend. »Wie war das nochmal, Freunde fürs Leben? Reik, du versoffenes Stück Scheiße!« Er bewegte sich mit geballten Fäusten auf Reik zu, der sich mit bebender Unterlippe ängstlich an den Tisch klammerte.

»Nein, Peetu, es gab keine Geldbörse«, sagte er weinend. »Ja, ich bin ein versoffenes Stück Scheiße, ich bin weniger als das. Aber ich konnte nicht anders, versteht ihr, ich brauche Geld, ich muss auch etwas essen, seht mich an.« Reik zog laut seine Rotze hoch. »Ich habe die Tasche weggebracht, als Walter bei Ragan saß und auf die Polis wartete. Aber ich schwöre euch, es gab keine Geldbörse. Das ist alles.«

»Wenn du die Geldbörse nicht genommen hast, wo ist sie dann?«, beharrte Peetu.

Reik versuchte, sich zu konzentrieren. Der Unfall ereignete sich vor acht Tagen und begleitete seitdem jede Nacht seine Träume.

Die ersten vier Nächte hatte Ragan, dessen Schädeldecke schief hing, auf Reik eingeschlagen und ihn angebrüllt, er hätte den Unfall verhindern können.

Dann hatte Reik einen Tag lang das Trinken eingestellt, was viel schwerer war als gedacht, und der Traum in der Nacht darauf wurde besser. Ragans Schädeldecke hing zwar immer noch runter und überall war Blut, aber er war nicht mehr wütend, sondern lachte. Er erinnerte sich an die schönen Tage, die sie als Kinder gemeinsam erlebt hatten. Doch Reiks Kampf gegen die Alkoholsucht war am nächsten Tag wieder verloren. Er schlief betrunken ein, worauf Ragan in seinem Traum die ganze Nacht pausenlos auf ihn einprügelte. Das wiederum ängstigte und motivierte Reik zugleich so sehr, dass er es tatsächlich fertiggebracht hatte, die letzten zwei Tage wieder nichts zu trinken.

Allerdings reagierte sein Körper auf die Umstellung mit besorgniserregenden Entzugserscheinungen.

»Ich weiß nicht, wo die Geldbörse ist«, schluchzte er. »Vielleicht liegt sie noch irgendwo in dem Graben zwischen Wiese und Straße, oder?«

»Nein«, sagte Walter. »Ich habe den ganzen Graben und die Wiese abgesucht. Auch auf der gegenüberliegenden Seite.«

»Willst du den Geldbeutel, weil du denkst, dass da noch mehr Geld drin ist?«, fragte Reik schniefend.

Peetu starrte ihn wütend an. »Hast du schon mal darüber nachgedacht, dass du versoffenes Schwein und mein Alter irgendeinen daher fahrenden Kriminellen beerdigt habt, weil ihr glaubtet, es wäre Ragan gewesen?«

»Fängst du schon wieder damit an?«, brüllte Walter ungehalten.

Peetu beachtete seinen Vater nicht. Er verfolgte konzentriert Reiks Gesichtszüge.

Reik brauchte Zeit, um die Frage zu verstehen. »Waaas?«, sagte er dann verwundert und kratzte sich aufgeregt am Hinterkopf.

»Ihr erzählt, Ragans Nase war zertrümmert. Er hatte einen Bart mit Schnittwunden darunter, seine Glatze war tätowiert. Es gibt keinen Ausweis, keinen Führerschein. In der Tasche waren ein Schlagring und dreitausend amerikanische Dollar, dreitausend! Mindestens das Zwölffache der Landeswährung. Ich sage euch, das alles hört sich nicht nach unserem Ragan an.«

»Natürlich war das Ragan, ich weiß doch wie Ragan aussieht!«, sagte Reik entschlossen.

»Das habe ich ihm auch schon gesagt«, brummte Walter und füllte abermals sein Glas mit Selbstgebranntem.

»Die Schädeldecke hing halb herunter, Reik, halb herunter?«

»Ich habe gesagt, ich glaube, dass die Schädeldecke halb herunterhing!«

»Du und mein Alter wart einfach viel zu besoffen, um überhaupt irgendetwas wahrzunehmen«, schrie Peetu lauthals. »Als es passierte, danach und auch jetzt! Ihr habt eure Glaubwürdigkeit schon längst versoffen.«

Walter erhob sich schlagartig von seinem Hocker. »Das reicht!«, brüllte er.

»Setz dich wieder hin, Pa«, brüllte Peetu zurück.

»Außerdem hatte Ragan zu deinem Vater ‚Papa‘ gesagt«, gab Reik mit zittriger Stimme zu bedenken.

»Mit halb herabhängender Schädeldecke war er noch in der Lage, zu reden, ja!«, entgegnete Peetu zynisch.

Reik schüttelte energisch den Kopf. »Peetu, glaub mir, es war Ragan. Bei der Beerdigung hatte er keine Schädeldecke runterhängen, und das Blut war weg. Gut, seine Nase war gebrochen, na und ...«

»Na und?« Peetu ohrfeigte Reik, woraufhin dieser sich mit einem beleidigten Blick hastig von ihm entfernte. »Ich sage euch, wir fahren morgen zum Friedhof und lassen den Toten ausgraben. Ich möchte mich selber davon überzeugen, dass es sich dabei um Ragan handelt und nicht um jemand anderen.«

»Niemals«, kreischte Walter. »Du wirst nur über meine Leiche das Grab meines Sohnes entweihen. Genug. Jetzt ist genug!« Er kam mit erhobener, zitternder Hand auf Peetu zu. »Genug!«, wiederholte er schwer atmend. Tränen rannen über seine Wangen.

»Gut, Pa, es ist genug«, sagte Peetu. Er sah Reik an. »Du hast uns beklaut, ich will dich nie wieder sehen.«

FINN ARVIDSSON

Gran-Kotten

3 Als der Bus an der Bushaltestelle von Kvist-Yel quietschend stehen blieb, hob Finn den Kopf über die Sitzlehne, um zu sehen, wer aussteigen wollte.

»Kvist-Yel!«, verkündete der Busfahrer ungeduldig von seinem Platz aus.

»Mach lieber die Tür auf«, sagte der Mann auf dem Sitz vor Finn aggressiv zum Fahrer und zog seinen schrecklich abgenutzten Koffer, der vermutlich dreimal so alt war wie Finn, zwischen den Sitzen hervor. Als der Mann an Finn vorbeiging, blieb er für einen Wimpernschlag stehen und sah ihn böse an. Instinktiv rückte Finn zu seiner Mutter, sie wollte wie immer am Fenster sitzen, und beobachtete, wie der schwarzhaarige Mann in einem schrecklich langsamen Tempo ausstieg.

Kaum war er draußen, fuhr der Bus los und erwischte prompt ein Schlagloch, das Finn kaum hörbar aufschreien ließ. Seine volle Blase drohte, seit einer gefühlten Ewigkeit zu platzen. Und die verdammten Löcher, die der Busfahrer unentwegt ansteuerte, schienen es beschleunigen zu wollen. Er fragte sich, ob der Fahrer von dem gestrigen Vorfall gehört hatte und bewusst seine Blase in Wallung brachte, um ein weiteres Mal bei Finn ‚Pissen in die Hose‘ hervorzurufen. Möglich wäre es, schließlich war das der gleiche Fahrer, der die Kinder jeden Tag in einem Schulbus nach Stor-Yel fuhr. Ein leicht aufbrausender und gemeiner Kerl.

Zu allem Überfluss legte seine Mutter ihm den Arm um die Schultern und drückte ihn fest an sich, wodurch seine optimale Sitzposition den Urin zurückzuhalten, verloren ging.

»Na, bist du zufrieden?«, fragte sie nicht besonders freundlich und zeigte auf seine neuen Sandalen.

Als Antwort klopfte Finn zweimal auf den Gips, in dem seine rechte Hand vom Handgelenk aus bis zum Ellenbogen steckte.

»Hör auf damit!«, sagte Selma zu ihrem Sohn. »Das nervt mich jetzt schon.«

Finn klopfte als Antwort abermals auf den Gips und kassierte dafür einen leichten Schlag auf den Hinterkopf. Gleichzeitig fuhr der Bus krachend über ein Schlagloch.

Selma beobachtete ihren Sohn, der sich nun damit beschäftigte, seine nassgeschwitzten blonden Haare nach oben zu stylen. Sie wusste ganz genau, was ihn gerade, abgesehen von seiner Blase, wieder diese verdammte Blase, bedrückte. Von sich aus würde er ihr das nicht erzählen. Er war schon so erwachsen geworden. »Keine Angst, Finn, ich glaube nicht, dass eines der Kinder dich erneut auslachen wird. Du machst dir wie immer viel zu viele Sorgen.«

»Du machst dir zu viele Sorgen!«, sprach Finn sie mit verstellter Stimme nach. »Ich bin dreizehn und habe mir in die Hose gepinkelt. Sämtliche Bewohner aus Gran-Kotten haben mitgekriegt, wie ich heulend aus dem Wald gerannt kam. In der Schule weiß es bestimmt bereits jeder Arsch.«

»Hey, keine Schimpfwörter«, mahnte Selma. »Du hast dir einen Arm gebrochen. Du hattest sehr, sehr starke Schmerzen, da kann es auch vorkommen, dass man seine Blase schlecht kontrollieren kann. Das ist entschuldbar.«

»Ich bin dreizehn und habe mir in die Hose gepisst!«, wiederholte Finn laut. Viel zu laut. Er sah sich erschrocken im Bus um. Glücklicherweise zeigte keiner der wenigen Fahrgäste Interesse an seinem Problem. »Hast du dir schon mal was gebrochen?«

»Nein«, gab Selma zu. »Bis jetzt bin ich davon verschont geblieben.«

»Siehst du!« Finn vergaß, dass er eigentlich leiser reden wollte. »Du erzählst mir, es ist in Ordnung, dass man sich etwas bricht und dann in die Hose pinkelt, hast selber aber keine Ahnung. Du tischst mir gerade einen Haufen Scheiß-Märchen auf.«

»Hey Freundchen. Werd jetzt bloß nicht frech, sonst fang ich an, mich über dein Theater mit den Sandalen ernsthaft auseinanderzusetzen. Als du in Stor-Yel auf der offenen Straße vor dem Schuhgeschäft geheult hast, war es dir ziemlich egal, dass du schon dreizehn bist.«

Finn schnaubte wütend.

»Das Geld für deine neuen Sandalen haben wir auch nicht einfach so übriggehabt«, sagte sie mit gedämpfter Stimme. »Du hast viel zu viel Fantasie. Wenn du sie nur in der Schule einsetzen würdest ...« Selma drehte sich zum Fenster und sah hinaus.

Für den Rest der Fahrt blieben sie schweigend sitzen.

Als der Bus den letzten Graben ansteuerte und anschließend quietschend stehen blieb, quetschte Finn sich zwischen den halb geöffneten Türen hindurch und rannte zu einem einsamen, verwilderten Preiselbeerbusch am Straßengraben.

Gran-Kotten hatte sieben Straßen und zählte zu einem der größeren Dörfer auf der Fernstraße zwischen Stor-Yel und Liten-Yel. Auf dem blechernen Schild vor der Einfahrt war mittig unter dem Ortsnamen eine Hütte abgebildet. Finn war fest davon überzeugt, dass es das Häuschen von Ingeborg darstellte. Doch die Geschichte vom Dorf erzählte, dass es sich um das erste gebaute Haus in diesem Ort handelte. Angeblich war es im Zweiten Weltkrieg von einer Fliegerbombe getroffen worden.

Das Haus der alleinerziehenden Selma Arvidsson und ihres Sohns Finn lag am Ende des Dorfes neben dem Wald. Ihr bescheidenes Häuschen war gerade mal groß genug für eine kleine Familie. Bevor Finns Vater, Selmas Ehemann Kjartan, sie urplötzlich verlassen hatte, waren sie kurz davor gewesen, nach Liten-Yel zu ziehen. Das war vor über zwei Jahren.

Auf dem Weg nach Hause hoben viele der Dörfler zum Gruß die Hand und musterten interessiert Finns Gips. Einige wünschten ihm gute Besserung. Andere gaben Ratschläge, wie man sich mit einem Gips zu verhalten habe.

Selma entriegelte die Haustür und betrat das Haus. Finn blieb einige Meter vor der Tür stehen.

»Komm rein Finn, wir essen erstmal etwas.«

Er schlenderte ein paar unsichere Schritte zum Haus und blieb an der Türschwelle stehen.

»Komm jetzt rein! Du darfst später raus, versprochen.«

Finn zeigte auf seine alten Sandalen neben der Tür. »Mama, kannst du bitte diese Sandalen aus dem Haus bringen. Sie wegwerfen oder so?«

»Mach das selber!«, entgegnete sie gereizt, öffnete ihre überdimensionale Handtasche und ließ achtlos seine in Zeitungspapier eingerollten Gummistiefel neben den restlichen Schuhen fallen. Die hatte er anstatt seiner alten Sandalen heute Morgen angezogen.

»Mama, bitte!«

Selma stemmte die Hände in die Hüften. »Ich kann nicht glauben, dass ich mich überhaupt auf deine Geschichte eingelassen habe. Ständig hast du irgendwelche verrückten Ideen. Wenn die arme Ingeborg hören würde, was du dir über sie ausgedacht ha...«

»Ich habe mir nichts ausgedacht«, unterbrach Finn seine Mutter.

Selma holte tief Luft. Sie legte die rechte Hand mit dem Handrücken auf ihre Stirn. Eine Geste, die sie vermutlich unbewusst machte, kurz bevor es für Finn brenzlig wurde. Ein weiterer Widerspruch und er würde garantiert eine Strafe aufgebrummt bekommen.

»Ich sage es dir noch einmal. Die Sandale hatte Ingeborg in der Nähe von ihrem Haus gefunden. Sie lag dort, wo du vermutlich hingefallen bist und dir den Arm gebrochen hast. Alles andere ist deine lebhafte Fantasie.«

»Wenn du mich umbringen willst, dann zieh mir die Sandalen doch gleich an!«, kreischte Finn.

Das Gesicht seiner Mutter verfinsterte sich. Sie öffnete den Mund, um etwas zu entgegnen, ließ es aber sein. Stattdessen nahm sie seine alten Sandalen und schleuderte sie mitten auf den Hof. »Schäm dich«, zischte sie und verschwand im Hausinneren.

Beim Essen zählte Selma alles auf, was in ihrem Leben schiefgelaufen war. Finn saß auf einem Stuhl neben dem Fenster, beäugte die Sandalen im Hof und hörte halbherzig seiner Mutter zu. Den Inhalt ihrer Geschichte kannte er bereits auswendig. Lediglich der Schlussteil, die Verkündung seiner Strafe, war für ihn von Interesse.

»Fiiiiinn«, hörten sie plötzlich von draußen jemanden rufen.

Finn sprang aufgeregt von seinem Stuhl auf und drückte die Nase ans Fenster. »Da kommen sie, um über mich zu lachen.« Er sah eine große Gruppe von Kindern, die sich vor dem Zaun versammelten.

»Fiiinn, komm raus, wir wissen, dass du da bist!«

»Sie möchten bestimmt nur deinen Gips sehen«, sagte Selma. Sie hatte die Stimme von Ragan Blom erkannt und hoffte, dass sie mit ihrer Vermutung richtig lag.

»Die wollen mich auslachen«, sagte Finn den Tränen nahe.

»Wenn du willst, gehe ich raus und verjage sie alle.«

»Nein, du wirst mich nur blamieren.«

Selma spähte aus dem Fenster. Nach der Größe der Kinderschar zu urteilen, mussten es fast alle aus dem Dorf sein. »Dann geh raus, ich will keinen von denen in meinem Hof haben. Es wird Zeit, dass wir uns einen neuen Hund anschaffen.«

Finn dachte an den verstorbenen Barsik, ein großartiger Hund war das gewesen, zog dann zaghaft seine neuen Sandalen an und schlenderte nach draußen. Als er sich den alten Sandalen näherte, machte er einen großen Bogen um sie. Bei jedem Schritt mahnte er sich, bloß keine Schwäche zu zeigen. Bloß nicht zu weinen.

Die Kinder beobachteten ihn still.

»Finn, wie geht es dir?«, rief Monika Gutermann als erste. Sie und Finn waren in derselben Klasse.

Finn blieb vor dem Tor stehen, reckte die Hand mit dem Gips in die Höhe und klopfte zweimal dagegen.

Ein erstauntes Raunen hallte durch den Hof.

»Tut das weh?«, fragte Luritz Evans. Seine Augen, hinter der hässlichen Brille mit einem tiefen Riss an dem linken Brillenglas, hafteten auf Finns Gips.

»Natürlich tut das weh, sonst hätte er sich nicht in die Hose gepinkelt«, beantwortete Blom laut Luritz Frage.

Einige der Kinder kicherten. Immerhin weniger, als Finn erwartet hatte.

»Nein, nicht weil es weh tat, sondern weil ich in dem Wald fast umgebracht worden bin«, entgegnete er beschämt.

Ein weiteres Raunen. Diesmal lauter.

»Und von wem, einem Eichhörnchen?« Blom hatte nicht vor, Finns Ausreden durchgehen zu lassen.

»Nein, von …«

»Ach, von der Ameise, die du dann totgepinkelt hast!«, unterbrach Blom ihn.

Ein lautes Gelächter brach aus. Selbst Moni lachte. Blom sah ihm selbstzufrieden in die Augen.

Finn kämpfte mühsam gegen die Tränen.

»Na los, verschwindet von hier!«, brüllte Selma. Sie kam mit einem Besen in der Hand aus dem Haus gerannt.

Die Kinder liefen in alle Richtungen weg. Die Größeren eher belustigt, die Kleineren ernsthaft verängstigt.

»Pisser!«, schrie Blom beim Wegrennen. »Piiiiisseeeeer!«

SCHULSCHWÄNZER

Gran-Kotten
Dienstag, 11. Juli 1989

4 Finn sah nur einen einzigen Weg, Bloms Verhöh-
nungen zu beenden. Ansonsten, und daran hatte
er keinen Zweifel, würde Blom noch diese Woche
dafür sorgen, dass er bis ans Ende seiner Tage den Spitz-
namen „Pisser" aufgedrückt bekam. Sowohl im Dorf als
auch in der Schule.

Finn fröstelte. In seiner Eile hatte er vergessen, die
dünne Jacke mitzunehmen. Außerdem schien es, als sei
es hier oben auf der Fichte, die auf der anderen Seite der
Fernstraße stand, wesentlich kühler zu sein als in der
Sonne an der Bushaltestelle gegenüber.

Er sah zufrieden auf die Köpfe der Kinder. Bis jetzt
hatte ihn niemand entdeckt, was unbedingt so bleiben
sollte. Er war heute Morgen extra früher aufgestanden,
hatte auf das Frühstück verzichtet und seiner Mutter vor-
gegaukelt er müsse dringend noch vor der Schule mit
Monika Gutermann sprechen. Zu seinem Erstaunen hatte
sie keine Einwände dagegen. Offensichtlich glaubte sie,
er wollte sich bei Moni Beistand für seinen bevorstehenden
Kampf gegen Demütigung holen. Und das war gut so.

Gestern Abend, als er weinend in seinem Bett lag, hatte
Mama ihm vorgeschlagen, mit Bloms Mutter zu reden. Er
hatte es entschieden abgelehnt. Nicht weil er der Meinung
war, mit dreizehn Jahren müsse man seine Probleme
selbst regeln, sondern weil er befürchtete, dass es alles
nur noch schlimmer machen würde.

Jeder im Dorf wusste, dass Bloms alleinerziehende
Mutter schon vor Jahren die Kontrolle über ihren Jungen

verloren hatte. Bei ihr zu petzen, würde seine niederträchtige Absicht umso mehr befeuern. Nein, Finn musste das anders regeln. Anfangs hatte er sich überlegt, Blom mit Schlägen zu taktieren. Es müsste schnell und unerwartet geschehen. Sobald das Wort *Pisser* fiel, würde er sein Bein zwischen Bloms Genitalien vorschnellen lassen und ihm anschließend mit Fäusten gnadenlos ins Gesicht schlagen. Finn lächelte bei der Vorstellung, die, wie er wusste, alles andere als realistisch war. Blom war ein wilder Stier. Ihn zu verprügeln war einfach unmöglich.

Finn dachte an den armen Luritz Evans. Der Junge musste wegen zwei hervorstehenden Vorderzähnen und einer Brille mit den vermutlich dicksten Gläsern der Welt täglich Dutzende Erniedrigungen von Blom ertragen. Und zwar nur von Blom! Für die anderen Kinder war es absolut tabu. Niemand durfte ihn beleidigen, ohne sich dabei auf große und meist schmerzhafte Schwierigkeiten mit Blom einzulassen. Das war so im Dorf. Das war so in der Schule. Luritz war sozusagen Bloms menschliches Hündchen. Und alles, weil er ihn vor einer halben Ewigkeit für eine, vergleichsweise harmlose, Beleidigung in die Eier getreten hatte.

Der Schulbus kam, blieb quietschend stehen, wartete, bis alle Kinder eingestiegen waren, und fuhr zischend davon.

Das wäre schon mal geschafft. Finn ließ den Blick über das Dorf schweifen. Viele Dörfler, insbesondere die Alten, verrichteten bereits irgendwelche Pflichten, die ein Haushalt mit Tieren und einem Garten erforderte. Als sein Blick an der Straße, die zu ihrem Haus führte, stoppte, erblickte er aufgeregt seine Mutter. Sie schlenderte zusammen mit einer Nachbarin zur Bushaltestelle.

Nicht mehr lange und ein Kleintransporter, der in die Fabrik nach Stor-Yel fuhr, würde sie einsammeln. Als die Frauen die Haltestelle erreichten, hielt Finn den Atem an und konzentrierte sich auf die Stimmen, um zu verstehen, worüber sie redeten. Das war jedoch wegen der Entfernung nicht möglich.

Es vergingen keine zwei Minuten, da sah er in der Ferne den Transporter mit offener Ladefläche, auf der mehrere Menschen saßen, kommen. Der Wagen hielt brummend an. Seine Mutter kletterte geschickt auf die Brücke rauf. Der Nachbarin hingegen mussten Männer helfen. Jemand sagte etwas, worauf alle lachten. Der Kleintransporter fuhr los und das Lachen rückte in die Ferne.

Nein, Finn wollte nicht so wie Luritz enden. Er hatte eine gewaltfreie Lösung parat, Blom dazu zu bringen, ihn nie wieder Pisser zu nennen.

Nachdem der Transporter aus seinem Sichtfeld verschwunden war, kletterte er vorsichtig, sein Gips hinderte ihn dabei nur bedingt, die Fichte runter. Währenddessen sah er hin und wieder zum Dorf, um sicherzugehen, dass ihn niemand sah.

Das Land, auf dem die Fichte stand, gehörte dem Staat. Um sie herum und insbesondere nach hinten zum Wald wuchsen haufenweise verwilderte Preiselbeerbüsche.

Finn hastete zum nächstgelegenen Busch und hockte sich zu seiner Tasche, die er dort versteckt hatte. Im Handumdrehen hielt er eine Feldflasche, die früher seinem Vater gehört hatte, in der Hand. Er schraubte den Verschluss auf, trank einen Schluck Wasser und sah einen Wimpernschlag lang zur Sonne. Gegen 17 Uhr würde der Schulbus mit den Kindern zurückkehren. Bis dahin hatte er mehr als genug Zeit, um alles vorzubereiten. Und zwar so, dass niemand aus dem Dorf ihn dabei erwischte, wie er die Schule schwänzte.

FRIEDHOF VON STOR-YEL

Kvist-Yel

5 Im Morgengrauen Angeln gehörte in der warmen Jahreszeit zu Walters fester Tagesroutine. Unweit vom Dorf verlief ein Fluss namens Lysande-Vesi, welcher sich von Stor-Yel bis Liten-Yel erstreckte und in einen noch größeren Fluss mündete. Darin konnte man locker in einer Stunde zwei bis drei wandernde Saiblinge fangen. Gebraten und mit etwas Salz gewürzt, gehörten sie seit Jahrzehnten zu Walters Speise.

Peetu wartete, bis sein Vater das Haus verließ, stieg dann aus seinem alten Bett und schaute sich abermals im Zimmer um. Früher teilte er diesen Raum mit Ragan.

Das Bett von seinem Bruder war allerdings verschwunden. Genauso wie der Schrank, das Bücherregal und der kleine Tisch, an dem sie bis zum Ende der Schullaufbahn ihre Hausaufgaben gemacht hatten. Wie Reik verkaufte sein Vater offensichtlich auch seine Möbel, um an Geld zu kommen.

Peetu fluchte innerlich über seine Dummheit zu glauben, dass ein Sechstel von seinem Lohn Vater fürs Überleben reichen würde, und nahm sich vor, den Betrag mindestens zu verdoppeln. Wie er das finanziell verkraften sollte, interessierte ihn in diesem Moment nicht. Jetzt wollte er erstmal das kleine Bild an der Wand betrachten. Es war mit Ölfarben gemalt. Ein Baum, der einsam auf einem Feld umgeben von hunderten Mohnblumen stand. Seit er denken konnte, hing das Bild dort. Aber zum ersten Mal fragte er sich, wie es dahin kam und wer es gemalt hatte.

Er streifte nachdenklich ein frisches Hemd und die Stoffhose von gestern über. Dann holte er aus der Seitentasche seines Koffers die drei Bündel Dollarscheine raus, die dem vermeintlichen Ragan gehört hatten. Er zählte aus einer der Rollen fünfhundert Dollar ab, bestehend aus Zehnern, Zwanzigern und Fünfzigern und steckte sie in seine Hosentasche. Den Rest schob er zurück in die Seitentasche des Koffers. Dann stellte er sich nochmals vor das Mohnbild, suchte vergebens nach einer Unterschrift und schlenderte in die Sommerküche.

Sein Vater hatte Tee aufgekocht. Aus der Tülle der Teekanne stieg ein kaum sichtbarer Dampf hinaus. Auf dem Tisch lagen zwei halbtrockene Scheiben Brot, daneben eine halb volle Flasche von Walters Selbstgebranntem und ein Glas Marmelade. Wie es aussah, hatte der alte Mann königlich gefrühstückt.

Der Uhr zufolge, die über dem Gasherd hing, war es zwanzig nach sechs. Die digitale Casio-Uhr an Peetus Handgelenk bestätigte die Uhrzeit. Er musste sich beeilen. Peetu schmierte sich eilig das Brot mit Marmelade, sie roch nach Erdbeere, und füllte eine Tasse mit Tee. Als er einen Schluck trinken wollte, verbrannte er sich die Zunge, worauf er vor Wut sein Marmeladenbrot gegen eine Fensterscheibe schleuderte. Sozusagen, um sich besser zu fühlen.

Reik bemerkte nicht, wie Peetu sein Grundstück betreten hatte. Er hatte sich breitbeinig an die Wand seines Hauses gestellt und urinierte dagegen.

»Guten Morgen Reik, freut mich, dass du auch so früh wach bist!«, sagte Peetu, als sein Strahl endete.

»Peetu, nein!«, schrie Reik erschrocken auf und eilte zur Haustür. Seine geöffnete Hose drohte jeden Augenblick komplett herunterzurutschen. »Ich habe die Geldbörse nicht geklaut. Wirklich!«

Er versuchte, die Tür zu schließen, doch Peetu hatte im letzten Moment den Fuß dazwischengeschoben, worauf sich ein pochender Schmerz in seinem Schuh ausbreitete. Er drückte vor Wut so fest gegen die Tür, dass Reik mehrere Schritte nach hinten stolperte und fiel.

»Peetu, ich habe nichts mehr!«, schrie Reik hysterisch, während er auf Händen und Füßen hinter den Zweisitzer eilte.

»Komm schon, hör mit dem Scheiß auf, Reik, zieh dich an, wir haben keine Zeit. Der Schulbus kommt bald«, sagte Peetu in einem ruhigen Plauderton.

Reik lugte hinter dem Sofa hervor. »Was?«

»Bist du krank?«, fragte Peetu erschrocken, als er sich ihm näherte.

Reik zitterte am ganzen Körper. Auf seiner Stirn glänzten Schweißperlen. Sein Gesicht war angeschwollen und das Weiß seiner Augen war fast vollständig gerötet.

»Ich habe dir doch gesagt, dass ich nichts mehr trinke. Das fällt mir so schwer, ich bin kurz davor, den Verstand zu verlieren.« Zur Verdeutlichung schob Reik die Hände in die Haare und zog daran.

»Ist das nicht gefährlich, einfach so damit aufzuhören, wenn man ein halbes Leben davon abhängig war?« Peetu reichte ihm die Hand.

Reik zögerte, dann ergriff er die Hand und zog sich auf die Füße. Anstatt einer Antwort stellte er eine Gegenfrage. »Wo willst du mit mir hin? Polis?«

»Ach was, nein! Was passiert ist, ist passiert. Ich glaube dir, dass du die Geldbörse nicht geklaut hast.« Peetu zwang sich, zu lächeln. »Ich verzeihe dir, Reik. Wir sind wie Brüder.«

Reik ergriff weinend seine Hand und küsste sie. »Es tut mir leid, Peetu, es tut mir so leid.«

Peetu glaubte ihm, doch er hatte gelogen, nichts würde er diesem elenden Säufer verzeihen. Dennoch brauchte er ihn. »Wir fahren nach Stor-Yel, zum Friedhof«, klärte er Reik auf. »Wir werden den Sarg ausgraben lassen und ich werde mich selbst davon überzeugen, dass niemand anderes als Ragan darin liegt.«

»Aber dein Alter war doch dagegen«, sagte Reik entsetzt.

»Ja, Reik, das ist er! Und genau deshalb kommst du mit mir mit. Damit ich dort jemanden habe, den die Friedhofsarbeiter schon gesehen haben, das wird die Sache hoffentlich um einiges erleichtern.«

»Walter wird davon nicht begeistert sein«, widersprach Reik.

»Ich weiß, aber ich erwarte trotzdem von dir, dass du mitkommst, und natürlich, dass du deine Klappe hältst und es meinem Alten niemals erzählst.« Dabei zweifelte er stark daran, dass Reik es fertigbringen würde, in besoffenem Zustand nichts davon zu erzählen.

Reik nickte. »Was, wenn du recht hast, und es ist nicht Ragan, dann muss dein Alter es doch erfahren, oder nicht?«

»Natürlich, Reik, aber dann spielt es keine Rolle mehr, was wir getan haben.« Er tippte auf seine Casio. »Wir müssen uns beeilen. Soweit ich mich erinnere, kommt der Bus um sieben.«

Peetu und Reik waren überpünktlich. Sie stellten sich neben das schief stehende Bushaltestellenschild und fanden sich so inmitten von Kindern, die sie flüsternd anstarrten.

Reik umklammerte die Stange vom Schild, als wäre er ohne sie verloren. Er wippte nervös von einem Fuß auf den anderen und starrte zu Walters Haus rüber. Sein nicht gebügeltes Hemd, das er frisch angezogen hatte, war jetzt schon nass geschwitzt.

Peetu hoffte inbrünstig, Reik möge diesen Tag ohne zusammenzubrechen überstehen. Auch er sah besorgt zum Haus seines Vaters und vertraute darauf, dass der alte Mann heute besonders lange fürs Angeln bräuchte. Es war kaum auszudenken, was passieren würde, wenn er sie an der Bushaltestelle entdeckte. Zweifelsohne würde der Mann sofort begreifen, was Peetu vorhatte.

»O Mann, da kommt er«, sagte ein Junge enttäuscht und meinte damit den Schulbus.

Die Kinder stellten sich schubsend und schimpfend in einer Reihe auf. Peetu und Reik schlenderten nach ganz hinten. Der Schulbus, ebenfalls ein Mercedes-Benz O 305, in Grün lackiert, blieb quietschend vor dem ersten Kind in der Schlange stehen. Peetu erkannte den Busfahrer. Es war derselbe Mann, der ihn gestern in einem Linienbus hierhergefahren hatte.

Als Peetu und Reik an der Reihe waren, einzusteigen, erhob sich der Fahrer, sein Bauch hatte einen beachtlichen Umfang, keuchend von seinem Sitz und zeigte mit dem Zeigefinger nach draußen. »Oh, oh, oh. Ne, ne, nein! Das ist ein Schulbus, ihr wisst genau, dass es mir verboten ist, erwachsene Passagiere mitzunehmen. Das wird nichts.«

»Wir müssen dringend in die Stadt. Der Linienbus kommt dafür zu spät«, sagte Peetu. Was so nicht wirklich stimmte.

Dieser Schulbus war nur die einzige Möglichkeit, aus dem Dorf zu verschwinden, ohne dass sein Vater es mitbekam.

»Es ist mir verboten, erwachsene Passanten mitzunehmen«, wiederholte der Busfahrer.

»Auch, wenn es sich dabei um einen Notfall handelt?«

»Ja, auch dann!« Der Fahrer setzte sich ächzend auf seinen Sitz zurück und richtete seine Dienstmütze, die ihn gnadenlos lächerlich aussehen ließ.

»Auch, wenn ich dir dafür, sagen wir mal, fünf amerikanische Dollar gebe?«

Der Fahrer zog überrascht die Augenbrauen hoch und sah flüchtig in den Innenraum des Busses. »Mit so einer Aktion würde ich meine Lizenz riskieren. Hinter mir sitzt ein Haufen Petzen.«

Peetu glaubte ihm kein Wort.

»Aber für zehn Dollar nehme ich euch sogar wieder mit zurück.«

Peetu nickte, holte die Dollarscheine aus der Hosentasche, zog einen Fünfer hervor und legte ihn vorsichtig auf die Armatur. Der Fahrer starrte gierig auf Peetus Hosentasche, als er den Rest vom Geld darin verschwinden ließ.

»Wir wollen nur hin«, sagte Peetu zwinkernd.

»Nein!«, entgegnete er empört und drückte den Fünf-Dollarschein von sich weg. »Zehn Dollar. Ansonsten raus hier!«

»Du fett ...« Peetu ballte die Fäuste. Am liebsten hätte er das Hirn von diesem Bastard auf der Fensterscheibe verteilt. Doch der unbeeindruckte Blick des Fahrers sagte ihm, dass er nicht im Geringsten Angst vor ihm hatte und dass er es ernst meinte.

Peetu zog einen weiteren Fünfer und warf ihn dem Mann auf den Wanst.

»Damit das klar ist, vielleicht fahren wir wirklich mit zurück.«

»So war das abgemacht«, sagte der Busfahrer lächelnd, hob ächzend den Hintern an und stopfte die Dollarscheine in seine eigene Hose. »Setzt euch auf die Sitze hinter mir, damit ich euch im Auge behalten kann.« Er drehte den Kopf nach hinten und starrte verärgert auf zwei Mädchen, die bereits die Plätze besetzt hatten. »Ihr da, verpisst euch auf einen anderen Sitz. Aber flott.«

Die Fahrt nach Stor-Yel kam ihnen vor wie eine Ewigkeit. Der Bus stoppte buchstäblich an jeder Bushaltestelle, wo sich scharenweise Kinder in das Fahrzeug quetschten. Dabei wurde der Fahrer bei jedem Stopp immer lauter und aggressiver, die Kinder immer lauter und frecher.

Reik schwitzte und stöhnte. Abgesehen von den roten Augen war der Rest von seinem Gesicht aschfahl.

Gelegentlich klopfte Peetu ihm auf die Schulter, um ihn zu beruhigen. »Halte durch, wir sind bald da, Reik.«

An der Bushaltestelle der Schule deutete der Fahrer ihnen an, sitzen zu bleiben. Sie waren überrascht, als der Mann sie anschließend bis zum Friedhof brachte. Er informierte sie darüber, dass die Rückfahrt mit dem Schulbus für sechzehn Uhr angesetzt war. Sobald alle Kinder aufgeladen waren, würde er einen kleinen Umweg machen, um hier an der Bushaltestelle vom Friedhof vorbeizufahren. Unabhängig davon, ob sie auf ihn warteten oder nicht. Schließlich hatten sie ja dafür bezahlt.

Das Haupttor vom Friedhof war für die Besucher bereits aufgeschlossen. Zum zweiten Mal in seinem Leben musste Peetu diese Ruhestätte betreten. Nach dem Tod seiner Mutter und dem Baby war sein Vater zur Überzeugung gekommen, er und seine Söhne würden ihren Tod nur dann akzeptieren und verkraften, wenn sie das Grab mieden. Dennoch hatte Peetu sich damals fest vorgenommen, sobald er erwachsen wäre, das Grab seiner Mutter mindestens einmal im Monat zu besuchen. Doch mit den Jahren rückte sein Vorhaben immer mehr in die Ferne. Und anschließend in Vergessenheit. So als hätte seine Mutter nie existiert.

Damals, als er ein Kind gewesen war, bezahlte sein Vater für die Pflege des Grabes eine Nachbarin, die öfters das Grab ihres Mannes besuchte. Doch die Frau verstarb längst, und es war fraglich, ob Walter dafür gesorgt hatte, dass sich heute jemand um die Grabpflege kümmerte.

»Ragans Grab ist dahinten.« Reik zeigte nach Osten, wo sich hunderte von Grabsteinen erstreckten.

»Ich habe ganz vergessen, wie groß der Friedhof ist«, krächzte Peetu.

Reik kratzte sich am Hinterkopf, zeigte auf einen der östlichen Pfade zwischen den Gräbern und marschierte los.

»Wo willst du hin?«

Reik drehte sich überrascht um.

»Das Grab sehe ich früh genug«, erklärte Peetu. »Wo finden wir den Friedhofsverwalter?«

»Hinter den Tannen.« Reik zeigte auf das andere Ende des Friedhofs, wo ein Dach über die Bäume ragte. »Es gibt zwei Eingänge. Dort stehen auch die Leichenhalle und der Hof der Bestatter. Wenn wir hier lang gehen«, Reik zeigte auf einen Gang Richtung Norden, »kommen wir durch ein kleines Tor hinter der Kapelle dorthin.«

Da Peetu nicht mehr wusste, wo seine Mutter und das Baby begraben waren, vermied er tunlichst, die Namen auf den Grabsteinen zu lesen. Er konzentrierte den Blick auf Reiks nassgeschwitzten Hinterkopf. Was sollte er tun, wenn er plötzlich den Namen seiner Mutter las? Stehen bleiben, weitergehen? Er wusste es nicht und schämte sich dafür.

Das staatliche Beerdigungsinstitut war aus Stein gebaut und nahezu im ganzen Land in gleicher Bauweise und Funktion vorzufinden. Während das untere Stockwerk gänzlich dem Bestattungswesen angehörte, diente das obere als Wohnung für Bestatter und deren Familien. Zusätzlich zu ihrem Beruf übten die Bestatter, oder hauptsächlich einer ihrer Angehörigen, für gewöhnlich zeitgleich die Rolle eines Friedhofsverwalters und Wächters aus. Alleine Leichen herrichten, reichte längst nicht aus, um eine Familie zu ernähren, weshalb stets ein Grundstück für einen Garten und andere landwirtschaftliche Vorlieben bereitgestellt wurde.

Gegenüber dem Bestattungsinstitut stand eine beachtliche Scheune, aus der man Schweine grunzen hörte. An das Gebäude war ein verwitterter Hühnerstall angebaut, in dem ein geschäftiges Treiben der Vögel herrschte. Gleich dahinter erstreckte sich ein großes, mit Kartoffeln bestelltes Feld. Weiter vorne, an der Toreinfahrt, standen drei Hundehütten in einer Reihe. Doch die Hunde waren nirgends zu sehen. Zwei Hühner, die es geschafft hatten, aus dem Stall auszubrechen, liefen auf dem Feld herum und pickten an den Kartoffelpflanzen. Als sie Peetu und Reik entdeckten, näherten sie sich ihnen interessiert.

Reik zeigte auf die Hundehütten. »Die haben drei Dobermänner. Meinst du, sie laufen frei herum?«

»Ich hoffe nicht«, sagte Peetu und sah sich besorgt um.

Sie gingen zögernd zum Eingang des Beerdigungsinstituts. Peetu drückte die Türklinke. Die Tür war verschlossen.

»Das war ja klar«, sagte Reik und tippte auf ein Schild neben der Tür. »Öffnungszeit von 10 Uhr bis 16 Uhr. Wir müssen noch fast zwei Stunden warten.«

Peetu sah mürrisch auf seine Casio. Dann ballte er eine Faust und hämmerte gegen die Tür.

»Hey!«, rief ein Mann vom Hühnerstall aus. Sein Haupt war mit einem Strohhut verdeckt. Er hatte einen Bart und trug eine graue Latzhose mit einem karierten blauen Hemd darunter. In seiner linken Hand hielt er ein Körbchen mit Eiern. Seine kniehohen Stiefel waren fast vollständig mit Erde und Scheiße beschmutzt. »Wir öffnen um zehn, bitte kommen Sie später wieder.«

»Wir haben keine Zeit, zu warten«, entgegnete Peetu.

Der Mann kam ein paar Schritte näher. Beim Anblick von Reik verhärteten sich seine Gesichtszüge. »Was wollt ihr?«

»Das ist einer der Bestatter«, sagte Reik mit gedämpfter Stimme. Sie gingen auf den Mann zu.

»Haben Sie hier das Sagen?«, fragte Peetu. Er reichte seine Hand zum Gruß.

»Ja, Fred Madsen. Wir öffnen um zehn.« Er nahm zögernd Peetus Hand entgegen.

»Verstanden!«, sagte Peetu ernst. »Aber Sie müssen heute noch einen Sarg ausgraben. Vielleicht ist es besser, wenn Sie damit anfangen, bevor andere Aufgaben Ihre Aufmerksamkeit erfordern.«

Fred stellte das Körbchen auf den Boden und musterte Peetu unverhohlen von oben bis unten.

Peetu sah aus den Augenwinkeln, wie ein weiterer Mann aus dem Hühnerstall kam. Seine Kleidung glich exakt der von Fred. Allein seine Stiefel wirkten wesentlich sauberer. Und der Bart fehlte. Er kam mit großen, entschlossenen Schritten auf sie zu.

»Die zwei wollen einen Sarg ausgraben«, sagte Fred, als der Mann sie erreichte.

Der Neuankömmling zog Fred am Ellenbogen nach hinten und reichte Peetu die Hand. »Aki Madsen. Sind Sie von der Polis?« Als er Reik erkannte, verzog sich sein Gesicht angewidert.

»Mein Name ist Peetu Virtanen. Mein Bruder Ragan wurde letzten Freitag hier beerdigt, ohne dass ich ihn vorher sehen konnte«, eröffnete Peetu seine Geschichte. »Allerdings habe ich großen Zweifel daran, dass es wirklich mein Bruder war. Ich möchte, dass Sie den Sarg wieder ausgraben, damit ich mir die Leiche ansehen kann.«

»Das geht nicht!«, sagte Aki Madsen sofort.

Peetu hatte mit der Antwort gerechnet. »Auch nicht, wenn ich Ihnen dafür ein paar amerikanische Dollar zahle? Sozusagen für Ihre Mühe.«

Aki schüttelte entschieden den Kopf. »Nein, Ihre Dollar können Sie gleich stecken lassen. Ohne staatliche Genehmigung ist das Ausgraben von Leichen eine Grabschändung und somit eine Straftat. Auch für uns Friedhofsverwalter.«

»Ich verstehe. Werden einhundert Dollar Ihre Meinung ändern?«

»Ich schlage vor, Sie besorgen sich eine Genehmigung, dann graben wir ihren Bruder auch ohne die hundert Dollar aus«, sagte Aki unbeeindruckt von der genannten Summe.

»Dreihundert amerikanische Dollar!«, erhöhte Peetu.

»Allerdings kann ich Ihnen jetzt schon sagen, dass solange Ihre Eltern am Leben sind, Sie als Bruder kein Recht darauf haben, diesen Antrag zu stellen.« Aki zeigte abwehrend die Handflächen. »Ich weiß, ist wieder Mal eine sehr fragliche Regel vom Staat, aber so ist unser Land nun mal, korrupt und bürokratisch.«

Peetu hatte Akis Seitenhieb verstanden, dennoch musste er es aussprechen.

»Vierhundert amerikanische Dollar?«

»Soweit ich mich erinnern kann, ist Ihr Vater noch am Leben«, fuhr Aki fort. »Sie sollten sich an ihn wenden. Die Wartezeit auf eine Genehmigung oder eine Ablehnung, wovon ich in Ihrem Fall ausgehe, kann Monate dauern. Vergessen Sie nicht, Ihr Bruder wurde von Ihrem Vater eindeutig identifiziert. Die Polis, Fred und ich waren anwesend. Es gibt also keinen Grund für eine Störung der Totenruhe.« Aki sah zu Reik. »Der da war auch dabei!«

»Fünfhundert, und ich bin sicher, wir müssen meinen Vater, der schon sehr alt ist, nicht damit belästigen. Und wozu der ganze Papierkram? Mir reicht eine Minute, dann können Sie den Sarg wieder zuschütten.«

»Bitte, hören Sie auf, mir Zahlen an den Kopf zu werfen«, sagte Aki mit erhobener Stimme. »Ich sagte Ihnen bereits, das ist strafbar. Sie verschwenden unsere Zeit. Gehen Sie den bürokratischen Weg, ein anderer ist ausgeschlossen.«

»Ich könnte bis morgen tausend Dollar besorgen«, sagte Peetu entschieden.

Fred pfiff erstaunt durch die Zähne, worauf Aki ihn mit einem missbilligenden Blick strafte. »Nicht jeder in diesem Land ist korrupt! Und du«, Aki tippte hart gegen Reiks Brust, »deine Kotze in der Kapelle musste mein Bruder aufwischen. Ihr beiden macht ganz schnell einen Abgang.«

»Ich kann ihnen mehr geben«, sagte Peetu erregt.

»Noch ein Wort und ich werde die Polis rufen. Verschwindet von hier!«, schrie Aki Madsen aufgebracht und trat den Korb mit den Eiern neben Freds Beinen weg. »Wo sind die Hunde?«

»Komm, Peetu, lass uns gehen«, flehte Reik eingeschüchtert.

DIE IDEE

6 Finn versteckte sich zwischen den hohen, stacheligen Himbeerbüschen der Gutermanns. Ihr Hund Charly, ein überfütterter, träger Boxer, störte Finns Eindringen in seinen Hof nicht im Geringsten. Vielleicht weil er den Jungen kannte, vielleicht aber auch, weil er schlicht und einfach ein viel zu gutes Hundeleben führte, um ernsthaftes Interesse an Eindringlingen in seinem Revier zu zeigen.

Finn steckte sich eine grüne Himbeere, die ein paar gelbe Flecken aufwies, in den Mund und spuckte sie wieder aus.

Die Gutermanns hatten als Einzige im Dorf eine Sorte gelber Himbeeren. Sie gehörten auch zu den wenigen im Dorf, die ein Auto besaßen. Eine blaue Mercedes-Benz-S-Klasse-Limousine. Monis Eltern arbeiteten beide bei einer großen Bank in Stor-Yel. Den Gerüchten zufolge waren die Gutermanns reich. Warum sie allerdings in einem langweiligen Dorf und nicht in der Stadt, wo es Wohnungen mit Badewannen und Toiletten gab, lebten, war ein Rätsel.

Finn blickte zur Sonne. Wenn er sich nicht in der Uhrzeit täuschte, und das tat er nie, dann müsste der Schulbus Gran-Kotten bereits passiert haben. Er suchte sich eine andere Himbeere aus, gelb und groß, und steckte sie sich in den Mund.

In diesem Moment schlenderte Moni in den Hof, begrüßte Charly, ließ ihre Schultasche von den Schultern gleiten und suchte darin nach dem Schlüssel.

Finn beobachtete sie gebannt. Ihre langen hellbraunen Haare waren stets zu zwei Zöpfen geflochten, die seitlich über die Schulter hingen. Unter ihrem linken Auge hatte

49

sie ein großes Muttermal, das ihr stand und ihr Gesicht nur noch schöner machte. Es schien, als wäre das hellblaue Kleid mit Gänseblümchen allein für sie geschneidert worden, um auf diese Weise ihre Grazie zu unterstreichen. Er hätte sie den ganzen Tag betrachten können. Doch das würde bedeuten, dass er in sie verliebt war. Finn kam aus seinem Versteck raus.

»Finn!«, sagte Moni überrascht. »Wieso warst du heute nicht in der Schule?«

Finn klopfte vielsagend auf den Gips.

»Du hast echt was Tolles verpasst.«

Finn zweifelte daran etwas *Tolles* verpasst zu haben. Er hatte eher seinen Ruf gerettet. Naja, möglicherweise.

»Gerade hat ein Mann die ganze Fahrt lang auf die Sitze gekotzt.« Sie rümpfte angewidert die Nase. »Es stank so heftig, ich dachte, ich kotze jeden Augenblick mit.«

»Oh!«

»Wir haben uns alle auf der anderen Seite vom Bus zusammengequetscht und den Busfahrer angefleht, anzuhalten und den Mann, der sowieso nicht in einen Schulbus gehörte, rauszuwerfen. Das wollte er auch machen, aber ein anderer Mann, sie waren zu zweit, hat dem Fahrer die Faust vor's Gesicht gehalten und ihm gedroht, sein Hirn auf der Glasscheibe zu verschmieren, wenn er nicht weiterfahren würde.«

»Oha«, sagte Finn. Womöglich hatte er doch etwas verpasst.

Moni lachte glücklich auf, bevor sie weitersprach. »Dann hat Blom die Kinder dazu animiert, *schmeißt den Kotzer raus* zu schreien. Es war lustig, wir klatschten dabei rhythmisch in die Hände.« Sie warf den Kopf nach hinten und lachte. Ihre Zähne waren weiß und perfekt.

»Und dann kam das Heftigste. Ich glaube, das wird dir gefallen.« Ihre Augen strahlten vor Aufregung. »Der Nicht-Kotzer drängte sich bis zu Blom durch und verpasste ihm eine heftige Ohrfeige.«

»Echt?«, sagte Finn fassungslos. »Und hat Blom geweint?«

»Nein!«, zerschmetterte Moni seine Hoffnung. »Du weißt doch, Blom weint nie.«

Finn spürte, wie er rot anlief.

»Der Mann versicherte dann, dass der Nächste, der nur ein Wort von sich gab, die Kotze von der Sitzbank auflecken würde.« Sie würgte bei dem Gedanken. »Mir steht der Geruch von der Kotze immer noch in der Nase.« Sie schloss die Tür auf und deutete Finn an, reinzukommen. »Ich wärme mir gleich Mittag auf, möchtest du mitessen?«

»Nee, danke, meine Mutter kommt heute früher von der Arbeit. Sie hat Suppe gekocht.«

»Schade«, sagte Moni und Finn glaubte, Enttäuschung in ihrer Stimme gehört zu haben. »Es tut mir leid, dass ich gestern auch gelacht habe.«

»Alles gut«, winkte Finn verlegen ab und spürte, wie er abermals rot anlief. »Aber ich wollte dich fragen, ob du mir bei dieser Sache helfen kannst.«

»Bei welcher Sache?«, fragte Moni vorsichtig.

»Bring Blom dazu, in unsere Scheune zu kommen. Ich möchte ihm etwas zeigen. Du bist die Einzige, auf die er hört.«

Moni schüttelte den Kopf. »Blom hört auf alle Mädchen.« Sie zwinkerte Finn zu. Ihre Wimpern waren so unglaublich lang. »Ich werde es ihm ausrichten, aber nur, wenn du mir erlaubst, mitzukommen.«

Finn überlegte kurz. So hatte er es nicht geplant. Doch vielleicht war das gar nicht verkehrt, wenn sie dabei wäre. »Ja, gut. Aber sonst niemand!«

Fünfzig Minuten später erzählte Finn seiner Mutter beim Essen aufgeregt, was er heute auf der Heimfahrt von der Schule im Bus erlebt hatte. Theatralisch führte er vor, wie der Mann mit der Statur eines Boxers auf Blom zukam und ihn ohrfeigte. Kaum war er mit seiner Erzählung fertig, sah er durch das Fenster Moni in Begleitung von Blom und Luritz kommen. Er ärgerte sich über Luritz. Seine Anweisung war klar gewesen. Nur sie und Blom.

Finn kräuselte die Nase. »Der Gestank von der Kotze steckt mir immer noch im Riecher.«

Seine Mutter lächelte zurückhaltend.

Er trank sein Glas Wasser in einem Zug leer und eilte in den Flur. »Ich bin gleich da. Moni sagt, Blom möchte sich bei mir entschuldigen. Egal was passiert, bitte misch dich nicht ein, abgemacht, Mami?« Draußen war Monis Stimme zu hören, die seinen Namen rief.

Selma nickte kaum merklich und sah besorgt aus dem Fenster. Sie musste ihren Chef anbetteln, um heute früher entlassen zu werden. Anschließend verschwendete sie beinahe zwei Stunden mit dem Warten auf den Bus und der Fahrt, bis sie endlich zu Hause war, um ihren Sohn zu trösten. Der, wie es aussah, keinen Trost benötigte.

Finn zog rasch seine neuen Sandalen über und ging nach draußen.

Bloms verhärteter Gesichtsausdruck verriet eine furchtbare Laune. Seine braunen Haare waren ungekämmt. An seinem Hinterkopf stand ein Büschel auffallend senkrecht nach oben. Das muss wohl bei der wuchtigen Ohrfeige passiert sein, überlegte Finn und bemühte sich vergebens, ein Lächeln zu unterdrücken.

»Was willst du, Pisser?«, fragte Blom und spuckte auf den Boden.

»Ich möchte euch was zeigen.« Finn zeigte auf ihre kleine Scheune, die nur selten benutzt wurde, nachdem Vater sie verlassen hatte.

Blom bewegte sich nicht von der Stelle. »Was willst du uns zeigen?«

»Das kann ich hier nicht verraten«, sagte er mit gedämpfter Stimme und nickte kaum merklich zum Küchenfenster, aus dem seine Mutter ihnen zusah.

Blom begriff, was er meinte, spuckte abermals auf den Boden und setzte sich in Bewegung.

In der Scheune hob Finn ein dünnes Stöckchen auf, das kaum länger war als sein Unterarm. »Wir gehen auf den Dachboden!« Er kletterte die Leiter hoch. Die anderen folgten ihm schweigend.

»Setzt euch hier im Kreis hin«, sagte er, nachdem Luritz als Letzter die Sprossen erklommen hatte.

»Was ist denn nun?«, fragte Blom gereizt. Er glitt zwischen Luritz und Moni in die Hocke.

Finn entging währenddessen nicht, wie Blom abschätzend auf den Stock in seiner Hand schielte. Er atmete vor Aufregung hörbar ein und aus, nahm von einer Holzkiste mit Deckel eine eingerollte Tageszeitung, setzte sich Blom gegenüber und warf das Blatt in die Mitte.

»Lies die Überschrift auf der Titelseite«, sagte er zu Blom.

»Lies die Überschrift auf der Titelseite«, befahl Blom Luritz und schlug ihn mit der Zeitung gegen die Brust.

Luritz rollte sorgfältig die Zeitung aus, legte sie mit der Titelseite nach oben vor die Füße und fing an, sie zu glätten. Unter der Überschrift war ein großes Foto abgedruckt. Es zeigte Menschen, die in einer Reihe mit langen Stöcken in der Hand durch den Wald marschierten.

Finn klopfte ungeduldig auf den Gips. »Lies doch einfach die Überschrift«, entfuhr es ihm.

»*Fotografin aus Tre-Hut nach wie vor vermisst*«, las Luritz die Überschrift und starrte Finn fragend an.

»Lies weiter«, drängte er ungehalten.

»Du hast mir doch gesagt, ich soll die Überschrift vorlesen«, entgegnete Luritz trotzig.

»Das hast du!«, pflichtete Blom ihm bei. Er zeigte warnend mit dem Zeigefinger auf Finn.

»Jungs, beruhigt euch!«, mischte Moni sich ein. »Luritz, lies einfach die Titelstory.« Sie tippte auf die Zeilen unter dem Bild.

»*Die talentierte 20-jährige Nachwuchsfotografin Caja Finkelstein aus Tre-Hut wird nach wie vor zusammen mit ihrem Hund, einem reinrassigen Malteser namens Fluffy, vermisst. Die Polis hält weiterhin an ihrer Vermutung fest, die Fotografin habe sich am Freitag, den 7. Juli, im blauen Wald nahe dem bekannten und beliebten Lehrpfad-Yel verlaufen. Die gestrige Suche nach der Vermissten dauerte bis in die Dunkelheit, blieb jedoch erfolglos. Chef-Polis Morton setzt sich indes mit großem Engage...*«

»Das reicht, Luritz«, sagte Finn, bevor der Junge weiterlas.

Blom starrte Finn unverwandt an, dann griff er geschwind nach dem Stöckchen und versuchte es ihm aus der Hand zu reißen.

»Ich glaube, ich weiß, wo die Fotografin ist«, sagte er schnell.

Blom hörte auf, am Stock zu ziehen, ließ ihn jedoch nicht los.

»Echt, und wo ist sie?«, fragte Moni begeistert.

»Wie wir alle wissen, hatte die Frau auf dem Parkplatz vom Lehrpfad-Yel geparkt. Ihr Alfa Romeo wurde dort gefunden. Also keine acht Kilometer von hier entfernt.

Gestern hat die Polis bei uns im Dorf ein Foto von der Fotografin herumgezeigt.« Finn wollte unbedingt das Gedächtnis der anderen auffrischen, bevor er seine Geschichte erzählte. Dabei war er selbst zu diesem Zeitpunkt wegen seiner gebrochenen Hand mit seiner Mutter in Stor-Yel.

Moni und Luritz nickten zustimmend. Bloms Visage blieb versteinert.

»Ein Foto von Fluffy habt ihr auch alle gezeigt bekommen.« Er selbst hatte den Hund auf dem Bild in der Zeitung von Sonntag gesehen. An diesem Tag war er früh aufgewacht und wusste nichts mit sich anzufangen.

Da bemerkte er den Zeitungsboten, der gerade eine Tageszeitung auf ihr Grundstück schleuderte. Diese landete wie üblich direkt vor der Tür. Fast auf derselben Stelle wie sonst auch. Was für Werfer! Von der Langeweile gequält, holte Finn die Zeitung und entdeckte auf der zweiten Seite das Foto von der Fotografin und ihrem Hund. Da die Überschrift das Wort *Lehrpfad-Yel* enthielt und die Fotografin recht hübsch war, nahm er sich die Zeit, die kurze Berichterstattung durchzulesen. Kaum war er fertig, wurde ihm klar, wessen Hund er am Freitag im blauen Wald bellen gehört hatte.

Moni lächelte bei dem Gedanken an das süße Hündchen. Dabei bemerkte Finn, dass ihre Zähne mehr als vollkommen waren, sie waren vollkommento!

»Ich werde verraten, wie ich darauf gekommen bin, wohin die Fotografin und ihr Hund möglicherweise verschwunden sind. Aber ihr müsst mir schwören, es für euch zu behalten.«

»Und warum sollen wir das für uns behalten? Willst du etwa nicht, dass die Frau gefunden wird?«, fragte Luritz skeptisch.

Finn errötete. »Natürlich möchte ich das. Schwört ihr es oder nicht?«

»Ich schwöre!«, sagte Moni feierlich als Erste. Sie drehte den Kopf zu Luritz und sah ihn auffordernd an.

»Ich schwöre!«, sagte Luritz zaghaft.

Alle starrten Blom an.

»Erzähl weiter, Pisser«, sagte er, nach wie vor das Stöckchen fest umklammert.

»Ich lasse das als Schwur gelten«, sagte Finn und zog ruckartig den Stock aus seinen Händen. »Als ich vor ein paar Jahren in der Nähe von Lehrpfad-Yel mit meinem Vater jagen war, sind wir auf vier Schilder gestoßen, die als Wegweiser dienen sol...«

»Na und?«, unterbrach Blom ihn, seine Hand schnellte vor und er verfehlte knapp das Stöckchen. Verärgert über Finns Schnelligkeit, ballte sich seine rechte Hand, seine Schlaghand, zu einer Faust.

Moni drückte lächelnd Bloms Hand runter und ließ ihre auf seiner ruhen.

»Mitten im Wald, Blom!«, sagte Finn nachdrücklich. »Da stand *nächstliegende Siedlung, hier lang!*«

»Das ist ja eine tolle Idee. Dann finden Menschen, die sich verlaufen haben, einen Weg aus dem Wald«, sagte Moni und merkte zu spät, dass sie durch diesen Satz möglicherweise Blom dazu ermutigte, die Unterhaltung vorzeitig zu beenden. Sie verstärkte ihren Druck auf seine Hand und erhielt von ihm als Antwort ein strahlendes Lächeln.

»Ja, das ist eine gute Idee, aber nur wenn der Wegweiser in die richtige Richtung zeigt. Die Schilder, die wir damals entdeckt hatten, führten von Lehrpfad-Yel und der Fernstraße weg, obwohl diese viel näher waren als die nächste Siedlung.«

»Vielleicht hat einer das Schild gedreht«, gab Luritz zu bedenken.

»Nein, die Schilder waren mit Nägeln an den Bäumen befestigt.«

»Vollidiot«, sagte Blom und gab Luritz eine harte Kopfnuss mit der Linken, worauf der Junge gekünstelt darüber lachte.

»Wir hatten am selben Tag drei weitere Wegweiser entdeckt. Vater sagte mir, sie zeigen allesamt in die Richtung unseres Dorfes. Er hat sie trotzdem alle abgerissen, weil diese Schilder schon mal für Ärger gesorgt hatten.« Finn sah jeden Einzelnen bedeutsam an.

»Was für Ärger?«, fragte Luritz.

»Damals hatten die Wegweiser zwei Schüler irgendeiner Schule vom Lehrpfad-Yel weggeführt.«

»Hat er auch gesagt, wer die Schilder dort angebracht hatte?«, erkundigte Moni sich.

»Dazu komme ich gleich!« Finns Blick fiel auf ihre Hand, die auf Bloms ruhte. Und er fragte sich eifersüchtig, wie lange die beiden noch vorhatten Händchen zu halten. »Letzten Freitag, als es draußen dunkel war, musste ich vor dem Schlafen noch einmal pinkeln.«

Beim Wort Pinkeln grinste Blom breit, sagte jedoch nichts.

Finn ließ sich nicht verunsichern. »Plötzlich hörte ich klar und deutlich, wie ein Hund im Wald bellte.«

»Der Hund von der Fotografin. Fluffy!«, flüsterte Luritz aufgeregt.

Finn nickte ernst. »Ja, aber er bellte nicht lange. Aus dem Bellen wurde ein Winseln und dann aus Winseln sowas wie ein unheimlicher Schrei, der dann für immer verstummte.« Er machte eine Pause und spürte förmlich, wie es sich jeder von ihnen bildlich vorstellte.

»Ja und dann?«, fragte Luritz ungeduldig.

»Dann musste ich rein, weil meine Mutter schon mehrmals nach mir gerufen hatte«, log Finn. In Wahrheit hatte er vor Angst die letzten Tropfen seines Urins in die Unterhose laufen lassen, während er nach seiner *Mami* rufend ins Haus gelaufen war. »Später sind mir die Wegweiser eingefallen und ich hatte plötzlich Ingeborg im Sinn. Mein Vater sagte mir, die Schüler wären damals auf Ingeborgs Lichtung aus dem Wald wieder herausgekommen.«

»Ingeborg hatte diese Schilder angebracht?«, fragte Moni skeptisch.

Finn schüttelte den Kopf. »Vater sagte, man hatte damals nicht herausgefunden, wer das war. Aber ihr kennt Ingeborg. Sie ist seltsam. Ihr kalter Blick verursacht Unbehagen. Und dann dieses aufgesetzte Lächeln.«

Luritz, Moni und ja, sogar Blom nickten zustimmend.

»Ich habe mich gefragt, was, wenn sie damals die Schilder absichtlich angebracht hatte, um die Menschen zu ihr nach Hause zu lotsen?«

»Mann, Mann, Mann«, flüsterte Luritz nachdenklich.

Auch Moni wollte etwas sagen, doch Finn kam ihr zuvor.

»Ich beschloss, die Sache zu untersuchen.« Er klopfte zweimal auf den Gips, um alle daran zu erinnern, wie das Ergebnis ausgegangen war. Er hatte ihre volle Aufmerksamkeit. »Ich wartete am Sonntag, bis Ingeborg mit dem

Bus nach Stor-Yel fuhr, wo sie bekanntlich auf dem Basar ihre Teigtaschen verkauft. Dann lief ich rüber zu ihrer Hütte, um nach dem Hund zu suchen.« Finn schob die Zeitung zu Blom. »Oder nach ihr!« Er tippte auf die Überschrift von der Titelstory.

»Und dann?«, fragten Moni und Luritz zeitgleich.

»Und dann ...« Finn sah Blom in die Augen. Jetzt kam der Augenblick, da er seine Geschichte etwas interessanter gestalten musste. Schließlich hing sein Ruf, ob er Pisser oder nicht Pisser bleiben würde, davon ab. »Dann war Ingeborg plötzlich da! Obwohl ich mit meinen eigenen Augen gesehen habe, wie sie mit dem Bus wegfuhr. Sie kam aus ihrem Häuschen rausgestürmt und verfolgte mich. Ich war zu schnell für sie, also schrie sie irgendein unverständliches Zeug. Plötzlich haben die Bäume angefangen sich zu bewegen.« Finn fuchtelte mit den Händen wild über dem Kopf. »Die Äste schnappten nach mir. Ein Ast riss mir die Sandale vom Fuß, ein anderer hat mir den Arm gebrochen.« Er klopfte laut auf den Gips.

Luritz wollte etwas sagen, doch Finn deutete ihm, zu schweigen. Das Wichtigste kam jetzt erst. »Die Äste verdeckten die Sonne, Ingeborg verdunkelte den Wald, damit ich nichts mehr sehen konnte. Meine Hose wurde plötzlich nass, und ja, es kann sein, dass ich mir wirklich in die Hose gepinkelt habe, aber wer hätte das nicht?«, beendete er den Satz und starrte Blom herausfordernd an. Die Tatsache, dass die alte Frau in Wahrheit die Sonne binnen eines Augenblicks um drei Stunden verschoben hatte, behielt Finn aufgrund der zu hohen Unglaubwürdigkeit lieber für sich.

Blom sagte nichts, stattdessen senkte er ganz kurz den Blick.

»Hast du das deiner Mutter erzählt?«, fragte Luritz. Seine Augen hinter den dicken Gläsern sahen Finn ängstlich an.

»Ja, aber sie glaubt mir nicht!«, antwortete er wahrheitsgetreu.

»Natürlich nicht, du lügst!«, sagte Blom, griff nach Finns Haaren und zog kurz daran.

»Ich bin noch nicht fertig!«, sagte Finn verärgert. Die Stelle, an der Blom gezogen hatte, schmerzte ungemein. Er erhob sich und ging zu der Holzkiste, auf der vorher die

Zeitung lag, nahm den Deckel ab und holte vorsichtig mit dem Stöckchen seine linke Sandale, die er im Wald verloren hatte, heraus. Er legte den Schuh behutsam in die Mitte der Runde. »Bloß nicht anfassen, sie ist verflucht!«, flüsterte er, worauf Luritz ein Stückchen nach hinten rückte.

»Diese Sandale habe ich beim Weglaufen im Wald verloren. Ingeborg hat sie dann abends zu uns nach Hause gebracht. Sie erzählte uns, wie sie gehört hatte, was im Wald passiert sei, und dachte sich schon, dass der Schuh, den sie angeblich gefunden hat, meiner war. Sie drängte meine Mutter, wegen meines Arms ins Krankenhaus zu fahren. Und als Ingeborg sich verabschiedete, wollte sie mir die Hand auf den Kopf legen. Ich habe meinen Schädel weggezogen. Das hat ihr nicht gefallen, sie glotzte mich wütend an und sagte ganz freundlich, sodass meine Mutter nichts merkte, *halte dich fern von dem Wald Finny, du siehst ja, was passieren kann.*«

Finn sah zufrieden, wie Moni Bloms Hand losließ, und versuchte, die Gänsehaut auf ihren Armen wegzureiben. Luritz rückte ein weiteres Stückchen nach hinten.

Finn zeigte auf die Sandale. »Ingeborg ist jetzt hinter mir her. Sie hat mich im Wald nicht gekriegt, also versucht sie es auf eine andere Weise. Sie weiß, dass ich ihr Geheimnis kenne. Sie ist eindeutig eine Hexe! Ich meine, das erklärt auch, warum sie alleine im Wald lebt.«

Für einen Moment betrachteten alle schweigend die Sandale.

»Du denkst, die Sandale ist verflucht?«, stellte Luritz klar.

Finn nickte. »Ganz sicher.«

»Und wie?«, Luritz rückte abermals nach hinten. »Ich meine, was passiert, wenn du sie anziehst?«

Finn zuckte mit den Schultern.

»Du weißt nicht, was passieren wird?«, fragte Blom enttäuscht.

»Nein. Dafür muss ich doch die Sandale anziehen. Und das werde ich auf keinen Fall!«, sagte Finn empört.

»Und deine Mutter glaubt dir das alles nicht, obwohl Ingeborg dir den Arm gebrochen hat?«, fragte Luritz.

Finn schüttelte den Kopf. »Sie behauptet sogar, ich würde mir das alles über die arme Ingeborg ausdenken.

Sie sagt, Ingeborg wäre bitterenttäuscht, wenn sie hören würde, was ich mir alles über sie ausdenke. Das ist auch der Grund, warum ihr schwören solltet, es niemandem zu erzählen. Ingeborg darf nicht wissen, dass ich über sie rede.«

»Wenn deine Mami dein Märchen nicht glaubt, wird die Polis dir erst recht nicht glauben«, sagte Blom boshaft. »Und ich glaube es dir auch nicht, Pisser.« Er machte Anstalten aufzustehen, doch Moni ergriff seine Hand und brachte ihn so dazu, sitzen zu bleiben.

»Das bedeutet«, sagte sie ernst. »Wir müssen selbst herausfinden, ob Finn recht hat oder nicht.«

Damit hatte Finn nicht gerechnet. Er starrte Moni ungläubig an. Ganz bestimmt hatte er nicht vor, noch einmal in den Wald zu gehen oder sich weiterhin mit der Sandale zu beschäftigen. Sie war verflucht. Das war eine Tatsache. Punkt. Doch bevor er etwas entgegnete, kam Luritz ihm zuvor.

»Also ich mache da nicht mit!«, verkündete er, sprang auf, kletterte eilig die Leiter runter und lief davon.

Moni und Finn sahen Blom überrascht an. Normalerweise durfte Luritz erst dann gehen, wenn Blom es ihm sagte. Doch heute schien Blom das nur wenig zu interessieren. Offensichtlich hatte die Ohrfeige im Bus ihn etwas milde gestimmt. Nur für wie lange?

»Das war klar«, sagte Blom herablassend. »Feiger Köter.«

»Wir brauchen einen Plan, wie wir gegen Ingeborg vorgehen«, sagte Moni aufgeregt. Ihre Augen waren vor Freude weit aufgerissen.

Finn stellte verdrießlich fest, dass sie offensichtlich nichts von dem, was er erzählt hatte, ängstigte.

»Ich werde versuchen, meine Mama davon zu überzeugen«, sagte Finn kleinlaut. »Ich glaube nicht, dass wir Kinder gegen Ingeborg etwas ausrichten können.«

»Nein!«, entgegnete Moni bestimmt. »Du hast selbst gesagt, deine Mutter glaubt dir nicht.«

»Ich glaube das dem Pisser auch nicht!«, rief Blom Moni ins Gedächtnis.

»Ja, aber ich glaube Finn.« Sie zeigte mit dem Zeigefinger auf Finn. »Überleg doch mal, Blom, das passt alles zusammen. Es könnte wirklich wahr sein. Und dann sind wir die Helden aus Gran-Kotten, die eine vermisste Fotografin und ihren Hund aus den Händen einer Hexe befreit haben.«

Alles in Finn sträubte sich gegen Monis Vorhaben. Er wagte es nicht, ihr oder Blom in die Augen zu sehen, aus Angst in Tränen auszubrechen. Sein Blick ruhte auf der Sandale.

»Fiiinn«, rief plötzlich seine Mutter von draußen. »Ist bei euch alles in Ordnung? Was ist passiert? Warum ist Luritz weggelaufen?«

Und sie hatte sich doch eingemischt.

»Ja, alles gut, Mama«, brüllte er wütend zurück.

»Was macht ihr da?«, ließ Selma nicht locker.

»Jungs, ich schlage vor, wir verschieben unsere Unterhaltung auf morgen früh. Wir treffen uns vor der Schule um 6:15 Uhr bei mir im Hof«, flüsterte Moni.

»Und warum besprechen wir das nicht heute?«, fragte Blom enttäuscht darüber, dass Moni die Hand von seiner wegnahm.

»Finn!«, brüllte Selma.

»Deswegen!« Moni zeigte mit dem Daumen über ihre Schulter. »Und weil ich gleich mit meinen Eltern zu meinen Großeltern fahre.«

Blom seufzte unzufrieden und stand auf. »Wehe, wenn du lügst, Pisser«, sagte er zum Abschied und kletterte die Leiter runter.

LINA BJORNSEN

7 Reiks Kotzen im Schulbus machte Peetus Hoffnung, sein Vater würde erst zu einem späteren Zeitpunkt über seine Widerspenstigkeit erfahren, zunichte. Seine Ohrfeige gegen den unerzogenen Jungen war mit Sicherheit der Höhepunkt des Tages vieler Kinder. Zweifelsohne würden sie zu Hause ihren Eltern vom Vorfall erzählen. Und die Eltern aus Kvist-Yel wiederum könnten es Walter berichten. Möglicherweise musste Peetu sogar mit dem Besuch vom Vater des Jungen rechnen. Die Vorstellung, ein Polis-Auto würde jeden Moment vorfahren, war keineswegs befremdlich.

Gleich nachdem Reik sich das erste Mal übergeben hatte, vergaß der Busfahrer die von ihm höchstpersönlich aufgedrückte Vereinbarung und verlangte von ihnen, den Bus zu verlassen. Peetu weigerte sich und drohte mit Schlägen, falls er ernsthaft vorhatte, sie rauszuwerfen. Erst einige hundert Meter vor Kvist-Yel bat er den Busfahrer anzuhalten. Begleitet von tobendem Applaus der Kinder stiegen sie aus.

Peetu legte Reiks Hand, wie früher Mal, da waren sie beste Freunde gewesen, über seine Schulter, um ihn zu stützen. »Denk daran, Reik, wir waren überall, nur nicht beim Friedhof.«

Reik nickte. Er bewegte mühsam einen Fuß nach dem anderen. Sein Körper zitterte. Seine Haare und sein Hemd, ja selbst seine Hose, waren durchgeschwitzt und mit Erbrochenem besudelt. Insbesondere seine Schuhe hatten viel abbekommen. Er stank fürchterlich. Und er weinte.

»Wir hätten in ein Krankenhaus gehen sollen. Du kannst nicht einfach mit dem Trinken aufhören. Das ist gefährlich.«

»Ich möchte einfach nur schlafen«, schluchzte Reik kaum hörbar und sackte nach unten.

Peetu hielt ihn keuchend aufrecht. »Reik, wir müssen bis zu deinem Haus gehen. Mein Freund, hier kannst du dich nicht hinlegen.«

»Da kommt meine Schwester«, stöhnte Reik. Er zeigte in der Ferne auf eine zierliche Brünette, die mit einem Kleinkind in Begleitung energisch auf sie zuging. Als sie näherkamen, erkannte Peetu den kleinen Jungen. Er war gestern einer der drei Indianer gewesen, die das Motorrad sehen wollten.

»Hallo Peetu.« Lina zwang sich zu einem Lächeln. »Hat er wieder mit dem Saufen übertrieben?« Sie sah Reik düster an. »Du erbärmlicher Säufer, guck dich doch mal an!«

»Lina, er hat nichts getrunken, er ist krank«, erklärte Peetu.

»Ach du meine Güte«, sagte Lina, sie stütze Reik unter dem anderen Arm. Ihre Wut war augenblicklich verflogen. »Was ist denn mit dir los, Bruder?«, fragte sie besorgt.

In langsamem Tempo und mit einem nörgelnden Kind im Schlepptau, erreichten sie Reiks Haus. Peetu half Lina, Reik auszuziehen und ins Bett zu legen.

»Wir müssen einen Arzt rufen«, sagte sie besorgt.

»Nein, keinen Arzt, ich möchte nur ein wenig schlafen«, flüsterte Reik. »Kein Arzt!«, wiederholte er und schnarchte.

Lina wies ihren Sohn Nils an, sich draußen zu beschäftigen, und schickte ihn mit einem Klatsch auf den Po raus. »Ist das nicht zu gefährlich?«, fragte sie und musterte skeptisch ihren Bruder. Offensichtlich fiel es ihr schwer zu glauben, dass er in der Lage war, mit dem Trinken aufzuhören.

Peetu zuckte mit den Schultern. »Ich habe darin keine Erfahrung, aber ich denke schon.«

»Was können wir tun?« Lina strich besorgt über Reiks verschwitzte Stirn.

»Warten wir ab, bis er wach wird, dann sehen wir weiter«, sagte Peetu und zeigte auf die Tür ins Wohnzimmer.

»Gut«, sagte Lina. »Ich setze Tee auf, falls Reik welchen hat. Willst du Tee?«

Peetu wollte mehr als Tee. Er hatte Hunger. Außer einem Bissen Marmeladenbrot hatte er den ganzen Tag nichts gegessen. Sie verbrachten die Zeit in Stor-Yel auf einer Sitzbank gegenüber vom Friedhof. Unterhielten sich über die Vergangenheit und hofften vergebens, Reiks Zustand würde sich bessern, um irgendwo einen Happen essen zu können, bis der Schulbus kam.

Lina fand Tee und setzte ihn seufzend auf. »Erzähl, Peetu, wie ist es dir in der Stadt ergangen? Wir haben uns lange nicht gesehen.«

»So aufregend, wie es erzählt wird, ist das Stadtleben gar nicht, Lina.« Peetu saß mit ausgestreckten Beinen auf dem Zweisitzer.

Lina setzte sich lächelnd neben ihn. »Ich habe gehört, du wolltest heiraten.«

»Ja«, sagte Peetu nachdenklich. »Ist nichts draus geworden.« Er rückte näher an sie heran und schob die Hände unter ihr Oberteil.

Lina drehte rasch ihren Körper weg. »Was machst du da?«, fragte sie leise.

Statt zu antworten, nahm er Lina an der Taille und zog sie auf seinen Schoß.

Sie drückte mit den Händen gegen seine Schultern. »Peetu, ich bin verheiratet!«

Peetu schob ihr Haar nach hinten und strich vorsichtig über einen verblassten blauen Fleck an ihrer Wange.

Linas Hände erschlafften.

»Schlägt er dich immer noch?«, fragte er wütend.

Lina entfernte sich ruckartig von Peetus Schoß. »Denk nicht mal daran. Er ist ein verfluchter Alkoholiker. Du kannst ihn nicht einschüchtern. Wenn er betrunken ist, ist ihm alles egal. Am Ende müssen Nils und ich umso mehr darunter leiden.« Sie holte einen Hocker unter dem Tisch hervor, trug ihn bis zum Zweisitzer und setzte sich mit verschränkten Armen darauf. »Was ist bei dir und deiner Verlobten schiefgelaufen?«, lenkte sie das Gespräch zurück auf Peetu.

Draußen raschelte es an der Tür. Linas kleiner Sohn kam in Begleitung von Walter rein.

»Hallo Walter«, sagte Lina kalt. Sie erhob sich, um nach dem Tee zu sehen.

Walter ignorierte Linas Gruß. War sie doch die einzige Person im Dorf, die sich erdreistete, immer wieder zu tadeln, was für ein hoffnungsloser Alkoholiker er wäre. Für sie trug einzig er die Schuld an Reiks Sucht. Was ziemlich heuchlerisch war, wenn man bedachte, dass sie zu Hause einen Mann hatte, der nicht minder trank. Und für dessen Sucht vermutlich einzig sie die Schuld trug.

»Wohin bist du verschwunden?«, fuhr Walter seinen Sohn an. »Ich habe Fisch für uns gefangen. Du hättest was sagen können.«

»Pa, Reik und ich hatten uns beim Spazieren zu weit vom Dorf entfernt. In seinem Zustand war das keine gute Idee, ich musste ihn nach Hause schleppen.« Peetu sah seinen Vater an, wie ein Junge, der etwas Schlimmes angestellt hatte und nun jeden Moment Prügel erwartete.

»Du hättest was sagen können«, beharrte Walter beleidigt und stampfte in Reiks Schlafzimmer.

Zum Abend wurde es mit Reik nicht besser. Er erbrach so heftig, dass Peetu sich erschrocken fragte, was für eine Flüssigkeit gerade seinen Magen verließ. Nach Essen sah es längst nicht mehr aus.

Walter, der eine Zeit lang weg war, kam wieder in Reiks Schlafzimmer. »Geh nach Hause, Peetu. Ich werde über Nacht bei ihm bleiben.«

Peetu roch Walters Atem, der nichts als Alkohol in sich trug. Dann fiel sein Blick auf ein volles Glas in seiner Hand. Es konnte sowohl Wasser als auch Reiks Selbstgebrannten enthalten. »Was ist das, Pa?«

Walter murmelte etwas Unverständliches. Dennoch reichte es als Antwort aus.

»Du hast doch nicht vor, Reik das Zeug zu geben, oder?«

»Nur, wenn er danach schreit. Obwohl ich sicher bin, dass es ihm besser gehen würde, wenn wir ihm das einflößen.«

»Nein, keinen Alkohol«, flüsterte Reik. Seine Augen waren geschlossen, aber offensichtlich schlief er nicht mehr, sondern lag nur ruhig da.

Walter stellte ächzend das Glas auf den Boden neben dem Hocker aus der Küche und zupfte seinen Sohn am Ärmel, damit er Platz machte. Peetu erhob sich widerwillig und schlenderte ins Wohnzimmer.

Lina saß neben dem Zweisitzer auf dem Fußboden und streichelte ihren Jungen, der kurz vorm Einschlafen war.

»Ich bleibe heute Nacht hier«, flüsterte sie.

»Vermisst dein Mann dich denn nicht?«, fragte Peetu sarkastisch.

»Ich weiß nicht«, sagte sie ernst. »Als ich vorhin zu Hause war, hatte er seinen Rausch ausgeschlafen.«

»Ich verstehe nicht, warum du dir das antust.«

Lina antwortete nicht. Sie küsste ihren Jungen auf die Stirn und zeigte zum Tisch. Peetu gehorchte ihr und setzte sich auf den einzigen Hocker.

»Hier.« Sie schob einen Teller mit kaltem Fisch zu ihm, den Walter heute gefangen und gebraten hatte. »Hat Walter gebracht. Iss.«

Peetu nahm den Fisch und teilte ihn in zwei Hälften.

»Wir haben genug über mich geredet. Erzähl mir jetzt endlich was über dich.« Sie lehnte sich an den Gasherd und sah ihn mürrisch an.

Peetu erzählte ihr über sein langweiliges Leben, das hauptsächlich aus zehn Stunden Schicht in einer Textilfabrik und einem ständigen Zank mit seiner vermeintlich zukünftigen Ehefrau bestand. Bis sie endlich ihre Koffer gepackt hatte und aus seinem Leben verschwunden war. Dann erzählte er Lina, wie er es fertigbrachte, die Beerdigung von Ragan zu verpassen. Nämlich indem er für mehrere Tage mit zwei Freunden einen Angelausflug nach Finnland machte, wodurch Walters Telegramm ihn erst erreichte, als er wieder zu Hause war. Irgendwann landete ihr Gespräch in der Vergangenheit, wo sie alle noch unerfahren und glücklich waren. Reiks erneutes Würgen holte sie zurück in die Gegenwart.

»Morgen früh muss er unbedingt in ein Krankenhaus«, sagte Lina entschieden.

»Nein! Kein Krankenhaus«, brüllte Reik aus seinem Zimmer.

»Und was dann, Reik? Willst du sterben oder doch lieber wieder trinken?«, brüllte Lina zurück.

»Nein!«, antwortete Reik schlicht.

Peetu tätschelte sie am Arm und zeigte auf die Tür nach draußen. »Lass uns frische Luft schnappen.«

»Kein Krankenhaus!«, wiederholte Reik.

Ohne ein Wort betätigte Lina den Schalter für die Lampe draußen und ging hinaus. Peetu folgte ihr und sie setzten sich auf den Rahmen der ausgeschlachteten Karosserie. Um sie herum, abgesehen vom Licht der Lampe über der Tür, war alles düster.

Peetu rückte ganz nah an Lina. Ihre Hände berührten sich, doch sie zog ihre sofort weg.

»Es ist meine Schuld, ich habe Reik heute zu viel abverlangt.«

Lina studierte aufmerksam Peetus Gesicht. »Wie meinst du das?«

Peetu erzählte ihr über seine Zweifel, was Ragan anging, wo sie heute waren und wie es ausgegangen war. Dass Reik sie beklaut hatte, verschwieg er gänzlich.

Lina dachte eine Zeit lang über seine Worte nach. »Das ist echt ... wie soll ich das sagen... wow!«, brachte sie schließlich heraus.

»Wie meinst du das?«, fragte Peetu verwirrt. Linas Meinung war ihm schon immer wichtig, und er erwartete von ihr mehr als nur ein nichtssagendes *Wow*.

»Walter wird niemals zulassen, dass du Ragan ausgräbst. Ehrlich gesagt, kann ich ihn verstehen.«

»Warum kannst du ihn verstehen?«, fragte Peetu überrascht über ihr Urteil.

»Du stehst dir selbst im Weg. Du wehrst dich dagegen zuzustimmen, dass Ragan tot ist. Und da ist nichts Außergewöhnliches dran. Viele Menschen weigern sich anfangs, den Tod eines geliebten Menschen zu akzeptieren.«

»Ich kann nichts akzeptieren, was möglicherweise nicht eingetreten ist. Hast du mir vorher nicht zugehört?«, sagte Peetu leicht aufgebracht.

Lina nickte. »Deshalb kann ich Walter verstehen. Er hat seinen Sohn identifiziert. Auch Reik hat das. Du jedoch weigerst dich, das zu glauben, weil du keinerlei Vertrauen in deinen Vater oder Reik hast. Dein Groll, den du aufgrund ihrer Alkoholsucht gegen sie hegst, macht dich für alles, was sie sagen, blind.«

Peetu vergrub stöhnend den Kopf in den Händen. Er erwartete nicht, so etwas von Lina zu hören.

»Ich weiß, du findest das bestimmt lächerlich«, sagte sie nach einer Weile. »Aber was hältst du davon, wenn du zu einem Heiler, der auch mit Geistern reden kann, gehst. Vielleicht kann er dir sagen, ob Ragan noch lebt.«

Peetu lachte. »Richtig Lina, das ist lächerlich.«

»Ich bin nur darauf gekommen, weil seit kurzem ein Mann in Halm-Stalk lebt, über den man sich einige interessante Geschichten erzählt. Er soll wirklich gut sein.«

»Worin? Dummköpfe zu verarschen?«, entgegnete Peetu. »Diese Heiler, Hexer oder wie man sie nennt, sind die schlimmste Sorte von Verbrechern. Naja, gleich nach Kinderschändern und Mördern. Wobei sich einige von ihnen nicht viel von den Mördern unterscheiden. Sie verteilen ihre Kräuterchen, flüstern irgendeinen Scheiß, den niemand versteht, und reden einem ein, dass bald alles besser wird. Meistens wird es aber nicht besser.« Peetu lächelte bitter. »Meine Mutter zum Beispiel ließ ihre Schmerzen im Bauch während ihrer letzten Schwangerschaft von einer Heilerin behandeln. Du weißt, wie es ausgegangen ist. Davon halte ich nichts.«

Lina nickte.

»Und dann noch diese *Verstorbene-anrufen*-Verarsche, hör bloß auf, Liebste.«

»Ich bin nicht deine Liebste!« Lina schaute verlegen weg. »Dieser Mann hat schon einige Menschen in der Umgebung von ihrem Schmerz befreit. In einem Fall sogar eine junge Frau aus Sol-Vindur, die an unheilbaren Krebs erkrankt war. Das ist keine zwanzig Kilometer von uns entfernt.«

»Ach Lina, je verzweifelter der Mensch ist, desto mehr glaubt er an Wunder. Er hat einen Scheiß geheilt. Die Frau ist so gut wie tot.«

»Nein, das ist wirklich wahr, Peetu.«

»Ich will dich, Lina«, flüsterte er unvermittelt.

Für einen Augenblick wurde Lina aus dem Konzept gebracht, doch sie ordnete ihre Gedanken schnell. »Ich verstehe, du nimmst mich nicht ernst, aber ich gebe dir ein anderes Beispiel, das sogar hier bei uns im Dorf passiert ist.«

»Lina, ich sagte, ich will dich«, wiederholte Peetu.

Lina überlegte kurz. Sie vermied es, ihn anzusehen. »Hör mir gefälligst zu. Vor einiger Zeit war eine Kuh von den Sandströms über Nacht plötzlich verschwunden. Die Kuh hatte zwei Wochen zuvor ein Kalb auf die Welt gebracht. Die Sandströms haben nur die eine Kuh, und wie kostspielig es ist, ein Kalb ohne Muttermilch am Leben zu erhalten, muss ich dir nicht erklären. Sie suchten überall nach der Mutter. Doch die Kuh war nirgends aufzufinden. Also sind die Sandströms auf Empfehlung von irgendjemandem zu diesem Heiler in Halm-Stalk gegangen. Und weißt du, was er gemacht hat?«

Peetu verkniff sich eine sarkastische Antwort. Stattdessen schüttelte er den Kopf.

»Er sagte den Sandströms, sie sollen ihr Kalb zu ihm bringen und es über Nacht bei ihm lassen. Am nächsten Morgen wusste der Heiler, wo die Kuh war.«

Peetu lachte. »Und wo war sie?«

»Bei einem Bauer aus Green-Paju im Stall. Fünfzig Kilometer von uns entfernt. Da war sie wirklich!«

»Natürlich, Lina, und weißt du, woher er das wusste?« Peetu hörte nicht auf zu lachen. »Weil er sie vorher mit dem Kerl aus Green-Paju zusammen geklaut hat.«

»Du nimmst mich nicht ernst«, sagte Lina beleidigt und eilte ins Haus.

Peetu saß noch einen Augenblick, und gerade als er reingehen wollte, kam sein Vater aus dem Haus.

»Komm, wir gehen nach Hause, die Henne behauptet, sie wird selbst mit Reik klarkommen«, sagte Walter mit Absicht so laut, dass Lina es hörte.

»Geh schon mal vor, Pa, ich komme später nach.«

Walter schnaubte verächtlich und schlenderte schwankend auf die Straße. »Lass das Licht an, sonst sehe ich überhaupt nichts.«

Peetu betrat das Haus und wartete, bis Lina aus Reiks Schlafzimmer kam. Er drängte sich nah an sie und ließ seine Hände unter ihr Oberteil gleiten. »Was sagst du, Lina, soll ich auch gehen oder doch lieber bei dir bleiben?«

Linas Gesichtsausdruck verfinsterte sich. Sie schubste ihn wütend von sich weg. »Für was hältst du mich? Für eine Hure?«, zischte sie leise. Tränen rannen über ihre Wangen. »Wie kommst du darauf, dass ich mich von dir besteigen lassen möchte? All die Jahre hast du mich nur benutzt, während ich wie ein Hund hinter dir hergelaufen bin. Und jetzt, wo deine Geliebte dich verlassen hat, kommst du hierher und meinst mich ficken zu können? Wer bist du, dass du dir so etwas anmaßen darfst?«

Peetu senkte beschämt den Kopf und ging ohne ein Wort nach draußen. Auf dem Weg zu seinem Vater fragte er sich verärgert, was er sich dabei gedacht hatte. Sein Bruder war vor einigen Tagen gestorben, und er bemühte sich um Sex mit Lina. Doch dann, kurz bevor er Walters Haus erreicht hatte, rief er sich ins Gedächtnis, dass Ragan gar nicht tot war. Dort auf dem Friedhof von Stor-Yel, unter einem Holzkreuz mit der Aufschrift Ragan Virtanen, lag nicht Ragan. Ragan lebte! Da war er sich ganz sicher.

KJARTAN ARVIDSSON

Gran-Kotten

8 Finn hatte Schwierigkeiten beim Einschlafen. Seine Wut über sich selbst war grenzenlos. Er war sich sicher, dass allein seine übertriebene Beschreibung von der Flucht aus dem Wald Moni erst dazu brachte, mehr über seine Theorie herausfinden zu wollen.

Es war ein Fehler gewesen, ihr zu erlauben, mit auf den Dachboden der Scheune zu kommen. Jeder wusste, dass sie einen Haufen Bücher über Detektive und Morde gelesen hatte. Ja, sie gierte förmlich danach, und ihre Eltern unterstützten sie darin, indem sie ihr ständig solche Bücher kauften.

Er überlegte fieberhaft, wie er Moni und Blom von ihrem Vorhaben, abbringen konnte, Ingeborg zu entlarven, ohne dass sie seine Absicht bemerkten. Allmächtiger, er wollte um keinen Preis wieder in den Wald. Selbst wenn er recht hatte und die Fotografin wirklich von der Alten gefangen gehalten wurde.

Finn strich unbewusst über den Gips. Auch beschäftigte ihn nach wie vor die Frage, wie Ingeborg es geschafft hatte, binnen eines Augenblicks die Sonne um drei Stunden zu verschieben, ohne, dass die anderen das mitbekommen hatten.

Seine Mutter glaubte nicht daran, dass die alte Frau in der Lage war, solch märchenhafte Dinge zu vollbringen. Sie war fest davon überzeugt, ihr Sohn habe sich das alles dank seiner blühenden Fantasie ausgedacht. Vielleicht hätte sie ihm seine Geschichte über die Fotografin, ihren Hund Fluffy und die Wegweiser geglaubt, wenn er den Rest ausgelassen hätte. Doch dafür war es zu spät. Sie hatte ihr Urteil gefällt. Sein Vater hätte anders reagiert. Schließlich hatte er damals die Schilder entdeckt.

Finn schloss die Augen und versetzte sich an den Tag zurück, als er und sein Vater in der Nähe vom Lehrpfad-Yel jagen waren. Wie durch ein Wunder konnte er sofort den Wald riechen und Äste unter ihren Füßen knacken hören. Es war ein schöner Tag. Er und sein Vater.

»Ich werde dir etwas verraten, Finn, aber du darfst deiner Mutter niemals davon erzählen. Es ist eine reine Männersache, verstehst du, keine Frau im ganzen Land weiß darüber Bescheid«, sagte Kjartan Arvidsson geheimnisvoll, worauf sein Sohn hastig nickte. »Gut«, sagte Kjartan, nahm seine Doppelbüchse von der Schulter und tippte darauf. »Warum tragen alle Gewehre in diesem Land den Namen einer Frau?«

Finn betrachtete Vaters Gewehr Luisa und dachte darüber nach. Schließlich zuckte er mit den Schultern.

Sein Vater grinste. »Weil wir Männer die Waffen nach den Namen unserer ersten Liebe benennen.«

»Mama heißt aber nicht Luisa«, sagte Finn stutzig.

Kjartan lachte. »Deshalb ist das ja auch ein Geheimnis unter Männern.« Er zerzauste Finns Haare. »Wenn deine Mutter das ...«, versuchte er zu erklären und verstummte plötzlich. »Verfluchte Scheiße«, sagte er dann, worauf Finn lauthals lachte. Er hatte seinen Vater, der in seiner vollständigen Jagdausrüstung ganz anders aussah als sonst, zuvor noch nie fluchen gehört.

Kjartan zeigte auf einen Wegweiser, der mitten im Wald an einen Baum genagelt war. Darauf stand, mit weißer Farbe geschrieben: *Nächstliegende Siedlung, hier lang!* Er überreichte Finn, natürlich mit dem Lauf nach unten, seine Doppelbüchse und zog mit beiden Händen daran. Das Schild brach in zwei Hälften. Vermutlich, weil es porös war. Allein die Nägel blieben im Baum stecken.

»Warum hast du das gemacht?«, fragte Finn seinen Vater lachend.

»Diese Schilder haben vor einigen Jahren schon einmal für viel Ärger gesorgt«, sagte Kjartan. »Sie sollten damals schon alle abgerissen werden. Anscheinend wurde das hier übersehen.«

»Was für einen Ärger hatte es gegeben?«

»Ich glaube, du warst damals höchstens zwei Jahre alt. Eine Schulklasse, Sechstklässler, soweit ich mich erinnere, besuchte den Lehrpfad-Yel. Zwei Mädchen mussten dringend auf die Toilette.« Kjartan zeigte mit dem Zeigefinger in den Wald vor ihnen. »Natürlich wollten sie dabei von niemandem gesehen werden. Also liefen sie etwas tiefer in den Wald. Und als sie fertig waren und zurück zum Pfad wollten, entdeckte eines der Mädchen genauso ein Schild an einer Fichte. Die Spitze zeigte in die entgegengesetzte Richtung, aus der sie kamen. Da waren sich beide Mädchen sicher. Dennoch hielten sie sich an die Richtung, die das Schild vorgab.« Kjartan verstummte und ließ seine Worte wirken.

Finn kratzte sich aufgeregt an der Schläfe. »Und dann?«

»Und dann«, sagte Kjartan bedächtig und nahm Finn das Gewehr ab. »Dann hatten sie weitere Schilder entdeckt und waren auf der Lichtung von Ingeborg aus dem Wald gekommen. Ingeborg brachte sie ins Dorf und wir haben sie zurück zum Lehrpfad-Yel gebracht. Dort war bereits die Polis, worauf ein großes Spektakel wegen der Schilder los war.«

»Warum?«, fragte Finn verwundert. »Die Wegweiser haben doch die Mädchen gerettet.«

Kjartan schüttelte den Kopf. »Hör zu. Hörst du das Auto kommen?«

Finn horchte und nickte.

Kjartan zeigte auf die zerbrochenen Teile vom Schild neben dem Baum. »Wir sind in der Nähe von der Fernstraße. Und wohin hat die Spitze gezeigt?«

Finn deutete mit dem Finger in die entgegengesetzte Richtung.

»Deswegen. Der Wegweiser führt bewusst von der Straße weg.« Kjartan marschierte los und Finn folgte seinem Vater.

»Und für wen hat es Ärger gegeben? Wer hat die Schilder angebracht, Papa?«

»Das haben wir damals nicht herausgefunden.«

Später dann entdeckten sie drei weitere Schilder, die Kjartan fluchend abriss. »Finn, ich glaube, die Zeit reicht heute nicht mehr, es wird bald dunkel, doch in ein paar Wochen laufen wir beide noch einmal hier durch. Aber nicht um Elche zu jagen, sondern um nach mehr von diesen Wegweisern zu suchen. Wie es aussieht, haben die Idioten, die damals die Schilder abreißen sollten, ihre Arbeit äußerst schlampig durchgeführt.«

Finn nickte aufgeregt und freute sich jetzt schon darauf.

Doch zwei Wochen später hatte Kjartan Arvidsson seine Familie, ohne sich richtig zu verabschieden, verlassen. Die Schilder gerieten in Vergessenheit. Bis Finn plötzlich erneut an sie denken musste.

DER PLAN

9 Die Bank von Liten-Yel öffnete um 7 Uhr morgens. Monikas Vater, jeden Morgen frisch rasiert, und ihre Mutter, jeden Morgen hübsch geschminkt, fuhren routiniert pünktlich um 6 Uhr in ihrem Mercedes-Benz zur Arbeit. Von da an, bis der Schulbus kam, war das Mädchen auf sich alleine gestellt.

»Bedient euch, Jungs!«, sagte Moni zu Finn und Blom, während sie ihre Tassen mit schwarzem Tee füllte. Wie abgemacht standen beide Jungs um 6:15 Uhr bei ihr im Hof.

»Danke«, sagte Blom und stopfte sich gleich mehrere Kekse in den Mund. Seine Laune war verglichen zu gestern außerordentlich gut. Es machte den Anschein, als ob er den gestrigen Vorfall mit der Ohrfeige im Bus vergessen hatte. Und das, ohne, wie es bei Finn der Fall gewesen wäre, heulend bei der *Mutti* zu petzen. Dass Blom nicht petzen würde, stand außer Frage. Blom petzte niemals.

Bevor Moni sprach, musterte sie Finn mit einem kritischen Blick. Seine passive Haltung, allein schon wie er dasaß und seinen Tee ohne Zucker rührte, gefiel ihr gar nicht. »Also, Jungs, ich habe mir die halbe Nacht Gedanken gemacht, wie wir im Fall Ingeborg vorgehen werden«, verkündete sie ernst.

»Du musst dich damit etwas beeilen, damit wir den Bus nicht verpassen«, sagte Finn unbeeindruckt.

»Also, lasst uns zusammenfassen, was wir alles über den Fall wissen«, zitierte sie einen Satz, den sie unzählige Male in Kriminalromanen gelesen hatte. Sie guckte aufgeregt in die Runde. Die erwartete Mitarbeit blieb jedoch aus. Finn strich über den Gips und schien in Gedanken versunken zu sein, während Blom einen Keks in den Tee tunkte und wartete, bis sie weiterredete.

»Ach, Jungs!«, sagte sie enttäuscht.

»Wir wissen doch sowieso, dass der Pisser uns gestern angelogen hat«, sagte Blom mit vollem Mund und grinste Finn herausfordernd an.

»Das habe ich nicht!«, entgegnete Finn. Allerdings fehlte in seinem Widerspruch die Vitalität, um ernst genommen zu werden.

»Finn, wenn du es dir nur ausgedacht hast, dann musst du es uns jetzt sagen!«, sagte Moni scharf.

»Nein, es ist alles wahr!«, beharrte er. Diesmal mit etwas mehr Überzeugung.

»Gut«, sagte sie erleichtert. »Kannst du mir dann verraten, warum du hier diese miese Stimmung verbreitest?«

Finn sah Moni entgeistert an. Im Gegensatz zu Blom hatte er heute noch niemanden beleidigt. »Red schon weiter, Monika«, nuschelte er.

Doch bevor Moni etwas sagen konnte, redete Blom los. »Lasst uns einfach zu ihrer Hütte marschieren und nachschauen, ob die Fotografin drin ist oder nicht.«

»Ich finde, wir sollten das Ganze etwas vorsichtiger angehen«, widersprach Moni.

»Ja! Das würde ich auch sagen, denkt daran, was Ingeborg mit mir gemacht hat, als ich in die Nähe ihrer Hütte kam«, sagte Finn aufgeregt und klopfte energisch auf den Gips.

»Wenn ihr Angst habt, dorthin zu gehen, dann gehe ich alleine«, sagte Blom entschieden.

»Du würdest wirklich alleine dorthin gehen?«, platzte Finn heraus, bevor er sich ins Gedächtnis rief, dass er zuvor auch alleine dorthin marschiert war. So heldenhaft war also Bloms Vorschlag nicht. Ihm fehlte nur die Erfahrung der Begegnung mit Ingeborg. Er war ahnungslos wie Finn beim ersten Mal auch.

»Ja«, sagte Blom gelassen. »Ich gehe dahin, werde dort weder eine Ingeborg, die sich in eine Hexe verwandelt, noch die Fotografin oder ihren Köter finden. Komme dann zurück und verprügele dich. Dafür, dass ich wegen dir die Schule verpasst habe, dafür, dass du uns angelogen hast, und dafür, dass du böse Gerüchte über Ingeborg verbreitest.«

Finn sah ihn erschrocken an.

»Niemand wird verprügelt, Blom, hast du das verstanden?« Moni drängte sich zwischen die Stühle beider Jungen. »Ich würde zwar alles ganz anders angehen, aber wenn du den direkten Weg wählen möchtest, dann ist das sicherlich auch richtig. Schließlich müssen wir an erster Stelle an die Fotografin denken und nicht an den eigenen Ruhm. Wie lange hält Ingeborg sie schon gefangen?« Moni schloss die Augen und zählte rasch die Tage. »Seit fünf Tagen!«

»Moment!«, sagte Finn, der erst jetzt begriff, was das bedeutete. »Ihr wollt die Schule schwänzen?«

»Ja, natürlich.« Moni sah Finn lächelnd an und zwinkerte. »Das geht nur vormittags, wenn Ingeborg nicht da ist. Und wie wir alle wissen, ist sie jeden Vormittag nicht da. Besonders wenn das Wetter so gut wie heute ist.«

Finn strich sich unbewusst über die Haare. Denn zwei Tage hintereinander zu schwänzen könnte böse für ihn enden. Andererseits hatte er sowieso keine Wahl. Blom und Moni waren offensichtlich fest entschlossen.

»Sobald wir sichergestellt haben, dass Ingeborg den Bus nach Stor-Yel genommen hat, setzen wir unseren Plan um. Blom geht zum Häuschen und sucht die Frau und ihren Hund.« Moni sah Blom ernst in die Augen. »Und damit das klar ist, Blom, ich habe keine Angst zu Ingeborgs Haus mitzukommen! Allerdings wäre es klug, sollte dir etwas zustoßen, wenn eine glaubhaftere Person als Finn Hilfe holt.«

Finn errötete und starrte Moni wütend an, während Blom grinsend nickte.

HÜHNERSUPPE

Kvist-Yel

10 Peetu klopfte an Reiks Haustür und wartete. »Nu geh schon rein«, brummte sein Vater hinter ihm. »Der Topf ist nicht gerade kalt.« Peetu drückte die Tür auf und ließ Walter mit seiner Hühnersuppe – er war morgens früher als gewöhnlich aufgestanden, um sie extra für Reik zu kochen – als Erstes eintreten.

Trotz weit geöffnetem Fenster stank es im Haus bestialisch. Linas Junge schlief längst nicht mehr. Sie hörten ihn in Reiks Zimmer etwas schnell und undeutlich redend erzählen. Walter stellte den Topf auf den Herd und ging in Reiks Schlafzimmer. Peetu folgte ihm zaghaft.

Reik lag im Bett. Daneben, auf dem Hocker saß Lina und beobachtete ihren Jungen, wie er auf dem Boden mit einem Kätzchen spielte.

»Reik, wie geht es dir?«, kam Walter ohne einen Gruß sofort zur Sache.

Peetu schämte sich, Lina anzusehen, aber aus dem Augenwinkel sah er, wie sie ihn ansah. »Guten Morgen«, sagte er kleinlaut.

»Guten Morgen!«, sagte Reik lächelnd.

Lina sagte nichts.

»Im Moment geht es mir gut. Hab die letzten Stunden geschlafen. Aber ich spüre, wie meine Kopfschmerzen sich langsam zurückmelden.« Er sah nach wie vor blass aus.

»Du solltest was essen. Du brauchst Kräfte. Ich habe dir Hühnersuppe gekocht und das Angeln ausgelassen«, sagte Walter ernst.

Reik schüttelte den Kopf. »Danke, Walter, ich werde deine Suppe später essen. Nicht jetzt.«

Walter brummte unzufrieden etwas Unverständliches und sah Lina an. »Für dich gilt das Gleiche. Du und dein Junge solltet die Suppe essen.«

»Danke, Walter, ich bin sicher, sie schmeckt vorzüglich«, sagte Lina kalt.

»Also, Reik, hast du schon überlegt, wie es mit dir weitergehen soll?«, fragte Peetu.

Reik sah verunsichert zu Lina rüber. Dann richtete er seine Aufmerksamkeit auf seine gefalteten Hände. »Durchhalten.«

»Durchhalten«, schnaubte Walter und schüttelte ungläubig den Kopf.

»Ich finde, ein Besuch bei einem Arzt wäre nicht verkehrt«, sagte Peetu.

Reik nickte beipflichtend. So wie Peetu sich nicht wagte, Lina anzusehen, so wagte er sich nicht, von seinen Händen aufzublicken. »Ich werde nicht mehr trinken«, schluchzte er. »Auch wenn ich dabei verrecke.«

»O Mann«, sagte Walter und lächelte ungläubig. »Dann steh auf, wir fahren ins Krankenhaus.«

Reik liefen die Tränen über die Wangen. »Ich habe kein Geld, um einen Arzt zu bezahlen.« Endlich überwand er sich, von seinen Händen aufzusehen. Als sein Blick Peetus traf, lagen darin nur Schmerz und Reue.

»Ich werde die Kosten übernehmen«, sagten Walter und Peetu gleichzeitig. Dann sahen sie sich überrascht an und nickten sich zu.

»Das kann ich unmöglich annehmen«, flüsterte Reik beschämt. Doch in seiner Stimme war bereits eine gewisse Erleichterung zu hören.

»Von uns musst du nichts annehmen«, sagte Walter. »Du kannst dich bei Ragan bedanken, es war schließlich sein Geld.«

Kaum hatte er den Satz beendet, vergrub Reik das Gesicht in den Händen und weinte bitterlich.

Linas Junge, den bis dahin die Unterhaltung der Erwachsenen nicht im Geringsten interessiert hatte, sah von seinem Kätzchen besorgt auf.

»Alles gut. Mach dir keine Sorgen, Onkel Reik weint, weil er sich freut«, sagte Lina mit erstickter Stimme. Sie freute sich auch.

»Trotzdem ist ein Arzt zu teuer. Es gibt eine Alternative. Schließlich habe ich vor, euch das Geld so schnell wie möglich zurückzuzahlen«, schluchzte Reik.

Irgendwie ahnte Peetu schon, worauf er hinauswollte. »Und die wäre, Reik?«

Reik sah flüchtig zu seiner Schwester. »In Halm-Stalk lebt seit Kurzem ein Heiler, der Menschen mit seinen Tränken gesund macht. Er ist nicht teuer und es klingt vielversprechend.«

Peetu stöhnte auf. Doch er traute sich nicht, Reik seine ehrliche Meinung zu sagen. Er spürte, ohne hinzusehen, wie Lina ihn wartend und bereit zum Widerspruch ansah.

»Ja. Hab auch von ihm gehört. Den Kerl mit der Kuh, meinst du?«, fragte Walter.

»Ja!«, sagte Reik. »Wenn du mich zu ihm begleiten würdest, Peetu, wäre ich dir sehr dankbar.«

»Gut. Wann kommt der nächste Bus?« Peetu sah seinen Vater fragend an. Wenn jemand weiß, wann die Busse fuhren, dann einer, der die Bushaltestelle quasi vor seinem Fenster hatte.

Walter sah sich suchend im kahlen Raum um. Peetu schob den Ärmel vom Hemd nach oben und hielt ihm seine Casio hin.

»Die Busse fahren stündlich. Einer war vor zehn Minuten da«, sagte Walter.

»Dann los, Reik«, drängte Peetu. »Zieh dich an, der nächste Bus kommt in fünfzig Minuten.«

»Ihr nehmt den übernächsten«, sagte Lina, sie erhob sich vom Hocker und berührte leicht Peetus Ellenbogen. Sie lächelte. »Wir frühstücken erstmal Walters Suppe und danach helfe ich Reik, sich frisch zu machen.«

»Gut. Gehen wir frühstücken«, sagte Peetu. Er sah in Linas grüne Augen und lächelte erleichtert.

DER WEG ZUM LEHRPFAD-YEL

11 Zehn Minuten, bevor der Schulbus kam, forderte Blom in einem autoritären Ton alle Kinder auf, Moni zuzuhören. Moni wiederum erklärte in einem freundschaftlichen Ton, dass Finn, Blom und sie heute nicht zur Schule fahren würden. Sie verlangte von jedem Einzelnen, sollte ein Lehrer nach dem Grund fragen, warum sie und die Jungs fehlten, wie folgt zu antworten: Blom hatte Fieber. Finn immer noch zu starke Schmerzen im Arm. Und sie hatte Bauchschmerzen.

Dann trat Blom erneut vor und erklärte kurz und sachlich, was mit jedem passieren würde, wenn jemand verriet, dass sie schwänzten. Danach überquerten sie unter Beobachtung aller Kinder die Straße und den Graben, warfen ihre Schultaschen hinter einen Preiselbeerbusch und kletterten auf die Fichte, wo Finn gestern schon gesessen hatte.

Erst fuhr der Schulbus davon. Danach der Kleintransporter mit Finns Mutter. Bloms Mutter war bereits um 6:00 Uhr von einer Fahrgemeinschaft abgeholt worden.

»Bald wird der erste Linienbus Richtung Stor-Yel kommen«, sagte Moni und meinte damit, dass sie schon bald Ingeborg sehen würden.

Finn sah zu der Stelle, wo das Häuschen der alten Frau stehen musste, und entdeckte dort über den Fichten schwachen Rauch aufsteigen.

»Denk daran, Blom«, sagte Moni in Sorge darüber, er würde am Ende den ganzen Ruhm für sich beanspruchen. »Du öffnest den kaputten Fensterladen, spähst ins Haus und kommst zurück. Selbst, wenn die Fotografin dort ist. Den Rest machen wir zusammen mit Hilfe von Erwachsenen.«

»Verstanden«, sagte Blom grimmig. Er sah zu Finn auf einem Ast unter ihm. »Welcher Fensterladen war das nochmal?«

Finn erklärte es abermals.

Wider Erwarten fuhr Ingeborg nicht mit dem ersten Linienbus nach Stor-Yel. Und nachdem ein dritter Bus in Folge ohne sie abgefahren war, wurde dem Trio klar, dass die alte Frau heute nirgendwohin reisen würde.

»Vielleicht verkauft sie ihre Teigtaschen doch nicht mehr jeden Tag«, sagte Moni nachdenklich.

»Oder sie weiß, was wir vorhaben, und ist deshalb zu Hause geblieben«, entgegnete Finn ängstlich.

»Was sagst du dazu, Blom?«, fragte Moni.

Blom hatte die Unterhaltung nur vage mitverfolgt. Er hatte gerade im Bus auf einem Sitz am Fenster den Hundesohn gesehen, der ihm gestern die Ohrfeige verpasst hatte. Er fasste sich unwillkürlich an die Wange und biss sich wütend auf die Lippe, bis er Blut schmeckte.

»Blom, ich habe dich etwas gefragt«, drängte Moni.

»Keine Ahnung, sag du was!«

»Wie, keine Ahnung, sag du was«, wiederholte Moni empört. »Glaubst du auch, sie verkauft ihre Teigtaschen nicht mehr täglich, oder doch?«

»Also ich weiß, dass sie täglich verkauft, wenn das Wetter gut ist«, sagte Blom abwesend.

Moni stöhnte kopfschüttelnd. Doch dann erhellte sich plötzlich ihre Miene. »Wir dürfen jetzt nicht aufgeben, nur weil Ingeborg zu Hause geblieben ist.«

»Ihr müsst mir einfach helfen, meine Mutter zu überzeugen, dass ich die Wahrheit sage. Mehr müssen wir doch nicht!«, beharrte Finn nachdrücklich.

»Um das richtigzustellen, Finn«, sagte Moni ernst. »Wissen wir in Wahrheit nicht, ob Ingeborg die Fotografin gefangen hält. Wir vermuten das nur.«

»Ja, dann vermuten wir eben«, sagte Finn gereizt.

»Ja, und für Vermutungen hat kein Erwachsener Zeit. Die Polis erst recht nicht. Wir werden unwiderlegbare Beweise sammeln, bevor wir uns an jemanden wenden.«

Finn sah zu Blom hoch. Der wiederum sah irgendwo in die Ferne und schien überhaupt nicht zuzuhören.

»Und was für Beweise meinst du damit?«, fragte Finn.

»Mehrere«, sagte Moni. Ihre Augen glänzten vor Aufregung. »Die Schilder im Wald und die angeblich verfluchte Sandale. Dann sehen wir weiter, hängt davon ab, was die Ermittlungen ergeben.«

Finns Vermutung, Moni täte so, als wäre sie Sherlock Holmes persönlich, bestätigte sich, als sie das Wort „Ermittlungen" erwähnte. In Wirklichkeit hatte sie überhaupt nicht vor, irgendwelche Erwachsene hinzuzuziehen. Sie beabsichtigte tatsächlich sich höchstpersönlich mit Ingeborg anzulegen.

»Was willst du mit diesen Schildern?« Seine Stimme drohte zu versagen. Auf keinen Fall würde er wieder den Wald betreten. »Und warum sagst du jetzt ›angeblich verfluchte Sandale‹. Ich dachte, du glaubst mir.«

»Na, wir müssen doch wissen, wo genau die Wegweiser hängen und ob sie wirklich bis zu Ingeborg führen, bevor wir erzählen, dass es dort draußen welche gibt.«

»Ich habe nie gesagt, dass dort noch irgendwo Schilder hängen. Ich hatte euch erzählt, es hingen dort Schilder. Mein Vater hatte sie abgerissen. Hab ich doch gesagt. Und außerdem sind die Dinger der Polis bereits bekannt.«

Moni nickte zustimmend. »Vielleicht habt ihr welche übersehen. Oder vielleicht finden wir die weggeworfenen Schilder. *Der Polis bereits bekannt* hilft uns nicht weiter, das ist kein Beweis.«

»Dafür müssen wir in den Wald! Wir würden in die Nähe von Ingeborg kommen«, sagte Finn hysterisch.

Blom sah auf Moni herab. Sie war als Letzte hochgeklettert und saß zwei Äste unter seinem. »Ich bin dabei, Moni!«, sagte er und grinste Finn schadenfroh an.

»Und was, wenn Ingeborg uns entdeckt?« Finn verlor vor Aufregung das Gleichgewicht und schnappte panisch nach einem Ast. »Ich denke, sie weiß jetzt schon, was wir vorhaben.«

»Ach, hör doch auf Finn. Woher soll die alte Frau wissen, was wir vorhaben? Vermutlich fährt sie einfach nicht mehr jeden Tag in die Stadt. Ganz einfach.«

»Und wieso war sie dann zu Hause, als ich dort war? Obwohl ich gesehen habe, wie sie mit dem Bus wegfuhr?«

Finn sah erst runter zu Moni, dann hoch zu Blom. Beide sahen ihn nachdenklich an.

»Wir halten Abstand zu ihrem Häuschen«, sagte Moni schließlich. »Uns reichen schon zwei bis drei Schilder als Beweis.«

Finn kam plötzlich ein rettender Gedanke. »Am Montag waren im Wald haufenweise Menschen, die nach der Fotografin suchten. Sie hätten ganz sicher die Wegweiser entdeckt. Und ich sage es euch noch einmal, mein Vater hatte alle vier Schilder, die wir gesehen haben, abgerissen. Er hat sie weggeschleudert. Es waren ganz sicher die Letzten.«

Moni nickte. Und überlegte. »Er hat sie weggeschleudert. Das bedeutet, sie liegen möglicherweise irgendwo auf dem Waldboden, verdeckt von Ästen und Pflanzen. Weißt du noch, wo das war?«

»Nein!«, log Finn. Wo sie das erste Schild gefunden hatten, wusste er ganz genau. Es war unweit von dem riesigen Ameisenhaufen, der mitten im Weg vom Lehrpfad-Yel stand. Vater und er waren dort zuvor vorbeigegangen. Doch er wollte gerade einen anderen rettenden Gedanken loswerden, als Blom plötzlich nach seinen Haaren griff und gnadenlos daran zog. Finn schrie vor Schmerz.

»Hast du uns doch angelogen, Pisser? Wenn wir heute keine Schilder im Wald finden, wird deine Mami dich nicht wiedererkennen. Du Schlappschwanz.«

»Blom«, zischte Moni wütend. »Hör auf damit! Seid leise! Wollt ihr, dass uns jemand entdeckt?«

»Los, runter mit euch, mein Arsch tut mir schon weh. Wir gehen in den Wald«, sagte Blom gereizt und trat halbherzig nach Finns Kopf.

Finn wich aus und hätte beinahe erneut das Gleichgewicht verloren.

Moni kletterte nach unten. »Finn, denk nach. Wo könnten die abgerissenen Schilder liegen? Ungefähr.«

Finn wischte sich verstohlen eine Träne aus dem Gesicht. »Ich versuche mich gerade daran zu erinnern«, sagte er, sprang vom letzten Ast und hastete hinter Moni her zum Preiselbeerbusch, wo ihre Taschen lagen. Ihr zu erlauben, mit auf den Dachboden der Scheune zu kommen, entpuppte sich als größter Fehler seines Lebens.

Nach eineinhalb Stunden Fußmarsch erreichte das Trio den Schotterparkplatz vom Lehrpfad-Yel. Sie hatten sich für den direkten Weg dorthin entschieden. Die Fernstraße. Jedes Mal, wenn ein Fahrzeug die Straße entlangraste, versteckten sie sich in den Böschungen oder hinter den Fichten, um nicht als Schulschwänzer enttarnt zu werden. Niemand in diesem Land mochte herumstreunende Kinder während des eigentlichen Unterrichts.

Nach und nach verschwanden die Wiesen. Die Bäume rückten immer näher an die Straße, bis die Kinder gezwungen waren, auf einem bereits getrampelten Pfad dicht am Graben, der als treuer Begleiter niemals von der Straße weiche, hintereinanderzugehen. Auf dem Schotterparkplatz vom Lehrpfad-Yel stand eine riesige Informationstafel aus Holz. Dort war alles Wissenswerte über Flora und Fauna aus der Region abgebildet und beschrieben.

Lehrpfad-Yel war seit Jahrzehnten eine beliebte Anlaufstelle für Kindergarten-, Schul- und Seniorenausflüge, Familien, Naturliebhaber und seit neuestem anscheinend auch für berufliche Fotografen. Man denke an die verschwundene Caja Finkelstein.

Am Rande des Platzes standen zahlreiche Holztische mit Sitzbänken. Jeder Tisch hatte seine eigene Mülltonne, die von April bis Oktober täglich von einem Verein freiwilliger Naturschützer geleert wurden. Entgegen der Vermutung, vor den Ferien würde der Platz überfüllt von Schulklassen sein, staunte das Trio, als sie den gänzlich verlassenen Parkplatz vorfanden.

»Ich war sicher, hier wäre mehr los«, sagte Blom und trat nach einem Kieselstein auf der Straße, der vielleicht durch einen Reifen vom Parkplatz fortgeschleudert worden war.

»Spätestens ab Freitag wird es hier nur so von Leuten wimmeln«, prophezeite Moni.

»Unsere Klasse fährt in irgendein scheiß Geschichtsmuseum«, sagte Blom nebenbei. Auch wenn jeder Tag, an dem er seine Schulbücher nicht aufschlagen musste, ein wundervoller Tag war, in ein Museum wollte er nicht.

»Schön«, sagte Moni kurzangebunden. »Hier, an dieser Stelle stand das Auto von der Fotografin.« Sie zog unweit von der Informationstafel mit ihrem Bein ein Oval in den Kies, das die ungefähre Größe eines Autos hatte. »Wir haben es aus dem Schulbus heraus mehrere Tage hier stehen sehen.«

Blom und Finn nickten.

Moni stellte ihre Tasche ab und wühlte darin. Dann präsentierte sie lächelnd einen Kompass.

»Was ist das?«, fragte Blom.

»Ein Kompass!«, sagte Finn.

»Das weiß ich selber«, sagte Blom und verpasste ihm einen Schlag auf den Hinterkopf. »Ich meine, wozu?«

Moni deutete mit erhobener Hand, Blom solle auf ihre Antwort warten, und drehte sich mehrmals im Kreis. Dann nickte sie zufrieden. »Das wird uns helfen herauszufinden, ob die Schilder wirklich in die Richtung von unserem Dorf zeigen.«

»Falls wir welche finden«, sagte Finn grimmig.

DER HEILER

12 Das Dorf Halm-Stalk war im Gegensatz zu anderen Orten tatsächlich nach zwei Familiennamen benannt worden. Beide Familien, inzwischen untereinander verschwägert und verheiratet, produzierten seit mehreren Generationen Honig. Mit dreihundert Bienenvölkern versorgte die Familie tausende Haushalte im Land mit ihrem Fichtenhonig. Der Anblick Hunderter Bienenstöcke am Rande des Waldes war überwältigend. Passend dazu waren auf dem Ortsschild aus Blech unter dem Ortsnamen Bienenstöcke, Fichten und Bienen abgebildet.

Reik hatte, entgegen Peetus Befürchtungen, die Fahrt gut überstanden. Lediglich seine Kopfschmerzen wurden immer intensiver.

»Weißt du eigentlich, wo der Schwindler wohnt?«, fragte Peetu. Er schaffte es nicht, seine Vorurteile für sich zu behalten.

»Heiler, nicht Schwindler«, korrigierte Reik ihn. »Lina sagte, die zweite Straße links.«

»Zweite Straße links!«, schnaubte Peetu. Er hätte Reik allzu gerne auf Straßennamen und Straßenschilder verwiesen, doch diese waren in einem Dorf eine Rarität. An solchen Orten musste man froh sein, wenn das Haus eine deutlich sichtbare Hausnummer trug. Und was die Straßenbeleuchtung anging, dieser Luxus war fast für alle Dörfler in diesem Land ein Mythos.

Sie passierten die erste Kreuzung im Dorf. Ab und an waren Bewohner in ihren Gärten und Höfen zu sehen.

»Wir sollten jemanden nach dem Weg fragen«, sagte Peetu ungeduldig und überlegte plötzlich, wann er das letzte Mal von einer Biene gestochen worden war. Gerade war eine dicht an seiner Nase vorbeigeflogen.

»Da!«, sagte Reik zufrieden und zeigte auf ein Haus mit einem Holzschild über der Eingangstür. Darauf stand mit weißer Farbe und in Großbuchstaben *Naturheilkunde und Wahrsagung*. Das Haus glich in Wahrheit mehr einem Häuschen, das jeden Moment drohte einzustürzen.

»Wo genau sind wir gerade links abgebogen, Reik?«, fragte Peetu verwirrt.

Reik ignorierte die Frage. Stattdessen beschleunigte er die Schritte in Richtung des Hauses, das kaum größer als ein Hühnerstall zu sein schien. Vielleicht war es sogar ursprünglich einer gewesen.

Peetu lächelte, als er den verrotteten Zaun um das Grundstück genauer betrachtete. Die Umzäunung machte den Eindruck, als würde sie von Geisterhand gehalten, um nicht endgültig zusammenzubrechen. Ein Toilettenhäuschen stand mitten im kleinen Hof. Das bedeutete, dass dieses Haus kein Grundstück nach hinten hatte, wo man üblicherweise die stinkenden Toiletten vom Rest der Menschheit verbarg.

Peetu fragte sich, ob Reik ernsthaft vorhatte, sich von einem Heiler der unter solchen Umständen lebte, behandeln zu lassen. »Sieh dir das alles an, Reik, das kann doch nur ein Schwindler sein.«

Reik sah ihn düster an und kaum hatten sie das vermoderte Törchen erreicht, öffnete sich die Tür vom Haus.

Ein Mann, mindestens zwei Köpfe kleiner als Peetu, kam raus und lächelte ihnen entgegen. Seine Kleidung ähnelte nicht im Geringsten der eines Arztes, was sonderbar war, denn für gewöhnlich versuchten Heiler dadurch einen professionellen Eindruck zu erwecken. Statt eines Stethoskops trugen sie meistens große, auffällige Halsketten mit irgendwelchen Knochen, Steinen und Federn. Um den Hals dieses Mannes hing eine schlichte Kordel, an der ein sonderbares Monokel mit einer Galerie aus dunklem Holz befestigt war. Sein Gesicht hatte viele tiefe Falten, was ihn alt aussehen ließ, aber sein Haar war voll und pechschwarz. Was ihn andererseits jung machte. Kurzum war es unmöglich, das Alter dieses Mannes zu schätzen.

»Guten Tag, meine Herren. Ich nehme an, Sie wollen zu mir!«

Reik sah flüchtig zu Peetu und grinste vielsagend. »Guten Tag. Mein Name ist Rei…«

»Bitte verzeihen Sie mir, dass ich Ihnen ins Wort falle, aber Ihren Namen möchte ich gar nicht wissen«, unterbrach ihn der Heiler.

Reik lächelte verlegen und reichte dem Mann die Hand. Der Heiler schüttelte den Kopf und versteckte die Hände hinter dem Rücken.

»Kein Händedruck. Das würde die Aura zwischen uns zerstören«, sagte er entschuldigend.

Reik sah verwirrt zu Peetu und errötete.

»Bitte treten Sie ein.« Der Heiler trat einen Schritt zur Seite und deutete ins Haus.

Das Haus besaß, wie Peetu befürchtet hatte, nur ein Zimmer. Überall auf dem Boden war Heu verteilt, was für den Berufsstand des Mannes üblich war. An den Wänden, mit einer Kordel befestigt, hingen viele verschiedene Kräuter. Die meisten waren getrocknet, weshalb es stark roch. Auf den Fensterbänken waren es insgesamt vier, und in einem Regal standen Phiolen und Gläser verschiedenster Größen. Manche mit irgendeiner bunten Flüssigkeit gefüllt. In anderen schwamm etwas. Die Fenster waren durch Fensterläden verdunkelt. Peetu stellte zufrieden fest, dass sich zumindest hier drin nichts von einem gewöhnlichen Quacksalber unterschied. In der Mitte des Raums stand ein Tisch mit vier Stühlen. Auf einem weiteren, wesentlich kleineren, Tisch nahe der Wand stand eine Kupferschüssel mit Wasser. Um sie herum war ein Kreis mit Kreide gezogen. Um den Kreis herum standen vier dicke farblose Kerzen aus Bienenwachs, die bereits um mehr als die Hälfte runtergebrannt waren. Peetu grinste belustigt, dies war offensichtlich das Portal zur Welt der Geister.

Ein großer Schrank trennte einen Teil des Raumes. Dahinter lag, wie man erkennen konnte, der private Bereich des Heilers. In sichtbarer Fläche standen ein Gasherd und daneben ein Bett.

Der Heiler zog einen der Stühle etwas weiter vom Tisch weg. »Sie können sich hierhin setzen«, forderte er Peetu auf. »Sie setzen sich dorthin.« Er deutete Reik, sich auf einen Stuhl am Tisch zu setzen.

Peetu und Reik folgten schweigend seiner Anweisung. Der Heiler setzte sich auf einen Stuhl neben Reik, ergriff seine Hand und senkte mit geschlossenen Augen den Kopf.

Reik fühlte sich zunächst überrumpelt, sah dann aber Peetu mit einem Blick an, der sagen wollte: *Siehst du, der Mann wusste sofort, wer von uns Hilfe braucht.*

Worauf Peetu die Hände verschränkte und missbilligend schmatzte.

»Ich ... es ist so ... ich«, versuchte Reik sich zu erklären.

»Bitte Ruhe«, wisperte der Heiler. »Sie behindern mich bei der Diagnose. Bitte reden Sie nur, wenn ich Sie dazu auffordere.«

Reik nickte und errötete abermals. Peetu grinste zufrieden. Der Quacksalber war wirklich gut. Und dazu noch ein Fixer. Auf den Innenflächen seiner Unterarme waren eindeutig Nadelstiche zu erkennen. Auch wenn diese, um ehrlich zu sein, vielleicht ein wenig zu breit für eine gewöhnliche Nadel waren.

Nach etwa zwei Minuten ließ der Heiler Reiks Hand los, steckte sein Monokel vor das linke Auge und untersuchte seine Pupillen.

Peetu beobachtete amüsiert das Geschehen und fragte sich, was als Nächstes kommen würde. Dabei bemerkte er am Haaransatz und an den Schläfen des Heilers ähnliche Einstiche wie die an seinen Unterarmen. Da drehte der Mann sich plötzlich zu ihm um.

»Keine Sorge«, sagte er lächelnd. »Sie kommen gleich auch dran.«

»Ich bin nicht hier, um ...«

Der Heiler legte einen Zeigefinger auf die Lippen. »Bitte, reden Sie nur, wenn ich Sie dazu auffordere.«

Peetu erhob sich fassungslos vom Stuhl, um sich dann rasch wieder hinzusetzen, als er Reiks wütenden Gesichtsausdruck sah.

»Sie sind auf einem Alkoholentzug«, sagte der Heiler zu Reik. Es schien, als ob ihn Peetus Aufbegehren keineswegs interessierte.

Reik nickte eifrig.

»Sie dürfen jetzt mit mir reden«, verkündete der Heiler sanft.

»Ja!«, sagte Reik begeistert. Er sah siegreich zu Peetu.

»Ich werde Ihnen etwas gegen das Zittern, Erbrechen und die Kopfschmerzen geben. Und Sie bekommen von mir etwas, das gegen Ihre Albträume hilft.«

»Sie haben diagnostiziert, dass ich Albträume habe?«, fragte Reik überrascht. »Ich würde mich sehr darüber freuen, wenn diese Träume aufhören würden«, schluchzte er.

»Solange Sie danach nicht sofort wieder zur Flasche greifen, würde ich mich für Sie mitfreuen«, sagte der Heiler und zwinkerte. »Alkohol ist ein heimtückischer Freund, der die Seele und den Körper langsam zugrunde richtet. Nutzen Sie Ihre Chance, es könnte Ihre einzige und letzte sein.«

Reik nickte hastig. Eine Träne der Freude, des Schmerzes oder vielleicht auch Reue rann seine Wange entlang.

»Ihnen ist aber schon klar, dass ich das nicht umsonst mache?«, fragte der Heiler. Zu Peetus Überraschung sah er statt Reik, ihn an. Die bis dahin freundliche Miene des Mannes wurde plötzlich ernst. »Ich nehme nur amerikanische Dollar.«

Peetu nickte.

Der Heiler erhob sich vom Stuhl und fing an, aus verschiedenen Kräutern, die überall an Kordeln hingen, Medizin zusammenzustellen.

Die beiden Männer sahen ihm zu. Reik gebannt, Peetu misstrauisch.

Nach etwa zwanzig Minuten war die Medizin, die der Heiler hergestellt hatte, indem er die ausgesuchten Kräuter in einem Mörser zerdrückte und mit einer klaren Flüssigkeit vermischte, fertig. Er überreichte Reik lächelnd eine kleine Phiole mit grünlicher Mixtur. »Das hilft sowohl gegen Ihren Entzug als auch gegen Ihre Albträume. Bitte mischen Sie davon je einen Teelöffel in Ihren Tee. Morgens und abends, bis alles verbraucht ist.«

Reik nickte dankend.

Der Heiler drehte sich zu Peetu. »Und nun zu Ihnen!«

»Ich brauche Ihre Zaubermittelchen nicht«, sagte Peetu verärgert. Er griff in die Hosentasche und tastete nach den Dollarscheinen. »Wie viel?«, fragte er ungeduldig.

»Ich kann mehr als nur heilen«, beharrte der Mann.

Peetu wischte entschieden mit der Hand durch die Luft, um zu zeigen, er solle ihn in Ruhe lassen. »Wie viel hat die Behandlung gekostet?«

»Zehn amerikanische Dollar«, sagte der Heiler. Sein Blick haftete weiterhin wie eine Zecke an ihm. In seinem Gesicht stand ein Lächeln, das Peetu am liebsten mit Fäusten für immer zerstört hätte.

»Zehn Dollar!« Er sah Reik entgeistert an. »Das ist mindestens das Zwölffache unserer Landeswährung.«

Der Heiler zuckte gleichgültig mit den Schultern. »Sie können mir die Medizin auch zurückgeben. Dann berechne ich Ihnen nur meine Zeit, die Sie in Anspruch genommen haben.«

»Peetu!«, sagte Reik flehentlich. »Komm schon, ich werde dir das Geld zurückgeben, ich schwöre es.«

Peetu überreichte dem Heiler schweigend die verlangten zehn Dollar. »Jetzt komm endlich, Reik, bevor ich meine Geduld verliere«, sagte er aufgewühlt und verließ das Haus.

Als Peetu das Grundstück verlassen hatte und mehrere Meter gegangen war, hörte er, wie Reik beim Verlassen des Hühnerstalls, anders konnte man das Haus wirklich nicht bezeichnen, endlich herauskam. Er bedankte sich mehrfach bei dem Heiler und bat um Entschuldigung für seinen aufbrausenden Begleiter.

»Warte auf mich!«, schrie er Peetu hinterher.

Peetu blieb stehen.

»Das war der Wahnsinn«, sagte Reik lachend. »Ich fühle mich jetzt schon besser, dabei habe ich noch nichts von der Medizin eingenommen.« Er hob überschwänglich die Phiole über den Kopf. »Das muss an seinen heilenden Händen liegen.«

Peetu schüttelte konsterniert den Kopf. »Genau das meine ich, wenn ich sage, dass Idioten wie du sich schon allein von der Vorstellung, die diese Quacksalber vorführen, als geheilt sehen.« Er verlor den Kampf gegen sich. »Du bist schon so gut wie tot, Reik!« Er sprach den bösen Satz aus.

Reik lachte und präsentierte Peetu in der Hand eine Tafel Schokolade. Eine seltene Sorte. Auf der Verpackung hielt ein glückliches rotbäckiges Mädchen einen Ast mit Haselnüssen in die Höhe. »Die hier soll uns den Heimweg versüßen. Hab schon seit Ewigkeiten keine Schokolade gegessen.« Er riss die Packung auf und brach die Tafel in zwei gleiche Hälften. »Hier mein Freund, lass es dir schmecken.«

Peetu schob Reiks Hand von sich weg. Er mochte keine Schokolade, hatte er noch nie. Mit oder ohne Nüsse. »Genau das meine ich. Er kassiert zehn Dollar und überreicht dir im Gegenzug eine billige Tafel Schokolade. Und mehr hast du von ihm nicht bekommen, du Narr, das garantiere ich dir.«

Reik kaute genüsslich zu Ende, bevor er sprach.

»Der Mann wusste, dass ich auf Entzug bin. Er wusste, dass du und nicht ich das Geld für die Behandlung bezahlen würdest. Und ich bin überzeugt davon, dass er über deine Bedenken, was Ragan betrifft, auch Bescheid wusste. Und das alles noch bevor wir geredet haben.« Reik beschleunigte seinen Gang, weil Peetu schneller lief. »Nicht umsonst wird über den Mann so viel Gutes erzählt.«

Peetu blieb abrupt stehen. »Reik, du Vollidiot. Er wusste das alles über uns, weil Lina es ihm vorher erzählt hatte. Ganz einfach.«

»Wann soll Lina das gemacht haben? Bis heute Morgen ahnten wir nicht einmal, dass wir hierhin fahren. Und warum zum Teufel sollte sie überhaupt sowas machen?«

»Sie kannte seine Adresse.«

»Ja, von ihrer Nachbarin. Und nur ungefähr, wie wir festgestellt haben.«

Peetu sah in Reiks blutunterlaufene aber dennoch vor Begeisterung leuchtende Augen. Und ihm fiel nichts ein, was er auf diese Aussage hätte entgegnen können. »Komm jetzt, bevor wir den Bus verpassen!«, sagte er stattdessen barsch.

LEHRPFAD-YEL

Lehrpfad-Yel

13 Der Lehrpfad-Yel verlief entlang der Fernstraße und war genau fünf Kilometer lang. Dabei führte der Pfad seine Besucher an manchen Stellen bis zu zweihundert Meter tief in den Wald. Oftmals standen am Rand kleine Informationsschilder über Vögel, Tiere, Pflanzen oder Bäume. Bei gutem Wetter, so wie heute, war es ein märchenhafter Ort. Doch wenn man zu nah an einem besonderen Platz wie diesem lebte und seine Geheimnisse in- und auswendig kannte, verpuffte allmählich die Magie. Insbesondere heute, da der Pfad plötzlich eine Gefahr mit sich brachte, die bis jetzt, wie Finn fand, er alleine begriffen hatte.

Als das Trio den großen Ameisenhaufen erreichte, der mitten im Weg stand und nur von einem kniehohen Maschendrahtzaun gegen Eindringlinge geschützt wurde, blieb Finn stehen. »Wir müssen jetzt da lang«, sagte er und zeigte ins Waldinnere.

»Bist du dir ganz sicher?«, fragte Moni.

»Ja!«

»Ich meine nur, wir können es uns nicht leisten, ständig falschen Fährten nachzulaufen. Dafür haben wir keine Zeit.«

»Wir müssen jetzt da lang, Monika!«, wiederholte Finn verärgert.

»Gut«, sagte Moni und fing an, sich mit ihrem Kompass im Kreis zu drehen.

Blom und Finn beobachteten sie dabei und fragten sich abermals, ohne jeweils zu wissen, was der andere dachte, was es mit diesen Drehungen auf sich hatte.

Als Moni fertig war, nickte sie zufrieden und überreichte Blom den Kompass. Dann ließ sie ihre Schultasche von der Schulter gleiten und holte einen angespitzten Bleistift und ihr Mathematikheft raus. Sie schlug die letzte Seite auf und deutete Blom mit einer kreisenden Hand, sich umzudrehen. Blom drehte sich wortlos um und beugte sich leicht nach vorne. Moni drückte das Heft an seinen Rücken und zeichnete etwas mit dem Bleistift. Finn stellte sich daneben.

»Also, hier ist der Parkplatz«, sagte sie in einem sachlichen Ton. »Ich male mal ein kleines Auto hierhin und schreibe *Fotografin* darunter.«

Finn nickte beunruhigt und bereute einfach alles, was er auf dem Dachboden der Scheune erzählt hatte. Vielleicht wäre ein *Pisser* zu sein, vergleichsweise mit dem was Moni und Blom jetzt von ihm abverlangten, gar nicht mal so übel.

»Hier ist der Lehrpfad, und an dieser Stelle zeichne ich einen Kreis für den Ameisenhaufen.« Sie überreichte Finn den Stift und erklärte auch Blom ihre Zeichnung. »Du gehst vor Finn.«

Sie waren keine fünfzig Meter gegangen, da fiel Finn eine breite Fichte mit mehreren Spechthöhlen ins Auge. Dies war der Baum, an dem sein Vater das erste Schild entdeckt hatte. Damals hatte er die Höhlen kaum wahrgenommen, jetzt war er überrascht, dass sich sein Verstand offensichtlich ohne sein Zutun Dinge merkte.

»Hier hing ein Schild.« Er zeigte über ihre Köpfe auf zwei verrostete Nägel, die im Stamm steckten.

Moni und Blom begutachteten interessiert die Nägel.

»Finn, du hast die Wahrheit gesagt!« Moni lächelte. Allmächtiger, sie war wunderschön. Und hinterhältig.

»Natürlich habe ich die Wahrheit gesagt!«

Blom trat vor und klopfte Finn auf die Schulter. »Gut gemacht«, sagte er schlicht.

»In welche Richtung hat dein Vater das Schild geschleudert?«, fragte Moni.

Finn zuckte mit den Schultern. »Na, irgendwohin. Ich kann es dir nicht genau sagen. Es waren zwei Hälften.«

»Ist nicht schlimm. Wir finden sie. Während ich die Koordinaten ermittle, könnt ihr schon mal suchen, Jungs.«

Sie nahm Blom den Kompass und Finn den Bleistift ab. »Also los, wir haben heute noch viel vor.«

Finn schlenderte zaghaft über knackende Äste in eine Richtung, in die, wie er glaubte sich zu erinnern, sein Vater eine Hälfte vom Schild geworfen hatte. »Blom, mein Vater hat die Teile in verschiedene Richtungen geschleudert. Du musst dort suchen.« Er zeigte in die entgegengesetzte Richtung. Diese führte tiefer in den Wald. Und somit näher an Ingeborgs Lichtung. Wobei sie, um ganz nah an Ingeborg heranzukommen, mindestens zwei Kilometer marschieren müssten. Dennoch.

Als Moni ihre rätselhaften Drehungen beendet und den Baum in ihrer Zeichnung vermerkt hatte, half sie bei der Suche. Und tatsächlich war sie diejenige, die als Erste eine Hälfte vom Schild entdeckte. Sie hob sie hoch und jubelte lauthals.

Finn zuckte vor Schreck zusammen. »Nicht so laut, Moni.« Er zeigte in die Tiefe des Waldes, wo Blom sie beide fragend anstarrte. »Ingeborg!«

»Wo?«, fragte Blom, sah ängstlich nach hinten und hastete zu ihnen. Als er begriff, dass Finn es nur symbolisch meinte, lief er rot an, verzichtete jedoch, ihm dafür eine Faust in den Magen zu rammen.

»Eine Hälfte haben wir«, sagte Moni grinsend. Sie zeigte ihnen ihr Fundstück. Es war die Spitze vom Schild. Darauf stand mit weißer Farbe geschrieben und noch sehr gut lesbar *Nächstliegende Sied...*

»Bitte, lasst uns nicht so rumschreien«, sagte Finn.

»Ja!«, stimmte Blom ihm überraschenderweise zu. »Wir sollten leise sein.«

Monis Augenbrauen zogen sich zusammen. Sie sah die beiden Jungen abschätzend an. »Gut. Suchen wir weiter. Die Hälfte hier habe ich dort gefunden. Also suchen wir jetzt in der entgegengesetzten Richtung.«

Finn nickte erstaunt. Obwohl sie mit ihrer Zeichnung beschäftigt war, ist ihr nicht entgangen, was er zu Blom gesagt hatte.

Sie suchten weiter. Vergebens.

»Wenn ich es mir recht überlege, reicht uns auch die eine Hälfte. Die andere kann später die Polis suchen, falls sie es für nötig erachtet.« Moni marschierte zur Fichte, an der das Schild gehangen hatte, stellte sich auf die Zehenspitzen und drückte die gefundene Hälfte an den Stamm. Die Nägel im Baum passten genau zu den Löchern im Schild.

»Halte das so«, forderte sie Blom auf. Der Junge war einen halben Kopf größer als sie und Finn. Moni begann ihr Ritual mit dem Kompass. Als sie mit den Drehungen fertig war, stellte sie sich neben Blom und nickte zufrieden. Dann deutete sie ihm sich umzudrehen. Blom gehorchte schweigend.

»Also, hier ist der Baum.« Sie zeigte auf ein Kreuz und schrieb *SW* darüber. »Südwest«, klärte sie Finn auf. »Wenn wir weiter in diese Richtung gehen würden, kämen wir tatsächlich irgendwo nahe unseres Dorfes raus.«

»Bei Ingeborg!«, sagte Finn nachdrücklich.

Moni sagte nichts. »Finn, wo war das nächste Schild, das ihr gefunden habt?«, fragte sie stattdessen.

»Ich weiß es nicht. Ich erinnere mich nur an diesen Ort hier, wegen des Ameisenhaufens in der Nähe. Und der vielen Spechthöhlen in der Fichte.« Finn wusste nicht, ob er log oder die Wahrheit sagte. Er wollte nur so schnell wie möglich raus aus diesem verfluchten Wald.

Moni sah zu der Fichte auf. »Dann gehen wir jetzt nach Südwesten und achten auf alle Bäume. Bis wir Nägel oder, wenn wir Glück haben, weitere Schilder finden.«

»Und was, wenn wir nichts mehr finden, sondern stattdessen direkt neben Ingeborgs Haus rauskommen?«, fragte Finn besorgt. Und als er Blom in die Augen sah, erkannte er zum ersten Mal in seinem Leben Furcht darin.

»Um zu ihrem Haus zu kommen, müssen wir mindestens eine Stunde laufen. Wir sind höchstens zehn Minuten gegangen«, meinte Moni.

»Und wie viele Minuten möchtest du noch marschieren, bevor wir kehrtmachen?« Finns Stimme wurde hysterisch. Irgendwo unweit von ihnen knackte ein Ast. Er sah furchtsam in die Tiefe des Waldes.

»Mindestens, bis wir ein weiteres Schild gefunden haben«, sagte Moni.

»Und was, wenn wir bei Ingeborg ankommen, bevor wir ein Schild gefunden haben, frage ich dich!«

»Hört auf!«, mischte Blom sich ein. »Wir gehen noch zwanzig Minuten Richtung Südwest. Und wenn wir bis dahin keine Schilder gefunden haben, gehen wir zurück.«

Monis Augen wurden zu einem Schlitz. Ihre Lippen zu einem Strich. Sie nickte kaum merklich und ging ohne ein weiteres Wort, auf ihren Kompass starrend, voran.

Finn sah zu Blom und die beiden Jungen nickten zeitgleich.

Den ganzen Weg entlang ließ Finn die Sonne nicht aus den Augen. Je tiefer sie in den Wald vordrangen, umso mehr hatte er das Gefühl, jemand würde sie beobachten.

Auch Blom erweckte den Eindruck, zumindest nervös zu sein. Sein Gesichtsausdruck war ernst. In seiner Hand schwenkte er einen dicken Stock, den er bereits für drei andere, die seiner Einschätzung nach nicht hart genug waren, eingetauscht hatte.

Finn überlegte, sich ebenfalls einen Stock zuzulegen, doch wegen seines Gipses würde er diesen ohnehin nicht richtig fassen können.

»Da ist ein Schild!«, sagte Blom verwundert und lief zu einer Fichte einige Meter vor ihnen.

»Wow, sogar ein unbeschädigtes. Gut gemacht, Blom«, lobte Moni ihn. Sie stellte sich auf die Zehenspitzen und strich mit ihrem Zeigefinger über den Text in weißer Farbe.

Nächstliegende Siedlung, hier lang!

Knapp zehn Zentimeter über dem Schild ragten zwei alte verrostete Nägel aus der Fichte.

»Der Wegweiser hängt noch nicht lange hier. Seht euch die Köpfe von den Nägeln an, sie sehen aus wie neu.« Moni drehte sich zu Finn. »Siehst du die zwei verrosteten Nägel darüber? Hier muss ein Schild gehangen haben, das dein Vater abgerissen hat.«

Die Jungs starrten prüfend das Schild an. Moni hatte tatsächlich recht. Die Nägel glänzten. Das Holz, aus dem das Schild bestand, sah aus, als wäre es keiner Witterung ausgesetzt gewesen.

»Die Farbe wirkt noch sehr frisch. Blom, schaffst du es bis oben hin, um daran zu riechen?«, fragte Moni.

Blom stellte sich auf die Zehenspitzen und roch an der Farbe. »Die riecht noch!«

»Lasst uns gehen. Wir haben genug Beweise«, sagte Finn leise. Er spürte in seiner Kehle plötzlich einen leichten Druck. Einen Kloß.

»Immer mit der Ruhe«, sagte Moni. Sie lächelte glücklich. »Wir müssen es erst überprüfen und aufzeichnen.«

Finn nickte mürrisch und sah zu, wie sie mit ihrem Kompass dieses beschissene Tänzchen vollführte. Als sie fertig war, stellte Blom sich leicht nach vorne gebeugt vor sie. »Hier ist der zweite Baum.« Sie vermerkte ein Kreuz in ihrer Zeichnung und wartete geduldig, bis Finn seine starre Haltung aufgab und auf ihre Skizze sah. Unter das Kreuz schrieb sie den Text vom Schild auf. Über das Kreuz den Vermerk *SW*. »Führt wieder in die Richtung nach Gran-Kotten.«

»Zu Ingeborg!«, beharrte Finn. Er konnte den Satz nicht oft genug wiederholen. Wenn diese Möchtegern-Detektivin ihm doch zugehört hätte.

Moni nahm Blom die Schildhälfte ab und hielt es unter das Schild an der Fichte. »Das ist eindeutig eine ganz andere Schrift.«

Finn und Blom, die niemals von alleine auf die Idee gekommen wären, auf so etwas zu achten, verglichen prüfend die Buchstaben.

»Du hast recht!«, sagte Blom.

Finn beschloss zu schweigen, um die Wahnsinnige ja nicht auf irgendeine weitere selbstmörderische Idee zu bringen.

»Jungs.« Moni lächelte sie an.

Und Finn bemerkte dabei, dass ihr linker Schneidezahn etwas länger war als der rechte. Wie sich eben herausstellte, hatte sie doch keine perfekten Zähne.

»Ich finde, ein Schild müssen wir noch suchen.«

»Nein!«, sagte Finn entschlossen. »Wir halten uns an die Vereinbarung!«

»Ja, natürlich«, pflichtete sie ihm bei. »Wir sagten, zwanzig Minuten Gehen.«

Finn sah hoffnungsvoll zur Sonne. »Zwanzig Minuten sind längst um.«

»Wir sind aber keine zwanzig Minuten gegangen. Die Zeit, die wir gerade hier verbracht haben, darfst du nicht mitzählen.«

»Nein!«, sagte Finn. »Zwanzig Minuten sind um. Wir gehen zurück!«

»Finn hat recht«, sagte Blom.

Moni schüttelte so energisch den Kopf, dass sich die Zöpfe von ihren Schultern abhoben und hin- und herflogen. »Dass Finn Angst hat, kann ich verstehen, er musste auch einiges durchmachen«, sagte sie aufgebracht. »Aber dass du, Blom, kurz davor bist, in die Hose zu pinkeln, hätte ich nicht gedacht.«

Blom verzog das Gesicht zu einer wütenden Fratze. Man sah ihm an, wie er mit sich selbst haderte. Wäre Moni kein Mädchen, hätte sie für ihre unverschämte Äußerung mindestens ein blaues Auge davongetragen.

»Ich habe keine Angst«, beharrte er stattdessen. »Wie du willst, lasst uns weiter Schilder such...« Er brach den Satz ab, weil plötzlich unweit von ihnen Geräusche ertönten.

Jemand schien durch den Wald zu laufen.

Finn glitt rasch in die Hocke. Blom und Moni folgten seinem Beispiel.

»Bestimmt ein Elch«, sagte Moni gelassen.

Und so musste es gewesen sein. Mit einem Mal gewannen die Geräusche an Tempo und entfernten sich von ihnen.

»Ich gehe keinen Schritt weiter!«, verkündete Finn.

»Wir hatten eine Vereinbarung, Finn«, sagte Moni. »Halte dich daran.«

Finn winkte ihr Argument verärgert ab und drehte sich um.

»Wenn du jetzt gehst, wirst du es bitter bereuen«, sagte sie scharf.

Er beachtete ihre Worte nicht.

»Wenn du gehst, werden ich und Blom dafür sorgen, dass jeder im Dorf und in der Schule dich Pisser nennt.«

Finn, zutiefst enttäuscht über Monis Worte, blieb stehen. So eine war sie also!

»Das würdest du doch für mich machen, Blom, oder?«, redete sie weiter.

Blom räusperte sich und sagte mit belegter Stimme: »Ja!«

Finn senkte den Kopf, kämpfte mit aller Kraft, die er aufbringen konnte, gegen die Tränen und kam zurück.

Moni tätschelte ihm auf die Schulter. »Ich werde dir was verraten, Finn. Ich habe gestern meine Eltern gefragt, ob sie etwas über die Wegweiser im Wald wüssten, die irgendwann in der Vergangenheit Menschen von der Straße und Lehrpfad-Yel weglockten und dadurch viel Ärger verursacht hatten. Sie wussten nichts davon. Also warst du für mich automatisch ein Lügner. Doch anstatt es Blom zu erzählen, habe ich es für mich behalten und dir eine Chance gegeben, es zu beweisen. Jetzt stehen wir hier und du hast nicht gelogen!«

Finn starrte Moni wütend an.

»Blom, was hättest du ihm angetan, wenn ich dir heute Morgen erzählt hätte, dass meine Eltern nichts von den Wegweisern wussten.« Sie sah ihn ernst an. »Bitte bleib dabei ehrlich.«

Blom kratzte sich am Kopf und errötete. »Ich hätte ihn heftig verprügelt und für immer als Pisser beschimpft.«

»Deine Eltern wussten nichts davon, weil ihr zugezogen seid, als du in die erste Klasse gegangen bist. Das ist alles viel früher passiert, da war ich zwei oder so«, klärte Finn sie auf und wischte eine Träne von der Wange.

»Was mich über dich so ärgert, ist die Tatsache, dass du mich für dumm hältst«, sagte sie.

»Ich halte dich überhaupt nicht für dumm!«, entgegnete Finn. In Wirklichkeit hielt er Moni sogar für das intelligenteste Mädchen in der Klasse. Doch das war vorbei. Von nun an hasste er sie nur noch.

»Du kannst anhand der Sonne die Uhrzeit bestimmen. Du bist der unangefochtene Streber in Biologie und Physik. Niemand versteht die Natur so gut wie du. Und dann erzählst du mir, du wüsstest nicht, wo die anderen Wegweiser hängen? Du hast uns doch gerade gezeigt, wo die ersten beiden hingen. Jetzt führe uns zum dritten und wir kehren dann nach Hause um, versprochen.«

»Ich habe euch überhaupt nicht zu diesem Schild geführt«, widersprach Finn verunsichert. »Ich sagte, ich weiß nicht, wo die anderen hängen.«

»Du hast es nicht bemerkt, aber Blom und ich, haben uns von dir hierhin führen lassen, du hast die Richtung bestimmt. Und das weißt du auch.«

Bloom nickte zustimmend.

Finn weigerte sich, Monis Unterstellung zu akzeptieren. Er sah zu der Sonne hinauf. »Ab jetzt zehn Minuten. Wenn wir bis dahin kein Schild entdeckt haben, gehen wir zurück!«

»Versprochen. Du gehst vor«, sagte Moni zufrieden.

Blom klopfte Finn auf den Rücken und zuckte entschuldigend mit den Schultern, als er ihn ansah. Wieder etwas, dass Finn niemals von ihm erwartet hätte.

Es dauerte keine fünf Minuten, bis er sie zum nächsten Schild führte. Auch dieser Wegweiser wurde neu angebracht und zwei alte verrostete Nägel hingen darüber, wie bei dem Schild zuvor. Moni lachte glücklich, kreiste mit dem Kompass umher und vermerkte alles in ihrer Zeichnung. »Auch hier Südwest!«, sagte sie feierlich. »Nun haben wir genug Beweise über die Schilder.«

»Jetzt kehren wir um«, drängte Finn.

»So war es abgemacht«, sagte Blom. Sein Blick haftete seit längerer Zeit an einem umgekippten Baumstamm.

Finn musterte besorgt den Stamm. »Was ist da?«, flüsterte er.

Blom zuckte mit den Schultern. Sein Blick verriet Angst.

»Los, wir gehen!« Finn zog grob an Monis Hand.

Je näher sie zum Lehrpfad-Yel kamen, umso schneller marschierte er. Mit jedem Schritt befürchtete er, vollends von der Panik ergriffen zu werden. Blom hastete im selben Tempo zu seiner Rechten.

»Jungs, wartet doch!«, rief Moni bestimmt zum zwanzigsten Mal hinter ihnen. Sie hatte wie immer, so schien es Finn, den Ernst der Lage nicht verstanden. Anstatt schnellstmöglich aus dem Wald zu verschwinden, trottete sie naturverliebt hinterher.

Irgendwann erreichten sie endlich den Lehrpfad-Yel. Der Ameisenhaufen war keine fünf Meter hinter der Stelle, an der sie aus dem Wald kamen. Als sie am Parkplatz ankamen, war dieser nach wie vor leer. Sie überquerten die Straße und marschierten den engen Pfad zurück nach Gran-Kotten. Und wie schon auf dem Hinweg versteckten sie sich im Dickicht, sobald ein Fahrzeug kam.

»Finn, wie spät ist es?«, fragte Moni, nachdem sie etwa die Hälfte der Strecke hinter sich gebracht hatten.

Er sah widerwillig zur Sonne. »Gleich zwei.«

»Bis wir da sind, ist es bestimmt schon halb drei. Der Schulbus kommt gegen fünf, wir werden auf der Fichte warten. Dort können wir alles, was wir heute in Erfahrung gebracht haben, analysieren«, sagte sie.

Beim Wort *analysieren* musste Finn gequält aufstöhnen.

Als das Trio entlang einer langgezogenen Kurve marschierte, blieb Blom abrupt stehen. »Da kommt ein Auto!«, sagte er und hastete zu einer breiten Fichte.

Finn und Moni wählten ähnlich breite Bäume daneben. Das herankommende Geräusch eines Fahrzeugs dauerte länger als üblich an, bis schließlich ein Lastwagen in gemächlichem Tempo an ihrem Versteck vorbeifuhr. Seine Ladefläche war mit Bauschutt beladen und hinterließ eine Staubwolke, die sich langsam zu Boden senkte.

»Wartet!«, sagte Blom, nachdem Finn und Moni ihre Deckung verlassen hatten. »Da kommt jemand.«

Sie stellten sich zurück hinter die Fichten und horchten angestrengt.

»Ja, da redet wirklich einer«, flüsterte Finn besorgt.

»Leise«, zischte Moni und presste sich seitlich an den Stamm.

Zwei Männer erschienen in ihrem Sichtfeld. Sie bewegten sich wie das Trio entlang des schmalen Pfades am Straßenrand. Als Blom sie erkannte, umklammerte er seinen aufgelesenen Stock so fest, dass es schmerzte. Auch Moni erkannte die Männer. Der Kotzer und der Prügler. Sie sah zu Blom rüber. Er hatte sich drei Fichten weiter versteckt und rührte sich nicht.

Als die Männer an ihnen vorbeischlenderten, konnten die Kinder ihre Unterhaltung belauschen.

»Ja, Reik, natürlich hoffe ich, dass dir diese Hexenkräuter helfen«, sagte der Mann, der Blom geohrfeigt hatte. »Aber solange ich nicht mit meinen eigenen Augen gesehen habe, dass sie wirklich bei dir wirken, glaube ich nicht daran.« Er drehte den Kopf zum Wald und sein gleichmäßiger Gang stockte plötzlich.

Und da erkannte Finn ihn mit einem Mal. Der Kerl aus dem Bus am Montag!

»Sie werden wirken, verlass dich drauf«, sagte der krank aussehende Mann mit einer kraftlosen Stimme und brachte mit seinem Satz den anderen dazu, weiterzugehen.

Ohne dass noch mehr Worte fielen, verschwanden die Männer in der lang gezogenen Kurve aus dem Blickwinkel der Kinder.

»Haben die gerade über eine Hexe geredet?«, flüsterte Finn Moni zu. Ihr Versteck war seinem am nächsten.

»Nein, über Hexenkräuter!«

»Lasst uns schnell gehen«, sagte Finn verängstigt. »Sie waren bei Ingeborg. Ich bin mir sicher, sie haben Hexe gesagt.«

»Wartet, lasst uns lieber noch ein Weilchen hier warten, nicht dass sie zurückkommen«, sagte Blom. Er sah Moni und Finn flehentlich an. Sein Gesicht war aschfahl.

DER BESTATTER

14 Es dauerte nicht lange, bis der Linienbus in Halm-Stalk ankam. Doch was als Nächstes geschah, ließ Peetu vor Wut lauthals die ordinärsten Ausdrücke herausbrüllen, die seinen Mund jemals verlassen hatten. Zunächst bremste der Bus einige Meter vor der Haltestelle erwartungsgemäß ab.

Aber in dem Moment, als Peetu den Busfahrer mit seiner dämlichen Mütze erkannte und der Fahrer ihn und Reik erblickte, beschleunigte der Bus dröhnend und fuhr an ihnen vorbei. Peetus Schwur, dem Fettsack dafür beide Beine zu brechen, brachte sie nicht wirklich weiter. Ihnen blieb nichts anderes übrig, als zu Fuß nach Hause zu marschieren.

Von Halm-Stalk bis Kvist-Yel waren es höchstens zehn Kilometer. Lediglich das Dorf Gran-Kotten lag dazwischen. Dort würden sie versuchen, in den nächsten Linienbus zu steigen, schließlich fuhren diese stündlich. Was sich letztendlich als Fehlinformation erwies. Wieder war der dickbäuchige Schulbusfahrer am Steuer des Linienbusses. Ungeachtet dessen, dass zwei Dörfler aus Gran-Kotten mit Peetu und Reik an der Bushaltestelle warteten, raste das Fahrzeug, diesmal ohne abzubremsen, rücksichtslos an ihnen vorbei.

Peetu schwor dem Bastard auch die Hände zu brechen. Doch auch das brachte sie gegenwärtig nicht voran. Nach etwa drei Stunden Fußmarsch kamen sie erschöpft in Kvist-Yel an.

»Danke, dass du für mich bezahlt hast«, sagte Reik krächzend.

Sein Zustand hatte sich während des langen Marsches zunehmend verschlechtert. Zuletzt musste Peetu ihn wie am Tag zuvor stützen, damit sie überhaupt vorankamen.

»Im Gegensatz zu mir bist du ein wahrer Freund.« Reik ergriff Peetus Hände und küsste sie weinend.

Peetu zog die Arme weg. »Hör damit auf, Reik. Und mach dir keine Gedanken über das Geld. Du musst uns nichts zurückgeben. Wie Pa schon meinte, es ist Ragans Geld. Also betrachte es als ein Geschenk von ihm. Und wie der Heiler sagte, mach was daraus.«

Reik nickte hastig. »Das werde ich, Peetu. Das schwöre ich dir!«

»Ich hoffe inbrünstig, wir haben den Mann nicht umsonst bezahlt«, sagte Peetu, obwohl er fest davon überzeugt war, dass sie genau das getan hatten. »Allerdings bin ich sicher, ein Arztbesuch wäre die bessere Alternative.«

»Du bist ein Sturkopf, Peetu«, sagte Reik und schlenderte langsam in Richtung seines Hauses. »Den Rest schaffe ich alleine. Ruh dich aus, mein Freund, und danke tausendfach.«

Peetu sah ihm nach. Seit sie den Hühnerstall des Schwindlers verlassen hatten, kreisten seine Gedanken um das *Wie?* Wie hatte der Mann erfahren, dass Reik auf Entzug war und wer die Dollarscheine bezahlen würde? Und dass er, Peetu Virtanen, ebenfalls einen Grund für eine Visite bei ihm hätte? Vorausgesetzt, er wäre dazu bereit, sich auf den Unsinn einzulassen. Letztendlich lief alles auf Lina hinaus. Auch wenn Reiks Argument, wie und wozu sie das vollbracht hätte, durchaus plausibel war. Dennoch, spätestens heute Abend würde er Lina danach fragen. Erstmal wollte er zu seinem Vater und unbedingt etwas essen.

Ein Moped, eine Riga-22, lehnte an Walters Haus. Durch die halbgeöffneten Fenster der Veranda sah Peetu seinen Vater und einen Mann mit dem Rücken zum Fenster am Tisch sitzen.

Als Peetu zur Tür kam, hörte er ihre Stimmen. Um nicht unhöflich zu erscheinen, klopfte er an und trat ein. Als Walter aufsah, brach er seinen Satz abrupt ab und starrte ihn wütend an. Der Mann drehte sich zur Tür. Es war der Bestatter von gestern, Aki Madsen.

Er erhob sich von seinem Stuhl und reichte, sichtlich verlegen, Peetu die Hand. »Guten Tag, Herr Virtanen.«

»Ja«, krächzte Peetu beklommen.

»Ich habe Ihrem Vater das besagte Formular mitgebracht, welches er für die Exhumierung seines Sohnes ausfüllen muss.« Er räusperte sich. »Ich kenne jemanden, der die nervige Geschichte mit der Genehmigung vielleicht beschleunigen kann. Allerdings«, Aki Madsen nickte, ohne Peetu aus den Augen zu lassen, zu Walter, »ist Ihr Vater strikt dagegen, das Grab Ihres Bruders zu entweihen.«

Walter hob das Formular in die Luft, wendete es und ließ den Zettel zusammen mit geöffneter Handfläche wuchtig auf die Tischplatte niederfahren. Die halbvollen Teetassen klirrten im Einklang.

»Stattdessen hat Ihr Vater auf die Rückseite des Formulars eine Art Testament geschrieben, das mich und meinen Bruder Fred bevollmächtigt, Ihnen nach seinem Tod die Ausgrabung Ihres Bruders zu verweigern und gerichtlich dagegen vorzugehen.«

Peetu schwieg.

»Es tut mir wirklich leid, wenn ich Sie und Ihren Vater dadurch in einen Zwist manövriert habe. Eigentlich war meine Absicht zu helfen. Ich wusste nicht, dass Ihr Vater von Ihrem Vorhaben keine Ahnung hatte«, sagte Aki Madsen bedauernd.

Peetu verzichtete auf eine Antwort. Er und Aki Madsen, sie beide wussten ganz genau, dass er gestern erwähnt hatte, seinen Vater eben nicht damit zu belasten.

»Mir ging es dabei nicht um die amerikanischen Dollar, bitte seien Sie sich da sicher.« Aki Madsen nahm das Formular vom Tisch und reichte Walter die Hand. »Bitte, bleiben Sie sitzen, geehrter Herr Virtanen«, sagte er, als Walter den Anstand machte, sich von seinem Stuhl zu erheben.

»Ich danke Ihnen für Ihre Mühen und Ihre Ratschläge«, sagte er und erhob sich trotzdem.

»Mein herzliches Beileid, nochmals«, sagte Aki Madsen sanft.

Walter nickte stumm.

»Ich muss dann los.« Er drückte kraftlos Peetus Hand, ohne ihn wirklich anzusehen, und verließ eilig das Haus.

»Du elender ...« Walter ging mit gekrümmten, zitternden Händen auf Peetu zu. »Du elender ...« Seine Hände fielen schlapp nach unten, der Kopf prallte gegen Peetus Brust und verharrte dort. »Nur du bist mir geblieben«, sagte er weinend. »Du elender, elender, unerzogener Bengel.«

ÜBERSCHWANG

15 Peetu lachte auf, als er das lächerliche Schauspiel erblickte. Er sah, wie Reik auf seinem Grundstück mit einer Sense über Unkraut, das seinen gesamten Hof überwucherte, mähte. Sein Schweiß glänzte in der Sonne. Außer seinen weißen Unterhosen und Gummigaloschen hatte er nichts an.

»Sie hatten recht. Danke, dass Sie mich gerufen haben«, sagte Peetu zu Reiks direktem Nachbarn aus dem Haus gegenüber, Omar Karlsson. Der Alte hatte japsend an Walters Tür gehämmert, um irgendjemanden, wie er sagte, der Reik nahestand, auf dessen Zustand hinzuweisen. Denn eine Sense in der Hand eines Besoffenen verhieß garantiert nichts Gutes.

»Martha ist zu Lina gelaufen«, sagte Omar schweratmend. Martha war seine Frau. »Der Teufel weiß, wo sie so lange bleiben.«

Peetu klopfte dem Mann auf die Schulter. »Sie haben nicht vor, gleich schlappzumachen, oder?«

»Nu nimm ihm die Sense weg, bevor er sich noch damit aufspießt«, drängte Omar.

Peetu überquerte lachend die Straße. »Hast du den Verstand verloren?«, rief er noch, bevor er Reiks Grundstück erreichte.

»Einen wunderschönen guten Morgen, Peetu, mein Freund«, rief Reik aus und verbeugte sich.

»Würdest du bitte diese verrostete, stumpfe Waffe beiseitelegen?«, fragte er ernst und gab Omar mit einem Wink zu verstehen, dass alles in Ordnung sei.

Reik ließ die Sense wie auf einen Befehl achtlos neben die Füße fallen.

»Geht es dir gut, Reik? Kannst du klar denken?«

»Nein, Peetu, mir geht es besser als gut. Mir geht es prächtig. Ich kann mich überhaupt nicht daran erinnern, wann ich das letzte Mal so klar bei Verstand war. Die Medizin wirkt. Mir geht es super. Ich habe die ganze Nacht durchgeschlafen. Ohne Albträume!«

»Die Kraft des Aberglaubens«, schlussfolgerte Peetu böswillig.

»Nein, ganz sicher nicht!«, widersprach Reik. Sein Atem roch nach Kräutern. »Heute Morgen ist mir aufgefallen, wie heruntergekommen mein Grundstück aussieht. Das wird sich ändern. Ich werde mein gesamtes Leben ändern.« Reik sah zum Himmel und lachte.

Peetu lachte mit. »Reik, man kann einen Pissfleck an deiner Unterhose sehen. Das wirkt noch heruntergekommener als dein Grundstück.«

Reik schaute auf sich herunter, dann sah er entsetzt Peetu an. »Wo ist meine Hose?«

»So klar im Kopf wie schon lange nicht mehr?«, fragte Peetu amüsiert. »Der Schwindler hat dich unter Drogen gesetzt.«

»Du kannst es einfach nicht wahrhaben, stimmt's?«, sagte Reik und eilte ins Haus.

Peetu folgte ihm.

Zum Gestank, der sich über die Tage in Reiks Haus entfaltete oder vielleicht schon immer da war, kam eine Note Kräuterduft hinzu.

»Du solltest lieber hier drin mit dem Aufräumen anfangen und dich bis zum Hof vorarbeiten«, schlug er vor.

Reik zog nickend seine dreckige Hose an. »Schau, meine Hände zittern nicht mehr.«

»Ja. Deine Visage hat auch wieder ein wenig Farbe bekommen«, gestand Peetu und bemerkte dabei, dass die Rötung auf Reiks Bindehaut fast vollständig verschwunden war.

»Du bist gestern nicht mehr vorbeigekommen. Lina und ich haben auf dich gewartet.« Reik fing an, das Geschirr aus der halbleeren Glasvitrine auf den Tisch auszuräumen.

»Wasch erstmal dich und deine Wäsche, bevor du deine Schränke putzt.«

»Dein Alter ist gestern Abend auch nicht gekommen.«

»Pa weiß, dass wir in Stor-Yel waren!«

»Allmächtiger.« Reiks Augen weiteten sich ängstlich. »Woher?«

Peetu erzählte ihm von Aki Madsen.

»Dein Alter wird mit mir nie wieder ein Wort reden«, sagte Reik vorwurfsvoll. »Ich habe dich von Anfang an gewarnt.«

Peetu stöhnte gequält auf.

»Ich glaube, das war ein Zeichen«, sagte Reik bedächtig.

»Was für ein Zeichen?«

»Der Besuch vom Bestatter. Er kam ausgerechnet gestern und machte deine Hoffnung, Ragan auszugraben, zunichte. Gleichzeitig, nur wenige Stunden zuvor, bietet dir ein Mann, der die Wahrsagung beherrscht, Hilfe an.« Reik grinste vielsagend.

»Mit ein wenig Fantasie und Vorliebe für Aberglauben, kann man selbst den Furz eines Hundes als ein Zeichen betrachten«, sagte Peetu ernst.

Reik ließ von der Glasvitrine ab und setzte sich auf den Hocker. »Hör zu, Peetu. Ich habe Lina gestern gefragt, ob sie, warum auch immer, dem Heiler etwas über dich und mich erzählt hat. Sie fand meine Frage ziemlich bescheuert. Nein, das hat sie natürlich nicht.«

Peetu nickte nachdenklich.

»Du musst aufhören, an deiner Überzeugung festzuhalten.« Reik stellte sich auf den Tisch und breitete die Hände aus. »Sieh mich an. Mir geht es viel besser als gestern. Die Medizin, die uns angeblich ein Schwindler verkauft hat, zeigt ihre Wirkung.« Er stieg vorsichtig vom Tisch runter. »Ja, du hast recht, es gibt vielleicht Hunderte dort draußen die nichts weiter als Betrüger sind. Aber nicht dieser Mann, Peetu. Wenn dieser Mann Krebs heilen kann, warum soll er dann nicht auch Wahrsagen können. Krebs, Peetu, Krebs!«

»Das ist Irrsinn, Reik.«

»Jetzt, wo wir wissen, dass Lina keinen Kontakt zum Wahrsager hatte, ist alles anders. Denk nochmal über die gestrige Visite nach.«

Peetu verkniff sich Reik mitzuteilen, dass seine Gedanken ohnehin nur darum kreisten.

»Lina hat mir erzählt, dass du von der Kuh und dem Kalb der Sandströms Bescheid wusstest.«

»Ja! Lächerlich.«

Reik überhörte die stichelnde Bemerkung. »Was, wenn der Heiler dir, sagen wir mal, durch eine ähnliche Prozedur sagen könnte, wo Ragan sich gerade aufhält? Falls er noch lebt. Ich meine, vielleicht kann er das ja.«

Peetu starrte Reik verblüfft an.

»Willst du wirklich nur wegen deiner Sturheit darauf verzichten, Ragan zu finden?«

Nein, das wollte Peetu natürlich nicht. Selbst wenn er nicht an den ganzen Wahrsager-Scheiß glaubte, müsste er ein kompletter Vollidiot sein, diese Möglichkeit auszuschlagen. Zumal er gesehen hatte, wozu der Mann in der Lage war. Oder nicht?

»Lass uns morgen nach Halm-Stalk fahren.« Reik grinste breit und korrigierte seinen Satz. »Lass uns morgen nach Halm-Stalk marschieren und den Mann einfach fragen, ob er zu so etwas fähig wäre. Ganz unverbindlich, nur mal nachfragen.«

Zu Reiks Verwunderung nickte Peetu.

»Ich gehe alleine. Du bleibst hier und erholst dich«, sagte er entschieden.

AUF DER FICHTE

16 »Verdammt«, schimpfte Moni unzufrieden. »Sie ist heute schon wieder nicht gekommen.« Das Mädchen hatte gestern ihre ganze Überzeugungskraft aufbringen müssen, um die Jungs dazu zu bringen, die Schule erneut zu schwänzen. Sobald Ingeborg heute weggefahren wäre, würden sie zu dritt die Fotografin und ihren Hund Fluffy befreien. Schließlich bewiesen die neu angebrachten Schilder nicht nur, dass Finn mit seiner Vermutung richtig lag, sondern auch, dass Ingeborg weiterhin Menschen zu sich lotste. Es fehlte nur noch eine Erklärung für die unterschiedlichen Schriften auf den Schildern.

Für den Fall, dass die alte Frau, der Logik zum Trotz, plötzlich auftauchen sollte, wovon Finn überzeugt war, würden sie das Gewehr von Bloms Vater mitnehmen. Mathilda. Bloms Erbe, das ihm sein Vater hinterlassen hatte, nachdem er, übrigens ähnlich wie bei Finn, die Familie plötzlich und unerwartet verlassen hatte.

»Vielleicht liegt sie krank im Bett«, überlegte Blom. Wie gestern auch, saß er auf dem höchsten Ast der Fichte.

»Vielleicht möchte sie, dass wir genau das denken«, sagte Finn. Sein Platz war heute auf dem untersten Ast. Nachdem er gestern wegen Blom beinahe vom Baum geflogen wäre, ließ er Moni absichtlich den Vortritt.

»Und was jetzt?«, fragte Blom.

Finn fluchte innerlich. Warum nur stellte Blom diese Frage. Er sah zu Moni hinauf und seine Erleichterung darüber, dass Ingeborg zu Hause geblieben war, verflog schlagartig.

Moni drehte sich grinsend auf dem Ast um, damit sie den Wald besser sehen konnte. »Schade, dass sie nicht weg ist, aber erstmal nicht so tragisch. Jetzt, wo wir wissen, dass die Schilder tatsächlich zu Ingeborgs Haus führen, werden wir heute eine weitere wichtige Sache klären.«

»Was willst du denn noch alles klären?«, fragte Finn gereizt. Er streckte sich, um einen kleinen Ast von der Fichte abzubrechen. Seit heute Morgen juckte plötzlich sein Arm unter dem Gips und er musste ganz dringend etwas dagegen unternehmen. »Für meinen Teil ist alles geklärt. Entweder ihr helft mir, meine Mutter davon zu überzeugen, dass wir wissen, wo die Fotografin ist, oder ihr lasst es sein und wir lassen sie dort verrotten. Ab morgen gehe ich zur Schule.«

»Morgen ist der vorletzte Schultag. Es gibt Zeugnisse und am Samstag dann dieses blöde Schulfest. Und dann haben wir endlich Ruhe«, sagte Blom ernst. »Wir könnten in den Ferien weitermachen.«

»Ja, aber ich glaube, darauf kommt es am Ende überhaupt nicht an, Jungs. Nachdem wir Ingeborg überführt und die Fotografin befreit haben, wird man uns dankend bestätigen, dass die Lösung des Falls wichtiger war als die Schule«, sagte Moni.

Da war das Wort wieder, der *Fall*. Finn stöhnte auf.

Moni strafte ihn mit einem harten Blick. »Heute konzentrieren wir uns auf die angeblich verfluchte Sandale.«

»Warum angeblich?«, fragte Finn wütend. Ihm fiel ein, dass sie gestern genau diese Worte benutzt hatte.

»Weil wir nicht sicher wissen, ob sie wirklich verflucht ist oder nicht.«

»Doch. Ich weiß es ganz sicher«, sagte Finn laut.

»Nein, du weißt es eben nicht ganz sicher«, entgegnete sie in derselben Lautstärke. »Nur weil Ingeborg sie dir zurückgebracht hat, muss sie deshalb noch lange nicht verflucht sein.«

»Ist sie doch!«, sagte Finn kleinlaut. Er schob den abgebrochenen Ast, von dem er die Nadeln abgezupft hatte, in den Gips und kratzte sich am Arm. Das Gefühl war großartig. »Ich werde die Sandale ganz sicher nicht anziehen«, brummte er. Denn genau darauf wollte Moni hinaus. Davon war er fest überzeugt. Diese hinterhältige Kuh.

»Niemand verlangt das von dir, Finn.« Sie sah zu Blom hoch.

»Und wie werden wir es dann rausfinden? Ich werde die Sandale nicht anziehen. Außerdem passt sie mir nicht und Moni auch nicht.« Blom sah Finn herausfordernd an.

»Nein, wir können dafür keinen von uns opfern. Es muss jemand anderes sein.«

Blom sah skeptisch auf sie hinab. Moni schwieg und wartete, bis die Jungs von alleine darauf kamen. Sie selbst wusste schon längst, wer die Sandale anziehen würde. Es war so klar, so selbstverständlich.

»Also ich habe keine Ahnung, wen du meinst«, sagte Blom und kratzte sich am Hinterkopf.

Doch Moni glaubte, er spielte es ihr nur vor. Auch Finn zuckte mit den Schultern. Dabei wusste er bereits ganz sicher, um wen es sich handelte. Er hatte nur Angst, es auszusprechen.

»Was haltet ihr von Luritz?«, fragte sie vorsichtig.

»Was?«, sagte Blom entsetzt. »Nein! Luritz ist mein bester Freund. Niemand fasst Luritz an. Soll der da seine Sandale selber anziehen.« Er verlagerte sein Gewicht auf eine Seite vom Ast und versuchte, Finn mit dem Fuß zu erwischen. Allerdings saß er dafür viel zu weit entfernt.

Moni sah Blom geduldig bei seinem Vorhaben zu und fragte sich, wie verstört er im Kopf sein müsste, um einen Jungen, den er ständig schlug und erniedrigte, als besten Freund zu bezeichnen.

»Hast du einen besseren Vorschlag?«, fragte sie, als Blom einsah, dass Finn für ihn unerreichbar war. Vorerst jedenfalls.

»Ja, jemand anderen, aber nicht Luritz!«

»Jemand anderes kommt aber nicht in Frage, er oder sie würde uns verpetzen. Jedes Kind im Dorf weiß mittlerweile über die Sandale Bescheid. Das hat mir meine Freundin Anika erzählt. Luritz konnte seine Klappe einfach nicht halten, obwohl er es geschworen hatte. Niemand würde die Sandale freiwillig anziehen.«

»Ich werde sie schon davon überzeugen«, sagte Blom. Er ballte seine Rechte zur Faust. Seine Schlaghand.

Moni stöhnte müde über seine Aggressivität. »Sobald du jemanden schlägst, Blom, geht das Petzen los. Dann hat der Geschlagene nichts mehr zu verlieren. Das musst du doch mittlerweile gelernt haben.«

Blom starrte schweigend in die Ferne.

Abermals stöhnte Moni. »Und wenn das Petzen erst richtig losgeht, wird alles rauskommen, noch bevor wir den Fall gelöst haben. Unsere Eltern werden wegen der Schule so sauer sein, dass sie uns die Geschichte über Ingeborg ganz sicher nicht abkaufen werden. Ich glaube kaum, dass irgendjemand im Dorf Ingeborg nicht ausstehen kann oder sie für eine Hexe hält. Meine Eltern zum Beispiel mögen sie sogar sehr.«

Trotzig schüttelte Blom den Kopf. Es könnte sein, dass Moni und Finn Ärger von ihren Eltern bekommen würden. Er hingegen hatte nichts zu befürchten. Außer ein paar bittere Tränen seiner Mutter vielleicht.

»Luritz ist der Einzige, der so eine große Angst vor dir hat, dass er dich niemals verpetzen würde, selbst wenn du ihn schlägst. Was irgendwie ja auch täglich passiert«, gab Moni zu bedenken.

»Nein. Dann wird Finn seine Sandale selbst anziehen«, beharrte Blom.

»Gut!«, sagte Moni sauer. »Damit ist der Fall Ingeborg beendet.« Sie drehte das Gesicht von Finn weg, der sie viel zu glücklich ansah.

»Ich hoffe für euch, Ingeborg ist wirklich keine Hexe. Denn wenn sie das ist, möchte ich nicht wissen, was sie mit uns macht. Dass wir herumgeschnüffelt haben, weiß sie wahrscheinlich ganz genau. Sonst würde sie nicht zwei Tage am Stück zu Hause hocken. Vermutlich überlegt sie sich gerade, was sie mit uns macht, sobald sie uns in die Finger bekommen hat. So ist die Natur einer Hexe, durch und durch böse.«

Moni verdeckte die Augen mit der Hand und zog die Mundwinkel so tief wie möglich nach unten. Dann wartete sie und hoffte, einer der Jungs würde so reagieren, wie sie es sich erhoffte. Ihre Ermittlungen drohten zu scheitern. Und das durfte einfach nicht sein.

»Wir sollten mit meiner Mutter reden«, sagte Finn. »Wenn ihr mich dabei unterstützt, da...«

»Was würde schlimmstenfalls mit Luritz passieren?«, redete Blom ihm ins Wort.

Moni ließ die Augen erstmal verdeckt. »Wenn die Sandale nicht verflucht ist, wird Luritz überhaupt nichts passieren. Und wenn doch, dann wird Ingeborg sowieso alles rückgängig machen, weil die Polis sie dazu zwingen wird.«

Blom zweifelte daran, ob das, was sie gerade sagte, so stimmte.

»Na gut!«, sagte er zu Finns Entsetzen und Monis Freude. »Ich hoffe für dich, du irrst dich nicht.«

DIE ABMACHUNG

Halm-Stalk

17 Wenige Meter bevor Peetu das Grundstück des Heilers erreichte, öffnete sich dessen Tür. Mit einem freundlichen Lächeln und einem Blick, der zu sagen schien, *hab ich doch gewusst, dass du kommst*, deutete der Mann ihm einzutreten. Er bat Peetu, sich zu setzen, und setzte sich dann genau gegenüber.

Peetu sah sich flüchtig um. Auf dem Herd stand ein Topf, aus dem Dampf stieg. Doch wegen der vielen Gerüche, die das Haus in sich trug, vermochte er den Inhalt, der im Behälter geräuschvoll köchelte, nicht zu bestimmen.

»Sie dürfen reden«, sagte der Heiler und wartete geduldig, bis Peetu die richtigen Worte fand, um das Gespräch zu eröffnen.

»Zunächst einmal, wie ist Ihr Name?«

Der Mann lächelte. »Wenn Sie das weiterbringt. Nikitin.«

Nikitin war eigentlich eher ein Nachname. Aber damit gab Peetu sich erstmal zufrieden.

»Ich muss unbedingt wissen, woher Sie wussten, dass ...« Peetu verstummte, weil er sich plötzlich daran erinnerte, dass der Heiler beim letzten Mal ihre Namen nicht hören wollte. Er wählte widerwillig eine andere, naheliegende Bezeichnung für Reik »Mein Freund unter Alkoholentzug leidet?«

Nikitin nickte lächelnd. »Das war nicht schwer. Wenn Sie wüssten wie viele Menschen mit Alkoholproblemen schon bei mir waren. Mit der Zeit entwickelt man für dieses Leiden ein Gespür, man sieht es ihnen sofort an.«

Peetu nickte. Das klang einleuchtend für ihn. Es war wahrlich nicht schwer, einen Alkoholiker zu erkennen.

Insbesondere einen so heruntergekommenen wie Reik. Also keine Magie.

»Und was waren das für Kräuter, die Sie ihm gegeben haben? Wie konnten Sie so schnell wirken?«

»Naturheilkunde. Viele unterschätzen das. In der heutigen Zeit ist Chemie für die meisten das einzig Wahre.« Der Heiler tippte sich auf die Schläfe. »Hier drin bewahre ich Erkenntnisse und Erfahrungen unserer Ahnen. Sie hatten nur das zur Verfügung, was Mutter Natur ihnen gab.« Er lächelte wehmütig. »Meine Mutter hatte mir viel beigebracht, bevor sie starb. Und sie hatte es von meinem Großvater gelernt.«

Peetu beeindruckte das nicht. Diese abgedroschene Geschichte, man käme aus einer Familie, die sich seit Generationen mit der Heilkunst beschäftigte, erzählte nahezu jeder Quacksalber in diesem Land.

»Hinzu kommt die Tatsache, dass ein Entzug mit der Zeit nachlässt. Wenn ich es aus Ihrem Kontext richtig erschlossen habe, wirkte die Medizin bei Ihrem Freund schon nach der ersten Einnahme. Das bedeutet, dass er vermutlich schon länger gegen die Sucht kämpft. Oder sich so sehr von mir hat beeindrucken lassen, dass sein Verstand ihm vorspielt, Genesung zu verspüren.«

Peetu wunderte sich über die Offenheit, die Nikitin ihm mit dieser Aussage entgegenbrachte. Wieder keine Magie.

»Das hört sich für mich so an, als ob mein Freund das Ganze auch ohne Ihren Zaubertrank überstanden hätte.«

»Ja, natürlich«, stimmte er ihm heiter zu. »Meine Kräuter haben sein Leiden nur gelindert, mehr nicht.«

»Und woher wussten Sie, dass er Albträume hat?« Peetu beugte sich nach vorne und sah ihn forschend an.

Nikitin grinste geheimnisvoll, griff mit einer langsamen Handbewegung nach dem sonderbaren Monokel um seinem Hals und drückte es an das rechte Auge. »Daher! Damit konnte ich die entsprechende Diagnose feststellen.«

Peetus Stirn legte sich in Falten. Für einen Augenblick hatte er doch tatsächlich geglaubt, ihr Gespräch würde konstruktiv und ohne Augenwischerei verlaufen.

»Ihr skeptischer Blick und Ihre Anspannung verraten mir Ihre Zweifel an meinen Worten.« Er entspannte die Muskeln um sein Auge und das Monokel fiel herab. Gehalten von einer Kordel, schwenkte es mehrmals an seiner Brust. »Sie müssen wissen, ich pflege meinen Kunden stets die Wahrheit zu sagen. Selbst wenn sie nicht zuhören wollen. Verstehen Sie mich?«

Peetu nickte zaghaft. »Haben Sie wirklich Krebs geheilt?«

»Ja, das habe ich. Aber nicht durch Naturheilkunde. Dafür waren ganz andere Dinge notwendig.« Der Heiler verstummte. Sein Blick wurde plötzlich leer, schien irgendwo anders zu sein. »Doch Sie sind nicht hier, um Krebs zu heilen. Ich würde es ohnehin kein zweites Mal wiederholen.«

Peetu verstand nur bedingt, wie er das meinte. »Und warum nicht?«

Nikitin sah ihn nachdenklich an. Peetu fielen plötzlich Einstiche entlang seines Haaransatzes auf. Einige reichten fast bis zu den Augenbrauen. Er sah auf die Arme des Mannes, weil er glaubte zu wissen, dass dort ebenfalls Einstiche sein müssten. Und tatsächlich, auf dem linken Unterarm, der mit der Handfläche nach oben auf dem Tisch ruhte, sah er sie. Aber waren die Einstiche wirklich schon gestern da gewesen? Er konnte es nicht mit Gewissheit sagen. Bloß warum nicht?

»Weil die Prozedur mich alt macht«, sagte Nikitin schließlich und riss Peetu aus seinen Gedanken.

»Das verstehe ich nicht!«

»Das müssen Sie auch nicht«, sagte er leise, senkte den Blick und starrte auf seine Hände.

»Doch. Ich muss das verstehen. Ich muss unbedingt wissen, wer Sie wirklich sind. Ein Quacksalber oder eine wahrhaftig außergewöhnliche Person.«

Der Heiler lächelte geschmeichelt. Das Wort *Quacksalber* schien er überhört zu haben. »Na gut«, sagte er ernst, hauchte auf sein Monokel und putzte dieses mit dem Unterteil seines Hemdes ab. »Schätzen Sie, wie alt ich bin.«

Schon beim letzten Mal hatte Peetu festgestellt, dass es schwer oder gar unmöglich war, dies zu sagen. Daher zuckte er mit den Schultern.

Nikitin lächelte verständnisvoll. »Das Gesicht so alt und voller Furchen, aber meine Haare, meine Hände, meine Körperhaltung und meine geschmeidigen Bewegungen noch so jung. Nicht wahr?«

Peetu nickte erstaunt. All diese Dinge trafen zu. Auch wenn er die meisten von ihnen bis dahin eher unbewusst wahrgenommen hatte.

»Ich bin dreihundertsiebenundneunzig Jahre alt!«

Peetu starrte ihn verblüfft an. Allerdings nicht lange. Aus Verblüffung wurde Unmut. Aus Unmut, Wut. Wut über die gequirlte Scheiße, die der Mann ihm zumutete.

»Ich habe Ihnen mein größtes Geheimnis verraten. Jetzt sind Sie dran. Wie kann ich Ihnen helfen?«

Peetu spürte, wie er rot anlief. Doch nicht etwa vor Scham, sondern vor Zorn. Er erinnerte sich, weshalb er hierhin gekommen war und was er sich davon versprach, bevor diese Unterhaltung lächerlich wurde. »Ich möchte herausfinden, ob mein Bruder noch am Leben ist«, sagte er, anstatt aufzustehen, um diesen Hühnerstall zu verlassen.

Nikitin nickte. Es schien so, als hätte er bereits im Vorfeld gewusst, was Peetu von ihm wollte. »Das ist machbar«, sagte er zuversichtlich.

»Dass es für Sie machbar ist, daran zweifele ich nicht, aber ob das, was Sie mir erzählen werden, der Wahrheit entspricht, das zerbricht mir den Kopf«, gestand Peetu unmittelbar.

Nikitin dachte über Peetus Worte nach. Er erhob sich, rührte mit einem Holzlöffel im Topf und setzte sich wieder. »Also gut. Ich habe da etwas.« Er beugte sich zu Peetu vor und sah ihm durchdringend in die Augen. »Ich kann, sollte Ihr Bruder tot sein, seine Lebenslinie einige Tage zurück an die Orte verfolgen, an denen er sich zuletzt aufgehalten hatte. Die Menschen dort würden Ihnen dann schon sagen, ob ich recht habe. Wäre das für Sie Beweis genug?«

Peetu wurde plötzlich ganz heiß. »Und wenn er lebt?«

»Wenn er lebt, dann fließt noch Blut durch seine Adern. In dem Fall kann ich Ihnen seinen genauen Aufenthaltsort verraten«, sagte der Heiler mit so viel Sicherheit und Ruhe in der Stimme, dass es fast unmöglich war, ihn der Lüge zu bezichtigen.

»Und was, wenn ich herausfinde, dass Sie mich belogen haben?«

»In dem Fall«, Nikitin breitete die Hände aus und lächelte, »wissen Sie, wo Sie mich finden.«

Peetu wischte sich aufgeregt über das Gesicht. Plötzlich roch er den Inhalt des Topfes. Meerrettich! Er sah zu einem kleinen Tisch, der in einem Kreis aus Kreide stand. Geisterbeschwörung.

»Nein, nein«, sagte der Heiler lachend. Offensichtlich wusste er genau, was Peetu gerade dachte. »So werden wir Ihren Bruder ganz sicher nicht finden.«

Peetu fiel Linas Geschichte und Reiks Theorie ein. »Wie bei der Kuh und dem Kälbchen?«

Nikitin verzog überrascht das Gesicht. »Sie haben davon gehört?« Es schien, als sei er mit seinem Bekanntheitsgrad unzufrieden. »Ja, genau so!«

»Bringen wir es hinter uns.« Peetu hob das Gesäß an und holte seine Geldbörse hervor. »Was wird mich das kosten?«, fragte er und war bereit, alles zu geben, was er dabeihatte.

Nikitins Lächeln verschwand augenblicklich. Er sah Peetu ernst in die Augen. »Kein Geld. Sie müssen mir dafür nur einen Gefallen erweisen.«

Peetu kratzte sich nervös am Ohr. »Was für einen Gefallen?«, fragte er misstrauisch.

»Eine lange Geschichte, mit der ich Sie nicht langweilen möchte, aber am Ende geht es darum, dass jemand seine, wie soll ich es sagen, Schulden nicht begleicht.« Nikitin presste die Lippen zusammen.

Peetu sah den Heiler erstaunt an. Hatte dieser gerade tatsächlich von ihm verlangt, jemanden aufzusuchen und zu bedrohen? Oder gar zu bestrafen? »Ich glaube, Sie haben den falschen Mann dafür ausgesucht. Ich bin kein Krimineller.«

»Nein, sind Sie nicht. Aber Sie könnten einer sein! Ich spüre in Ihnen viel mehr negative Energie, als es Ihnen selbst lieb wäre.«

»Negative Energie«, sagte Peetu spöttisch. »Was ist das denn für ein Scheiß? Ich bevorzuge zu zahlen. Also, wie viel?«

Nikitin erhob sich abrupt von seinem Stuhl. »Auf Wiedersehen!«, sagte er kalt.

»Ich habe mehr Geld als Sie vielleicht denken«, versicherte Peetu erschrocken darüber, dass die Möglichkeit, Ragans Verbleib zu erfahren, plötzlich aus unverständlichen

Gründen in die Ferne rückte. »Bitte sagen Sie mir, was es mich kosten wird, und ich werde es zahlen.«

»Um Ihnen die Information über Ihren Bruder zu geben, wird es mich mindestens ein halbes Jahr meines Lebens kosten. So viel amerikanische Dollar haben Sie gar nicht.« Nikitin hob langsam die Hand und zeigte mit dem Zeigefinger auf die Tür.

»Ach so, ich soll Ihnen jetzt einen Gefallen erweisen und Sie geben mir im Gegenzug erst in einem halben Jahr Informationen über meinen Bruder preis!«, rief Peetu ungläubig aus.

»Nein, so habe ich das nicht gemeint«, sagte der Heiler unbeeindruckt von Peetus Unmut. Er deutete weiterhin auf die Tür.

»Moment«, sagte Peetu, zerstreut von dem Irrsinn, den der Mann von sich gab. »Reden wir.«

Der Heiler zögerte einen Moment, dann senkte er die Hand und setzte sich.

»Erklären Sie mir das genauer.«

Nikitin seufzte. »Ich habe Ihnen schon mehr von mir erzählt, als mir lieb ist.«

Peetu schwieg aus Angst davor, sein nächster Satz könnte den Mann dazu bringen, wieder auf die Tür zu zeigen.

»Es ist kompliziert. Daher fasse ich es mit einfachen Worten zusammen. Ein Wunder fordert seinen Preis. In meinem Fall, eine bestimmte Anzahl der Tage von meinem Leben. Herauszufinden, ob Ihr Bruder noch lebt, wo und wann er sich an bestimmten Orten aufhielt, und all das, ohne mein Haus zu verlassen, ist mit einem Wunder gleichzusetzen. Ich denke, da sind wir uns einig?«

Das waren sie.

»Verwenden Sie dafür schwarze Magie?«, hörte Peetu, wie diese albernen Worte seinen Mund verließen. Schwarze Magie. Ein grauenhaftes Märchen, das Kindern und erwachsenen Idioten Angst einjagte, sobald sie nur darüber nachdachten. Schwarze Magie. Schwarzes Buch. Hexen. Geister. Alles Aberglaube, auf den er gerade kurz davor war, hereinzufallen. Kuh und Kälbchen ...

Der Heiler lächelte. »Nein. Wir wissen beide, dass so etwas nicht existiert. Aber ich habe kein Problem damit, wenn wir es so betrachten. Es ist kompliziert. Belassen wir es dabei. Entweder Sie stimmen mir zu oder Sie gehen.« Er erhob sich.

»Einen Moment noch«, sagte Peetu hastig, denn so sehr er auch davon überzeugt war, letztendlich doch einen Quacksalber vor sich zu haben, so sehr war er auch davon überzeugt, einen Mann vor sich zu haben, der kein Quacksalber war. Kurz gesagt, er war völlig durcheinander. Nichts ergab einen Sinn. »Wenn ich mich auf Ihre Forderung einlasse, können Sie mir wenigstens vorher sagen, ob ich Erfolg dabei haben werde?«

Nikitin sah ihn verwirrt an. »Und wie soll ich das anstellen?«

»Na, ich dachte, Sie sind ein Wahrsager!«, entgegnete Peetu mindestens genauso verwirrt. Denn gerade eben hatte er beschlossen, sich auf diesen Mann und dessen phantasmagorische Fähigkeiten einzulassen.

Der Heiler warf den Kopf in den Nacken und lachte ausgelassen. Worauf Peetu das Verlangen überkam, ihm die Zähne auszuschlagen.

»Wenn ich in die Zukunft sehen könnte, würde ich dann in dieser Bruchbude sitzen?« Sein Lachen brach so abrupt ab, wie es gekommen war. »Ich dachte, Sie erwarten Ehrlichkeit von mir. Glauben Sie wirklich, jemand ist fähig, in die Zukunft zu sehen?«

Natürlich glaubte Peetu das nicht. Zumindest jetzt wieder. Für einen Augenblick jedoch hatte er daran geglaubt. »Auf Ihrem Schild da draußen steht Naturheilkunde und Wahrsagung«, antwortete er schroff.

»Hören Sie«, sagte Nikitin eindringlich. »Offen gesagt, stecke ich in einer verzwickten Situation. Sie machen den Eindruck, mein Anliegen problemlos ausführen zu können. Was ist schon kriminell dabei, jemanden friedlich daran zu erinnern, seine Schulden bei mir zu begleichen?«

Peetu dachte nach. »Und warum machen Sie das nicht selbst?«

»Das habe ich schon. Mehrmals und ohne Erfolg. Sie sind meine letzte Chance, bei der Frau Gehör zu finden. Ansonsten muss ich zu unschönen Maßnahmen greifen. Und das möchte ich vermeiden. Ich bin ein friedfertiger Mensch.«

»Na, wenn das wirklich so ist«, zweifelte Peetu. »Was genau schuldet die Frau Ihnen? Geld?«

Der Heiler schüttelte den Kopf. »Nein. Etwas, das Sie nichts angeht.« Er sah zur Tür, dann wieder zu Peetu. »Ja oder nein?«

Peetu seufzte. »Na schön. Wo wohnt sie und was genau muss ich ihr sagen?«

DIE SANDALE

18 Als der Schulbus kam, lag Finns linke Sandale bereits auf dem Küchentisch der Gutermanns und wartete auf ihren Einsatz.

Kaum war der Bus abgefahren, kam das Trio hinter den Preiselbeerbüschen hervor, rannte über die Straße und schloss sich den Kindern aus dem Schulbus an. Moni ankerte sich unter den Arm ihrer Freundin Anika und befragte sie, wie der Tag in der Schule war. Blom legte beim Gehen seine Pranke auf die schmächtige Schulter von Luritz und ruinierte lachend die Frisur von einem Fünftklässler vor ihnen. Worauf Luritz Bloms Hand abschüttelte und seinen Gang beschleunigte.

»Hey Luritz, alles klar?«, fragte Finn den Jungen, als er bemerkte, dass dieser ihnen zu entkommen drohte.

»Hey Luritz, alles klar?«, äffte Blom ihn nach und haute Luritz mit voller Wucht von hinten die Beine weg.

Luritz, der seine neuen Shorts anhatte, landete auf den Knien. Er schrie auf und sah, überrascht über Bloms hinterhältigen Streich, ängstlich zu ihm auf.

Blom zog Luritz an seinem Hemd hoch, wobei es komplett aus seinen Shorts rutschte, legte ihm den Arm über die Schulter und schubste ihn zum Weitergehen. Kinder, die hinter ihnen waren, blieben munkelnd stehen, um den Abstand zu vergrößern.

Luritz betrachtete stöhnend seine Handflächen. Beide hatten leichte Schürfwunden. Seine blutenden Knie hatte er im Gegensatz zu Finn noch nicht bemerkt.

»Was habe ich getan?«, fragte er den Tränen nahe.

Finn und Moni sahen sich besorgt an.

»Du kommst mit uns. Wir müssen mal über die Schule reden«, sagte Blom fröhlich, als ob nichts passiert wäre.

»Blom, niemand hat gepetzt. Ich habe dem Lehrer gesagt, dass du immer noch Fieber hast. Er hat es mir geglaubt!«

»Ja, das weiß ich doch«, sagte Blom und drückte seinen Kopf an den von Luritz. Beide waren in der gleichen Klasse.

»Worüber willst du dann reden?«, fragte Luritz. Jetzt bemerkte er seine blutenden Knie und stöhnte laut auf.

»Hausaufgaben«, mischte Moni sich ein, bevor Blom antwortete.

Luritz sah sie verwirrt an. Sie und Finn waren eine Klasse drunter. »Ich weiß doch nicht, was ihr aufhabt. Fragt Anika. Wir, Blom und ich, haben nichts auf. Morgen ist der vorletzte Schultag. Es gibt nur Zeugnisse. Höchstens zwei Stunden. Und am Samstag ist das Schulfest, da wird auch nicht gelernt«, erklärte Luritz. »Meine Oma wartet mit dem Mittagessen auf mich.« Er versuchte erneut, sich unter Bloms Pranke wegzudrehen.

»Deine Omi kann warten«, sagte Blom. Er legte den Arm um Luritz Taille und packte ihn fest am Bund seiner Shorts.

»Hier lang.« Er drängte den Jungen in die Straße der Gutermanns.

»Blom, was ist los, was habe ich getan?« Luritz fing an zu weinen.

»Jetzt lass Luritz doch mal los«, sagte Moni wütend. Bloms widerwärtiges Verhalten drohte alles zu ruinieren. »Du hast nichts getan, Luritz. Wir möchten dir nur etwas zeigen. Deine Meinung ist gefragt.« Sie betrachtete seine blutenden Knie. »Keine Sorge, wir versorgen deine Knie bei mir zu Hause.«

Finn sah Moni verärgert an. Was für eine hinterhältige Schauspielerin. Und in sie war er mal verliebt gewesen.

»Meine Oma wartet«, beharrte Luritz.

»Sie kann warten, hab ich gesagt.« Blom schob ihn unbeirrt weiter.

»Meine Oma wartet«, wiederholte Luritz kaum hörbar.

»Blom!« Moni drängte sich zwischen ihn und Luritz. »Luritz, ich verspreche dir, dass du, sobald wir dir etwas gezeigt haben, nach Hause gehen darfst.«

Luritz nickte schniefend und wischte sich die Tränen weg. »Eben hast du gesagt, ihr wollt über die Hausaufgaben reden.«

Moni schüttelte den Kopf, nahm seine Hand, strafte Blom mit einem vernichtenden Blick und fragte den Jungen, wie er die Noten in seinem bevorstehenden Zeugnis einschätzte. Luritz stellte seine Prognose, wenn auch zaghaft und sichtlich widerwillig. Doch das Wichtigste war, er marschierte mit.

Charly, vermutlich der fetteste Boxer im ganzen Land, begrüßte seine Gäste mit Desinteresse. Er hob für einen Augenblick den Kopf, betrachtete die Ankömmlinge und wandte sich wieder seinem Knochen zu.

Moni schloss die Tür auf und bedeutete den Jungs einzutreten. Luritz trat einen halben Schritt ins Haus, drehte sich plötzlich um und versuchte wegzulaufen. Doch Blom war zur Stelle, er packte ihn grob am Kragen und schob ihn hinein. Luritz schrie weinend.

»Ganz ruhig, Luritz, benimm dich doch endlich wie ein Mann«, sagte Moni ungehalten. »Und zieht die Schuhe aus.«

Nachdem Finn als Letzter ins Haus kam, verriegelte sie rasch und unbemerkt die Haustür. »Hier, pass auf den Schlüssel auf«, raunte sie Finn zu und reichte ihm den Schlüssel.

Finn schob ihn in seine Hosentasche und streifte seine Schuhe ab.

Die Gutermanns hatten in jedem Zimmer des Hauses mindestens einen Teppich liegen. In diesem Land repräsentierte es den finanziellen Status eines Haushalts. Was wiederum bedeutete, dass die Gutermanns steinreich waren.

»Sagt mir endlich, was ihr von mir wollt«, flehte Luritz. Und dann sah er es. Die verfluchte Sandale von Finn, die mitten auf dem Tisch in der Küche der Gutermanns lag. Luritz hatte es sofort begriffen. Er drehte sich ruckartig aus Bloms Umarmung und rannte zur Eingangstür. Dabei drückte er Moni und Finn, die ihm im Weg standen, so kraftvoll zur Seite, dass Finn beinahe das Gleichgewicht verlor.

Luritz brüllte verzweifelt, als er feststellte, dass die Tür verschlossen war.

»Halt dein Maul!«, zischte Blom, hastete Luritz nach, holte aus und schlug ihm mit der flachen Hand auf den Kopf. Luritz stolperte seitwärts und fiel auf sein blutendes Knie. Seine Brille rutschte von der Nase und landete mit den dicken Gläsern voran auf dem Boden.

»Luritz«, redete Moni auf ihn ein, »beruhige dich doch. Hör auf zu schreien. Hör mir zu!« Sie biss sich schuldbewusst auf die Lippen, als sie sah, dass ein Glas von der Brille zerbrochen war. Und zwar nicht das bereits beschädigte.

Der Junge dachte nicht daran, ihr zuzuhören. »Was hab ich euch getan? Was hab ich euch getan?«, wiederholte er unentwegt. Schluchzend. Kaum verständlich. Nach Luft ringend.

Moni stellte sich vor Blom und half Luritz hoch.

»Leise, Luritz. Du hast nichts verbrochen. Wir möchten nur, dass du die Sandale anziehst.«

Luritz, der bis dahin nur vermutet hatte, was sie mit ihm vorhatten, sah Moni so abgrundtief enttäuscht an, dass es innerlich schmerzte. Zumindest Finn. So ähnlich hatte er sich gefühlt, als sie ihm im Wald gedroht hatte. Jaaaa! So eine ist unsere Monika, Luritz.

Luritz sank wieder zu Boden und fing so laut und mitleiderregend an zu weinen, dass Finn gezwungen war, wegzusehen.

Blom schob Moni grunzend von Luritz weg, packte dem Jungen unter die Arme und zog ihn auf die Füße. Er wollte ihn in die Küche ziehen, doch Luritz widersetzte sich. Immer wieder drehte er sich aus seinen Händen weg und hielt sich an der Türklinke fest. Und dann, als er mit dem Arm Blom versehentlich im Gesicht traf, änderte Blom sein bis dahin vergleichsweise behutsames Handeln. In seinen Augen loderte plötzlich blanke Wut. Mit festen Schlägen und Tritten brachte er den winselnden Luritz dazu, sich langsam in die Küche zu bewegen.

Finn sah ihnen entsetzt zu, alles in ihm schrie danach, sich einzumischen. Sich auf die Seite von Luritz zu stellen und den Jungen gehen zu lassen. Doch die Angst vor Blom hielt ihn davon ab. Sobald der Irre in Rage geriet, war er nicht mehr zu stoppen. Das wusste jeder. Angeblich hatte er in diesem Zustand sogar mal seine eigene

Mutter verprügelt. Wenn er sich für Luritz einsetzte, war Finn klar, würde am Ende er die Sandale anziehen müssen. Blom würde ihn schon dazu bringen.

Mit einem letzten Schubs fiel Luritz genau vor dem Küchentisch auf den Boden.

»Nein! Ich ziehe die Sandale nicht an!« Tränen und Rotze liefen über sein Gesicht. Seine linke Wange war aufgeplatzt. Hier hatte Blom eindeutig zu fest zugeschlagen, auch wenn er für Luritz' Gesicht, vielleicht weil sie seiner Meinung nach beste Freunde waren, nur offene Handflächen verwendete.

»Moni, warum tust du mir das an?«, schluchzte Luritz kaum verständlich. »Ich dachte, du bist nett.«

»Ich bin nett, Luritz!«, sagte sie ruhig, ja beinahe tröstend. »Deshalb bitte ich dich schon die ganze Zeit darum, mit dem Brüllen aufzuhören und mir zuzuhören.« Sie kniete sich vor ihn.

»Egal was du sagst, ich werde die Sandale nicht anziehen«, schluchzte Luritz. Einen Arm vor der Brust verschränkt, in Erwartung, auch Monika könnte zuschlagen.

Blom umrundete Luritz, packte ihn an den Ohren und zog ihn hoch. Erschüttert vom Schmerz, schrie der Junge laut um Hilfe. Worauf Blom ihm einen Schlag auf das linke Ohr verpasste.

Luritz verstummte und blinzelte benommen. Von den Ansätzen seiner Ohren rann Blut.

»Los, zieh die scheiß Sandale an«, sagte Blom drohend und wischte sich Schweiß aus dem Gesicht. Seine Brust hob sich bei jedem Atemzug.

Luritz schüttelte den Kopf.

»Finn, zieh ihm die Sandale an«, befahl Moni.

»Nein, Finn, bitte, ich habe dir nichts getan«, flehte Luritz. Er zitterte so stark, wie jemand, der zu erfrieren drohte.

»Ich werde die Sandale nicht anfassen«, sagte Finn entschlossen, »mach das selbst, Monika.«

Moni sah Finn wütend an. »Luritz, zieh dir die Sandale an. Danach darfst du gehen.«

»Nein!«, klagte Luritz lauthals.

»Zieh. Dir. Die. Sandale. An«, brüllte Blom und schlug ihm bei jedem Wort so fest er konnte auf den Kopf.

Beim letzten Schlag fiel Luritz krachend auf den Boden und bewegte sich nicht mehr.

Blom schubste Finn schweratmend vom Tisch weg, nahm das Stöckchen, mit dem sie die Sandale transportiert hatten, und legte den Schuh auf Luritz Brust.

»Steh auf, tu nicht so«, sagte er und stieß Luritz mit seinem Fuß an.

Luritz stützte sich stöhnend auf seinen Ellenbogen ab. Die Sandale fiel neben ihm auf den Boden.

»Nein!«, keuchte er. »Nein!«

Blom war an seine Grenzen gestoßen. Er setzte sich fassungslos auf einen Stuhl und vergrub den Kopf in den Händen.

»Hier ist der Schlüssel.« Finn streckte ihn Luritz entgegen.

»Nein!«, sagte Moni wütend und schlug Finn den Schlüssel aus der Hand. »Geh zur Seite.« Sie öffnete eine Schublade der Küchenkommode und holte ein Messer mit einem Holzgriff hervor. Finn wich erschrocken einen Schritt nach hinten. Moni stellte sich über Luritz und packte ihn an seinen verschwitzten Haaren. Das Messer hielt sie seitlich vor sein Gesicht. »Wenn du die Sandale nicht sofort anziehst, töte ich dich.« Sie weinte vor Frust. Nie im Leben hatte sie damit gerechnet, dass dieser unterwürfige Schwächling irgendwo im Verborgenen ein starkes Rückgrat hatte. Es handelte sich hier um mehr als nur die Sandale, das Leben einer vermissten Person hing von seiner Sturheit ab.

Luritz starrte das Messer mit blankem Entsetzen an. Sein Mund, nein, sein ganzer Körper bebte vor Furcht.

»Monika«, wisperte Finn, auch er weinte. »Lass das.«

»Moni«, dröhnte Bloms Stimme, er erhob sich vom Stuhl. »Weg mit dem Messer.«

Moni überhörte sie. »Luritz. Dir wird nichts passieren. Wenn die Sandale verflucht ist, dann wird die Polis Ingeborg dazu bringen, den Fluch rückgängig zu machen. Das verspreche ich dir.«

Erstarrt, unfähig sich zu bewegen oder einen weiteren Satz auszusprechen, beobachtete Finn das Geschehen. Jemand weinte klagend. Gleich zu seiner Rechten. Blom. Blom weinte!

»Nein!«, sagte Luritz.

»Jetzt zieh sie schon an!«, brüllte Moni hysterisch und drückte Luritz die Messerklinge an den Hals.

Endlich gehorchte der Junge, seine zitternden Hände griffen zweimal daneben, ehe er die Sandale zu fassen bekam.

Moni nahm das Messer von seinem Hals und machte ein paar Schritte nach hinten.

Luritz setzte sich mühsam auf, würgte, schluckte, weinte, führte aus, was man ihm befahl und legte mit zitternden Händen die Sandale an den linken Fuß an.

»Mach die Schnalle zu«, sagte Moni leise.

»I... i... ich ... kann ... nicht«, stotterte Luritz. Seine zitternden Hände erschwerten es ihm erheblich, die Schnalle in den Verschluss zu bekommen. Doch irgendwann, nach einer Ewigkeit, schloss Luritz die Schnalle. Der Schuh passte wie angegossen. Was sicherlich daran lag, dass er und Finn gleich groß waren.

»Ich gehe jetzt«, verkündete Luritz mit schwacher, dennoch entschlossener Stimme. Und mit einem Mal, völlig unerwartet, schoss ein Strahl Erbrochenes aus seinem Mund. Es spritzte in alle Richtungen. Vieles davon landete auf Monis Söckchen. Ein widerlicher Gestank verbreitete sich in der Küche. Luritz wischte sich grunzend den Mund ab, verdrehte die Augen und fiel rückwärts nach hinten. Sein Kopf landete krachend auf dem Fußboden der Gutermanns.

Sie starrten Luritz erschrocken an.

»Scheiße, die Sandale ist wirklich verflucht«, sagte Blom schließlich.

»Ist er tot?«, hörte Finn sich aus der Ferne fragen.

Moni kniete sich über Luritz. Sie wollte zunächst ihr Ohr auf seine Brust legen, um zu horchen, ob er atmete. Doch dann sah sie das Erbrochene auf seinem Hemd und überlegte es sich anders.

»Schnell, holen wir Hilfe. Und die Polis«, sagte Blom.

Finn hob den Schlüssel auf und rannte zur Tür. Erst als er versuchte, den Schlüssel ins Schloss zu stecken, merkte er, wie sehr er zitterte.

»Nein, Finn, warte, das ist eine Falle!«, sagte Moni plötzlich.

Finn drehte sich verwundert um.

»Seht euch Luritz an«, sagte sie leise.

Finn kam widerwillig zurück und stellte sich zwischen Moni und Blom.

»Was ist mit ihm?«, fragte er.

»Seine Verletzungen.« Moni schauderte, als sie eine kleine, kaum sichtbare Schnittwunde vom Messer an Luritz Hals entdeckte.

»Er ist selber schuld«, sagte Blom kleinlaut.

Luritz Brust hob sich mühsam, kaum merklich auf und ab. Sein Gesicht wies mehrere große rote Flecken verursacht durch Bloms Schläge auf. Das Blut an den Ansätzen seiner Ohren und Knien war bereits geronnen. Am Hemd fehlten zwei der oberen Knöpfe. Und im Flur lag seine zerbrochene Brille.

»Die Verletzungen hat ihm nicht die Sandale zugefügt, sondern wir«, sagte Moni weinend. »Aber die Sandale hat uns dazu gebracht. Ihr Fluch ist auf uns übergegangen und hat uns zu grausamen Tieren gemacht.« Sie zuckte plötzlich zusammen und ließ das Messer zu Boden fallen. Es verfehlte ihren Fuß haarscharf. »Wenn die anderen sehen, was wir Luritz angetan haben, werden sie uns die Geschichte mit der Sandale niemals glauben. Sie werden uns mitnehmen.« Mit *sie* meinte sie die Polis. Und das Wort *mitnehmen*, in Bezug auf Polis, bedeutete im eigentlichen Sinne: *Sie werden uns einsperren.*

»Was sollen wir jetzt machen?«, fragte Blom krächzend.

Finn setzte sich. Ihm wurde schwindlig.

»Finn, lauf los und hol die Oma von Luritz, aber erzähl ihr bloß nichts von der Sandale. Sag ihr, Luritz hat plötzlich angefangen, wie wild zu zappeln und zu erbrechen. Ein epileptischer Anfall oder so. Blom und ich werden in der Zeit das Blut von seinen Wunden abwischen und die Sandale verstecken.«

Finn erhob sich schwankend.

»Jungs«, Moni sah erst Finn dann Blom eindringlich an, »es ist ganz wichtig, dass wir jetzt die Nerven behalten und alle drei das Gleiche behaupten. Habt ihr das verstanden?«

Beide Jungs nickten hastig. Dann rannte Finn los.

SCHLAFLOS

19 Finn verbrachte die Nacht im Bett seiner Mutter. Er hatte sich auf die Bettseite, die früher seinem Vater gehörte, gelegt, sich in die Decke eingehüllt und geweint. Geweint. Geweint. Seine Mutter hatte ihn von hinten umarmt und flüsternd getröstet. Zärtlich. Zuversichtlich. Luritz, da war sie sich ganz sicher, würde bald wieder gesund werden. Schließlich hätten Moni, Blom und er in so einer Situation genau richtig gehandelt. Nämlich einen Erwachsenen zu Hilfe geholt. Dass die Oma von Luritz bis zu ihrem Ruhestand quasi ein Leben lang Krankenschwester gewesen war, deutete Selma als glückseliges Schicksal. Was sie natürlich nicht wusste, war die Wahrheit, die bald rauskommen würde. Daran gab es keinerlei Zweifel. Zumindest für Finn.

Irgendwann hörte er seine Mutter leise schnarchen, der Schlaf hatte sie doch zuerst überwältigt. Und dann, umgarnt vom rhythmischen Geräusch, das seine Mutter verursachte, ließen die Gedanken in seinem Kopf langsam nach und auch er schlief ein.

Finn träumte davon, wie sie die Sandale an einem Stöckchen vor sich haltend zu den Gutermanns schmuggelten. Wie Blom Luritz gnadenlos in die Küche prügelte. Moni, die plötzlich nach einem Messer griff. Luritz, wie er die Sandale anzog und rücklings auf den Boden krachte. Wie er selbst weinend durch das Dorf lief, um Hilfe zu holen. Luritz Oma, wie er sie anlog und sie ihm keuchend, von Panik ergriffen, folgte. Und dann, ihr markerschütternder Schrei, als sie ihr Ohr an Luritz

Mund anlegte. Wie andere Dörfler zu Gutermanns Haus angerannt kamen. Wie sie Luritz auf einen Anhänger luden, der von einem Traktor gezogen wurde, weil alle Anwohner, die ein Auto besaßen, noch nicht zu Hause waren. Wie der Traktor, langsam, viel zu langsam Richtung Stor-Yel davonfuhr. Dort, wo man Luritz in einem Krankenhaus zu retten versuchte.

»Finn, Spatz, du musst zur Schule.« Seine Mutter riss ihn aus dem Albtraum, der genaugenommen keiner war. »Aber wenn du möchtest, dann kannst du heute zu Hause bleiben. Ich rufe von der Arbeit aus in der Schule an. Dein Zeugnis wird schon nicht weglaufen«, flüsterte sie und streichelte zärtlich über seine nassgeschwitzten Haare.

»Nein, ich gehe zur Schule«, sagte er und setzte sich bekümmert auf.

Und als er später dann an der Bushaltestelle ankam, waren weder Moni noch Blom da.

»Da kommt Finn«, sagte ein Achtklässler aufgeregt, und prompt war Finn umzingelt von Kindern, die bereits auf den Bus warteten. Ihre Fragen prasselten wie harte Steine auf ihn ein.

»Finn, wie genau ist es passiert?«

»War Luritz wirklich für kurze Zeit tot?«

»Kam ihm wirklich Schaum aus dem Mund?«

»Stimmt es, dass er die ganze Küche vollgekotzt hat?«, eine Frage, die eher belustigt als besorgt gestellt wurde.

Und dann stellte jemand eine Frage, die Finn dazu brachte, plötzlich flackernde Sternchen vor den Augen zu sehen. »Was habt ihr überhaupt bei den Gutermanns gemacht?«

»Ich mag nicht darüber reden. Lasst mich in Ruhe«, sagte er matt.

Doch sie ignorierten seine Bitte und redeten weiter auf ihn ein. Bis jemand sah, wie Monika auf die Bushaltestelle zukam. Ihre Augen und Nase waren gerötet. Die Mundwinkel unglücklich nach unten gezogen. Und zum ersten Mal sah Finn sie ohne ihre Zöpfe. Ihre Haare hingen ungekämmt runter, und unter normalen Umständen hätten sie Moni so nur noch schöner gemacht als sonst.

Die Kinder ließen von Finn ab und bildeten eine Traube um Monika. Doch auch sie sagte mit fast tonloser

Stimme, sie mögen sie in Ruhe lassen. Worauf ihre Bitte gleichfalls überhört wurde.

Sie drängte sich weinend zwischen den Kindern durch, steuerte auf Finn zu und umarmte ihn fest.

»Hast du deiner Mutter was erzählt?«, fragte sie flüsternd in sein Ohr.

»Nein«, sagte Finn schlicht und drückte leicht gegen ihre Taille, damit sie ihn losließ. Er roch ihren schlechten Atem, sie hatte sich nicht einmal die Zähne geputzt.

»Ich habe auch nichts gesagt«, flüsterte sie und verstärkte ihre Umarmung. Offensichtlich dachte sie nicht daran, ihn loszulassen.

»Moni, jetzt erzähl mir endlich, was passiert ist«, sagte Anika, beleidigt darüber, dass ihre beste Freundin sie ignorierte.

»Da kommt Blom, frag ihn«, sagte Moni gleichgültig und löste zu Finns Erleichterung die Umarmung.

Doch schon alleine Bloms düsterer Blick versetzte die meisten Kinder in Panik. Mit geballten Fäusten und breiten Schritten marschierte er auf die Bushaltestelle zu.

»Blom, kannst du uns sagen, was passiert ist?« Anika stellte sich ihm in den Weg.

Blom schob sie, seine Pranke in ihr Gesicht gedrückt, beiseite. »Wenn jemand in der Schule verrät, dass ich und die beiden heute wieder schwänzen, prügele ich ihn tot«, hallte seine Stimme wie ein Donner. Er zeigte mit dem Finger auf Moni und Finn.

Niemand wagte es, dem etwas zu entgegnen. Viele der Kinder senkten die Köpfe und sahen zu Boden. Einige schlenderten ein paar Schritte von der Bushaltestelle weg. Anika sah Moni wütend an und entfernte sich kopfschüttelnd von Blom.

»Gehen wir«, sagte Blom.

»Nein. Ich fahre in die Schule«, sagte Finn entschlossen.

Blom packte Finn mit beiden Händen am Kragen und rüttelte ihn durch.

Ohne zu wissen, wie ihm geschah, war Finns Kopf plötzlich zwischen Bloms Achsel eingeklemmt.

»Lass los«, brüllte er.

Worauf Blom seinen Griff nur noch verstärkte. Er schnappte nach Monis Arm und zog beide auf diese Weise.

»Ist gut, ich komme mit«, keuchte Finn.

Blom ließ sie los.

»Wir müssen alles noch heute beenden«, sagte er, als sie außer Hörweite der anderen waren. »Ingeborg muss für das, was sie Luritz angetan hat, bestraft werden. Das sind wir ihm schuldig.«

»Sie wird uns töten!«, sagte Finn, erfüllt von Grauen vor dem, was ihnen bevorstand.

»Sie wird uns so oder so töten. Glaubt nicht, dass sie uns jetzt nach all dem, was passiert ist, davonkommen lässt«, zischte Blom.

Moni nickte schniefend.

»Ich hole Vaters Mathilda, wir gehen zu ihr, befreien die Fotografin und zwingen Ingeborg, den Fluch über Luritz rückgängig zu machen. Dann rufen wir die Polis.«

»Sollte nicht lieber die Polis sie zwingen, den Fluch rückgängig zu machen?«, entgegnete Finn ängstlich. Wie in aller Welt, fragte er sich, sollten sie schon eine Hexe dazu bringen, das zu tun, was sie wollten.

»Nein!«, sagte Blom aggressiv. »Überlass das mir.« Er drehte sich um und marschierte los. Nach Hause, um Mathilda zu holen.

Finn und Moni bewegten sich nicht.

»Blom«, sagte Moni. »Dein Vorhaben ist viel zu schlecht durchdacht. Wie willst du um diese Uhrzeit mit einem Gewehr durch Gran-Kotten spazieren? Die meisten Dörfler sind noch zu Hause!«

Blom blieb brummend stehen.

»Ich schlage vor, wir machen genau das, was wir seit Tagen vorhaben. Wir warten ab, ob Ingeborg wegfährt. Und wenn ja, befreien wir die Fotografin. Alles andere wird sich dann von alleine ergeben.«

Aber sie wird nicht wegfahren, habt ihr vergessen, dass sie weiß, was wir vorhaben? Hätte Finn am liebsten gebrüllt. Doch stattdessen nickte er zustimmend.

Blom haderte mit sich. »Na gut«, sagte er schließlich. »Aber auch wenn sie nicht wegfährt, gehen wir zu ihr.« Er kam zurück und drückte Finn den Zeigefinger an die Brust, so sehr, dass es schmerzte. »Hast du das verstanden?«

ROTER LADA

Kvist-Yel

20 Noch bevor der Linienbus die Bushaltestelle, an der er einsam wartete, erreichte, erkannte Peetu den Busfahrer. Sämtliche Muskeln spannten sich an. Sollte der Fahrer dieses Mal vorbeifahren, würde er hinterherlaufen, irgendwie die Tür öffnen und diesen elenden Bastard aus dem Fahrzeug zerren. Doch nachdem ihre Blicke sich getroffen hatten, schien es, als ob der Busfahrer ahnte, was er vorhatte. Seine Augen weiteten sich, und ja, man konnte beinahe behaupten, der Mann schrumpfte in sich zusammen. Der Bus stoppte. Mit der Vordertür genau vor Peetu.

»Na, Kumpel, wo soll es heute hingehen?«, fragte der Fahrer stotternd. Er reichte Peetu die Hand und lächelte nervös.

Peetu erinnerte sich daran, was er mit diesem Hundesohn anstellen würde, sobald er ihn in die Finger bekäme. Doch nichts davon würde passieren. Ein viel wichtigeres Ziel lag vor ihm. Ärger konnte er im Moment am allerwenigsten gebrauchen. Vielleicht würde er sich später, sobald alles in seine Normalität zurückrückte, um den Busfahrer kümmern. Ein blaues Auge, das über mehrere Tage als Erinnerung blieb, klang durchaus berechtigt.

»Ich muss nach Gran-Igla«, sagte Peetu.

Der Fahrer pfiff durch die Zähne. »Wird aber eine ganz schön anstrengende Fahrt.« Er zeigte durch die Scheibe auf die Sonne und dann auf seine von Schweißperlen bedeckte Stirn, die zur Hälfte von der Dienstmütze verdeckt war. Die vom gelben Stern verursachte Hitze spürte man deutlich um diese Uhrzeit im Bus. »Und lang! Ist ja fast

an der Grenze, weit hinter der Hauptstadt. Kapital-Maa.«
Er schaute nach oben, seine Lippen bewegten sich. Er
rechnete nach. »In frühestens sechs Stunden sind Sie dort.
Vorausgesetzt alle Busse kommen pünktlich an und fahren
pünktlich ab.«

»Verdammt«, entfuhr es Peetu. »Wie oft werde ich um-
steigen müssen?«, fragte er schroff. Wohl wissend, dass
dieser Drecksack keiner Höflichkeit würdig war. Und
wohl wissend, dass der Mann sich dessen bewusst war.

»Sie müssten ...« Der Fahrer brach den Satz ab und lä-
chelte mit einem Mal. Er wischte seine verschwitzte
Hand an der Hose ab und hielt sie Peetu hin. »Du! Ich bin
Elmer.«

Peetu ignorierte die Hand. »Arne«, log er.

Elmer räusperte sich und legte zerknirscht die Hand zurück auf das Lenkrad. »Zunächst musst du bis zum
Hauptbahnhof von Stor-Yel. Ist klar. Dann musst du auf
die 12-Uhr-Linie warten, die bis nach Kapital-Maa fährt.«
Der Fahrer sah Peetu belustigt an. »Und diese Fahrt
macht es dann davon abhängig, ob du deinen Bus, der bis
nach Gran-Igla fährt, erwischst oder nicht. Falls nicht,
wirst du auf den nächsten warten müssen. Der fährt alle
zwei Stunden, glaube ich.«

»Hauptsache ich komme noch heute zurück.«

»Zurück, am selben Tag?«, fragte Elmer verdutzt.

Peetu nickte, worauf Elmer den Kopf schüttelte.

»Da wirst du dich aber beeilen müssen. Ich glaube, der
letzte Bus von Gran-Igla nach Kapital-Maa fährt um 20
Uhr, etwa zwei Stunden nach deiner Ankunft dort.«

Peetu stöhnte niedergeschlagen und bezahlte seine
Karte in der Landeswährung nach Stor-Yel. Der Bus fuhr
ruckelnd los.

»Was willst du in Gran-Igla?«, fragte Elmer neugierig.

»Meine Oma besuchen«, sagte Peetu und machte eine
wegwerfende Handbewegung, während er sich nach einem
geeigneten Sitzplatz umsah. Der Fahrer lachte laut hinter
seinem Rücken. Den Scheiß hatte er ihm nicht abgekauft.
Aber das interessierte ihn wenig. Er schlenderte durch
den Bus nach hinten um eine weitere Unterhaltung mit
dem Scheißkerl zu vermeiden und setzte sich auf die vorletzte Bank. Von hier aus konnte er alle Fahrgäste im

Auge behalten. Sie beobachten und sich auf diese Weise vielleicht ein wenig die Zeit vertreiben. Noch war der Bus fast leer, doch das würde sich bald ändern.

Nach kaum zehn Minuten erreichten sie Gran-Kotten, wo eine alte Frau, der vier große Thermoskannen um den Hals hingen, zustieg. Augenblicklich verteilte sich ein leckerer Essensgeruch im Fahrzeug, ließ seinen Magen unbarmherzig knurren und erinnerte ihn daran, dass er heute noch nichts gegessen hatte.

Die ganze Nacht durch lag Peetu wach im Bett, gequält von tausenden Gedanken, die sich allesamt um den Heiler, Ragan und Greta Lund drehten. Und als es Zeit war aufzustehen, übermannte ihn die Müdigkeit und er hatte verschlafen. An Essen war nach dem Aufstehen nicht zu denken. Schließlich musste er den kommenden Bus erreichen.

Die alte Frau hatte sich zwei Sitze vor ihm auf die Seite gegenüber gesetzt. Nachdem sie ihre Thermosflaschen sorgfältig im Fußraum aufgestellt hatte, drehte sie mit einem schmerzverzerrten Gesicht ihre Beine in den Gang, und rieb sie. Jedes Mal, wenn der Bus ein Schlagloch erwischte, vergewisserte sich die alte Dame besorgt, ob ihr Transportgut nicht umgekippt war. Das bedeutete, dass ihre Thermoskannen möglicherweise undicht waren.

Die Frau, die Haare mit einem Kopftuch bedeckt, gekleidet in ein verwaschenes Kleid mit Blumendruck, tat Peetu leid. Ihm war klar, dass das Leben dieser alten Frau höchstwahrscheinlich vom Inhalt der Thermoskannen abhing. Sie wurde, wie tausend andere Rentner und Veteranen dieses Landes, vom Staat im Stich gelassen. Dieser zahlte wegen drohenden Staatsbankrotts keine Rente mehr. Geführt von korrupten Politikern, die nur an sich dachten, unterwandert vom amerikanischen Dollar, stand das Land seit Jahren am Abgrund. Und obwohl sich die Lage, zumindest auf dem Arbeitsmarkt, in den letzten zwei Jahren sichtlich gebessert hatte, wagte kaum jemand, zuversichtlich in die Zukunft zu sehen.

Als die alte Dame bemerkte, wie Peetu sie beobachtete, drehte sie die Beine rasch zurück auf den Sitzplatz und kehrte ihm den Rücken zu. Peetu beschloss, sollte die Rentnerin ebenfalls im Hauptbahnhof von Stor-Yel aussteigen, ihr etwas von dem, was auch immer sie in ihren Thermosflaschen transportierte, abzukaufen.

Er lehnte den Kopf müde an die verschmutzte Scheibe. Sie passierten gerade den Lehrpfad-Yel. Sorgen, die ihn nachts quälten, meldeten sich wieder zu Wort.

Wie sollte er mit Greta Lund reden, freundlich oder drohend? Was, wenn sie einen Mann und Kinder hatte? Dummerweise kam ihm die Idee, den Heiler danach zu fragen, erst als er zu Hause war. Was, wenn nicht sie, sondern jemand anderes die Tür öffnete? Wie sollte er sie aus dem Haus locken? Denn niemand, sagte der Heiler, niemand außer Greta Lund durfte bei dem Gespräch dabei sein. Was wenn sie wütend wurde und die Polis rief? Was wenn sie ihn einfach auslachen und die Tür zuknallen würde? Fragen, so viele Fragen. Doch trotz dieser beunruhigenden Gedanken, hypnotisiert vom brummenden Geräusch und Schaukeln, döste Peetu irgendwann ein.

»Hey Kumpel, wir sind da!« Elmer rüttelte an Peetus Arm.

Peetu sah sich orientierungslos um und wischte sich über das verschwitzte Gesicht. Er richtete sich auf und spürte, wie sich das Hemd von seinem nassen Rücken löste. Die anderen Fahrgäste waren bereits alle ausgestiegen.

»Normalerweise musst du ab jetzt bis 12 Uhr hier warten«, verkündete Elmer grinsend.

»Ja. Verstanden.« Peetu erhob sich vom Sitz, doch der Fahrer versperrte ihm mit seinem dicken Bauch den Weg.

»Weißt du, Kumpel, ich habe mir überlegt, dir ein Angebot zu unterbreiten, das dir vielleicht gefällt.« Er befeuchtete die Lippen und beäugte flüchtig Peetus Hosentasche. »Zufällig wohnt mein Schwager hier in der Nähe. Er ist seit kurzem arbeitslos und muss zu Hause meine nervige Schwester und seine vier hungrigen Kinder ernähren. Und da er ein Auto besitzt und viel Zeit hat«, er lachte kurz auf, »dachte ich mir, vielleicht könnte eine Hand die andere waschen. Kurz gesagt, mit einem Auto wärst du fünfmal so schnell wie mit dem Bus und könntest noch heute wieder zurück.«

»Dafür kann ich auch ein Taxi nehmen«, wies Peetu das Angebot ab.

»Ja, natürlich! Finde mal einen Fahrer, der bereit ist, dich zweihundert Kilometer zu kutschieren und dort auch noch auf dich zu warten. Was meinst du, was dich das kosten wird?«

»Es wird mich ein Vermögen kosten«, gestand Peetu. Er hatte bereits im Vorfeld darüber nachgedacht, mit einem Taxi nach Gran-Igla zu fahren. Das Geld dafür hatte er. Sogar in Dollarscheinen. Der einzige Grund, warum er sich dagegen entschied, war, dass ein Taxifahrer gleichzeitig ein Zeuge war. Und ein Taxi ein auffälliges Transportmittel. Der Allmächtige allein wusste, wie letztendlich alles ausging. Nein, Zeugen konnte er wahrlich nicht gebrauchen. Erpressung war im schlimmsten Falle eine Eintrittskarte ins Gefängnis.

»Mein Schwager wird garantiert deutlich weniger verlangen als ein Taxifahrer«, beharrte Elmer.

Peetu gab sich einen Ruck und dachte ernsthaft darüber nach. Ein privates Fahrzeug war natürlich etwas ganz anderes. Das Auto war weniger auffällig und der Fahrer im eigenen Interesse unterwegs, könnte sicherlich über einiges hinwegsehen.

»Viel billiger«, drängte Elmer.

»Was genau hast du dir unter *viel billiger* vorgestellt?«, fragte Peetu sarkastisch.

»Was genau hast du dir unter viel billiger vorgestellt?«, warf der Fahrer die Frage zurück.

»Zwanzig Dollar für Hin- und Rückfahrt. Mit Wartezeit!« Elmer lachte laut. »Vierzig Dollar und keinen Groschen weniger!«

»Ich fahre mit dem Taxi, das wird mich höchstens dreißig kosten.« Was ohnehin umgerechnet schierer Wahnsinn war. Dreißig Dollar waren mindestens das Zwölffache der Landeswährung.

Peetu machte einen winzigen Schritt zum Gang, doch Elmer blieb hartnäckig stehen und versperrte weiterhin den Weg.

»Vierzig Dollar, Kumpel, und keinen Groschen weniger, hab ich gesagt!« Er legte die schwere Pranke auf Peetus Schulter. »Kein Taxifahrer wird dich so weit und für so lange Zeit fahren. Denk daran, dass das Geld, das du ihnen für die Fahrt bezahlst, dem lieben Vater Staat zugutekommt. Bei solch einem Aufwand wird mit Sicherheit jeder von ihnen auch etwas für sich selbst aushandeln wollen. Du wirst, das garantiere ich dir, mindestens sechzig Dollar brauchen, um noch heute nach Hause zu kommen.«

»Gut. Vierzig Dollar und dein Schwager steht mir vierundzwanzig Stunden zur Verfügung, inklusive einem Zwischenstopp in Sol-Vindur.«

»Nein!« Elmer lachte. »Sonderwünsche kosten extra.«

»Ich verhandle nicht weiter. Und jetzt geh mir aus dem Weg.« Peetus drohender Blick zwang Elmer, rasch einen Schritt beiseite zu treten.

»Meiner Schwester wird es nicht gefallen, wenn ihr Mann so lange wegbleibt.«

»Scheiß auf deine Schwester, die Dollar sind wichtiger oder nicht?«

Elmer schnaubte verärgert.

»Und wenn dein Schwager mir während der Fahrt plötzlich erzählt, die Preise wären gestiegen, werde ich sein Gehirn an der Frontscheibe verteilen. Und danach komme ich zu dir.«

Elmer lächelte, er machte nicht den Anschein, als ob ihn die Drohung beunruhigte. Er gab Peetu die Hand. »Vierzig Dollar für die Fahrt nach Gran-Igla mit einem Zwischenstopp in Sol-Vindur innerhalb von vierundzwanzig Stunden.«

»Genau so!« Peetu schüttelte Elmers Hand.

»Warte hier, in der Nähe vom Bus, ich rufe meinen Schwager an«, sagte der Busfahrer und schwankte keuchend zum Ausgang. Dass er dabei mit dem Bauch nicht zwischen den Sitzen stecken blieb, grenzte an ein Wunder.

Am Hauptbahnhof herrschte reges Treiben. Gleich gegenüber vom Bahnhof lag der große Basar von Stor-Yel. Von Freitag bis Sonntag versuchten überwiegend Rentner, die streng gesehen keine Rentner waren, da es keine Rente gab, ihre Ware an den Mann zu bringen. Peetu sah sich in der Menschenmenge nach der alten Dame aus dem Bus um. Doch sie schien bereits zum Basar rübergegangen zu sein. Für seinen leeren Magen war dies keine Tragik, um ihn herum gab es genug andere alte Menschen mit Thermosflaschen. Er kaufte bei der ersten Verkäuferin, die ihm den Weg kreuzte, fünf Teigtaschen mit Körnerquark.

Dann schlenderte Peetu, die trockenen und nach nichts schmeckenden Teigtaschen hinunterwürgend, zu dem großen Fasswagen aus dem russischer Kwas verkauft wurde. Der Kwas, mit dem er das Essen hinunterspülte, war hingegen kühl und lecker.

»Da bist du ja!« Elmar sah Peetu verärgert an. »Ich sagte doch, warte neben dem Bus.« Er klemmte seine Dienstmütze keuchend in seine nasse Achselhöhle und holte ein weißes Tuch aus seiner Hose, um sich das verschwitzte Gesicht abzuwischen. »Mein Schwager Jyrki kommt gleich. Warte bei den Telefonzellen neben den Toiletten und lauf nicht weg, sonst verpasst ihr euch. Ich muss los, bin schon fünf Minuten zu spät!« Elmer ergriff Peetus Hand und schüttelte sie. »Gute Fahrt, Kumpel!«

Peetu wartete, wie Elmer es ihm auferlegte, bei den Münztelefonen, die an der Wand einer öffentlichen Toilette hingen.

Die Wartezeit kam ihm vor wie eine Ewigkeit. Und als er sich entschlossen hatte, mal schnell zu dem Fasswagen zu laufen, um sich noch ein Glas Kwas zu gönnen, hielt ein roter Lada vor ihm an.

»Warten Sie zufällig auf einen Schwager?«, rief der Fahrer aus dem offenen Fenster der Beifahrerseite. Er nahm seine Zigarette aus dem Mund, grinste breit und entblößte zwei goldene Vorderzähne. Seine braunen Haare, die er nach hinten gekämmt hatte, glänzten ölig. Sein Oberkörper war nackt.

Peetu stieg wortlos in das Auto.

»Jyrki«, stellte Elmers Schwager sich vor und gab ihm die Hand.

»Arne.«

Jyrki nickte, schnippte seine Zigarette aus dem Fenster und fuhr im Schritttempo los. Seine dunklen Augen musterten Peetu interessiert.

Peetu schätzte ihn auf Mitte dreißig. An seinem rechten Handgelenk prangte eine goldene Uhr. An seiner Hüfte, unmittelbar über dem Hosenbund, war eine kleine Tätowierung. Ein Skelettkopf, in dessen Augen grüne Dollarzeichen leuchteten. Na großartig!

»Bevor die Reise losgeht, möchte ich von dir bezahlt werden«, sagte Jyrki rundheraus.

Peetu steckte die Hand in die Hosentasche und holte vier Zehn-Dollarscheine hervor. Das Geld hatte er im Vorfeld, während der Wartezeit, in einer Toilettenkabine abgezählt. Er halbierte die Summe auf zwanzig Dollar und zeigte sie Jyrki. »Hier ist die Hälfte, den Rest gibt es, sobald du mich heil nach Hause gebracht hast.«

Der Lada stoppte. Sie befanden sich noch in der Fußgängerzone des Bahnhofs. Jyrki nahm das Geld entgegen und hielt die Scheine gegen die Scheibe. Dass sie dabei von neugierigen Vorübergehenden angestarrt wurden, interessierte ihn wenig.

»Du hast mit Elmer abgemacht, dass ich dich später zu Hause absetzen werde und nicht wieder hier?«, fragte er misstrauisch.

Peetu nickte, wohl wissend, dass nichts dergleichen ausgemacht war.

Jyrki stopfte die Dollarscheine in seine Hose. »Also zuerst der Zwischenstopp?«

»Sol-Vindur!«, sagte Peetu nickend, woraufhin sein Fahrer auf das Gaspedal drückte.

»Was willst du dort?«, fragte er und grinste verschwörerisch, so als ob er es bereits wüsste.

»Meine Oma besuchen!«

Jyrki lachte schallend. »Und was willst du in Gran-Igla?«

»Na, meine andere Oma besuchen!«

Worauf Jyrki noch amüsierter lachte. Dann brach sein Lachen abrupt ab. »Ich werde wegen dir später keine Schwierigkeiten bekommen, oder?«

»Nicht solange du dich nur um das Lenken deines Autos kümmerst und keine Fragen stellst.«

»In Ordnung«, sagte er ernst.

Peetu lehnte den Kopf an den Sitz und schloss die Augen.

Die Fahrt nach Sol-Vindur, die in die entgegengesetzte Richtung von Gran-Igla führte und damit beinahe zurück bis nach Kvist-Yel, dauerte nicht lange.

Jyrkis Fahrweise war entgegen Peetus Befürchtung vorbildlich. Er fuhr zwar schnell, jedoch vorausschauend und hochkonzentriert. Und wenn er ab und zu ein Auto überholen musste, dann nur, wenn die Strecke übersichtlich war.

Vor der Abbiegung nach Sol-Vindur wies Peetu ihn an, unmittelbar vor dem Ortsschild am Graben zu halten und dort auf ihn zu warten.

In diesem Dorf lebte früher einer von Peetus Schulkameraden. Reik, Ragan und er waren oft mit dem Bus hierhin gefahren, um mit dem Jungen zu spielen, dessen größte Eigenschaft darin bestand, zu erkennen, wo und wann man Dinge anstellen konnte, die Spaß machten und gleichzeitig verboten waren. Sein Name war Ramon Vlahos. Aber alle nannten ihn Rahos.

Peetu grinste. Diesen Ort kannte er so gut wie sein eigenes Dorf. Er betrachtete das Ortsschild. Rechts oben war die Sonne abgebildet. Sol. Sie hatte Augen und einen Mund, der diabolisch grinste. Unten links waren drei wellenartig gezogene Linien, die den Wind darstellten. Vindur. Auch er hatte Augen, aber keinen Mund. Dies, stellte Peetu abermals fest, war das lächerlichste Ortsschild, das er jemals gesehen hatte.

Er ging schnellen Schrittes in das Dorf und sah sich dabei nach Menschen um. Schon am dritten Haus entdeckte er einen alten Mann auf seiner Veranda. Als Peetu am Zaun stehen blieb und zum Gruß den Arm hob, schlenderte er in einem ausgesprochen langsamen Tempo zu ihm rüber.

»Guten Tag, Herr ...« Peetu kannte den Mann, doch sein Name wollte ihm nach so vielen Jahren nicht mehr einfallen.

»Tach«, sagte der Alte und guckte so, als ob er Peetu ebenfalls erkannt hatte und nun versuchte, ihn zuzuordnen.

»Hier im Dorf soll es eine Frau geben, die von einem Heiler von Krebs geheilt wurde. Stimmt das?«

Die Augen des Mannes funkelten aufgeregt. Er nickte hastig. »Ja. Darja Konowalow. Sie wohnt im vorletzten Haus.«

»In dieser Straße?«

»Ja. Was wollen Sie von ihr?«

»Ich bin ein alter Freund«, sagte Peetu nachdenklich. Ihr Name kam ihm wahrhaftig bekannt vor.

Der alte Mann runzelte die Stirn.

»Danke!«, sagte Peetu und marschierte los, bevor ihm der Alte weitere Fragen stellen konnte. Drei Minuten später stand er vor dem Haus der Konowalows. Ihm fiel die

Frau, nein, eher das Mädchen hinter diesem Namen wieder ein. Damals war sie eine zierliche Blondine mit wunderschönen, großen, blauen Augen und einem eigensinnigen Willen gewesen, der immer für Streit sorgte.

Ein Hund, ein Mischling, angekettet an eine in roter Farbe frisch angestrichenen Hundehütte, bellte wütend, als er Peetu am Zaun entdeckte. Einen Augenblick später kam Darja Konowalow persönlich aus dem Haus. Sie betrachtete Peetu skeptisch und wies dann ihren Hund an, die Schnauze zu halten.

»Kann ich helfen?«, rief sie eher genervt als neugierig.

»Hallo Darja. Erkennst du mich nicht?«

Sie kam, immer noch skeptisch schauend, auf ihn zu. »Nein!«

»Peetu Virtanen. Der Freund von Rahos.«

Darja lachte. »Jetzt, wo du es sagst.« Sie reichte ihm die Hand zum Gruß. »Was hat dich hierher verschlagen? Rahos ist vor Jahren nach Liten-Yel geflüchtet. Im Dorf hatte es eine Feier gegeben, nachdem er weg war.«

Peetu stimmte in ihr Lachen ein und sah, wie zwei kleine Köpfe neugierig aus der Haustür lugten.

»Deine Kinder?«

»Ja«, sagte Darja. »Junge und Mädchen, wie Hund und Katze.«

Peetu nickte lächelnd. »Darf ich dich was Persönliches fragen?«

»Natürlich.«

»Wurdest du wirklich von Krebs geheilt?«

Darjas gute Laune verschwand schlagartig. Zwischen ihren Augen bildeten sich besorgte Furchen. Sie verschränkte die Arme. Bevor sie antwortete, drehte ihr Kopf sich flüchtig zu ihren Kindern. »Ja. Das stimmt«, sagte sie mit gedämpfter Stimme. Dann weiteten sich plötzlich ihre Augen. »O nein, Peetu, sag mir nicht du hast auch Krebs?«

»Nein«, sagte Peetu. »Ich wollte nur wissen, ob das wahr ist.«

»Aus welchem Grund?« Kaum hatte sie es ausgesprochen, schlug sie sich die Hand vor den Mund. »Ragan! Ich habe es ganz vergessen.«

Peetu nickte. Darja Konowalow war nicht nur eigensinnig, sondern mindestens genauso scharfsinnig.

Sie sah abermals zu ihren Kindern. Der Junge und das Mädchen waren inzwischen aus dem Haus gekommen, wagten sich jedoch nicht, näher zu kommen.

»Ich vermute, du denkst darüber nach, mit Ragan in Kontakt zu treten?«, sagte sie und schüttelte bedächtig den Kopf. »Ich habe keinen Zweifel daran, dass es diesem Mann gelingen wird, deinen Wunsch zu erfüllen, aber überlege es dir drei Mal. Er hat mich zwar geheilt, doch sein Preis dafür war viel zu hoch. Wenn ich die Zeit zurückdrehen könnte, würde ich den Tod bevorzugen und Abstand von ihm halten.«

»Warum das denn?«, fragte Peetu überrascht.

Darja drehte sich rasch vom Zaun weg und eilte zurück zum Haus. »Geh, Peetu. Und komm nie wieder hierher.« Sie scheuchte die Kinder ins Haus und schloss, ohne ihn eines weiteren Blickes zu würdigen, die Tür hinter sich zu.

Peetu blieb irritiert am Zaun stehen. Und als er sich sicher war, Darja würde nicht wieder herauskommen, kehrte er zurück zum Auto.

»Das war aber ein kurzer Besuch bei der Oma«, sagte Jyrki grinsend. Er musterte ihn prüfend, ehe er den Motor startete. »Und jetzt nach Gran-Igla?«

Peetu nickte.

MATHILDA

21 Letztendlich hatte Moni recht behalten. Ingeborg würde sich an einem Freitag das Geschäft mit den Teigtaschen nicht entgehen lassen. Sie hatten alle drei klar und deutlich gesehen, wie sie, an jeder Seite von ihrem Körper je zwei Thermobehälter, mit dem 10-Uhr-Bus in Richtung Stor-Yel wegfuhr. Jetzt endlich, nach zwei grauenhaften Tagen, würden sie die Odyssee um die Fotografin beenden. Vorausgesetzt Ingeborg hielt sie gefangen. Und wenn nicht, dann ... nun, darüber wollte besser niemand nachdenken.

Blom stellte sich auf das Sofa in der Wohnküche und nahm Mathilda, die Doppelbüchse seines Vaters, ehrfürchtig von der Wand. Um seine Taille hing Vaters Patronengurt, den er im Schrank seiner Mutter gefunden hatte.

Zu seinem Bedauern steckten im Gurt nur fünf Patronen. Aus Zeitmangel verzichtete er darauf, nach den anderen Kapseln, die zweifelsohne irgendwo hier im Haus versteckt waren, zu suchen. Früher bewahrte sein Vater alles in einem Schrank auf, doch nachdem er weg war, hatte seine Mutter anscheinend bewusst die Munition verschwinden lassen. Fünf Patronen müssten reichen. Blom kippte den Lauf. *Was muss man vor dem Laden einer Waffe beachten*, hörte er in seinen Gedanken Vater fragen.

»Man muss darauf achten, dass der Lauf und das Patronenlager frei von irgendwelchen Verschmutzungen bleiben. Zum Beispiel Fetten oder Ölen. Ansonsten könnte es in die Hose gehen und man würde sich aller Wahrscheinlichkeit nach selbst wegpusten«, wisperte Blom. Er spähte rasch in den Lauf und schob zwei Patronen in das

Lager. Dann kippte er den Lauf zurück und streichelte Mathilda einige Sekunden lang über den Schaft aus Wurzelholz.

Anschließend rannte er in den Garten, kletterte über den Zaun und befand sich damit am Ende des Dorfes. Dort, wo man am unwahrscheinlichsten entdeckt werden konnte. Er überquerte geduckt eine kurze Wiese, die als Abgrenzung vom Wald zum Dorf diente und verschwand hinter den Fichten, wo Finn und Moni auf ihn warteten.

»Ich habe es«, sagte er nach Atem ringend, das Gewehr in die Höhe haltend.

»Gut gemacht, Blom!«, sagte Moni.

Blom kippte stolz den Lauf und vergewisserte sich noch einmal, dass Mathilda wirklich geladen war.

»Warum hast du so lange gebraucht?«, fragte Finn ihn unzufrieden. Er spähte mit einem ängstlichen Blick in die Tiefe des Waldes. »Halte den Lauf immer nach unten, damit du niemanden gefährdest«, tadelte er.

»Sag mir nicht, wie man mit einem Gewehr umgehen muss«, schnauzte Blom.

»Los, Jungs, lasst es uns endlich erledigen«, sagte Moni. »Blom, du gehst vor!«

Und ob er vorgehen würde. Die Doppelbüchse seines Vaters in der Hand rief in ihm ein großartiges Gefühl hervor. Mit dieser Waffe könnte er jeden auf der Welt problemlos in die Knie zwingen. Mit Mathilda in der Hand richtete er über Leben und Tod. »Bleibt hinter mir«, befahl er herrisch.

Das Trio betrat den Wald und erreichte in wenigen Minuten den offiziellen Pfad zwischen Gran-Kotten und Ingeborgs Lichtung.

»Vergesst nicht, ich habe damals ebenfalls gesehen, wie Ingeborg weggefahren ist«, rief Finn in Erinnerung. Ein Satz, den er, seit Ingeborg in den Bus gestiegen war, mindestens zehnmal wiederholt hatte. Und selbst das erschien ihm viel zu wenig. Diese wichtige Information konnte man seiner Meinung nach nicht oft genug wiederholen.

»Denkt daran«, sagte Moni mahnend, ohne auf Finns Bemerkung einzugehen, »wir müssen um jeden Preis in Ingeborgs Haus gelangen. Und wenn wir dort keine Fotografin und keinen Hund vorfinden, suchen wir nach Beweisen, die Ingeborg als Hexe überführen.«

Finn sah Moni verärgert an. Von ›Beweisen suchen‹ war bis zu diesem Zeitpunkt nie die Rede gewesen. Sollten sie dort niemanden vorfinden, wäre es seiner Meinung nach das Beste, sich schnellstmöglich aus dem Staub zu machen. »Was für Beweise, Monika?«, fragte er daher äußerst gereizt.

»Du meinst, so was wie bemalte Wände mit Teufelszeichen?«, fragte Blom, ehe sie Finn antwortete.

»Ja! Aber ich glaube kaum, dass ihre Wände bemalt sind. Ich war schon mal bei ihr drin. Da sieht alles ganz normal aus«, sagte Moni.

»Dann seltsame Zutaten in Gläsern, Fledermausaugen und so?«, fragte Blom weiter. »Oder eine schwarze Katze?«

Plötzlich raschelte es hinter ihnen, dann rechts neben ihnen, und sie erblickten erstaunt einen Luchs. Er lief in die Beerensträucher und verschwand hinter den Fichten, kam aber wieder hervor und betrachtete das Trio mit seinen grauen Augen.

Finns Herz drohte vor Schreck in der Brust zu zerspringen. Auch Moni sah verängstigt aus. Sie hatte mit beiden Händen seinen Arm umklammert und atmete rasend.

Nur Blom stand, den Gewehrlauf auf das Tier gerichtet, breitbeinig und furchtlos da. Für einen Augenblick schien es so, als wäre die Welt stehengeblieben. Sie standen da und warteten ab, was das Tier als Nächstes unternehmen würde.

Es machte den Eindruck, als hätte der Luchs genau das Gleiche vor. Ihre Reaktion abzuwarten.

Ein Flattern über ihren Köpfen ließ das Trio zusammenzucken. Ein Buntspecht gesellte sich zu ihnen. Er landete auf der Fichte, die dem Luchs am nächsten war, und drehte sein Köpfchen zu ihnen.

Finn glaubte, in dem Specht den Vogel vom letzten Mal wiederzuerkennen. Er war sich sogar ziemlich sicher. Die Augen, es waren die Augen! Sie waren irgendwie glasig. »Können Hexen durch die Augen von Tieren sehen?«, fragte er leise.

Moni sah ihn bestürzt an. »Ich weiß nicht, davon habe ich noch nie gehört. Wie kommst du darauf?«

»Seht euch die Augen von dem Specht an.« Finns Stimme drohte zu versagen. »Als ich das letzte Mal bei Ingeborg war, hat er mich auch beobachtet.«

Moni sah sich den Vogel genauer an. Und als sie erkannte, dass die Augen vom Specht glasig wie Murmeln waren, umklammerte sie Finns Arm noch fester.

»Soll ich ihn erschießen?«, fragte Blom und richtete Mathildas Lauf vom Luchs, der immer noch reglos dastand, auf den Vogel.

»Nein, bloß nicht, Blom, ein Schuss würde uns verraten. Zurzeit ist keine Jagdsaison.« Kaum hatte Moni es ausgesprochen, lief der Luchs tiefer in den Wald und verschwand.

Blom senkte das Gewehr und bewegte sich weiter. »Scheiß auf den Specht.«

»Scheiß auf den Specht«, wiederholte Moni und marschierte, Finn am Arm ziehend, hinter Blom her. »Viele Menschen haben schwarze Katzen, ich finde, das ist eher ein Klischee, aber kein Beweis. Meine Mama hatte als Kind auch eine schwarze Katze«, griff sie das Thema wieder auf und versuchte, den Vorfall mit dem Luchs und dem Specht aus ihren Gedanken zu verdrängen. Starke Nerven und ein klarer Verstand waren jetzt mehr gefragt denn je.

»Vielleicht ist deine Mutter auch eine Hexe?«, scherzte Blom.

»Ja, manchmal schon, aber auf eine andere Weise«, sagte Moni ernst.

Dann schwiegen sie wieder und jeder wusste, dass sie alle gerade an den Luchs und den Specht dachten.

Sie hatten mehr als die Hälfte vom Pfad hinter sich gebracht, als Finn eine Wurzel von einer Fichte ins Auge fiel, die mitten im Weg aus der Erde herausragte. Er sah sich verstohlen um, und erkannte, dass dies die Stelle war, an der er sich seinen Arm gebrochen hatte. Möglicherweise war er über diese Wurzel gestolpert. Wenn er den Pfad genauer betrachtete, musste er zugeben, dass zahlreiche tiefhängende Äste der Fichten sehr wohl hier und da den Weg versperrten. Und wenn er statt sie zu umgehen, durch sie hindurchgerannt war, erklärte das auch die vielen Kratzer, die er danach hatte. Und den Eindruck, die Bäume würden nach ihm greifen. Vermutlich hatte seine Mutter die Wahrheit gesagt, als sie behauptete, er hätte sich das alles eingebildet.

»Da ist er schon wieder!«, sagte Moni plötzlich. Sie blieb stehen und zeigte auf eine Fichte. »Ist das derselbe?«

»Ja«, flüsterte Finn, als er in die Augen des Spechts starrte. Blom legte das Gewehr an und zielte auf den Vogel. »Ich frage noch einmal, soll ich ihn erschießen?«

»Natürlich nicht, Blom, denk doch mal nach«, sagte Moni langsam. Blom senkte enttäuscht das Gewehr. »Dann beachtet ihn nicht mehr. Wir sind gleich schon da.«

»Wieso schlägt er nicht auf das Holz wie die anderen Spechte?«, fragte Moni vorwurfsvoll. Sie zog an Finns Arm, den sie seit dem Vorfall mit dem Luchs festhielt, und sie marschierten weiter. »Ein wirklich guter Beweis wäre das schwarze Buch.«

»O ja!«, sagte Blom anerkennend.

Das schwarze Buch. Jeder Mensch in diesem Land wusste, was ein schwarzes Buch bedeutete. Teufel und Geisterbeschwörungen, Zaubertränke und Flüche. Faktisch alles Böse war in der Lektüre niedergeschrieben. Allein das Anfassen des tiefschwarzen Umschlags konnte ein Leben lang Pech bringen. Es hieß sogar, dass der Besitz eines solchen Buches eine sofortige Todesstrafe, die hier zu Lande wohlbemerkt seit 1950 verboten war, zur Folge hatte.

»Mir wäre es lieber, wenn wir die Fotografin finden«, sagte Finn grimmig.

»Mir auch«, sagte Blom. Sein Gesichtsausdruck verriet, dass es ihm missfiel, wie Moni an Finns Arm klammerte.

Als sie die Lichtung erblickten, verteilte sich das Trio wortlos zwischen den Fichten. Von ihrer Position aus sahen sie die verschlossenen Fensterläden und an der Tür ein Vorhängeschloss. Aus dem Schornstein vom Steinofen stiegen schwache Rauchschwaden auf. Finn glaubte urplötzlich, ein Déjà-vu zu erleben, was in Wahrheit keins war. Es waren lediglich exakt die gleichen Umstände wie beim letzten Mal. Blom trat hinter seiner Fichte hervor und marschierte entschlossen auf das Haus zu.

»Los, Finn«, flüsterte Moni und folgte Blom.

Finn folgte nicht. Er lehnte die Stirn an die Fichte und schloss die Augen. Ein eigenartiger Wunsch, niemals geboren worden zu sein, schwirrte in seinem Kopf.

»Finn, wo bleibst du!«, brüllte Blom wütend. »Wie kommen wir da rein?«

Finn lugte hinter der Fichte hervor. »Hab ich doch gesagt. Die Scharniere an dem Fensterladen sind kaputt. Steck die Hand durch und lös den Haken aus der Öse.«

»Du machst das«, befahl Blom. »Ich halte das Gewehr.«

Zögernd verließ Finn sein Versteck und schlenderte unsicher, unter ungeduldigen Blicken von Blom und Moni, zu dem kaputten Fensterladen. »Habt ihr schon hinter dem Haus nachgesehen? Vielleicht versteckt Ingeborg sich dahinter. Das letzte Mal, als ich hier war, hat sie mich auch glauben lassen, sie wäre nicht da.«

Blom sah besorgt Moni an, die zustimmend nickte.

»Na gut«, sagte Blom und seufzte tief. »Ich mache das schon.« Er ging zu dem hohen Stapel Brennholz, der am Häuschen lehnte.

»Finn, wir soll...« Moni sah Finn an und verstummte schlagartig als sie in seinem Gesicht blankes Entsetzen erkannte. Sie drehte sich rasch zu Blom um und sah, wie ihn gerade in diesem Moment ein dicker Holzklotz am Kopf traf.

Der Junge fiel seitlich zu Boden, sein Gewehr jedoch fest in der Hand haltend. Kaum war er auf dem Waldboden aufgeprallt, kam eine Gestalt, ein Mann, hinter dem Holzhaufen hervor, fasste Mathilda am Lauf und riss sie aus Bloms Händen. Dann stellte er einen Fuß auf sein Gesicht und drückte es zu Boden.

»Was wollt ihr von meiner Mutter, ihr Fickfressen?«, schrie er, wobei ihm die Spucke aus dem Mund flog. »Und das hier, was habt ihr damit vor?« Er fuchtelte mit dem Gewehr herum. Sein wilder Blick huschte beständig von einem zum anderen. »Lasst meine Mutter in Ruhe, sonst werde ich jeden Einzelnen von euch quälen, bis ihr krepiert!« Er nahm den Fuß von Bloms Gesicht und zerrte am Patronengurt, bis er ab war. »Gib das her, du kleiner Bastard.«

»Bitte tun Sie mir nichts«, flehte Blom weinend, die Hände schützend vor das Gesicht haltend und mit fester Überzeugung, der Mann würde ihn jeden Moment töten.

»Hoch mit dir.« Er zog Blom grob an seinem Hemd hoch und trat nach ihm, bis er aus seiner Reichweite gelaufen war.

Blom folgte Monika und Finn, die beiden hatten bereits den Pfad zurück nach Gran-Kotten erreicht, als der Mann plötzlich gebieterisch brüllte: »Stopp!«

Blom blieb stehen und sah gelähmt zu, wie Moni und Finn trotzdem weiter wegrannten und hinter den Fichten verschwanden.

»Nimm das mit.« Der Mann kippte den Gewehrlauf und holte die Patronen aus dem Lager. Dann schleuderte er Mathilda auf ihn zu und Blom schaffte es gerade noch, auszuweichen.

»Ich will euch nie wieder hier sehen!«, brüllte der Mann.

»Ja, verstanden!«, versicherte ihm Blom hysterisch, hob Vaters Gewehr auf und rannte los. So schnell wie noch nie in seinem Leben zuvor.

GRETA LUND

Gran-Igla

22 »Und dann sagte ich zu ihm, wofür brauchst *du* elender Hund Geld? Für Frauenkleider und Schminke, um als Nutte verkleidet nach Freiern zu suchen? Kaum hatte ich das ausgesprochen, da haut der Kerl mir so fest in die Fresse, dass mir die beiden Vorderzähne rausflogen. Einen davon hab ich dabei glatt verschluckt.« Jyrki lachte gellend, zog die Oberlippe nach oben und präsentierte zwei Goldzähne. »Natürlich hab ich mir das nicht gefallen lassen. Diesem Hundesohn fehlen jetzt mehr als zwei Zähne und er hat kein Geld, um sich neue einzusetzen.« Jyrkis Lächeln verschwand. »Seitdem bin ich arbeitslos.«

Peetu nickte gleichgültig. Wie sich herausstellte, erwies Jyrki sich nach anfänglicher Zurückhaltung als ein redseliger Vollidiot, der sich gerne selbst beim Reden zuhörte. Dadurch fiel es Peetu schwer, dem Mann beständig zuzuhören.

»Die hier sind sowieso besser. Halten ewig.« Jyrki tippte mit seinem Fingernagel gegen einen der Goldzähne. »Und schon sind wir da!«, sagte er und bremste den Wagen ab, als sie einem riesigen Ortsschild aus Blech näherkamen.

Im Gegensatz zu den meisten Ortsschilden im Land, die allesamt die Form eines Rechteckes hatten, ragte dieses mit der langen Seite nach oben. Was den Fichten, die dort abgebildet waren, eine gewisse Würde verlieh. Am unteren Rand stand in Großbuchstaben WILLKOMMEN IN GRAN-IGLA.

»Wie ist die Adresse?«, fragte Jyrki.

»Schneeblumenweg 7«, sagte Peetu widerwillig. Er konnte Jyrki nicht einfach neben einem Ortsschild auf ihn warten lassen. Gran-Igla war wesentlich größer als Sol-Vindur. Hier eine Straße zu Fuß zu finden, könnte sich als eine langwierige Herausforderung entpuppen. Außerdem wollte Peetu nach der überbrachten Nachricht so schnell wie möglich aus diesem Ort verschwinden.

Und tatsächlich dauerte es über eine halbe Stunde, bis sie die Straße gefunden hatten. Jyrkis Drängen, einen der vorbeilaufenden Einwohner nach dem Weg zu fragen, lehnte Peetu kategorisch ab. Er brauchte keine Zeugen, sie waren nie hier gewesen.

»Sobald wir das Haus Nummer 7 sehen, fährst du vorbei, ohne anzuhalten oder abzubremsen«, bestimmte Peetu nervös.

»Warum?«, fragte Jyrki überrascht.

Peetu zögerte. Dachte über eine glaubwürdige Antwort nach. »Weil meine Frau hier mit ihrem neuen Ficker lebt.«

Jyrki johlte amüsiert. »Du hast aber nicht vor, Dummheiten zu veranstalten? Etwas, was mich ebenfalls in Schwierigkeiten bringen könnte, oder?«

»Mach einfach das, wofür ich dich bezahlt habe. Konzentrier dich auf das Fahren und stell keine Fragen.«

Jyrki nickte. Aber sein Lächeln war verschwunden. Ohne das Tempo zu drosseln, fuhr er an der Nummer 7 vorbei.

Es war, stellte Peetu enttäuscht fest, ein normales Haus auf einem normalen Grundstück. Nichts von dem, was sie sahen, erweckte den Eindruck, bei Greta Lund würde es sich um eine außergewöhnliche Person handeln.

Jyrki bog an der ersten Kreuzung nach rechts ab und blieb nach einigen Metern unter den Ästen eines Apfelbaums, die aus einem Garten über den Zaun herausragten, stehen. »Ich weiß zwar nicht, was du vorhast, aber mein Gefühl und dein ängstlicher Blick verraten mir, es ist nichts Gutes.«

Peetu fiel auf Jyrkis Feststellung keine Antwort ein. Er spürte, wie er rot anlief. Ihm wurde plötzlich klar, dass er für Dinge, wie unbekannte Frauen in ihrem Haus zu bedrohen, nicht geschaffen war. In diesem Fall bekam er, wie man so schön sagte, Muffensausen. Er kurbelte sein Fenster an der Beifahrertür vollends herunter und sog die frische Luft ein. Je krampfhafter er daran dachte, was er Jyrki als Nächstes sagen sollte, umso weiter entfernten sich Worte, die er suchte.

Jyrki legte den ersten Gang ein und fuhr einige Meter, bevor er den Wagen seufzend stoppte. »Eine Straftat tagsüber zu begehen, ist sowieso das Dümmste, was man machen kann. Du musst warten, bis es dunkel wird. Das Auto muss in der Nähe geparkt werden, die Strecke, die man beim Flüchten zurücklegt, darf nicht länger sein als die Ausdauer in den Beinen und der Lunge. Gleichzeitig muss das Fluchtfahrzeug so geschickt platziert werden, dass es nicht auffällt. Am besten nimmt man die Nummernschilder vorher ab. Viele vergessen oder unterschätzen dieses wichtige Detail und wundern sich am Ende, wie die Polis es fertiggebracht hatte, sie letztendlich doch zu fassen.«

»Zu erwähnen, dass du ein Verbrecher mit Erfahrung bist, hast du wohl bei all deinen Geschichten vergessen, was!«, sagte Peetu sarkastisch.

Jyrki gab darauf keine Antwort. Stattdessen grinste er, wobei seine goldenen Vorderzähne protzig in der Sonne glänzten.

»Welche Ratschläge hast du noch für mich parat?«, fragte Peetu ernsthaft daran interessiert.

»Zuerst muss ich wissen, was du vorhast. Falls deine Fahrt hierher dafür gedacht war, deine Frau zu verprügeln oder ihren Stecher zu erdrosseln, steige ich aus, bevor es überhaupt losgeht.«

Peetu wischte sich den Schweiß aus dem Gesicht. Seitdem sie nicht mehr fuhren, wehte keine frische Luft durch die geöffneten Fensterscheiben. Das Fahrzeug heizte sich bei so einem Wetter schnell auf. Andererseits könnte es genauso gut Angstschweiß sein, der durch seine Poren strömte.

»Ich habe weder vor, meine Frau zu verprügeln, noch ihren Ficker umzubringen«, sagte er langsam. Denn das, was er von vornherein vermeiden wollte, nämlich Helfer oder Zeugen in sein Vorhaben miteinzubeziehen, geschah gerade. Doch ohne Jyrkis Hilfe, begriff Peetu, würde er nicht in der Lage sein, seine Aufgabe umzusetzen. »Wir hatten unser Gespartes im Garten vergraben.

So wie es eben jeder macht«, log er. »Als sie mit ihrem Ficker durchbrannte, verschwand das ganze Geld mit ihr zusammen. Nicht einen Groschen hat die Fotze mir gelassen.« Er sah in Jyrkis grinsende Visage. »Und jetzt möchte ich einfach meinen Anteil zurückholen.«

»Und du bist sicher, dass sie deinen Anteil noch hat und ihn bei sich aufbewahrt?«

»Ganz sicher.«

»Von welcher Summe reden wir da?« Jyrkis Augen glänzten gierig.

»Ich muss es irgendwie hinkriegen, alleine mit ihr zu sprechen. Am besten ohne Zeugen«, sagte Peetu, ohne auf seine Frage einzugehen.

Auf Jyrkis Stirn bildeten sich Falten. »Wenn du nichts Schlimmes vorhast, warum machst du dir dann Gedanken über irgendwelche Zeugen? Ich meine, das Geld steht dir zu, oder nicht?«

Peetu überlegte, bevor er antwortete. »Stell dir vor, ihr Ficker mischt sich ein. Hast du eine Ahnung, was für einen Hass ich ihm gegenüber empfinde? Ich bin mir sicher, sollte er ein Wort zu viel sagen, werde ich sein Hirn an der Wand verschmieren.« Peetu drückte beide Hände gegen die Brust. »Aber keine Sorge, das habe ich nicht vor. Nur, falls ich wirklich die Beherrschung verliere, verstehst du, dann ist jeder Nachbar, der es mitbekommt, gleichzeitig ein Zeuge.«

Jyrkis Miene verfinsterte sich. Die Falten auf seiner Stirn wurden breiter und tiefer. »Ich habe das Gefühl, du erzählst mir einen Haufen Scheiße.«

Peetu lief vor Wut auf sich selbst rot an.

»Hast du Schusswaffen dabei?«

»Nein!«, sagte Peetu empört. »Wo denn, in meiner Unterhose?«

»Auch kein Messer?«

»Nein!«

»Ich dachte, du hast nichts vor, was mich in Schwierigkeiten bringen könnte.«

Peetu schwieg.

Jyrki überlegte. »Gut, du Anfänger, heute ist dein Glückstag! Ich werde dir beibringen, wie man seinen Opfern auflauert. Aber das wird dich zusätzliche dreißig

amerikanische Dollar kosten. Und du hörst auf, mich anzulügen. Bei der Frau handelt es sich nicht um deine Ehefrau.«

Peetu nickte. »Einverstanden. Danke.«

»Das gibt es doch nicht!« Jyrki schlug sich entrüstet auf
den Schenkel. »Ich habe recht damit?«

Peetu nickte.

»Ich möchte das Geld jetzt gleich haben«, sagte er kopfschüttelnd.

Peetu wollte schon in seine Hosentasche greifen, um das
Bündel seiner Dollarscheine herauszuholen, als ihm plötzlich ein alarmierendes Gefühl sagte, es zu unterlassen.
»Ich habe es nicht dabei. Aber sobald du mich nach Hause
gebracht hast, wirst du es bekommen. Versprochen.«

Jyrki zog unzufrieden die Mundwinkel nach unten. »Na
gut. Aber versuch nicht, mich zu verarschen.«

»Du beleidigst mich«, sagte Peetu ernst.

Jyrki nickte und fuhr los. »Warum genau bist du hier?«

»Ich muss einer Frau eine Nachricht überbringen. Niemand darf mich dabei sehen und schon gar nicht hören,
was ich sage. Dich eingeschlossen.«

Jyrki nickte, setzte den Blinker und bog an der Kreuzung
rechts ab. »Was ist mit dem Mann?«

»War gelogen. Ehrlich gesagt, weiß ich überhaupt nicht,
was oder wer mich außer der Frau in der Nummer 7 erwartet.«

»Das ist schlecht«, sagte Jyrki in einem sachlichen Ton.
»Was weißt du alles über die Frau?«

»Nur wo sie wohnt und wie sie heißt.«

»Was bist du, Hiob der Botschafter?«, fragte Jyrki belustigt. Er lenkte den Wagen auf einen Parkplatz neben
einem Kindergarten. Das Geplänkel der spielenden Kinder auf dem Spielplatz ertönte unmittelbar um sie herum.
Jyrki würgte den Motor ab. »Ist sie heute überhaupt zu
Hause?«

Peetu zuckte mit den Schultern. »Das hoffe ich.«

Jyrki kratzte sich an der Schläfe, startete den Motor,
fuhr rückwärts aus der Parklücke und lenkte den Lada
wieder auf die Straße. »Dann bleibt uns nichts anderes
übrig, als das Haus zu beobachten. Dabei dachte ich
ernsthaft, wir könnten eine Mittagspause einlegen, bevor
es losgeht.«

Peetu sah zwei Erzieherinnen sich dem Zaun nähern und war froh, dass Jyrki so schnell reagiert hatte. Als der Wagen abermals rechts abbog, erkannte er erstaunt, dass sie wieder auf die Straße von Greta Lund fuhren. Offensichtlich war sein Fahrer bewusst, ohne dass Peetu es bemerkt hatte, im Kreis gefahren. Zu seinem Entsetzen parkte Jyrki direkt neben Haus Nummer 7.

»Ist das nicht zu auffällig?«

»Nur wenn du auffällig aus der Wäsche glotzt«, entgegnete Jyrki und zwinkerte ihm zu. »Sieh dir das Haus und das Grundstück genau an. Später wirst du dich dort in der Dunkelheit zurechtfinden müssen.«

Peetu nickte zustimmend und sah sich die Umgebung hinter dem mintgrünen Jägerzaun genauer an.

Das Haus hatte wie die meisten in der Straße zwei Stockwerke. War aber insgesamt, was die Flächengröße anging, eher ein großes Haus. Der größte Teil des Grundstücks, der Garten, lag auf der rechten Seite hinter dem Haus. Ein mit Steinen ausgelegter Weg führte an dem Haus vorbei in den Garten. Unmittelbar am Weg stand ein großer, seltsam wirkender Apfelbaum. Seltsam, weil sämtliche Äste zum Haus hin abgesägt worden waren. Peetu vermutete, dass die dicken Äste möglicherweise ursprünglich bis zum Fenster reichten und so irgendwann zu viel von dem Tageslicht abgeschirmt hatten.

Niedergeschlagen atmete Peetu ein und aus und verfluchte den Heiler für das, was er von ihm verlangte. Außerdem hatte er Durst, Hunger und musste dringend auf die Toilette. »Gut, ich habe genug gesehen. Lass uns woanders auf die Dunkelheit warten.«

Jyrki schüttelte kaum merklich den Kopf. Er fischte seine vorletzte Zigarette aus der Verpackung und zündete sie mit einem Streichholz an. »Wir bleiben hier und beobachten. Früher oder später wird jemand das Haus verlassen. Oder nach Hause kommen. Es schadet nie zu wissen, mit wem man sich anlegt.«

So scharfsinnig Jyrkis Worte auch waren, so beängstigend wirkten sie auf Peetu.

»Je länger wir hier stehen, umso mehr fallen wir auf. Außerdem muss ich dringend pissen. Und ich habe Hunger. Lass uns nach einem Lokal suchen. Ich zahle.«

Jyrki lächelte schmallippig und sah auf seine goldene Uhr. »Es ist 15:15 Uhr. Hunger hab ich auch.« Er drehte sich nach hinten und zog einen Korb nach vorne, der zwischen Peetus Sitz und der Rückbank stand. »Als ich meiner Ziege sagte, mein Ausflug mit dir könnte 24 Stunden dauern, hatte sie mir das hier mitgegeben. Wenigstens dafür ist sie gut.« Er zog lachend an einem gestickten Deckchen, das die Öffnung vom Korb bedeckte, und warf es auf die Rückbank. Der Korb enthielt einen halben Laib Brot. Vier gekochte Eier. Vier kleine frische Gürkchen. Zwei Tomaten. Eine Flasche Milch und zwei Keramikbecher. »Das Essen geht heute auf mich, mein Freund. Zum Pissen musst du aber aus meinem Auto raus!« Jyrki deutete auf ein paar eng stehende Fichten drei Häuser vor ihnen. Die hohen Bäume standen zwischen zwei umzäunten Grundstücken und machten den Eindruck, völlig fehl am Platz zu sein.

Nachdem sie ihre Blasen geleert hatten und satt waren, saßen sie in dem überhitzten Auto, am ganzen Körper mit Schweiß bedeckt, schweigend da. Peetus Befürchtung aufzufallen, erwies sich zumindest vorübergehend als unbegründet. Die Straße war wie ausgestorben. Lediglich einmal schlenderte ein Fußgänger an ihnen vorbei. Und es war fraglich, ob er das Auto und die Insassen darin überhaupt wahrgenommen hatte. Ansonsten keine neugierigen Nachbarn und zu Peetus Bedauern, auch keine Spur von Greta Lund oder anderen Bewohnern des Hauses Nummer 7.

»Die Hundehütte ist leer«, sagte Jyrki unvermittelt.

Peetu sah ihn verwirrt an, dann folgte er seinem Blick und entdeckte erst jetzt eine Hundehütte, die er vorhin tatsächlich übersehen hatte. Röte schoss in seinen Kopf und er fragte sich verärgert, wie man so dumm sein konnte, eine Hundehütte zu übersehen, nur weil diese zwischen zwei Apfelbäumen stand. Nun drohten ihn seine Zweifel, ob er überhaupt in der Lage war, dieses Vorhaben erfolgreich umzusetzen, zu erdrücken. Er öffnete den Mund, um Jyrki zu verkünden, dass sie hier fertig waren, dass er es sich anders überlegt hatte, doch stattdessen sagte er: »Bist du sicher? Ich meine, die Öffnung ist auf der anderen Seite, vielleicht schläft der Köter.«

Jyrki deutete Peetu an, sitzen zu bleiben, und stieg aus. Mit einem schelmischen Grinsen hob er einen Stein neben dem Reifen auf, sah sich um und schleuderte ihn auf die Hundehütte. Nichts geschah. Jyrki wiederholte den Vorgang mit einem größeren Stein. Nichts.

»Die Hütte ist eindeutig leer«, sagte er zufrieden beim Einsteigen in den Wagen.

»Wo ist der Hund dann?« Peetu richtete die Frage mehr an sich als an seinen Fahrer.

»Was weiß ich«, sagte Jyrki schulterzuckend. »Wenn wir Glück haben, hat die Frau keinen Hund. Erleichtert die Sache um einiges.«

Zustimmend nickte Peetu.

»Hast du gewusst, dass es Länder gibt, in denen Menschen ihre Köter im Haus leben lassen?«

Peetu kräuselte bei der Vorstellung die Nase. »Die Viecher stinken doch. Ich glaube kaum, dass es der Wahrheit entspricht.«

»Doch, ganz sicher. Tagsüber gehen sie mehrmals mit ihren Hunden an der Kette spazieren, damit sie sich ausscheißen können. Und nachts lassen einige die Kläffer sogar in ihrem Bett schlafen«, sagte Jyrki ernst. Dann lachte er gellend. »Ob sie auch ficken?«

Peetu musste unwillkürlich mitlachen. Und mit einem Mal wurde ihm klar, dass Jyrki seine Rettung war. Seine Selbstsicherheit, seine Argumente und seine Handlungen zeigten ihm, dass der Mann wahrhaftig wusste, wie man kriminelle Machenschaften ausführte, ohne dabei erwischt zu werden.

Gegen 19 Uhr wurde es lebhafter auf der Straße. Nachbarn von Haus Nummer 7 kamen von der Arbeit nach Hause. Kinder, die bis dahin mit ihren Hausaufgaben beschäftigt gewesen waren, besuchten sich gegenseitig. Eine Gruppe Mädchen versammelte sich unweit vom Auto und unterhielt sich lachend. Viele der Einwohner gossen eilig ihr Gemüse, das über den Tag der heißen Sonne ausgesetzt gewesen war. Doch niemanden interessierte den roten Lada neben Haus Nummer 7, wo sich immer noch keine Menschenseele zeigte.

Die Abenddämmerung setzte ein und nach und nach war die Straße menschenleer. In den Häusern gingen die ersten Lichter an. Peetu sah verzweifelt zum Haus und zuckte zusammen. Vor dem Fenster sah er eine Silhouette die Vorhänge zusammenziehen. Dann wurde das Licht eingeschaltet.

»Jetzt wird es interessant«, flüsterte Jyrki.

Peetu schluckte laut.

Sie warteten. Dämmerung hatte sich bereits in Düsternis verwandelt.

»Da ist nur eine Person im Haus«, sagte Jyrki irgendwann entschieden.

»Woher weißt du das?« Peetu wurde klar, dass es jeden Moment losgehen würde. Er sah besorgt in alle Richtungen.

Jyrki hielt seine goldene Uhr so nah ans Gesicht, dass sie beinahe die Nase berührte. »Wir sitzen hier schon seit fast neun Stunden und es ist noch niemand auf das Plumpsklo gegangen. Wenn mehrere Menschen im Haus wären, dann müsste in der Zeit verdammt noch mal irgendeiner scheißen, oder zumindest pinkeln.«

Wieder musste Peetu zustimmend nicken. Auf so etwas zu achten, wäre ihm nicht im Entferntesten in den Sinn gekommen.

»Meine Ziege«, sagte Jyrki, zweifelsohne seine Frau damit gemeint, »wollte mal im Winter bis zum nächsten Morgen mit dem Pinkeln warten. Sie musste wirklich, wirklich dringend, hatte aber Angst, alleine in der Dunkelheit durch den Garten zum Scheißhaus zu gehen. Es schneite wild und der Wind machte diese gespenstischen Geräusche, du weißt schon. Also nervt sie mich ununterbrochen, ich solle mit ihr mitgehen. Ich aber weigere mich. Hole meinen Schwanz raus und pinkle vor die Haustür, um sie noch mehr zu ärgern.« Jyrki machte eine Pause und lachte. »Irgendwann kann sie nicht mehr und entschließt sich, genau wie ich, einfach vor der Haustür zu pinkeln. Also rennt sie raus, zieht ihren Rock, den sie extra für diese Aktion angezogen hatte, hoch und pinkelt wie ein Nilpferd. Obwohl mir der Wind durch die geöffnete Tür um die Ohren bläst, höre ich ihren Wasserstrahl. Und es hört einfach nicht auf.« Jyrki machte lachend eine Pause, um sich für die nächsten Worte zu sammeln. »Plötzlich leuchtet bei uns am Tor eine Taschenlampe auf und wir sehen die Nachbarn von gegenüber unser Grundstück betreten. Da springt sie auf, rennt noch, während sie pisst, in das Haus rein und verspritzt ihre Limonade überall auf dem Boden.« Jyrki legte eine Hand auf Peetus Schulter und krümmte sich vor Lachen. »Du hättest die Gesichter unserer Nachbarn sehen müssen.«

Peetu lächelte schwach. War das witzig? Bewies Jyrkis Lockerheit die Souveränität, mit der er das Bevorstehende anging?

»Schau, in dem ganzen Haus brennt nur in einem Raum das Licht. Der Rest ist dunkel. Wenn sich dort mehrere Personen aufhalten würden, hätte es in mehreren Räumen Licht gegeben. So wie in den umliegenden Häusern.«

Peetu sah sich um. Jyrki hatte wieder mal recht. In jedem Haus, das er vom Auto aus sehen konnte, brannte in mindestens zwei Fenstern das Licht. Die meisten Häuser waren gar komplett beleuchtet.

»Vielleicht halten sie sich alle in einem Raum auf«, warf Peetu dennoch skeptisch ein.

»Vielleicht«, sagte Jyrki gleichgültig.

»Und was die Toilette angeht, sie könnten auch einen Pisseimer im Haus haben.«

»Im Winter bei der Eiseskälte, aber doch nicht bei diesen Temperaturen.«

Peetu zuckte verdrossen mit den Schultern.

»Pass auf, Kumpel, sich weiterhin Gedanken darüber zu machen, was sein könnte und was nicht, ist reine Zeitverschwendung. Wer auch immer da drin ist, weiß längst, dass wir wegen ihm gekommen sind. Wenn wir nicht bald handeln, könnte es passieren, dass sich die Person aus dem Staub macht. Es ist dunkel. Dunkelheit ist die Mutter aller Dinge, oder wie war der Spruch nochmal?«

»Also gut, warte hier auf mich. Starte schon mal den Motor«, sagte Peetu und stieg mit rasendem Herzen aus.

Als er das Grundstück betrat und eilig an der Hundehütte vorbeiging, wartete er panisch darauf, dass ein Hund aus der Dunkelheit hervorschoss und ihn angriff. Aber die Hütte war tatsächlich leer. Er klopfte an der Haustür. Nichts geschah. Er klopfte noch einmal, diesmal etwas lauter. Nichts. Peetu schaute sich ängstlich um. Er hatte das Gefühl, sämtliche Einwohner der Straße würden ihn nun beobachten. Sein Blick fiel auf Jyrki, obwohl er ihn in der Dunkelheit kaum erkennen konnte, spürte er seinen fragenden Blick förmlich. Peetu hob beide Hände nach oben, die Geste, die sagte, *was jetzt?*

»Etwas mehr Elan, Kumpel, sonst stehst du noch morgen da«, zischte Jyrki durch das geöffnete Fenster der Beifahrertür.

Peetu stöhnte auf. Mahnte sich zu mehr Mut und hämmerte ungehalten gegen die Tür.

Nichts.

»Greta, machen Sie die Tür auf, ich weiß, dass Sie da sind. Ich möchte nur mit Ihnen reden«, sagte er mit heißer Stimme. Irgendwo in der Ferne bellte ein Hund.

Peetu drehte sich fragend zu Jyrki und erschrak, als er sah, dass dieser aus dem Auto ausgestiegen war und in den Hof gelaufen kam.

»Bleib an der Tür und klopf weiter. Nur nicht zu laut«, flüsterte er und verschwand hinter der Ecke. Dort, wo der Apfelbaum stand.

Am liebsten wäre Peetu Jyrki gefolgt, doch stattdessen befolgte er seine Anweisung und klopfte in kurzen Abständen gegen die Tür. Vermutlich viel zu leise, um überhaupt gehört zu werden. »Greta, machen Sie die Tür auf, wir müssen reden«, flehte er beinahe im Flüsterton und fügte hinzu: »Ich bin harmlos.«

Plötzlich, nach einer gefühlten Ewigkeit, wie es ihm vorkam, hörte er laute Schritte im Haus. Eine Frauenstimme kreischte auf und ließ ihn so heftig zusammenzucken, dass er mit der Stirn leicht gegen die Tür prallte. Sie wurde aufgerissen und Jyrki deutete ihm mit einem schmerzverzerrten Gesicht, den Kopf zur Seite nickend, ins Haus einzutreten.

»Beeile dich, die Schlampe beißt mir gleich die Finger ab«, zischte er ungehalten. Jyrki hielt vor sich eine Frau im Schwitzkasten. Er packte nach ihrem rechten Arm und drehte ihn hinter den Rücken.

Die Frau ließ vor Schmerz von seiner Hand in ihrem Mund ab.

»Auuuuu«, stöhnte Jyrki, Blut rann zwischen seinen Fingern hindurch.

Kaum hatte Peetu die Tür geschlossen, löste Jyrki sich von der Frau und schlug ihr hart ins Gesicht. Sie stolperte einige Schritte nach hinten und fiel ächzend neben den Stufen, die nach oben führten, zu Boden.

Ohne darüber nachzudenken, eilte Peetu zu ihr rüber, stellte sich über sie und presste das Knie auf ihre Brust. Dann drückte er mit der Hand auf ihren Mund.

»Bin durch die Hintertür reingekommen«, sagte Jyrki triumphierend. Er hielt Zeige- und Ringfinger fest umklammert. Ein Tropfen Blut löste sich von seinem Handballen und landete auf dem Boden neben seinem Schuh.

»Starte das Auto, ich komme gleich«, keuchte Peetu.

Jyrki betrachtete die keuchende Frau am Boden mit einem mürrischen Blick, dann nickte er und eilte nach draußen.

»Bitte haben Sie keine Angst, ich möchte nur mit Ihnen reden«, sagte Peetu eindringlich. Mit der freien Hand wischte er der Frau ihre braunen, verschwitzten, klebrigen Haare aus dem Gesicht. Zwei von Panik erfüllte Augen starrten ihn an. »Ich rede und Sie hören zu, danach bin ich weg. Einverstanden?« Und noch bevor sie auf seinen Vorschlag eine Reaktion zeigen konnte, nahm Peetu das Knie von ihrer Brust und richtete sich auf. Freundlich lächelnd reichte er der Frau, von der er immer noch nicht wusste, ob es sich dabei um Greta Lund handelte, die Hand und half ihr aufzustehen. Sie war einen Kopf kleiner als er. Ihr zerknittertes, knielanges Nachthemd wies überall Schmutzflecken in verschiedensten Farben auf. Sie stank penetrant nach Schweiß.

»Sie sind Greta Lund, richtig?«

»Richtig!«, zischte sie, schnellte kreischend vor, krallte die Hände in sein Gesicht und rammte ihm ihr Knie in den Unterleib.

Peetu sackte nach unten. Doch anstatt ihn loszulassen, drückte sie ihre Daumen auf seine Augen. Peetu brüllte vor Zorn und Schmerz. Er ballte die Fäuste und schlug, so fest er konnte, blindlings auf sie ein. Nach mehreren Hieben gab Greta Lund ihr Vorhaben, ihm die Augen in sein Hirn zu stopfen, auf. Sie ließ ihn los, drehte sich zu der Hintertür, schaffte es jedoch nicht, von ihm wegzukommen. Ein wuchtiger Hieb auf ihr Ohr brachte sie zu Fall.

Ich spüre in Ihnen viel mehr negative Energie, als es Ihnen selbst lieb wäre, erinnerte Peetu sich urplötzlich an die Worte des Heilers.

»Ich will nur mit dir reden, du dämliche Schlampe«, keuchte er.

»Sag diesem Bastard, dass er keinen Funken Leben mehr von mir bekommen wird«, flüsterte Greta Lund mit so viel Hass in der Stimme, dass Peetu Gänsehaut bekam.

»Ich soll dir ausrichten«, sagte er und hielt sich dabei an genau die Worte, die der Heiler ihm aufgesagt hatte, »du schuldest dem Mann noch fünfzehn Lebensjahre. Er gibt dir genau ein Jahr. Solltest du die notwendigen Vorbereitungen dafür bis dahin nicht umgesetzt haben, wirst du dir wünschen, nie geboren worden zu sein. Seine Geduld ist hiermit zu Ende.«

Die Frau sah Peetu trotzig an. Dann wurden ihre harten Gesichtszüge weich. Sie fing an zu weinen und nickte reumütig.

»Tut mir leid, dass ich Ihnen wehgetan habe«, sagte er kleinlaut und betrachtete mitleidig ihr von Schlägen malträtiertes Gesicht. »Ich hasse mich selbst dafür.« Dann lief er auf die Straße, wo bereits der gestartete Lada auf ihn wartete.

Kaum war er eingestiegen, drückte Jyrki auf das Gaspedal. Die Reifen drehten kreischend durch und der Wagen schoss nach vorne.

Peetu sah seinen Fahrer entrüstet an. Wieso in aller Welt hatte dieser Idiot …

Sie waren vermutlich keine zehn Meter gefahren, da zerplatzte plötzlich die Heckscheibe in tausend Stücke. Jyrki drückte fluchend das Bremspedal durch, worauf Peetu hilflos mit dem Kopf gegen die Frontscheibe klatschte und benommen zurück auf seinen Sitz fiel. Die Fahrertür öffnete sich und er sah gleich zwei Jyrkis aus dem Auto steigen. Im selben Moment wurde seine Tür aufgerissen. Starke Arme zerrten ihn am Kragen aus dem Auto.

»Was habt ihr Greta angetan?«, hallte irgendeine Stimme in der Ferne, während harte Schläge auf sein Gesicht einschlugen. Dann, mit einem Mal, hatte Peetu für einen Bruchteil einer Sekunde das Gefühl zu fliegen, bevor sein Kopf auf dem Asphalt aufschlug.

»Na los, komm her, du Hurensohn«, hörte er Jyrki schreien. Geräusche, die sich wie Schläge ins Gesicht anhörten, folgten mehrmals aufeinander.

Peetu drehte sich mühsam auf die Seite, um etwas sehen zu können. Er schmeckte Blut und roch Gummi. Mit einer Hand ertastete er einen Reifen. Bellen von Hunden, es mussten tausende sein, kam aus allen Richtungen. Jemand fiel neben ihm zu Boden. Es war Jyrki, der nun über ihn kroch, um in das Innere des Autos zu gelangen.

»Wo willst du hin, du Bastard?«, brüllte jemand. »Ich wer...« Die Stimme verstummte abrupt.

»Damit hast du nicht gerechnet, was, du Sau«, sagte Jyrki keuchend. »Bleib da stehen, wehe du rührst dich.«

Peetu hob mühsam den Kopf und sah, wenn auch verschwommen, wie Jyrki sich mit einer Hand an der Beifahrertür hochzog. In der anderen hielt er eine Pistole.

»Los, du wirst mit uns kommen. Steig in den Kofferraum.«

»Einen Scheiß werde ich, du Hundesohn«, sagte der Mann kalt. Jetzt sah Peetu ihn. Wenn auch in der Dunkelheit und in seinem benommenen Zustand nur ungenau.

»Die ganze Nachbarschaft beobachtet uns. Ihr werdet nicht weit kommen«, höhnte der Mann.

Jyrki sah sich hastig um. »Ich sehe keine Nachbarschaft. Steig in den Kofferraum, sagte ich.«

Der Mann, einen Kopf größer und ein doppelt so breites Kreuz wie Jyrki, rührte sich nicht.

»Wenn du nicht in den Kofferraum steigst, schieße ich dir in die Eier, dann gehe ich in das Haus und schieße deiner Fotze von Greta mitten in die Fresse«, brüllte Jyrki.

Peetu sah, wie der Mann sich langsam zum Kofferraum bewegte. Sein Kopf drehte sich hilfesuchend in alle Richtungen. Doch niemand aus der Nachbarschaft schien ihm helfen zu wollen. Falls überhaupt jemand zusah.

»Steh auf, steig in den Wagen.« Jyrki trat gegen Peetus Bein. »Wir müssen schnell weg.« Die Waffe auf den Mann gerichtet, humpelte er, sich mit der anderen Hand an dem Auto abstützend, zum Kofferraum.

Peetu zog sich wie sein Fahrer vorhin an der Tür auf die Füße. Schwankend, wie ein Betrunkener, stolperte er in den Wagen hinein und landete auf dem Beifahrersitz. Hinter ihm hörte er, wie Jyrki dem Mann Anweisungen gab. Plötzlich bemerkte er ein störendes kleines Licht, das schmerzhaft in seinen Augen brannte. Er verdeckte die Innenraumbeleuchtung mit der Handfläche.

Der Kofferraum wurde mit einem Knall geschlossen. Jyrki hastete stöhnend ins Auto, legte sofort den Gang ein und fuhr los. Diesmal quietschten die Reifen nicht.

»Scheiße, Scheiße, Scheiße.« Jyrki prügelte wütend auf das Lenkrad ein. In der linken Hand hielt er seine Pistole, die er vorhin offensichtlich im Handschuhfach aufbewahrt hatte, da dieses jetzt offen stand.

»Wer ist der Mann?« Peetus Ohren dröhnten so stark, dass er sich selbst kaum hörte.

»Vermutlich irgendein Nachbar«, brüllte Jyrki und schlug abermals auf das Lenkrad ein.

Peetu rieb sich an der Stirn. »Wir müssen ihn da rauslassen.« Er sah auf seine Hand und erschrak wegen der Menge an Flüssigkeit, die daran klebte. »Blute ich etwa?«, lallte er.

Jyrki bremste leicht ab und sah Peetu forschend an. Sie fuhren gerade am Kindergarten vorbei. Allein das Licht der Scheinwerfer vom entgegenkommenden Auto ermöglichte ihnen, etwas zu sehen. »Ja, Mann, du hast eine riesige Beule am Kopf. Sieht übel aus.«

Indessen erkannte Peetu das Modell der Pistole. Als Jugendlicher hatte er die Gelegenheit gehabt, mit so einer Waffe auf Dosen zu schießen. Eine Walther PPK. »Wir müssen den Mann rauslassen. Das ist eine Entführung«, beharrte er und wischte mit dem Ärmel vom Hemd über die schmerzende Stirn.

Jyrki antwortete nicht. Er schaltete das Fernlicht ein und trat aufs Gas.

Peetu, der sich noch nie in seinem Leben in einem Auto angeschnallt hatte, tastete energisch nach dem Gurt.

»Wir werden ihn schon rauslassen. Aber noch nicht jetzt. Wir lassen ihn im Nirgendwo raus. Dann muss er erstmal laufen, bis er Hilfe holen kann. Bis dahin sind wir weit genug weg«, erklärte Jyrki.

Peetu stöhnte.

»Keine Sorge, Kumpel, alles wird gut«, sagte Jyrki zuversichtlich, klappte das Handschuhfach auf und ließ die Pistole darin verschwinden. »Jaja, heul du nur, selber Schuld«, brüllte er nach hinten.

Peetu drehte mühsam den Kopf. »Weint er etwa?«, fragte er ungläubig.

»Natürlich weint er, hörst du das nicht?«

Peetu vergrub den Kopf in den Händen. »Meine Ohren brummen so.«

»Ja, du lallst auch wie ein Besoffener.«

Doch er hörte Jyrkis Satz nicht. Für einen kurzen Moment trennte sein Bewusstsein sich von der Außenwelt und brachte ihn an einen dunklen Ort.

Ein verzweifelter Hilferuf aus dem Kofferraum holte Peetu zurück an die Schwelle des Bewusstseins.

»Na, alles klar?« Jyrki drückte ihn sanft an der Schulter.

»Lasst mich raus«, brüllte der Mann. »Ihr erbärmlichen Feiglinge. Ich schwöre euch, ihr seid sowas von dran.«

»Wir werden ihn auf der Stelle rauslassen«, sagte Peetu entschlossen. Er sah sich um und erkannte im Licht der Scheinwerfer Bäume, die geisterhafte Schatten warfen. Sie fuhren gerade durch einen Waldabschnitt. »Von hier aus wird er lange brauchen, bis zur nächsten Telefonzelle. Halt an, Jyrki.«

»Ich habe mir eure Visagen gemerkt. Ich kenne euer Nummernschild. Lasst mich raus. Na los!«, schallte es aus dem Kofferraum.

Jyrki drehte sich wütend nach hinten. »Halt deine Fresse!« Er atmete tief durch, bevor er weitersprach. »Ich werde langsam bekloppt. Seit wir losgefahren sind, brüllt dieser Bastard ununterbrochen. Außerdem tritt er ständig gegen den Kofferraumdeckel. Er demoliert mir mein Auto.«

Peetu runzelte die Stirn. Hatte der Mann vorhin nicht geweint?

»Für euch gibt es kein Entkommen. Dafür werdet ihr einsitzen. Da stelle ich eine Garantie aus«, beharrte die Stimme aus dem Kofferraum.

»Das reicht.« Jyrki schlug ungehalten mehrere Male auf das Lenkrad. Er lenkte den Wagen an den Seitenstreifen und zog die Handbremse an.

»Was hast du vor?«, fragte Peetu erschrocken. Sein Gefühl sagte ihm, dass Jyrki etwas Unheilvolles vorhatte.

»Ich werde ihn von seinem Leid erlösen«, zischte er, beugte sich zum Handschuhfach und holte die Pistole hervor.

»Warte!« Er versuchte vergebens, Jyrkis Arm zu ergreifen, doch im nächsten Augenblick war er aus dem Auto gestiegen. Peetu griff panisch nach dem Innengriff und fiel aus der Tür. Ihm kam es so vor, als würde er auf einem Karussell fahren. Er tastete nach der Tür und zog sich daran hoch. Aber als er den ersten Schritt in Richtung Kofferraum ansetzte, riss Jyrki den Deckel auf und gab drei ohrenbetäubende Schüsse auf den Mann ab.

»Nein!«, schrie Peetu verzweifelt. Seine Knie gaben nach und er fand sich auf dem Boden wieder. »Was hast du getan?«

Kaum hatte er es ausgesprochen, war Jyrki bei ihm. »Steh auf.« Er trat nach ihm. »Schnell, hilf mir«, forderte er in einer bedrohlichen Tonlage auf. »Wir müssen uns beeilen, bevor ein Auto kommt.«

Peetu zog sich erneut an der Autotür hoch und taumelte zum Kofferraum.

»Nimm die Beine, schnell«, drängte Jyrki. Er betätigte den Sicherungshebel der Pistole und schob sie in den Hosenbund hinter seinem Rücken.

Peetu sah entsetzt ins Innere vom Kofferraum. Das schwache Licht der Rückscheinwerfer und der Mond, der am klaren Himmel leuchtete, reichten aus, um das Gesicht des Erschossenen deutlich zu erkennen. Seine weit aufgerissenen Augen starrten ins Leere. Auf seiner Brust, er hatte nur ein Unterhemd an, weiteten sich um die Einschusslöcher dunkle Kreise.

Jyrki schob fluchend die Hände unter die Arme des Toten. Peetu umklammerte seine Beine. Sie zogen den unbekannten Mann gemeinsam aus dem Kofferraum und schleppten ihn über den Graben zum Waldrand.

»Wir müssen ihn im Wald verstecken«, sagte Jyrki.

Peetu gehorchte schweigend. Ihm kam das alles ohnehin wie ein böser Traum vor, aus dem er hoffentlich bald erwachen würde. Seine Ohren sausten und sein Kopf schmerzte qualvoll. Sie stolperten im Dunkeln über Äste und Wurzeln einige Meter in den Wald vor. Bis Jyrki ausrutschte und samt Leiche hinfiel.

»Du sollst die Füße festhalten!«, brüllte er wütend, schob den Toten von sich, richtete sich keuchend auf und versuchte erneut, die Leiche zu heben.

Peetu griff entkräftet nach den Beinen, die ihm beim Sturz entglitten waren.

»Scheiß drauf«, sagte Jyrki plötzlich und ließ den Toten fallen. Wieder glitten die Beine aus Peetus verzweifeltem Griff und hätten ihn diesmal beinahe mit zu Boden gerissen.

»Wir müssen weg hier, bevor ein Auto kommt«, sagte Jyrki und eilte so schnell wie der Waldboden in der Dunkelheit es zuließ zurück zum Auto.

Peetu folgte ihm gehorsam. Doch sein Verstand sagte ihm, wenn er nicht der nächste Tote sein wollte, musste er jetzt sofort wegrennen. Sich zwischen den Bäumen zu verstecken und abzuwarten, bis sein Fahrer ohne ihn weiterfuhr. Doch als ob Jyrki seine Gedanken gelesen hätte, stoppte er und wartete, bis Peetu ihn einholte. Seine Hand klammerte sich fest in Peetus Oberarm und ließ erst los, als sie die Beifahrertür erreicht hatten und er eingestiegen war. Dann eilte Jyrki zum Heck, schloss mit einem lauten Knall den Kofferraum, setzte sich ins Auto und fuhr los. Seine Pistole hielt er fest umklammert in der linken Hand.

»Du hast selbst gehört, wie er uns bedrohte. Er kannte unsere Gesichter und mein Nummernschild. Ich bin erst seit acht Monaten raus. Auf Bewährung. Wie hätte ich sonst reagieren sollen?«

Peetu hätte vermutlich tausende Beispiele, wie man in so einer Situation reagierte, doch das behielt er für sich. Stattdessen schwieg er reumütig. Wie sich letztendlich herausstellte, war Jyrki nicht seine Rettung, sondern sein Untergang. Er schielte auf die Pistole und fragte sich, ob sie noch gesichert war.

»Ich bringe dich nach Hause, danach werden sich unsere Wege für immer trennen, Kumpel«, sagte Jyrki ernst. »Das hier ist niemals passiert, klar?« Er drückte mit dem Pistolenlauf gegen Peetus Oberschenkel.

»Alles klar. Ich sehe das wie du«, bestätigte Peetu und versuchte dabei so glaubhaft wie möglich zu klingen.

Eine Zeit lang schwiegen sie. Dann räusperte Jyrki sich, seine Stimme war mit einem Mal kalt und distanziert. »Ich muss leider zweitausend Dollar mehr von dir verlangen.«

Peetu sah ihn ungläubig an. Doch Jyrkis Blick haftete fest auf der Straße vor ihnen.

»Für die ganzen Umstände«, erklärte er. »Der Kerl hat die Heckscheibe mit einem Stein zersprengt. Der Kofferraum muss gereinigt werden. Außerdem ist der Deckel durch seine Tritte zerbeult. Ich muss das Auto schnellstmöglich loswerden. Was bedeutet, weit unter Wert verkaufen.« Er machte eine Pause und wartete vergebens, bis Peetu irgendetwas sagte. »Dazu kommt noch, dass ich jetzt wegen dir ein Mörder bin. Die psychische Belastung, die mich erwartet, wirst du mit zweitausend Dollar niemals wiedergutmachen können.«

Peetu schwieg beharrlich. Doch in seinem Inneren wäre er bereit, weit mehr als zweitausend Dollar zu bezahlen, wenn er Jyrki dadurch für immer loswerden würde.

»Es tut mir leid, wenn du jetzt denkst, ich wäre ein unfairer Geschäftsmann«, erklärte sein Fahrer.

»Nein, nein, ich verstehe dich«, sagte Peetu rasch.

Jyrki wandte den Blick von der Straße ab und sah ihn an. »Hast du so viel Geld?«

»Ja!«

»Dabei?«

»Nein, zu Hause«, log Peetu. Und mit einem Mal wurde ihm klar, hätte er das Geld für die Fahrt nicht zuvor abgezählt und stattdessen die Dollarscheine vor Jyrki rausgeholt, würde er jetzt höchstwahrscheinlich im Wald neben dem unbekannten Toten liegen. So hatte er, ohne es zu wissen, sein eigenes Leben gerettet und Zeit gewonnen. Zeit, um zu überlegen, wie er aus der Scheiße, in die ihn zweifelsohne dieser verfluchte Heiler hineingezogen hatte, lebend herauskam.

Halm-Stalk
Samstag, 15. Juli 1989

Jyrki ließ seinen Lada ausrollen und würgte den Motor ab. Er lehnte sich mit zugekniffenen Augen über das Lenkrad und versuchte, in der bereits eingesetzten Morgendämmerung das Schild über der Eingangstür zu lesen. »Was steht da, Naturheilkunde und Wahrsagung?«, sagte er verblüfft. »Bist du das etwa?«

»Nein, mein Vater. Ich persönlich halte überhaupt nichts davon. Aber solange er Idioten findet, die ihm seinen Scheiß abkaufen.« Peetu zuckte mit den Schultern und versuchte, glaubhaft zu lächeln. »Warte hier, ich hole schnell das Geld.«

Jyrki musterte ihn skeptisch. Dann zeigte er seine goldene Uhr. »Es ist 4:45 Uhr. Ich gebe dir drei Minuten, danach werde ich ungeduldig.« Um seinen Worten Nachdruck zu verleihen, kratzte er sich mit dem Lauf der Pistole an der Wange. »Du verstehst mich?«

»Ich werde mich beeilen«, versicherte Peetu. Jetzt, da es langsam hell wurde, entdeckte er getrocknetes Blut unter Jyrkis Nase. Sein rechtes Auge war fast vollständig zugeschwollen. Wer auch immer der Tote war, er hatte ihnen ordentlich zugesetzt. Peetu stieg aus und passierte unsicheren Schrittes das kleine, verrottete Tor. Er hoffte inbrünstig, der Heiler würde ihn beim Anklopfen empfangen. Zu seiner Erleichterung öffnete sich die Tür, bevor er sie erreichte.

Den Kopf herausgestreckt, starrte Nikitin ihn fragend an. »Was ist passiert?«

Peetu drückte die Eingangstür nach innen und schob den Mann durch das Zimmer bis an die gegenüberliegende Wand.

»Was passiert ist?«, zischte er, packte den Heiler an seinem Unterkiefer und presste sein Gesicht an die Wand. »Es ist schiefgelaufen, du blödes Schwein. Es gibt einen Toten.« Er schluchzte unwillkürlich. Sein Druck gegen die Visage des Mannes, der ihn in diese ausweglose Lage gebracht hatte, verstärkte sich.

»Sie müssen schon präziser werden«, wimmerte Nikitin. Seine zitternden Hände umschlossen Peetus Hand und drückten sie vom Gesicht weg.

»Ich erzähle dir später alles. Zuerst müssen wir Jyrki loswerden.« Peetu ließ von ihm ab.

»Wer ist Jyrki?«

»Der Fahrer, der mich gefahren hat. Er hat den Mann erschossen. Einen Zeugen. Der hatte uns bei der Frau gesehen. Hat sich eingemischt.«

»O nein«, flüsterte der Heiler. »Nein, nein, nein! Das darf nicht wahr sein.« Er vergrub die Hände in seinen pechschwarzen Haaren und marschierte auf und ab.

»Wann hört diese Misere endlich auf? Diese verfluchte Ingeborg.«

Peetu begriff, dass der Mann mit sich selbst redete. »Wenn ich in drei Minuten nicht rauskomme, wird er mich erschießen. Und dich hoffentlich auch.«

Nikitin sah ihn erschrocken an.

»Also, was machen wir jetzt? Ich habe ihm gesagt, dass ich zweitausend Dollar holen gehe.«

»Zweitausend Dollar wofür, damit er schweigt?«

»Ja. Nein, für die ganzen Umstände.«

»Haben Sie denn keine zweitausend Dollar dabei?«, fragte Nikitin skeptisch.

»Doch!«

»Und warum haben Sie ihm das Geld nicht sofort gegeben? Sondern bringen ihn stattdessen hierher zu mir?«, fragte er wütend.

»Natürlich, das hättest du wohl gerne, was? Dass ich ihm das Geld gebe und er mir eine Kugel zwischen die Augen jagt.« Peetu packte den Heiler am Hals. Sein sonderbares Monokel mit der schlichten Kordel verfing sich zwischen Peetus Daumen und Zeigefinger. »Du bist schuld daran, du wirst das regeln.«

»Und wie stellen Sie sich das vor, was soll ich machen?«, röchelte Nikitin. Seine Hände schlossen sich um Peetus Arm.

Peetu ließ ihn wieder los. »Woher soll ich das wissen? Du stolzierst doch hier mit deiner hochgezogenen Nase durch dein Reich und tust so, als ob du alles und jeden im Griff hättest. Lass dir was einfallen. Und zwar sofort, die Zeit ist vermutlich längst um.« Er sah verstohlen zur Tür. »Wir müssen ihn für immer loswerden.«

Nikitin nickte zustimmend, eilte zum großen Schrank, der den Raum provisorisch in zwei Hälften teilte, und öffnete die linke Tür. Ein riesiger Vorrat an Flaschen verteilt auf fünf Regale, gefüllt mit Flüssigkeiten verschiedenster Farben, kam zum Vorschein. Er griff zielstrebig nach der Flasche mit einer Flüssigkeit in Bernsteinfarbe. Auf dem Etikett stand *Jack Daniel's*. Er drückte Peetu die Flasche in die Hand.

»Wie soll Whiskey ihn dazu bringen, für immer zu verschwinden?«, fragte er aufgebracht.

»Da ist mehr drin als nur Whiskey«, versicherte der Heiler.

Peetu betrachtete skeptisch den Verschluss der Flasche. »Sie ist ungeöffnet.«

»Natürlich ist sie das! Es gibt andere Tricks, um unerwünschte Dinge in eine ungeöffnete Flasche zu befördern.«

Peetu stöhnte unwillkürlich auf. Ein Schwall Gänsehaut jagte über seinen Körper. Er nahm die Flasche und eilte nach draußen.

Jyrki war bereits aus dem Auto ausgestiegen und stand davor. Seine rechte Hand hielt er verdeckt hinter dem Rücken. »Hat aber länger als drei Minuten gedauert«, sagte er verärgert. »Was war denn los?«

Den Blick auf Jyrkis versteckte Hand gerichtet, zwang Peetu sich, auf das Auto zuzugehen. Seine Zeit, auf dem direkten Weg in die Hölle zu fahren, war gekommen, da war er sich sicher.

»Ich habe das Geld«, sagte er in einem überraschend ruhigen Tonfall und lächelte. Er holte das Bündel Dollarscheine aus seiner Hosentasche.

Jyrki streckte grinsend die Hand aus.

Doch Peetu ignorierte sie. Er sah sich um. Nirgends auf der Straße waren Menschen zu sehen. Das Dorf schien um diese Uhrzeit, zu der Kühe gemolken, Gärten gewässert, Toilettengänge verrichtet wurden, erstaunlicherweise noch zu schlafen. Er stellte die Whiskeyflasche zwischen seine Beine, rollte das Bündel aus und zählte das Geld ab, indem er jeden Schein auf die Motorhaube legte. »Zweitausend Dollar«, sagte er und steckte den Rest von seinem Geld zurück in die Hosentasche. Sollte Jyrki ruhig sehen, dass er mehr Geld hatte. Es war ein Deal und kein Überfall.

Jyrki zählte das Geld zweimal ab.

»Und hier ist ein kleiner Bonus. Zum Zeichen unserer Freundschaft. Amerikanischer Whiskey«, verkündete Peetu feierlich.

Jyrki nahm den Whiskey begeistert entgegen. »Wow, Jack Daniel's.« Er betrachtete lächelnd das Etikett. »Hab vor Jahren mal so ein Zeug getrunken. Ist schwer zu bekommen aus Amerika. Hatte danach den ganzen Tag Kopfschmerzen, das weiß ich noch ganz genau.« Er lachte wehmütig.

Peetu lächelte aufgesetzt und streckte Jyrki die Hand entgegen. Es war an der Zeit, sich für immer zu verabschieden. Auch wenn das bedeutete, dass er möglicherweise gleich einen Schuss in den Kopf bekommen würde, oder schlimmer, in den Rücken.

Jyrki ignorierte seine Hand. Sein Blick richtete sich für einige Sekunden auf etwas hinter Peetus Rücken. »Wenn die Geschichte rauskommt, werden wir beide dafür verantwortlich gemacht, das ist dir wohl klar, oder?«

Peetu nickte eifrig und kämpfte gegen den Drang an, auf die Hand hinter Jyrkis Rücken zu starren.

»Ich hoffe für uns beide, dass wir uns niemals wiedersehen.« Jyrki bewegte sich rückwärts zur Fahrertür. Dann stieg er ein und fuhr davon.

Als der rote Lada nach links abbog und vollends verschwand, drehte Peetu sich um und sah, dass Nikitin neben dem Tor stand und ihn beobachtete. Peetu kam der Gedanke, dass ihm möglicherweise nur seine Anwesenheit das Leben gerettet hatte.

»Was war in der Flasche drin?« Er umfasste mit der linken Hand seine rechte, um ein Zittern, das erst jetzt an seinem ganzen Körper einsetzte, zu unterdrücken.

»Whiskey. Und eine Zutat, die ihn den heutigen Tag vergessen lässt.«

Peetu sah Nikitin skeptisch an.

»Die Zutat erzeugt dieselbe Wirkung, wie ein zügelloses Besäufnis, nach dem man sich an nichts mehr erinnert. Abgesehen davon, kann es Nebenwirkungen hervorrufen, die für uns von Vorteil wären. So oder so, Sie werden diesem Mann nie wieder in Ihrem Leben begegnen.«

»Und was, wenn er nicht genug davon trinkt?«, fragte Peetu nachdenklich. Und dann kam ihm plötzlich ein entsetzlicher Gedanke. »Was wenn er den Whiskey überhaupt nicht trinkt?«

»Das wird er«, versicherte Nikitin zuversichtlich. »Spätestens heute Abend.«

»Und das sagst du mir nicht nur, um mich zu beruhigen?«

»Ich bin davon ausgegangen, unser Verhältnis basiert auf Ehrlichkeit.« Der Heiler breitete die Arme aus und lächelte.

Peetu sah sich um. Als er feststellte, dass niemand sie beobachtete, beugte er sich zu dem Mann runter und vergrub die Hand in dessen Haaren. »Ich hoffe für dich, du erfüllst unsere Abmachung bezüglich Ragan, ansonsten töte ich dich«, sagte er und sah mit Genugtuung, wie sich die Augen des Mannes vor Entsetzen weiteten. »Ganz genau, du weißt, dass es wahr ist. Ich rede nicht nur, ich werde dich wirklich umbringen. Du hast es selbst gesagt, negative Energie und so.« Peetu ließ seine Haare los. »Komm, bringen wir es hinter uns.«

»Nein.« Der Heiler schüttelte ängstlich den Kopf. »Noch nicht, die Sonne fehlt.«

Peetu trat einen Schritt nach hinten und verpasste ihm eine schallende Ohrfeige.

Nikitin schwankte stöhnend. »Die Sonne muss den höchsten Stand des Tages erreichen«, beharrte er und rieb seine schmerzende Wange. »Sie dürfen solange bei mir warten.«

Peetu lachte auf. Seine Handfläche kribbelte leicht. Der Schlag hatte gesessen. »Nein, ich bleibe ganz bestimmt nicht hier. Aber ich werde in ein paar Stunden vor deiner Tür stehen. Und ich hoffe für dich, dass du dann noch da bist!«

Ohne eine Antwort abzuwarten, drehte er sich um und schlenderte nach Hause. Sein Kopf, nein, sein gesamter Körper schmerzte. Seine Ohren summten.

RAGAN VIRTANEN

Kvist-Yel

23 Reik schreckte auf. Irgendetwas, vermutlich ein Geräusch, hatte ihn aus dem Schlaf gerissen. Er setzte sich aufrecht hin, sah zum Fenster und erschrak. Jemand, womöglich eine Missgestalt, lehnte seinen Kopf an die Glasscheibe und spähte hinein.

»Wer ist da?«, fragte er laut, beugte sich nach vorne und sah unter das Bett, in der Hoffnung, irgendetwas zu finden, dass ihm als Waffe dienen könnte. Abgesehen von ein paar Socken und jeder Menge Staub, lag dort nichts.

»Mach die verdammte Tür auf, Reik.«

»Peetu, Scheiße, hast du mich erschreckt.« Reik streifte seine Hose über und eilte zur Tür. Auf dem Weg dorthin sah er skeptisch auf die Wanduhr über dem Zweisitzer. »Es ist kurz nach 7 Uhr. Wo warst …« Reik verstummte und starrte besorgt seinen Freund an. Aus dessen Stirn ragte eine Beule, die bedenkenlos die Bezeichnung eines Horns verdiente. In den Haaren klebte trockenes Blut. Das linke Auge war halb zugeschwollen. »Peetu, was ist passiert?«

»Hab in Liten-Yel das ganze Geld verspielt. Das hier habe ich gratis dazu bekommen.« Peetu lächelte schwach und zeigte auf sein Gesicht.

Reik trat einen Schritt beiseite und ließ seinen Freund eintreten. »Was machst du für Sachen? Dein Alter dachte schon, du versuchst irgendwie hinter seinem Rücken, eine Genehmigung für Ragans Exhumierung zu erzwingen.«

»So etwas denkt er von mir, ja?« Peetu stolperte über die Türschwelle.

»Peetu, wir müssen einen Krankenwagen rufen.« Reik stützte ihn am Arm und führte ihn zum Zweisitzer.

»Nein. Ich möchte nur schlafen. Du weckst mich um 9 Uhr.« Er legte sich auf den Zweisitzer und zog keuchend die Beine an. Sein Rücken knackte hörbar und löste eine neue Welle von Schmerz aus. »Wir müssen in Halm-Stalk sein, noch bevor die Sonne ihren höchsten Punkt erreicht. Dann wird der Heiler mir sagen, wo Ragan sich aufhält. Ich glaube immer noch nicht, dass er tot ist.«

Reik starrte ihn ungläubig an. »Der Heiler kann dir helfen?«

Peetu nickte kaum merklich. »Du hast mich mit deinem abergläubischen Gejammer überzeugt. Weck mich um 9 Uhr. Und kein Wort zu Pa. Ich bin nicht hier.«

»Aber er macht sich Sorgen! Wo versteckst du dich überhaupt vor mir, ich habe dich seit Donnerstag nicht mehr gesehen«, sagte er vorwurfsvoll.

Doch Peetu ignorierte ihn. Er verdeckte mit einem Arm seine Augen und seufzte. Er war donnerstags bewusst spät nach Hause gekommen, um Reiks dämliche Fragen über das Gespräch mit dem Heiler zu vermeiden. Und am Freitag, na ja ... darüber wollte er nie wieder in seinem Leben nachdenken.

»Am besten legst du dich auf mein Bett«, schlug Reik vor. Aber da schlief sein Freund schon.

Als Reik an ihm rüttelte, hatte Peetu das Gefühl, gerade erst seine Augen geschlossen zu haben.

»Scheiße, ich dachte schon, du bist tot«, sagte Reik mit Panik in der Stimme. »Wir haben genau 9 Uhr. Wasch dich, du stinkst wie ein Fisch. Deine Klamotten sind total versaut. Du solltest dich zu Hause umziehen.«

Peetu, der Reiks Versuch, ihn dazu zu bringen, seinen Alten zu sehen, schüttelte entschieden den Kopf.

Reik seufzte. »Gut, dann mach dich sauber, danach essen wir.«

Peetu erhob sich ächzend vom Sofa und trottete zum Waschbecken. »Wir haben keine Zeit für Kaffeeklatsch.«

»Ohne was zu essen, wirst du mein Haus nicht verlassen!«

Zehn Minuten später saß er am Tisch vor einem Teller mit zwei Scheiben Brot und einer Tasse schwarzem Tee.

Reik stellte ein Glas mit Honig und eine Butterdose vor ihm ab. »Warum wolltest du so früh geweckt werden? Soweit ich mich erinnere, erreicht die Sonne ihren höchsten

Stand erst gegen zwölf. Außerdem, wie sollen wir den Bus nehmen, ohne von deinem Alten gesehen zu werden?«, fragte Reik und kannte die Antwort, bevor er den Satz zu Ende gesprochen hatte. »Nein, Peetu, sag mir nicht wieder zu Fuß.«

»Du hast es erraten«, sagte Peetu mit vollem Mund.

»Sobald wir aus der Sichtweite vom Dorf sind, halten wir den Bus an«, schlug Reik hoffnungsvoll vor.

Peetu musterte ihn. Sein Äußeres hatte sich innerhalb von drei Tagen komplett verändert. Sein Haar war ordentlich gekämmt, was er bei ihm seit der zehnten Klasse nicht mehr gesehen hatte. Er war frisch rasiert, hatte saubere Kleidung an und sah verdammt noch mal ausgeschlafen und erholt aus. Auch sein Haus war sauber, ja, man würde fast sagen, vergleichsweise zu früher, steril. Es roch nach Blumen, die in einer Glasvase unweit von Peetu auf dem Tisch standen. Der Gestank nach Schmutz, Schweiß und Kotze war gänzlich verflogen. Die wenigen Möbel, Boden, Fenster, alles glänzte. So war es also, wenn ein verloren geglaubter Mensch durch ein unverhofftes Wunder den Weg zurück ins Leben fand.

»Auf keinen Fall halten wir den Bus an. Wir werden uns davor sogar verstecken.«

»Warum denn das?«, fragte Reik überrascht.

»Das hier habe ich diesem fetten Busfahrer zu verdanken.« Peetu zeigte auf sein Gesicht. »Er hatte mich gestern zu seinen Freunden auf eine Runde Poker mitgenommen. Ich schulde dem Bastard noch fünfhundert Dollar.«

Reik schüttelte den Kopf. »Du bist ein Idiot, Peetu.«

Peetu stöhnte laut auf und biss in die trockene Brotscheibe. Er war mehr als ein Idiot, er war ein Mörder.

Die Sorge, Elmer, der Busfahrer, würde sie beim Vorbeifahren entdecken, war völlig unberechtigt. Zu ihrem Erstaunen kam der Bus erst gar nicht.

Peetu hoffte inbrünstig, dass es etwas mit Jyrki zu tun hatte. Vielleicht musste sich Elmer, das Schwein, um seinen Schwager kümmern, weil er nicht nur den gestrigen Tag vergessen, sondern den kompletten Verstand verloren hatte.

Von der Sonne gequält und mit trockenen Kehlen, kamen Peetu und Reik gegen 11:30 Uhr in Halm-Stalk an.

»Du kannst unmöglich den ganzen Weg zurückgehen. Du hast es gerade noch so geschafft, hier anzukommen«, motzte Reik. »Peetu, sieh dich an. Du hinkst, deine Körperhaltung ist die eines Krüppels. Wir müssen uns ernsthaft Gedanken machen, wie wir nach Hause kommen. Oder noch besser ins Krankenhaus.«

»Genug geheult«, beendete Peetu das Gejammer. Inzwischen hatte er das Gefühl, sein Körper bestehe aus reinem Schmerz. »Und wenn ich heute diese Strecke zwanzig weitere Male laufen muss, um Ragan zu finden, dann werde ich das tun. Und du läufst mit.«

Reik sah ihn beleidigt an. »Ich denke nur an deine Gesundheit.«

»Da steht er und wartet auf uns«, sagte Peetu verärgert und doch unendlich erleichtert. Er zeigte auf Nikitin, der in der offenen Tür seines Hühnerstalls stand und sie anlächelte. Da er nicht geflüchtet war, würde er wirklich helfen. Oder aber er hatte einen Plan, wie er Peetu loswerden konnte. Und genau aus diesem Grund hatte er Reik mitgenommen. Auch wenn er die Wahrheit nicht kannte, so würde er zweifelsohne einschreiten, sofern etwas Seltsames während der Prozedur passierte. Oder nicht?

»Da sind Sie ja! Es wird knapp. Bitte treten Sie ein«, sagte Nikitin wie immer freundlich.

Während Reik ihn mit Danksagungen zu seiner raschen Heilung konfrontierte, wies der Heiler Peetu an, sich auf den Stuhl vor dem Fenster zu setzen.

»Haben Sie was zu trinken da? Wir sind kurz vorm Verdursten«, sagte Reik zu Peetus Verdruss.

»Nein, hier trinken wir nichts«, sagte Peetu barsch. »Geh nach draußen und hol woanders Wasser.«

»Was hast du für ein Problem?«, fragte Reik überrascht und lief vor Fremdscham für seinen Freund rot an.

»Nein, nein, ist schon gut«, sagte der Heiler beschwichtigend. Er nahm den hölzernen Schöpflöffel vom Haken und füllte ihn mit Wasser aus einem Kupfereimer auf dem Hocker neben dem Herd. Dann trank er aus und überreichte den Schöpfer lächelnd an Reik.

Am liebsten hätte Peetu ihm den Löffel aus den Händen gerissen und damit seinen dummen Kopf eingeschlagen ...
Plötzlich merkte er, wie Nikitin ihn ansah und wissend

lächelte. Reik, der in einem Zug den Schöpflöffel leerte, füllte ihn erneut und kam damit zu Peetu.

»Hier, trink was«, forderte er ihn auf.

»Ich habe keinen Durst.« Er schob den Löffel grob von sich weg, wobei mehr als die Hälfte des Wassers auf den Boden überlief.

»Heee!«, protestierte Reik verärgert.

»Es geht bald los«, mischte der Heiler sich ein. »Wir sollten uns jetzt konzentrieren.«

Reik hängte den Schöpflöffel kopfschüttelnd zurück an den Haken.

»Setzen Sie sich hierhin.« Nikitin schob ihm einen Stuhl zu.

»Ich weiß schon«, sagte Reik grinsend und drückte den Zeigefinger auf die Lippen.

Der Heiler zwinkerte ihm lächelnd zu und dann wurde seine Miene schlagartig ernst. Er wandte sich an Peetu. »In dem Moment, in dem die Sonne den höchsten Stand erreicht, muss ich Blut von Ihnen schmecken. Das Blut wird aus Ihrem linken Ringfinger kommen.«

Peetu spürte eine Gänsehaut über seinen Rücken jagen. Er hatte sich fest vorgenommen, mit nichts, was der Heiler gegen ihn verwenden mochte, in Berührung zu kommen. »Kein Blut«, sagte er schlicht.

Nikitin stöhnte verdrossen auf. »Dann ist die Visite hiermit beendet. Auf einem anderen Weg kann ich Ihnen nicht helfen.«

»Warum ausgerechnet der linke Ringfinger?«, fragte Peetu misstrauisch, für ihn war die Visite keineswegs beendet.

»Weil nur dieser Finger über eine Vene mit dem Herzen verbunden ist.«

War das wirklich so? Peetu bezweifelte es, soweit er wusste, waren beide Hände anatomisch gleich. Dass es eine Vene gab, die von einem Finger direkt zum Herzen führte, davon hatte er zuvor noch nie gehört. Und wenn doch, wäre es nicht erst recht unklug, eine Nadel, möglicherweise vergiftet, ausgerechnet an diese Vene zu lassen? Aber vielleicht war das nur Theatralik, Werkzeug, womit dieser Schwindler arbeitete. Wobei, der hier war kein Schwindler. Oder?

Der Heiler hob die Augenbrauen, worauf Peetus Gedankenfluss sofort stoppte. Er hob unwillkürlich die linke Hand zum Herz, dann streckte er sie Nikitin entgegen.

»Sobald wir mit der Prozedur beginnen, möchte ich von Ihnen keine Kommentare hören, erst recht nicht solche, die negativ und misstrauisch sind.« Der Heiler machte eine Pause und bedachte Peetu mit einem strengen Blick. »Am besten Sie stellen Ihre Gedanken komplett ein. Ich muss mich dann auf einen roten Blutfaden konzentrieren. Er wird mir zeigen, ob Ihr Bruder lebt und wo er sich aufhält. Schweigen Sie so lange, bis ich Sie auffordere zu reden.«

Reik rutschte aufgeregt auf seinem Stuhl herum. Seine Augen leuchteten vor Spannung und Neugier. »Werden wir den Blutfaden auch sehen?«, entfuhr es ihm, und dann sofort: »Entschuldigung.«

Der Heiler schüttelte kaum merklich den Kopf, griff nach seinem Monokel und hielt es für den Bruchteil einer Sekunde vor das Auge.

»Wie viel wirst du von meinem Blut brauchen?«, fragte Peetu mit belegter Stimme.

»Nur einen Tropfen.« Er überreichte ihm eine gewöhnliche Nadel, in die ein roter Faden eingefädelt war.

»Ist sie desinfiziert?«, fragte Peetu zweifelnd.

Der Heiler lächelte und warf ihm eine Streichholzpackung zu, die er mit einem Mal, wie zuvor die Nadel, in der Hand hielt. Peetu zündete ein Streichholz an und erhitzte damit die Nadel, bis die Flamme seine Finger erreichte. Dann nahm ihm Nikitin die Streichholzpackung und das abgebrannte Streichholz ab und spähte aus dem Fenster, um den Sonnenstand zu überprüfen. Er nickte zufrieden, zupfte von seinem Florabestand an den Wänden drei verschiedene Blätter ab und verteilte sie auf der Fensterbank. Peetu sah sich die getrockneten Pflanzen genauer an. Keines davon vermochte er richtig zuzuordnen. Während der Heiler auf allen vieren unter seinem Bett etwas suchte, nahm er eines der Blätter von der Fensterbank und zeigte es Reik.

Reik zuckte mit den Schultern und grinste dümmlich. Was irgendwie klar war. Es war ein Wunder, dass dieser Idiot überhaupt lesen konnte. Wie sollte man dann von ihm erwarten, dass er sich mit Biologie auskannte? Peetu warf das Blatt verärgert zurück auf die Fensterbank.

»So«, sagte der Heiler sachlich. Er hatte unter dem Bett einen Melkhocker hervorgeholt, dessen Gurt spröde und rissig war. Geschickt schnallte er sich ihn um und setzte sich zwischen Peetu und die Fensterbank. Dann prüfte er erneut den Sonnenstand und klemmte sein Monokel vor das Auge. »Möchten Sie sich selbst stechen, oder soll ich das übernehmen?«

»Ich mache das selbst«, krächzte Peetu.

»Dann bereiten Sie sich vor. Linker Ringfinger. Aber erst, wenn ich das Startzeichen gebe. Dann muss es allerdings schnell passieren.«

Peetu nickte beklommen. Als er den Kopf nervös über die Hände beugte, tropfte eine Schweißperle auf seinen Schuh. Allmächtiger, hatte er Durst.

Nikitin drehte sich auf dem einbeinigen Melkhocker wie auf einem Karussell zum Fenster und starrte in die Sonne. Peetu führte die Nadel an seinen Finger und wartete auf das Startzeichen. Eine weitere Schweißperle rann ihm ins Auge und verursachte ein Brennen. Plötzlich wurde ihm schwarz vor Augen. Trinken, er musste trinken!

»Jetzt!«, sagte der Heiler laut und drehte sich zu ihm.

Peetu pikste, nein, er jagte die Nadel in den Finger. Vor Überraschung und vor Schmerz schreiend, zog er die Nadel raus und streckte Nikitin die zitternde Hand hin.

Der Heiler griff nach dem Ringfinger, leckte das Blut, das aus der Wunde geschossen kam ab und drehte sich zum Fenster. Dann steckte er sich die drei verschiedenen getrockneten Blätter nacheinander in den Mund und fing an, melodisch zu summen.

Peetu umschloss mit der anderen Hand seinen Finger, aus dessen Wunde jetzt unaufhaltsam Blut quoll, und drehte sich hilfesuchend zu Reik. In seinen Ohren setzte ein Summen ein und er spürte, wie die Welt langsam dunkler wurde. Er öffnete den Mund, um Reik zu fragen, warum er ihm verdammt nochmal nicht zu Hilfe eilte, doch sein Freund presste, auf seinem Stuhl sitzend, den Finger an die Lippen, damit er schwieg. Peetu sah wieder zum Heiler rüber, der gerade die Arme ausbreitete und wie eine Statue verharrte.

Das Summen in den Ohren hörte schlagartig auf. Es wurde still.

So still, dass Peetu Reiks Atem hörte. Und dann war da noch ein anderes Geräusch, der Heiler schmatzte laut. Offensichtlich kaute er die Blätter. Peetus Ringfinger pochte vor Schmerz. Selbst die Wunden, die er sich in der Nacht zuvor zugezogen hatte, schienen vergleichsweise nichtig zu sein. Das Gefühl, in Ohnmacht zu fallen, verging schlagartig wieder. Er entschied sich, den Widerstand aufzugeben und sich einen Schöpflöffel Wasser zu gönnen. Es war wohl doch nicht vergiftet. Abgesehen von Reiks Gesichtsausdruck, der an einen erstaunten Affen erinnerte, schien er wohl auf. Wie lange nochmal sollte die Prozedur dauern? Peetu suchte vergebens nach einer Uhr. Nein, er musste wenigstens einen Schluck trinken. Wohl wissend, durch seine Unruhe die gesamte Prozedur zu gefährden, erschien es ihm dennoch richtig. Doch in dem Moment, als er sich erhob, schüttelte der Heiler, weiterhin wie eine Statue dastehend, den Kopf. Peetu sank verzweifelt zurück auf den Stuhl und sah sehnsüchtig zum Schöpflöffel.

Es kam ihm vor wie eine Ewigkeit, bis der Heiler die Hände sinken ließ und sich zu ihnen umdrehte.

»Seien Sie so freundlich«, sagte er an Reik gewandt, »und geben Sie diesem Starrkopf endlich Wasser zum Trinken.« Er löste geschickt mit einer Hand den Melkhocker und ließ ihn achtlos auf den Boden stürzen. »Es hatte nicht viel gefehlt und alles wäre zunichte gewesen«, sagte er wütend. Sein Augenlidmuskel entspannte sich und das Monokel fiel, gehalten durch die Kordel, auf seine Brust.

»Hat es funktioniert, ja oder nein?« Peetu schob den gebrachten Schöpflöffel energisch beiseite. Reik fluchte ungehalten. Sein Versuch, mit der freien Hand das überlaufende Wasser unter dem Schöpfer aufzufangen, scheiterte kläglich.

»Es hat funktioniert«, verkündete der Heiler missmutig.

»Lebt er?« Peetu sprang von seinem Stuhl auf, griff nach seinen Händen und zog ihn näher an sich heran.

»Was haben Sie vor, mir einen Antrag machen?«, fragte der Heiler lächelnd, doch in seiner Stimme lag Furcht.

Peetu ließ Nikitins Hände los. Es war ihm selbst ein Rätsel, was er überhaupt mit der Geste beabsichtigt hatte.

»Sein Blut fließt. Ich weiß, wo Ihr Bruder sich aufhält. Obwohl das nicht einfach war, bei der Unruhe, die Sie verbreitet haben.«

»Und wo ist er?«, drängte Peetu ungeduldig.

Nikitin kratzte sich am Kopf und lachte auf. Sein Blick sagte so etwas wie: *Ich glaube es selbst kaum.* »Gran-Kotten!«

Reik, den Schöpflöffel immer noch in der Hand haltend, fasste Peetu am Oberarm und drückte fest zu. »Hier in Gran-Kotten, dem Dorf?«

»Ja!« Der Heiler nickte.

»Aber was macht er da?« Reik drückte Peetus Arm noch fester.

Der Heiler zuckte gleichgültig mit den Achseln. »Das weiß ich nicht. Aber er ist dort, ich bin ganz sicher.« Er brachte den Mund so nahe an Peetus Ohr, dass er die Kräuter in seinem Atem riechen konnte. »Du warst zu blöd, um die einfachste Aufgabe ohne Probleme zu erledigen. Und dennoch habe ich dir geholfen. Jetzt sind wir quitt. Sieh zu, dass du dich aus meinem Haus scherst und dich nie wieder hier blicken lässt.« Er nahm Reik, der ihn verdutzt anstarrte, den Schöpflöffel ab und zeigte auf die Tür.

Erfasst von Glück über die Tatsache, dass Ragan lebte, eilte Peetu, dicht von Reik gefolgt, ohne ein weiteres Wort nach draußen.

»Alles Gute«, sagte der Heiler in seinem bekannten freundlichen Ton und schloss die Tür hinter ihnen.

»Peetu«, schluchzte Reik. »Ragan ist am Leben und hält sich in Gran-Kotten auf, ist dir das bewusst?« Er warf die Hände um seinen Hals und weinte. »Er lebt! Du hattest die ganze Zeit recht! Allmächtiger, war ich ein erbärmlicher Säufer.«

»Freu dich nicht zu früh«, mahnte Peetu mit erstickter Stimme, mehr zu sich selbst als zu Reik.

»Und ob!« Reik lachte glücklich und klopfte ihm auf die Schulter.

»Aber was macht er dort, Reik? Ich verstehe das nicht.«

»Das wird er uns schon erzählen. Auf nach Gran-Kotten, es ist vermutlich keine fünf Kilometer von hier entfernt. Los, los, los!«

Aber statt zu gehen, setzte Peetu sich auf die Straße. »Reik, mir ist wieder schwindlig. Ich habe so einen Durst.«

»Warte hier, mein Freund, ich besorge dir Wasser«, versprach Reik.

HARRY

24 Harry, der für seine 14 Jahre auffällig dünn, viel zu klein und zu naiv war, seufzte enttäuscht. Er hatte gehofft, die waghalsigen Schulschwänzer Monika, Finn und Blom hier auf der Fichte, wo sie sich jeden Morgen versteckten, zu finden.

Jetzt wo Luritz, wie man im Dorf tuschelte, so gut wie tot war, wurde in der draufgängerischsten Bande der Welt ein Platz frei. Ein Platz, den Harry unter allen Umständen beabsichtigte zu füllen. Obgleich der erste Versuch, sich zu empfehlen, schmerzhaft für ihn ausgegangen war.

Er berührte vorsichtig das linke Auge und zuckte dabei vor Schmerz zusammen. Abermals seufzte Harry, ließ sich ins Gras fallen, schloss die Augen und ließ den bisherigen Tagesverlauf Revue passieren.

Er erinnerte sich an heute Morgen. An die Bushaltestelle, wo alle Schüler das letzte Mal für dieses Schuljahr auf den Bus gewartet hatten. Er gähnte gerade, als sich Blom mit einem Gesichtsausdruck, als hätte er eine saure Zitrone verschluckt, neben Monika stellte.

»Ihr habt mich gestern im Stich gelassen«, sagte er wütend.

Harry horchte auf. Er stand keine vier Schritte von ihnen entfernt. Monika, ebenfalls nicht in bester Verfassung, ungekämmte Haare, rote Augen, rote Nase, als ob sie die ganze Nacht geweint hätte, ignorierte Blom einfach. Offensichtlich missfiel Blom ihre Ignoranz, denn er spuckte auf den Boden und sagte mit einer Stimme, die bei anderen Kindern Panik auslöste: »Hey du!«

Harry glaubte erschrocken, er meinte ihn, aber als er sah, dass Blom durch ihn hindurchschaute, drehte er sich um und erkannte, dass er mit Finn redete, der abseits der anderen Kinder stand und in den Himmel starrte.

»Herkommen!«, befahl Blom. Aber wie auch schon Monika, ignorierte Finn ihn ebenfalls. »Ich sagte herkommen«, brüllte Blom, wobei die umherstehenden Kinder eingeschüchtert mehrere Schritte zurückwichen. Auch Harry trat einen Schritt zur Seite, sicherheitshalber.

Finns Widerstand zerbröckelte. Er schlenderte, sichtlich widerwillig, auf Blom und Monika zu. Als er sich neben sie stellte, flüsterte er, laut genug, dass Harry es hören konnte: »Wir sollten aufpassen. Wer weiß, was Ingeborg mit uns vorhat, jetzt wo sie weiß, dass wir hinter ihr her sind.«

»Halt deinen Mund, du verrückter Kerl«, kreischte Monika so plötzlich, dass Harry vor Schreck zusammenzuckte. Sie vergrub die Fingernägel in Finns Gesicht und schob ihn von sich. »Ich habe genug, ich möchte nichts mehr mit der Sache zu tun haben, lasst mich in Ruhe!« Sie ließ Finn los und verdeckte weinend ihr Gesicht. Über Finns Wangen rann auf beiden Seiten, unmittelbar unter den Augen, Blut. Blom packte Monika grob am Arm und zog sie einige Schritte von der Bushaltestelle weg. Finn, dessen Gesicht blass und wie versteinert wirkte, folgte ihnen. Und Harry folgte Finn, mit drei Schritten Abstand.

»Finn hat recht, sie wird sich an uns rächen«, redete Blom mit gedämpfter Stimme auf Monika ein. »Ich denke, sie hat uns gestern nur verschont, weil wir zu nah an ihrer Hütte waren. Das wäre zu verdächtig, verstehst du? Überleg doch mal, sie hat sich wegen gestern noch nicht bei unseren Eltern beschwert. Sie wird sich was anderes für uns einfallen lassen. Sie wird dafür sorgen, dass wir genauso wie Luritz ...«

»Sie ist keine Hexe«, unterbrach Monika ihn laut, »und sie hat auch keine Fotografin entführt oder Sandalen verflucht. Wir waren das, du dämlicher Esel. Wir haben Luritz ...«

Doch ehe sie den Satz zu Ende sprechen konnte, brachte Blom sie mit einer Ohrfeige zum Schweigen. Das Mädchen starrte ihn fassungslos an. Harry, ebenfalls überrascht und noch eingeschüchterter als zuvor, trottete einige Schritte zurück zur Bushaltestelle.

»Sag kein Wort mehr, Moni«, brüllte Blom. »Und du, komm her du Pisser.« Er versuchte, Finn zu packen. Doch Finn wich flink aus, warf ihm seine Schultasche zwischen die Füße und rannte weg.

»Ja, lauf nur, ich kriege dich noch!«, schrie Blom, außer sich vor Wut. Und dann geschah es, plötzlich stand er direkt vor Harry und streckte ihn mit einem Faustschlag ins Gesicht zu Boden.

»Na los, verpisst euch alle, looos!«, brüllte Blom. Dann drehte er sich um und rannte schluchzend davon.

Harry stand, nach einem Kampf gegen die Tränen, wieder auf. Seine rechte Gesichtshälfte pochte vor Schmerz. Er drehte sich zur Bushaltestelle und stellte fest, dass seine Demütigung niemanden interessierte. Sämtliche Kinder hatten sich um Monika versammelt und gafften sie an. Sie stand reglos da und starrte ins Leere.

»Moni, alles in Ordnung?« Ihre Freundin Anika streichelte behutsam ihren Rücken.

»Nein«, sagte sie kaum hörbar und ging langsam in die gleiche Richtung wie Finn und Blom.

Zu gerne wäre Harry ihnen gefolgt, sein Gefühl sagte ihm, dass das, was hier geschah, noch lange nicht zu Ende war. Aber er war kein Schulschwänzer, das würde er sich niemals trauen. Sein Vater hätte ihm dafür das Hirn aus dem Kopf geprügelt.

Also wartete er mit den anderen auf den Schulbus. Er wartete und wartete und wartete. Und als er und seine Schulkameraden sich sicher waren, dass der Bus heute aus einem unerklärlichen Grund nicht kommen würde, beschloss er, das Trio zu suchen.

Was sich in diesem Moment als aussichtslos erwies. Harry erhob sich aus dem Gras, sah abermals prüfend zu der Fichte, um sicherzustellen, dass sie wirklich nicht dort oben waren, und gab die Suche endgültig auf.

Er schlenderte über die Wiese zur Fernstraße, sah erst nach rechts, dann nach links und sah dann plötzlich zwei Männer kommen. Harry erkannte sie sofort. Es waren die zwei, die letztens in dem Schulbus für so viel Aufsehen gesorgt hatten. Der Kotzer und der Prügler. Wobei sie dieses Mal anscheinend ihre Rollen getauscht haben. Der Kotzer sah nüchtern und frisch aus. Der Prügler hingegen machte seinem Ruf alle Ehre. Auf seiner Stirn ragte eine große Beule, das Gesicht war von Schwellungen überzogen. Seine Gangart erinnerte an einen geprügelten Hund.

Harry unterdrückte ein Lächeln. Keine zwanzig Schritte von ihm entfernt blieben die Männer stehen. Harry nutzte die Gelegenheit, überquerte rasch die Straße und eilte ins Dorfinnere. Natürlich nur als reine Vorsichtsmaßnahme. Schließlich hatte er mit eigenen Augen gesehen, wozu der Prügler imstande war.

Der Kotzer zeigte plötzlich auf Madame Toumiot, die einzige echte Französin, die Harry kannte. Ihr Haus stand als Erstes nach der Einfahrt ins Dorf. Die Witwe war gerade dabei, ihre Wäsche an die Leine zu hängen, weshalb sie die näherkommenden Männer nicht bemerkte. Harry rannte auf das Grundstück der Toumiots zu. Diese Unterhaltung würde er sich nicht entgehen lassen.

»Guten Tag, gute Frau«, sagte der Kotzer und legte die Hände auf den Zaun.

»Finger weg von meinem Zaun, du Penner!«, sagte Madame Toumiot herablassend, als sie sich zu den Männern umdrehte. »Rex, komm her!«

Rex, ein reinrassiger Dobermann, kam wie ein Pfeil hinter dem Haus angeschossen. Ehe er den Zaun erreichte, hob der Kotzer beide Hände in die Höhe und entfernte sich rasch. Der Hund stellte sich am Zaun auf und bellte nervtötend.

»Wir möchten Sie nur etwas fragen«, sagte der Prügler laut genug, um den Hund zu übertönen.

»Rex, Ruhe!«, sagte Madame Toumiot nach einer kurzen Bedenkzeit. Rex verstummte, drückte sich vom Zaun weg und lief zurück hinter das Haus.

»Wir sind auf der Suche nach meinem jüngeren Bruder Ragan Virtanen. Er soll sich irgendwo hier im Dorf aufhalten. Kennen Sie ihn?«

»Nein!«, sagte die Französin, ohne ernsthaft darüber nachzudenken.

Harry räusperte sich und stellte sich neben die Männer, die Hand demonstrativ auf den Zaun gelegt. O ja, er durfte das! »Wie sieht er denn aus?«, fragte er gelassen.

»Red nicht mit Fremden, sie sind gefährlich, geh nach Hause, Harry«, hetzte Madame Toumiot.

»Wir sind überhaupt nicht gefährlich«, protestierte der Kotzer.

Obgleich Harry es besser wusste, nickte er dem Mann lächelnd zu. »Wir haben hier einen Ragan.« Und gerade als er beabsichtigte hinzuzufügen, dass die Männer ihn eigentlich bereits aus dem Bus kannten, kam ihm die alte Französin zuvor.

»Wir haben hier keinen Ragan, der Ihr Bruder sein könnte. Verschwinden Sie aus unserem Dorf. Und du, Harry, geh nach Hause, sofort!«

»Lass uns gehen, Peetu«, sagte der Kotzer mürrisch. »Wir fragen jemand anderen, die Alte hier hat nicht alle Tassen im Schrank.«

Madame Toumiot schlug empört eine Hand vor den Mund und schnappte laut nach Luft. Die Männer entfernten sich. Sie hatten drei Häuser weiter den alten Schmitz entdeckt. Der Rentner stand mit seiner Pfeife im Mund am Gartentor und musterte die Fremden.

»Geh nach Hause, Junge. Das sind Diebe, die unser Hab und Gut ausspähen, um es sich später zu holen. Bestimmt klauen sie auch Kinder«, zischte Madame Toumiot.

Harry nickte abwesend. Wenn er Blom vor diesen Männern warnen würde, dann könnte es durchaus sein, dass er ihn als Dank in seine Bande aufnehmen würde. Eine Freundschaft mit Blom glich einem Bund mit einem Herrscher des Olymps.

Harry ignorierte Madame Toumiots in Rage geratene Rede über Mörder und Kinderschänder, und rannte los.

BLOM

25 Gleich nachdem Finn gelaufen war, um Hilfe für Luritz zu holen, eilten Moni und Blom mit der Sandale nach draußen und vergruben sie in einem Blumenbeet.

Heute Morgen, nach ihrem Zerwürfnis an der Bushaltestelle, marschierte Blom in den Garten der Gutermanns und nahm die Sandale an sich. Niemand hielt ihn auf. Monis Eltern arbeiteten, wie seine Mutter und fast alle anderen Erwachsenen im Dorf, samstags bis 14 Uhr. Allerdings war er sich sicher, dass Moni und Finn, diese Feiglinge, ihn durch das Fenster beobachtet hatten.

Es war nur eine Frage der Zeit, bis er sie in die Finger bekam. Vorhin, bevor Moni ihn als dämlichen Esel bezeichnet hatte, war er bereit, den Verrat im Wald, als sie ihn alleine mit diesem Mann stehengelassen hatten, zu verzeihen. Jetzt aber wollte er sich nur noch rächen. Er würde Finn, diesen elenden Pisser, die verfluchte Sandale überziehen. Und dann würde er sich Ingeborg vornehmen.

Doch bevor es so weit war, wollte er zu Hause etwas trinken und nach seiner Steinschleuder suchen. Seine Mutter hatte diese irgendwo ver... plötzlich riss ihn eine schnelle Bewegung aus seinen Rachegedanken. Harry kam in ihren Hof gerannt und hämmerte laut gegen die Fensterscheibe der Sommerküche. »Blom, bist du da?«

»Hey!« Blom riss die Tür auf und schubste Harry so fest, dass er umfiel. »Willst du die Scheibe kaputt machen?«

»Blom, du musst dich verstecken!«, keuchte Harry nach Luft schnappend. »Gerade sind zwei Männer ins Dorf

194

gekommen, die nach dir suchen. Du kennst sie. Letztens im Bus. Einer hatte dich geohrfeigt. Weißt du noch?«

Blom sah verängstigt zum Gartentor. »Haben Finn und Moni dich geschickt, um mich zu verarschen?«, fragte er drohend.

»Nein!«

»Du wagst es doch nicht, mich anzulügen, oder, Harry?« Er packte den Jungen am Kragen und zwang ihn auf die Füße.

»Nein, auf keinen Fall. Sie geben vor, einen Ragan zu suchen, und fragen überall nach, wo er wohnt. Dabei ist doch klar, dass sie dich meinen!«

Harrys Blick sagte Blom, dass er die Wahrheit sprach. »Gut, danke für die Warnung und jetzt verschwinde!«

»Aber ich dachte, wir verstecken uns gemeinsam«, sagte Harry sichtlich enttäuscht.

»Verpiss dich habe ich gesagt. Und wehe du verrätst ihnen, wo ich wohne.« Blom knallte die Tür hinter sich zu und drehte den Schlüssel zweimal im Schloss herum. Panik drohte sein rasendes Herz zum Zerreißen zu bringen. Er wischte sich schluchzend die Tränen aus dem Gesicht und zwang sich dazu, ein Mann zu sein und kein Mädchen.

Er überquerte im Laufschritt die Sommerküche und stand in wenigen Augenblicken mitten im Wohnzimmer. Vor ihm, über dem Sofa an der Wand, wartete Mathilda.

Blom überlegte fieberhaft, wo seine Mutter die zahlreichen Patronen versteckte. Sie hatte zum Glück noch nicht entdeckt, dass der Patronengurt fehlte. Ingeborgs Sohn, dieser Bastard!

Sein panischer Blick wanderte zu der Uhr auf dem kleinen Tischchen neben dem Sofa. Sie würde frühestens in einer Stunde nach Hause kommen. Es war aussichtslos auf Mamis Hilfe zu hoffen. Er war auf sich alleine gestellt. Ein ganz schön raffinierter Schachzug von Ingeborg, diese miese Hexe. Denn zweifelsohne hatte sie diese Männer auf ihn gehetzt.

»Wo sind die verfluchten Patronen?«, sagte er mit erstickter Stimme zu sich selbst und schlug dabei mit der offenen Handfläche gegen die Stirn, um so hoffentlich das Denken zu verstärken. »Wo sind ...«

Er lief in die Sommerküche, holte einen Stuhl, positionierte ihn neben dem hohen, wuchtigen Wohnzimmerschrank und stellte sich darauf. Auf Zehenspitzen stehend, tastete er mit einer Hand über die Decke des Schranks und fand schnell, wonach er suchte.

Eine Packung mit mindestens dreißig, vom Vater persönlich wieder geladenen Patronen. Er sprang vom Stuhl und verlor dabei den Karton. Der Inhalt der Verpackung verteilte sich auf dem Boden. Aber als er die Packung aufhob, lagen immer noch mehr als genug geladene Kapseln darin.

Blom nahm eilig das Gewehr von der Wand und rannte zurück in die Sommerküche. Von hier aus hatte er einen optimalen Ausblick auf ihren Hof und die Straße dahinter.

Er wählte das mittlere Fenster, öffnete es und schob den Tisch davor. Das Gewehr vor sich gelegt, versuchte er, mit zitternder Hand, ein paar Patronen in einer Reihe aufzustellen. Kaum stand eine Patrone, wurde eine andere durch seine Hand, über die er wie es schien, keine Kontrolle mehr hatte, umgeworfen.

Er beschloss, es zu lassen, griff nach Mathilda und kippte den Lauf, um das Gewehr zu laden. Es brauchte zwei Anläufe, bis Blom die erste Patrone im Lager hatte. Das Zittern seiner Hand, welches er mit Schütteln zu unterbinden versuchte, hinderte ihn. Die zweite Patrone bekam er auf Anhieb rein. Dann stützte er die Hand auf den Tisch und legte das Gewehr an.

»Du kriegst mich nicht«, flüsterte er weinend und sah verblüfft zu, wie Harry in Begleitung der zwei Männer die Straße entlangschlenderte.

Sie blieben vor dem Grundstück der Familie Blom stehen und unterhielten sich. Und dann geschah es, Harry zeigte mit dem Finger auf das Haus.

»Du elender Hundesohn«, sagte Blom hasserfüllt. Er schloss sein linkes Auge und zielte mit dem Rechten konzentriert über Kimme und Korn.

Entgegen all seiner Jagdgeschichten, die er den anderen erzählte, hatte er noch nie mit einem Gewehr geschossen. Seine Mutter war stets der Ansicht, ihm den Umgang mit einer Waffe beizubringen, wäre das Unverantwortlichste, das sie als Mutter zulassen konnte. Bedauerlicherweise beugte sein Vater sich ihrem Willen, ließ es sich aber nicht nehmen, seinem Sohn den theoretischen Teil beizubringen.

Und das, da war sich der 14-jährige Ragan Blom sicher, reichte vollkommen aus.

»Vermutlich wird er sich vor Ihnen verstecken«, sagte der Junge zu Peetu.

»Warum?«

»Na, weil er nicht möchte, dass Sie wissen, wo er wohnt. Das hat er mir gerade selbst gesagt.« Der schmächtige Junge zeigte grinsend auf das Haus vor ihnen.

»Junge«, Reik legte Harry eine Hand auf die Schulter, »ich fürchte, wir reden hier von zwei verschiedenen Ragans.«

»Schwarze Haare, braune Augen. Ein kräftiger Bursche«, zählte Harry auf.

»Das ist er!«, bestätigte Peetu, und bewegte sich auf das Gartentor zu.

»Der Junge, dem Sie letztens im Bus eine Ohrfeige verpasst haben«, fügte Harry aufgeregt hinzu. Diesen Satz wollte er unbedingt loswerden. Und es fühlte sich, wie erwartet, großartig an.

Peetu blieb abrupt stehen. »Der Junge aus dem Bu...«

Einer der Männer näherte sich dem Gartentor. Und obwohl sein Gesicht von Schwellungen übersät war, erkannte Blom ihn sofort.

Erfüllt von Hass und Wut im tiefsten Inneren, erfasste er seinen Peiniger als Ziel und betätigte den Abzug.

Ein ohrenbetäubender Knall, begleitet von einem brennenden Schmerz in der Schulter, riss Blom nach hinten. Das Gewehr entglitt seinen Händen und er stürzte, überrascht über die Wucht, die ein Rückstoß verursachte, auf sein Gesäß.

Später würde Blom nahezu täglich an diesen entscheidenden Augenblick, der sein ganzes Leben verändert hatte, denken und sich wünschen, er wäre auf seinem verdammten Arsch sitzen geblieben. Doch im Hier und Jetzt hastete der Junge winselnd auf die Füße und griff erneut nach Mathilda.

Kaum hatte er die Doppelbüchse in der Hand und sein Ziel unter von Tränen verschwommenem Blick halbwegs im Visier, schoss er noch einmal. Dieses Mal brach der Rückstoß ihm das Jochbein. Und noch bevor Ragan Blom auf den Boden fiel, verlor er das Bewusstsein.

Als der erste Schuss fiel, zuckten Peetu, Reik und Harry unwillkürlich zusammen.

Zeitgleich erzitterte das Gartentor, während mehrere Latten vom Jägerzaun an ihren Spitzen zerbarsten.

Peetu, der mitten in seinem Satz unterbrochen wurde, krümmte sich nach vorne, drehte sich um und starrte Reik fragend an. Und obwohl Reik Peetus Blick wahrnahm, erforderte zunächst etwas anderes seine Aufmerksamkeit. Er berührte seine linke Gesichtshälfte und schrie vor Schmerz auf. Eine Unmenge an Flüssigkeit drang in sein Ohr ein. Er betrachtete die Handfläche und begriff, dass es Blut war.

Der Junge neben ihm griff nach seinem rechten Arm und zog ihn mit so einer Heftigkeit nach unten, dass Reik beinahe das Gleichgewicht verlor.

»Dort, Blom, er schießt auf uns!«, brüllte Harry mit überschlagender Stimme. Er zeigte auf das geöffnete Fenster, wo Blom gerade den Schaft gegen das Gesicht gepresst und zum zweiten Schuss anlegte.

Reiks suchender Blick blieb an Peetu hängen, dessen Augen ihn nicht mehr fragend, sondern mit blankem Entsetzen anstarrten. Nach wie vor in gekrümmter Haltung presste sein Freund die Hände gegen den Oberkörper. Zwischen den Fingern strömte Blut hervor.

Peetu öffnete den Mund, um etwas zu sagen, aber da fiel ein weiterer Schuss und zerfetzte die Hälfte von seinem Kopf.

Blut und kleine Stückchen von dem, was früher sein Gesicht und Gehirn waren, spritzten in alle Richtungen. Einiges, oder vielleicht gar das meiste davon, traf Reik und Harry.

Peetu, der jetzt tot war, fiel unmittelbar vor ihren Füßen auf die Straße.

Harry brüllte vor Entsetzen. Der Junge wusste, dass er um sein Leben rennen musste, doch seine Füße weigerten sich, sich zu bewegen. Als ob Reiks Arm die letzte Rettung war, um nicht in einen Abgrund zu stürzen, klammerte er sich fester daran als zuvor.

Reik, der von vier weiteren Schrotkugeln in die linke Schulter getroffen wurde, es aber noch nicht bemerkt hatte, verstand es endlich gänzlich. Er hievte Harry, dessen Körper erschlaffte, über die Schulter und rannte.

ÜBER PER MORTON

26 Per Morton war von durchschnittlicher Statur. Er hatte braune Haare und ein glatt rasiertes, gutaussehendes Gesicht. Doch das Markante an ihm waren seine grünen Augen, die den Mitmenschen stets zu sagen schienen: Ich, Per Morton, bin bei weitem besser als du!

Die Polis-Schule mit einundzwanzig als Jahrgangsbester absolviert, unterstellte man Morton dem erfahrenen Dan Makarow. Schon damals waren die Herren in der obersten Ebene fest davon überzeugt, dass dem selbstbewussten, gelegentlich aufsässigen Jungen, eine blühende Poliskarriere bevorstand. Morton sollte die Ehre haben, so viel wie möglich von Makarow, dem alten Fuchs, zu lernen.

Und tatsächlich hatte es keine drei Jahre gedauert, bis der Tag kam, an dem Per Morton durch seine Ermittlungen den Ruf der Polis ins Wanken brachte und damit das ganze Land in Aufregung versetzte. Dies geschah so:

Im Spätherbst 1985 entdeckte ein Tourist aus Finnland ein ertränktes Baby in einem Brunnen. Der Mann, später würde er nach dem Fund ganze acht Monate in einer dunklen Arrestzelle vegetieren, versicherte durch einen Zufall das Denkmal für die Revolution von 1918 entdeckt zu haben.

Weit vom Zentrum entfernt, stand der Freiheitsbrunnen in einer Sackgasse zwischen zwei fensterlosen Backsteinfabriken. Das Objekt war ein kniehoher großer Kreis aus weißem Marmor, in dem in der Mitte ein kupferner Revolutionär schreiend eine Fahne schwenkte. Aus wirtschaftlichen Gründen, das Land stand 1985 so nah an einem finanziellen Zusammenbruch wie nie zuvor, waren die Wasserspiele ausgeschaltet. Weshalb es im Umkreis von einigen Metern nach abgestandenem Wasser, das braun und voll von Unrat war, stank. Anstatt das Denkmal bei seinem Namen zu nennen, bezeichneten die Zeitungen es respektlos als einen Sumpfbrunnen, woraufhin der Leichenfund als *Baby aus dem Sumpfbrunnen* betitelt wurde.

Es ereignete sich eine Woche vor Dan Makarows Hexenschuss. Sämtliche Zeitungen des Landes stürzten sich auf den *Baby-aus-dem-Sumpfbrunnen*-Fall, bei dem es genau genommen anfangs nicht viel Konstruktives zu berichten gab.

Die Polis hatte keine glaubwürdigen Zeugen. Keine sonstigen Spuren. Keine Identität des Säuglings.

Ein Umstand, der die Zeitungen nicht davon abhielt, weiterhin auf der Titelseite über das Baby im Sumpfbrunnen zu berichten. Innerhalb einer Woche durchleuchtete man nahezu alles, was irgendwie in Verbindung mit dem Baby oder dem Freiheitsbrunnen stand.

Man klärte die Bevölkerung abermals über den guten Zweck der Babyklappen auf. Man rief die Bevölkerung dazu auf, sich bei der Zeitung und/oder Polis zu melden, wenn in ihren Kreisen eine zuvor schwangere Frau plötzlich ohne ihren Säugling gesichtet wurde. Man berichtete über die Revolution von 1918. Über das Denkmal und dessen Bestandteile. Der Marmor kam nicht, wie ursprünglich vermutet, aus der türkischen Region Antalya, sondern aus der kanadischen Provinz Quebec!

Nach dem Bericht über die Besonderheiten und den Unterschied der Provinz Quebec zum restlichen Kanada, beschäftigte man sich plötzlich mit dem Untergang der Titanic. Sank das als unsinkbar geltende Schiff doch südöstlich von Neufundland.

Aber die meisten Zeilen füllten die vermeintlichen Augenzeugen. Inzwischen hatten über zwanzig Menschen den Vorfall beobachtet. Doch nicht einer kam auf die Idee einzugreifen. Oder sich zu merken, wie die Person, die das Baby in den Brunnen warf, aussah. Oder die Nummer vom Fluchtfahrzeug zu notieren. Oder, das Nächstliegende, die Polis zu verständigen.

Die meisten, Morton gehörte dazu, waren sich sicher, dass die Hartnäckigkeit der Zeitungen, den Fall so lange wie möglich brisant zu halten, allein dazu diente, um von immer mehr außer Kontrolle geratenen Aufständen der oppositionellen Parteien und deren Anhänger abzulenken.

Die 1981 abgeschaffte Rente zählte als gewagtester politischer Schritt in der Geschichte des Landes. Hunderttausende Menschen hatten plötzlich keine Aussicht auf eine der essenziellsten Ressourcen. Das Geld. Die Zahl der Obdachlosen stieg in den letzten vier Jahren um das fünfzigfache an. Alt bedeutete mit einem Mal Abhängigkeit von jüngeren Angehörigen. Man hörte immer mehr über Rentner, deren Todesursache Verhungern war. Und auch wenn jede Zeitung bei der Auswahl der Berichterstattung nachdrücklich auf die Unabhängigkeit vom Staat beharrte, so wusste dennoch jeder, dass es purer Heuchelei entsprach. Sie alle waren dazu verdonnert, Themen wie Arbeitslosigkeit, Rente, Staatsbankrott und Aufstände totzuschweigen.

Von der Presse bedrängt, beschloss Chef-Polis Anton Petersen entgegen seiner Prinzipien, einen zweiten Anlauf zu unternehmen, um den Mörder oder die Mutter, falls es sich hierbei um zwei unterschiedliche Personen handelte, zu finden. Mit einem ernsten Gesichtsausdruck für das spätere Foto in der Zeitung, verkündete er, einen Mann eigens für diesen Fall aus seinem Kader abzustellen.

Hier fing für Per Morton alles an. Drei Stunden vor der Pressekonferenz hatte Dan Makarow sich krankgemeldet. Er hatte zu Hause beim Holzhacken einen Hexenschuss erlitten und war nicht in der Lage, sich weiter als bis zum Toilettenhäuschen zu bewegen. Eher aus dem Grund, gegenwärtig keinen Ersatzpartner für den Grünschnabel zu haben, als aus der Überzeugung, der junge Mann würde ernsthaft irgendetwas herausfinden, beauftragte er Per Morton mit der Aufgabe.

Zur Euphorie der Zeitungen. Mit Per Morton bekamen sie ein Gesicht, über das es sich durchaus lohnte zu berichten. Er war jung. Gutaussehend. Hatte bei Interviews stets ein selbstbewusstes Auftreten. Und er war gerissen genug, um den Fall mit dem Baby im Sumpfbrunnen zu lösen. Was sein makelloses Zeugnis von der Polis-Schule bestätigte.

Morton gefiel die Aufmerksamkeit seiner Person außerordentlich gut. Doch bedauerlicherweise hielt sein Hochgefühl nicht lange an. Nachdem er sämtliche Berichte über den Fall eingehend studiert und die glaubwürdigsten Augenzeugen verhört hatte, kam er zu der Erkenntnis, nichts herausgefunden zu haben und dass der Fall eine unlösbare Aufgabe darstellte.

Da Dan Makarows Hexenschuss eine weitere Woche Erholung einforderte, beschloss Morton, mit seinem Schlussbericht an Anton Petersen, der seinen Bericht zwangsläufig an die Presse weiterleiten würde, bis zum Ende der Woche zu warten. Dadurch erhoffte er sich, die Zeitungsberichte über sein ‚Versagen‘ weiter hinauszuzögern.

Von nun an verbrachte Morton die Arbeitszeit damit, durch die Stadt zu schlendern, seine Oma zu besuchen und Filme im Kino anzuschauen. Und am Donnerstag begleitete er einige seiner Kollegen auf eine Beerdigung eines ehemaligen Polis namens Arton Bärlund, den er persönlich nicht kannte.

Man munkelte, Krebs hätte den achtunddreißigjährigen Mann über acht Jahre hinweg gequält. Als Morton an den Sarg trat, um dem unbekannten Toten die letzte Ehre zu erweisen, erschrak er. Es war, als hätte man ein Skelett in einen Anzug gesteckt. Nie zuvor hatte er einen dermaßen mageren Menschen gesehen. Und wenn er es nicht besser wüsste, würde er glauben, dies sei eine Horrorpuppe. Ein Skelett, über das man enganliegende Haut übergezogen hatte. Der Anblick des Mannes verankerte sich in Mortons Gedanken.

In trübseliger Stimmung nutzte er den Rest der Arbeitszeit, um seine Oma, der Allmächtige alleine wusste, wie lange die Frau noch fit bleiben würde, zu besuchen.

Auf dem Weg nach Hause, er hatte keine fünfzig Meter mehr bis zum Ziel, schoss ihm plötzlich ein Gedanke durch den Kopf, der ihn unwillkürlich aufschreien ließ.

Er erinnerte sich an eine Zeugenaussage aus den Berichten, in der eine als senil bezeichnete alte Frau behauptete, ein Skelett in Polis-Uniform habe das Baby unmittelbar vor dem Freiheitsbrunnen von zwei Männern übergeben bekommen. Die Rentnerin, eine Bezeichnung, die seit der Abschaffung der Rente überhaupt nicht zutraf, dennoch weiterhin für alte Menschen geläufig war, wohnte im 5. Stock eines Hochhauses schräg gegenüber einer der

Backsteinfabriken. Von da aus bot sich ein hervorragender Blick auf den Freiheitsbrunnen.

Noch am selben Abend suchte Morton sie auf. Sie sagte aus, ihre Blase habe sie dazu gezwungen, kurz nach drei Uhr morgens die Toilette aufzusuchen. Auf dem Weg dorthin – aus finanziellen Gründen habe sie auf das Licht verzichtet und sich an der Wand entlang an die Toilette herangetastet – lockte sie ein Scheinwerferlicht ans Küchenfenster.

Die alte Dame, nach Mortons persönlichem Empfinden, entgegen dem Bericht, ganz und gar nicht senil, war pfiffig genug, um die Marke und die Farbe vom Auto im Dunkeln zu deuten.

Weil die Männer bei der Übergabe hauptsächlich im Scheinwerferlicht standen, sah die Rentnerin wie dürr der Mann in Polis-Uniform war. Außerdem war sie sich sicher, dass einer der Männer einen Vollbart trug.

Das Baby sei von einem der Männer in einen Korb gelegt und dem Polis übergeben worden, der dann in einem weißen Lada davongerast sei. Mehr konnte sie nicht sagen, alles sei so schnell gegangen. Und um die Nummer vom Auto zu entziffern, hätte sie viel bessere Augen gebraucht. Eventuell hatten die zwei Männer einen kleinen Hund dabei, aber hier war sie sich nicht sicher. Als das Auto weg war, wurde es auf der Straße wieder dunkel. Daher wusste sie nicht, wohin die beiden verschwunden waren.

Auf Mortons Frage, warum sie nicht sofort die Polis benachrichtigt habe, antwortete sie ihm mit zwei Argumenten. Erstens hatte sie kein Telefon und sei nicht geisteskrank, mitten in der Nacht eine Telefonzelle aufzusuchen. Und zweitens, dies war vermutlich der ausschlaggebende Grund, sollte Morton ihr ehrlich offenbaren, was mit Bürgern geschah, die sich bei der Polis über die Polis beschwerten. Sie hatte sich erst zu der Aussage genötigt gefühlt, als ein Polis bei ihr an der Tür geklopft hatte, weil er dringend nach Augenzeugen suchte.

Doch das, was die alte Dame in der Dunkelheit erkannt hatte, reichte vollkommen aus. Morton fand schnell heraus, dass der verstorbene Arton Bärlund wahrlich einen weißen Lada fuhr.

Begeistert von seinem eigenen Ermittlungserfolg, involvierte der Grünschnabel zwei Reporter, ehe er den Weg ins Büro von Chef-Polis Anton Petersen fand.

Es folgten zwei, aus Sicht der Medien, aufregende Wochen, bis die Polis den ersten und bis heute einzigen Täter fasste.

Die Witwe des verstorbenen Polis berichtete unter Tränen, wie ihr Mann wenige Wochen vor seinem Tod ständig auf Abruf eines gewissen Heilers, der ihm vollständige Heilung versprach, unterwegs war. Sie selbst hatte ihn niemals gesehen und wüsste sonst nichts über ihn. Ihr Mann habe sich diesbezüglich geheimnisvoll verhalten. Verärgert über die mangelnde Bereitschaft der Witwe, mit der Polis zusammenzuarbeiten, sperrte man sie für drei Wochen in eine dunkle Zelle, in der Hoffnung, ihr würde etwas einfallen, was die Ermittlungen weiterbrachte.

Inzwischen hatte die Polis auf Anordnung von Anton Petersen sorgfältig darauf geachtet, keine Informationen nach außen dringen zu lassen.

Die Zeitungen reagierten mit Wut. Sie fanden plötzlich den Mut, täglich Berichte über Korruption und Gewaltbereitschaft zu drucken, die mit der Polis in Verbindung standen.

In politischen Kreisen kam die äußerst nervöse Frage auf, wie lange es dauern würde, bis die Medien sich erdreisteten, die restlichen, wahrhaftigen Probleme aufzugreifen. Der Präsident höchstpersönlich war genötigt, buchstäblich auf den Tisch zu hauen, um den Minister für innere Sicherheit zum Handeln zu bringen.

Man dekretierte Anton Petersen in die Oberzentrale, wo er für fast zwei Jahre im Nirgendwo verschwand. Ein anderer, wesentlich älterer, Herr namens Otto Levi, trat an seine Stelle und bat sämtliche Zeitungen im Land um Hilfe.

Statt Berichten über von Polis zusammengeschlagenen Opfern prangte auf den Titelseiten der Zeitungen ein furchteinflößendes Phantombild von Arton Bärlund in seiner Uniform. Darüber die einheitliche Überschrift *Skelett in Uniform, wer hat diesen Mann schon mal gesehen?*

Der Aufruf hatte Erfolg. Ein aufmerksamer Nachbar aus Olki-Halm brachte die Polis auf die richtige Spur. Er hatte beobachtet, wie Isak Hansson, ein Witwer und Vater von drei Kindern, von dem Skelett in Uniform in Begleitung eines weiteren Mannes besucht worden war.

Isak Hansson hatte einen prachtvollen Vollbart. Und seine verstorbene Frau hatte Krebs. Dies reichte aus, um zu behaupten, es gäbe zwischen ihm, dem Polis und dem unbekannten Heiler einen Zusammenhang.

Doch weder Folter noch Drohungen brachten Isak Hansson zum Reden oder Gestehen. Dennoch verurteilte man ihn in einem Schnellverfahren, um das Thema über einen mordenden Polis möglichst bald zu Ende zu bringen, zu zwanzig Jahren Haft.

Trotz eindringlichem Protest der Angehörigen steckte man seine Kinder in ein Heim. Vermutlich um ihn dazu zu bewegen, doch noch nachzugeben und auszusagen. Bis dato vergebens. Das Motiv für den Mord an dem Baby blieb bis zum heutigen Tag aus. So wie jegliche Spuren von dem besagten Heiler. Dem dritten Mann am Brunnen. Und der Mutter des Neugeborenen.

Was Per Morton anging, so war er anfangs der festen Überzeugung, man würde ihn genauso wie Chef-Polis Anton Petersen wegsperren. Immerhin war es seine Eitelkeit gewesen, die ihn zwang, erst Reporter und danach seinen Chef über die neuen Erkenntnisse zu informieren. Doch zu seiner Verblüffung hatte man ihn behandelt, als wäre nichts geschehen. Im Gegenteil, der neue Chef-Polis Otto Levi zollte ihm die größte Anerkennung. Und als der alte Mann, er war zweiundsiebzig Jahre alt, völlig unerwartet zu Hause in seinem Sessel an Herzversagen starb, ernannte man Per Morton zum neuen Chef-Polis des südwestlichen Bezirks. Den Jüngsten in der Geschichte des Landes.

KOPFSCHMERZEN

27 Wie in den letzten zehn aufeinanderfolgenden Tagen quälten Per Morton auch heute Kopfschmerzen.

Seine Sekretärin, Patricia Ahola, eine nervöse, in ihrem Job inkompetente Frau, stellte vor ihm ein volles Glas Wasser ab. »Sie müssen die Kopfschmerztablette kombiniert mit einem Kaffee einnehmen. Das wirkt Wunder!«

Morton nickte brummend. Eine Kopfschmerztablette zu besorgen stellte keine Herausforderung dar, Mortons Schublade war voll davon. Genauso wie sein Magen. Aber woher zum Teufel sollte er einen Kaffee herzaubern? »Sie haben Kaffee für mich?«

Patricia lachte laut auf. »Ich habe das letzte Mal vor fast vier Jahren Kaffee getrunken. Wenn es mit unserem Land weiter so bergab geht, werde ich vermutlich in zwanzig Jahren keinen Kaffee mehr trinken. Natürlich, jeder sagt unser Land erlebt gerade einen Wirtschaftlichen Aufs...«

Morton, den die politischen Kenntnisse von Ahola keineswegs interessierten, zeigte resigniert auf die Tür. Patricia verstummte, errötete und verließ eilig das Büro.

Morton sah ihr nach. Dann wanderte sein Blick auf die Uhr über der Tür und er stöhnte auf. Es war erst 9:30 Uhr. Nein, als Chef-Polis war es ausgeschlossen, so früh schon Feierabend zu beanspruchen. Insbesondere nicht dann, wenn, wie man so schön sagte, die Kacke gerade nur so dampfte.

Er schob das Glas mit Wasser beiseite, beugte sich vor und schlug mehrmals mit der Stirn vorsichtig gegen die

Tischplatte. Mit einem tiefen Seufzer verharrte er in dieser Position.

Es klopfte an der Tür und ehe er den Kopf heben konnte, trat Stanley Eriksson ein.

»Morton, haben Sie Zeit?«, fragte er und versuchte vergebens, ein Grinsen zu verbergen.

»Was ist?« Morton richtete sich verärgert in seinem Stuhl auf.

»Das städtische Kinderkrankenhaus hat angerufen. Der Junge aus Gran-Kotten, Luritz Evans, ist heute Morgen verstorben. Sagt Ihnen das was?«

»Verdammt.« Morton schob zerstreut einen Stapel Akten auf die Stelle, auf der noch vor wenigen Sekunden seine Stirn geruht hatte, griff in die oberste Schublade am Tisch und holte einen Zettel mit Notizen hervor. »Das ist tragisch. Jetzt liegt es an uns, herauszufinden, was dem Jungen wirklich zugestoßen ist.«

»Ach ja?«, fragte Eriksson verwirrt und räusperte sich. Sein Blick ruhte auf dem gegenüberstehenden Stuhl von Mortons Tisch.

Morton zeigte mürrisch darauf.

»Im Moment scheint die Welt verrückt zu spielen, was, Boss?«, sagte Eriksson, ohne ernsthaft darauf eine Antwort zu erwarten, und setzte sich mit ernster Miene hin.

Morton sah ihn verärgert an. Stanley Eriksson war einen Kopf größer als er, hatte braune Haare mit vielen grauen Ansätzen und einen dünnen Schnurrbart, der nicht zu seinem Gesicht passte. Er war achtundvierzig Jahre alt, davon zweiunddreißig Jahre bei der Polis tätig. Quasi sein ganzes Berufsleben. Weshalb seiner und vieler anderer Meinung nach ebenfalls er der rechtmäßige Nachfolger von dem verstorbenen Chef-Polis Otto Levi war. Doch stattdessen reichte es nur für eine Stelle als stellvertretender Chef-Polis. Und das missfiel ihm gewaltig.

Morton wählte eine Akte mit der Aufschrift *Ragan Blom* aus dem Stapel und legte sie zusammen mit den Notizen aus der Schublade vor Eriksson. »Ragan Blom ist der Junge, der Peetu Virtanen erschossen hat.« Er hob einen Finger, um Eriksson zum Schweigen zu bringen, bevor er etwas dazu sagen konnte. »Er war auch der beste Freund von Luritz Evans.«

Eriksson hob erstaunt die Augenbrauen. Morton tippte mit dem Zeigefinger auf seine Notizen.

»Gestern Mittag, als der Einsatz mit der Leiche im Wald losging, haben uns die Eltern von Luritz Evans, in Begleitung seiner Oma und eines Arztes aus dem Kinderkrankenhaus, aufgesucht. Nilsson hatte seine Pause, also habe ich sie in mein Büro gebeten. Der Junge lag seit 13 Tagen im Koma. Er hatte höchstwahrscheinlich einen epileptischen Anfall, wobei er sich mehrere Verletzungen zuzog. Allerdings äußerte der Arzt große Zweifel daran, dass seine Wunden anfallbedingt wären.«

»Sie glauben, Ragan Blom hat das dem Jungen angetan?«

»Die Oma von Luritz erwähnte, der gewaltbereite Blom hätte ihren Enkel nahezu täglich schikaniert.«

»Ich dachte, sie waren beste Freunde«, sagte Eriksson lächelnd.

Ohne darauf zu antworten, rieb Morton sich einige Sekunden lang die Schläfen. Angeblich half das gegen Kopfschmerzen. »Seit dem Vorfall mit Virtanen ist die Familie fest davon überzeugt, Ragan Blom sei skrupellos genug, Luritz derart tödliche Verletzungen zuzufügen. Er und zwei weitere Kinder hatten gerade mit dem Jungen gespielt, als er den Anfall bekam.«

»Es gibt also Zeugen«, sagte Eriksson nachdenklich. »Oder Mittäter«, fügte er dann schnell hinzu. »Und wenn dieser Arzt solche Vermutungen bezüglich der Wunden anstellt, warum kommt er erst jetzt damit? Haben Sie ihn das gefragt?«

»Das können wir später noch tun, wenn sich der Verdacht bestätigt. Jetzt wo der Junge tot ist, werden wir erst einmal eine Obduktion anordnen.«

»Seit wann war er im Koma, dreizehn Tage? Seine Wunden verheilten bereits oder waren gar schon verheilt.«

»Das ist erstmal zweitrangig. Wir fangen sofort mit den Ermittlungen an.«

Eriksson nickte. »Und wie steht es mit Ragan Blom selbst, schon was gehört?«

Morton nickte. »Gestern war sein Zustand unverändert. Abgesehen vom gebrochenen Jochbein ist er angeblich stärker traumatisiert als anfangs angenommen. Die Ärzte meinen, es könnte noch Tage dauern, bis wir die Erlaubnis haben, ihn zu verhören.«

Eriksson nickte. »Hab gehört, seine Mutter lässt ihn nicht aus den Augen. Sonst hätten wir die Wahrheit einfach aus ihm rausgeprügelt. Schock hin oder her. Wenn er jetzt auch noch für den Tod von diesem Jungen verant...«

»Genug«, unterbrach Morton ihn barsch. »Vergiss nicht, er ist noch ein Kind.«

Eriksson schüttelte verständnislos den Kopf, erwiderte jedoch nichts.

Morton schob die Notizen über Luritz Evans zusammen mit der Akte von Ragan Blom beiseite. »Schreib es dir auf«, sagte er, worauf Eriksson errötete und sichtlich widerwillig einen kleinen Block und einen Bleistift aus der Brusttasche seines Hemdes rausholte.

»Ich möchte, dass Dan Makarow nach Gran-Kotten fährt und sich umhört, ob Ragan Blom Luritz Evans wirklich schikaniert hatte. Die anderen zwei Kinder, die bei dem Anfall dabei waren«, er griff nach seinen Notizen und las die Namen vor, »Monika Gutermann und Finn Arvidsson, sollen Dan getrennt voneinander erzählen, wie sie den Anfall von Luritz erlebt haben.« Während Eriksson notierte, schob Morton eine Akte mit der Überschrift *Jyrki Bell* zu ihm.

»Diesen Fall, denke ich, können wir mit der Begründung Familientragödie unter Alkoholeinfluss abschließen.«

Eriksson runzelte die Stirn, stopfte seinen Block zurück in seine Hemdtasche und holte aus derselben eine zerdrückte Zigarettenpackung hervor. »Ich frage mich, und das jedes Mal aufs Neue, wie viel Wodka man saufen muss, um seine Ehefrau, ihren Bruder und sich selbst zu erschießen, während die eigenen Kinder nebenan schlafen.«

»Es war ein amerikanischer Whiskey«, korrigierte Morton Eriksson und stellte einen flachen Aschenbecher aus Glas in Form einer Blume vor ihn. »Hast du eine letzte Anmerkung oder Vermutung, bevor ich den Fall als abgeschlossen weiterleite?«

»Vielleicht«, sagte Eriksson grinsend und zündete sich eine Zigarette an. »Dem Alkohol die Schuld zuzuschreiben ist nur eine halbwegs befriedigende Lösung.«

Sie hörten ein Scheppern, gefolgt von Patricias Fluchen.

Morton zuckte mit den Schultern. Vor ihm lagen vier Akten und eine Notiz mit Fällen, die sich, abgesehen von der vermissten Fotografin, innerhalb von dreizehn Tagen ereignet hatten.

Sechs Tote, davon ein Kind und eine Vermisste forderten gleichzeitig ihre Aufklärung. Alsbaldige Ergebnisse waren erforderlich, um die Aufmerksamkeit der hohen Herren zu vermeiden. *Unfähig zu führen* war einer der gefürchteten Sätze aller Chef-Polis des Landes und einer der beliebtesten Sätze der hohen Herren. Niemals würde es Morton zulassen, diesen Satz mit sich in Verbindung zu bringen.

Er sah Eriksson kalt in die Augen. Dieser Mann war der Einzige im ganzen Bezirk, der es wagte, ihn immer wieder in Frage zu stellen und seine Anweisungen oftmals zu überhören. Es schien, nein, es war eindeutig, dass Stanley Eriksson sich an die Vorstellung klammerte, ihn als Chef-Polis zu ersetzen. Was durchaus realistisch war, sobald über Per Morton der Satz *unfähig zu führen* fiel.

Wie jeder im Land wusste, bedeuteten frühere Verdienste unter der heutigen Regierung rein gar nichts. Kriegsveteranen und Rentner waren das beste Beispiel hierfür.

»Und welche Lösung schlägst du vor?«, fragte Morton herablassend.

»Ich weiß nicht, sagen Sie es mir. Sie sind hier der Boss.« Er sah Morton herausfordernd in die Augen und grinste.

Morton verzog wütend das Gesicht. Erikssons Provokation veranlasste ihn dazu, sich besorgt zu fragen, ob der Mann möglicherweise etwas herausgefunden hatte, was ihm entgangen war. Und damit meinte er nicht den Fall Jyrki Bell und seine Familie, sondern die hohen Herren. Eriksson hatte viele Beziehungen nach oben. Das war kein Geheimnis.

»Na gut.« Morton öffnete die Akte. »Wir wissen, dass Elmer Muir ein gelegentlich aufbrausender, jedoch harmloser Busfahrer aus Stor-Yel war. Seine Schwester, Rosa Bell, war ruhig und freundlich. Sie war Hausfrau und Mutter von vier Kindern. Um mehr Geld für die Haushaltskasse beizusteuern, nähte sie nebenbei Gardinen auf Bestellung. Ihre Arbeit hatte sie stets versteuert. Eine Vorzeigebürgerin wie sie im Buche steht. Nicht jedoch ihr

Mann Jyrki Bell. Er war erst seit acht Monaten auf freiem Fuß. Davor saß er fünf Jahre wegen Raubüberfall. Die Staatsanwaltschaft vermutete, dass er in weitere schwerwiegende kriminelle Delikte verwickelt war, konnte ihm aber nichts nachweisen. Mehr Informationen darüber findest du in der Akte.« Morton schob die Akte noch näher an Eriksson.

»Ich weiß, was dort steht. Hab sie mehrmals gelesen.«

»Schreib es auf.« Morton deutete auf seine Hemdtasche. »Ich möchte, dass du, und damit meine ich dich höchstpersönlich, herausfindest, mit wem Bell sich in letzter Zeit herumgetrieben hat.«

Unerwartet mit einer Aufgabe beauftragt zu werden, die für einen stellvertretenden Chef-Polis einer Erniedrigung glich, lief Eriksson rot an. Sein linkes Bein fing mit einem Mal an unentwegt zu wippen. Er drückte den Rest der Zigarette im Aschenbecher aus und faltete die Hände im Schoß. Offensichtlich dachte er nicht daran, seinen Block herauszuholen.

»Wissen Sie was, Sie haben recht! Es war mit Sicherheit ein belangloser Streit im Suff. Und da Bell eine kriminelle Vergangenheit hatte, liegt es nahe, warum er zur Waffe griff. Dass er zuerst seinen Schwager mit zwei Schüssen niederstreckte, dann seine Frau mit drei Schüssen und sich anschließend in den Kopf schoss, ist eindeutig bewiesen. Dass die Tatwaffe seit Jahren gestohlen gemeldet war, spielt kaum eine Rolle. Und die Toten sind seit gestern begraben.« Eriksson wippte inzwischen mit dem ganzen Körper auf dem Stuhl. »Boss, wir haben noch andere Fälle, die …«

»Du tust, was ich sage.« Morton schlug mit der Faust auf den Tisch. »Ich habe dir gesagt, schreib es auf!«

Eriksson lief abermals rot an, holte den Block schnaubend aus der Hemdtasche und notierte.

Morton nutzte, innerlich erleichtert die Oberhand gewonnen zu haben, die Zeit, um eine weitere Akte vor seinem Stellvertreter aufzuschlagen. Auf dem Ordner stand, vorübergehend nur mit einem Bleistift notiert: *Leiche aus dem Wald Bäck-Stone*. Ein Mordfall, bei dem das Opfer, ein Mann, mit drei Schüssen in die Brust getötet worden war. Der oder die Täter hatten ihn anschließend ein

Stückchen in den Wald nahe eines kleinen Dorfes namens Bäck-Stone geschleppt. Wo die Leiche mindestens fünf Tage verweste. Bis der Hund eines Försters diese zufällig gestern Abend witterte.

»Wie weit sind wir mit den Ermittlungen über die unbekannte Leiche aus dem Wald?«, fragte Morton, als Eriksson seinen Block samt Bleistift auf den Tisch legte.

»Wir haben an der Leiche drei verschiedene Fingerabdrücke gefunden. Ein Abdruck gehört dem Mann selbst. Die anderen zwei sind uns noch nicht bekannt. Abgesehen vom Förster haben wir noch keine weiteren Zeugen ermittelt. Auch scheint diesen Mann bis jetzt niemand zu vermissen.«

»Ich möchte noch heute wissen, ob die Fingerabdrücke jemandem zugeordnet werden können«, brüllte Morton aufgebracht. »Warum dauert das so lange?«

»Nun, sicherlich weil unsere Jungs sorgfältig arbeiten«, sagte Eriksson in einem ruhigen Ton. »Sollte ich deshalb nicht besser bei diesem Fall mitmachen, anstatt über den Zeitvertreib von Jyrki Bell nachzuforschen?«

Eriksson hatte recht, das wusste Morton, weil das ursprünglich auch seine eigene Meinung gewesen war. Das Drama um Familie Bell war abgeschlossen. Zu erfahren, warum der Mann seine Frau und seinen Schwager ermordet hatte, würde die Toten nicht zurückbringen. Die Kinder waren so oder so für den Rest ihres Lebens ihrer Mutter beraubt.

»Nein«, antwortete Morton barsch. »Schreib es dir auf.« Er wartete, bis Eriksson seinen Block sichtlich außer sich vor Wut, in die Hand nahm. »Ich möchte«, er klopfte dabei mit dem Fingerknöchel auf die Tischplatte, »noch heute vor 16 Uhr Ergebnisse bezüglich der Fingerabdrücke auf meinem Tisch liegen haben. Bis dahin sorgst du dafür, dass morgen ein Bericht über den Leichenfund in jeder Zeitung erscheint. Mit einem Phantombild des Toten. Bürger, die den Mann erkennen, sollen sich unverzüglich bei uns melden.«

Eriksson nickte mit verzogenen Mundwinkeln.

»Das ist erstmal alles. Danke. Du hast mehr als genug Aufgaben. Mach dich an die Arbeit.« Mortons Kopfschmerzen schienen während des Gesprächs ihre Intensität zu verdreifachen. Dennoch fühlte er sich für einen Moment besser. Er hatte Eriksson demotiviert.

Eriksson stopfte seinen Block zusammen mit dem Stift in die Hemdtasche und erhob sich. An der Tür blieb er stehen und zeigte auf die von Morton unberührte vierte Akte.

»Was ist mit der vermissten Frau, haben Sie einen Spürhund bekommen?«

Morton schaffte es nur mit größter Mühe, die Beherrschung nicht vollends zu verlieren.

Er hatte zwei Tage, nachdem Caja Finkelstein als vermisst gemeldet worden war, einen ausgebildeten Polis-Hund von der Oberzentrale angefordert. Dieser blieb ihm verwehrt mit der Begründung, der Jagdhund eines beliebigen Jägers könne die Fährte genauso aufnehmen. Mortons Argument, man habe es bereits mit sieben Jagdhunden erfolglos versucht, belächelte man mit der Aufforderung, einen richtigen Jagdhund einzusetzen und keinen Straßenköter.

Der wahre Grund, warum man ihm einen Hund verweigerte, so glaubte er, war ein anderer. Caja Finkelstein war in Stor-Yel keine Unbekannte. Obwohl sie noch in der Ausbildung gewesen war, war die junge Frau vermutlich jetzt schon die beste Fotografin des Landes. Da sie kontinuierlich irgendwelche Preise in der Welt der Fotografie gewann, erschien ihr eigenes Foto ebenfalls ständig in Zeitungen. Gleich nachdem sie verschwunden war und den Reportern klar wurde, wer für ihre Suche verantwortlich war, nämlich der berühmte Per Morton höchstpersönlich, nutzten die Zeitungen die vermeintliche Sensation, um Seiten mit Berichten über seine früheren Verdienste zu füllen. Dass Caja Finkelstein, tot oder lebendig, unter Mortons Leitung so gut wie gefunden war, daran zweifelte niemand.

Niemand außer Stanley Eriksson und seine einflussreichen Gönner. Gönner, die in der Lage waren, Ermittlungen zu erschweren. Selbst wenn dadurch ein Menschenleben verloren ging. Was in Anbetracht der Dauer vermutlich bereits eingetreten war.

»Ich habe mich gestern endlich durchgesetzt. Am Freitag bekommen wir einen Hund für eine ganze Woche.«

»Soso, ist doch prima.« Eriksson mühte sich ein Lächeln ab. »Gut zu wissen.«

»Ach, Eriksson«, rief Morton, als dieser die Tür öffnete und bereits halb draußen war, »bevor du gehst, mach den Aschenbecher sauber!«

NICHT AUFGEBEN!

Kvist-Yel

28 Einen Tag vor Peetus Beerdigung, also vier Tage nach seinem Tod, hatte man Reik aus dem Krankenhaus für Strafgefangene entlassen. Nach entlastenden Aussagen von Madame Toumiot und Harry Laukkanen sah die Polis sich gezwungen, Reik nicht länger als Täter, sondern als Opfer zu sehen. Was bedeutete, dass man seine Aussage ebenfalls als wahr einstufte. Wenn er auch viel Spott von Chef-Polis Morton und seinen Männern über sich ergehen lassen musste.

Spott, der sich mit der Kernfrage beschäftigte, wie dämlich man sein musste, um einem Scharlatan zu glauben, ein Toter würde sich in einem nahegelegenen Dorf aufhalten, obwohl man selbst zuvor die Leiche identifiziert hatte und bei der Beerdigung dabei war.

Chef-Polis Morton versicherte Reik, dass er ihn persönlich kastrieren und einsperren würde, sollte er sich noch einmal in einen Schulbus wagen oder näher als fünfzig Meter an einem Kind sein, welches gerade von irgendjemand anderem geschlagen wird.

Reik sah vom Küchenfenster aus zu, wie Walter schwankend aus dem Haus kam und nach einigen Schritten seitlich auf die Erde fiel. Seit Peetus Tod war er nicht mehr nüchtern. Ihm kam plötzlich der Gedanke, dass es für Walter am besten wäre, wenn er dort liegen bleiben und sterben würde.

Er sah traurig vom alten Mann weg und trocknete unbeholfen das Geschirr ab. Wegen seiner Schussverletzung an der linken Schulter hatte man ihm einen Gilchrist-Verband angelegt. Sein Arm wurde ebenfalls ruhiggestellt, weshalb er momentan nur einarmig agieren konnte. Außerdem hatte eine der Schrotkugeln seine linke Ohrmuschel zerrissen, daher trug er einen Verband auf dem Kopf.

Da man ihn aus bürokratischen Gründen in einem Krankenhaus für Strafgefangene nicht behalten durfte, wies der hiesige Arzt Reik an, umgehend das städtische Hospital aufzusuchen, wo er für mindestens zwei Wochen bleiben sollte. Denn nur unter ärztlicher Aufsicht würden die Schussverletzungen optimal heilen und die Schmerzen durch Medikamente erträglicher werden.

Doch Reik ignorierte die Anweisung und fuhr statt ins Krankenhaus nach Hause, wo Lina widerwillig die Verantwortung für seine Wunden übernehmen sollte. Und von Medikamenten wollte er weder was hören noch wissen. Diese suchterzeugenden Scheißdinger. Jedenfalls hatte er das so gehört.

Heute zu Mittag gab es Spiegelei mit Kartoffeln, die Lina gestern Abend geschält hatte. Er stellte seinen Teller in die Glasvitrine und brachte die volle Schüssel mit schmutzigem Wasser nach draußen, wo er den Inhalt neben dem Toilettenhäuschen auskippte.

Nach dem tragischen Vorfall in Gran-Kotten war er zwar ein psychisches Wrack, aber entgegen seiner Befürchtung hatte er bis jetzt kein einziges Mal das Bedürfnis verspürt, Alkohol zu trinken.

Reik hörte, wie jemand irgendwo im Dorf ein Motorrad zum Laufen brachte. Mit einem tiefen Seufzer schlenderte er langsam auf seine Haustür zu. Morgen, das hatte er sich fest vorgenommen, würde er nach Stor-Yel fahren und Arbeit suchen. Sein Leben würde einen anderen Weg einschlagen als die achtunddreißig Jahre zuvor. Das war er besonders Peetu schuldig. Aber heute wollte er sich für den Rest des Tages ins Bett legen und ... und was? Am besten sterben.

Das Motorrad, eine MZ ES 250/2 mit Beiwagen, kam näher und blieb vor Reiks Gartentor stehen. Zu seiner Überraschung saß Lina am Steuer. Ihr kleiner Sohn Nils winkte glücklich aus dem Seitenwagen. »Onkel Reik, Mama fährt!«, erklärte der Junge begeistert.

»Lina, hast du den Verstand verloren?«, sagte Reik überrascht.

Lina schwang sich vom Sitz und eilte mit großen Schritten auf ihn zu. »Wir müssen uns beeilen, bevor er aufwacht und bemerkt, was ich vorhabe.« Sie sah besorgt die Straße hinauf.

Reik begriff, dass sie ihren Mann meinte. »Wo willst du hin? Du hast doch keinen Führerschein!«

»Wir fahren nach Gran-Kotten.«

Reik trat erschrocken einen Schritt von seiner Schwester weg. Die Vorstellung, wieder an den Ort zu fahren, wo sein Freund gestorben war und wo er fast selbst sein Leben verloren hatte, war so absurd, dass er laut loslachte. Er fragte sich, ob Lina wusste, dass er jeden Abend in seinem Bett weinte, bis er einschlief, um dann von Albträumen geplagt zu werden. Nein, natürlich wusste sie das nicht, niemand wusste das.

»Wir müssen da weitermachen, wo ihr aufgehört habt.« Sie streichelte behutsam über sein Gesicht.

»Dort gibt es keinen Ragan. Lina, das weißt du doch.« Reik schmiegte das Gesicht an ihre warme, zärtliche Hand.

»Ich habe dir ein paar Tage Zeit zum Erholen gegeben«, sagte sie mit erstickter Stimme. »Jetzt werden wir handeln.«

»Was, Lina, was hast du vor?« Reik trat einen weiteren Schritt zurück.

»Peetu war davon überzeugt, dass Ragan noch lebt, und der Heiler hatte es ihm bestätigt. Wir müssen Ragan finden. Das sind wir Peetu schuldig. Und Walter, sieh ihn dir an.«

Reik schüttelte energisch den Kopf. »Der einzige Ragan, der in Gran-Kotten lebte, ist der verdammte Bastard, der Peetu erschossen hat.« Er berührte Lina behutsam am Kinn. »Auch wenn es momentan kaum vorstellbar ist, wir müssen dieses Unglück, dieses verfluchte Missverständnis, hinter uns lassen.«

»Nein!«, sagte sie trotzig, drehte sich um und lief zum Motorrad.

»Verdammt, Lina!«, brüllte Reik wütend. »Kannst du mal kurz warten, ich hole meinen Schlüssel.«

»Na dann beeil dich«, sagte sie und sah abermals die Straße hinauf.

Reik zog ein frisches Hemd an, wobei sein linker Arm dabei unter dem Kleidungsstück verborgen wurde, nahm den Schlüssel vom Tisch und spähte aus dem Küchenfenster.

Walter lag in derselben Position auf der Erde wie zuvor. Er überlegte, ob es vielleicht besser wäre, den alten Mann in sein Bett zu legen, aber Lina ließ das Motorrad mehrmals aufheulen. Reik fluchte und eilte dann nach draußen.

Er setzte sich hinter seine Schwester, strich Nils über die Haare und zwinkerte ihm zu. Lina fuhr los.

Nach etwa zwanzig Minuten waren sie in Gran-Kotten. Lina lenkte auf das erste Haus im Dorf zu und parkte am Straßenrand.

Reik stieg beklommen vom Motorrad und half Nils aus dem Seitenwagen. Erst jetzt bemerkte er ein Foto in den Händen des Jungen.

Lina lächelte Reik aufmunternd zu. Sie nahm ihrem Sohn das Foto ab. »Das Bild ist uralt, Ragan ist hier vielleicht gerade mal sechzehn. Ein aktuelleres habe ich nicht. Und Walter wollte ich nicht fragen.«

Reik betrachtete das Foto. Es zeigte ihn, Ragan, Lina und Peetu, der einen Arm um sie geschlungen hatte. Seine Schwester hatte recht, sie waren auf dem Bild zwischen sechzehn und neunzehn. Es entstand zwei Tage bevor Peetu und er ihren Wehrdienst für vier Jahre antraten. Sie lachten alle vier glücklich in die Kamera. Hinter ihnen das Haus von Walter. Es war die Zeit, in der Lina und Peetu ein heimliches Techtelmechtel gepflegt hatten. Reik fragte sich, wie es wäre, wenn sie geheiratet hätten. Insbesondere seine Schwester würde zweifelsohne ein schöneres Leben als jetzt haben.

Aber dann dachte er an den kleinen Nils, der unter diesen Umständen nicht existieren würde. Ein schrecklicher Gedanke. Reik gab Lina das Bild zurück.

»Meine Güte hat das Dorf viele Kinder«, sagte Lina verwundert. Sie zeigte auf eine Kinderschar, die sich ihnen hurtig nährte.

»*Non, non*, nein, verschwindet, lasst sie in Frieden.« Madame Toumiot kam auf die Straße geeilt. Sie stellte sich den Kindern breitbeinig, die Hände in die Hüften gestemmt in den Weg. »Verschwindet, habe ich gesagt! Verschwindet!«

Die Kinder blieben verunsichert stehen. Ein Durcheinander von Protest, Spott und Enttäuschung kam Madame Toumiot entgegen.

»Ich zähle bis drei«, sagte sie unbeeindruckt. »Was danach geschieht, habt ihr euch selbst zu verdanken. *Un.*«

Kinder, die der Meinung waren, Madame Toumiot ins Wort fallen zu dürfen, verstummten plötzlich.

»*Deux.*«

Mehr als die Hälfte der Kinder drehte sich um und marschierte in die Richtung, aus der sie gekommen waren. Die Verbliebenen, augenscheinlich die mutigsten, starrten sie eher verunsichert als trotzig an.

»*Trois*«, zählte die Französin und klatschte in die Hände, worauf die Letzten ihre Haltung aufgaben und johlend davonliefen.

Madame Toumiot drehte sich mit einer versteinerten Miene um, doch mit jedem Schritt, der sie näher zu Reik brachte, hellte sich ihr Gesicht auf. »*Mon dieu*, Reik, schön, dass du mich besuchst.« Sie küsste ihn mehrmals lachend rechts und, wegen des Kopfverbands, behutsam links, auf die Wangen. »Und wer sind die zwei Hübschen?«

»Das sind meine Schwester Lina und ihr Sohn Nils«, sagte Reik, überwältigt von der herzlichen Begrüßung und den Tränen nahe.

Madame Toumiot umarmte die verdutzte Lina und gab Nils einen schmatzenden Kuss auf die Stirn. »Los, los, wir gehen rein.« Sie zeigte auf ihr Haus.

Nachdem Peetu tot vor Reiks Füßen auf dem Asphalt aufgeschlagen war und er gänzlich verstanden hatte, dass jemand auf sie schoss, nahm er den ohnmächtig werdenden Harry auf die Arme und rannte los.

Was danach geschah, war alles verwirrend und teilweise aus seinem Gedächtnis wie weggeblasen. Aber er fand sich auf Madame Toumiots Sofa wieder. Blutüberströmt, schreiend und von entsetzlicher Todesangst überwältigt. Sie war es, die seine Wunden notdürftig versorgte, um zu verhindern, dass er verblutete.

Und allein die Ruhe und das klare Denken der Französin hinderten wütende Dörfler daran, in dem entstandenen Tumult Reik vor dem Eintreffen der Polis und des Krankenwagens zu lynchen. Sah es doch anfangs für viele danach aus, als hätten die Fremden das blutige Chaos im Dorf ausgelöst und nicht Ragan Blom. Was, wenn man gründlich darüber nachdachte, im Nachhinein beides stimmte.

Madame Toumiot bot ihren Gästen Platz an einem Küchentisch mit vier Stühlen an. Sie setzte Tee auf und präsentierte stolz ihre frisch gemachten Éclairs. Ein Gebäck, das weder Lina noch Reik kannten. Es schmeckte großartig.

»Wie fühlst du dich, Reik, mein Lieber?« Madame deutete erst auf seinen Verband um das Ohr dann auf die Schulter.

»Ehrlich gesagt, bereiten mir die Wunden die wenigsten Sorgen.« Reik wischte sich stöhnend über das Gesicht.

»Verstehe!«, sagte Madame empathisch. Ihre grünen Augen ruhten auf seinem Gesicht.

»Es sind die Nächte, die mich quälen.« Reik sah flüchtig zu Lina und errötete. Er verspürte den Drang, seine Verfassung Madame Toumiot anzuvertrauen. Er hatte das Gefühl, dass nur diese Frau in der Lage war, ihn wirklich zu verstehen, und vor allem war sie in der Lage, ihm zu helfen. Mit Worten. Worten, die allein sie imstande war auszusprechen.

»Verstehe, verstehe.« Wiederholte die Französin. »Als du und dein Freund plötzlich bei uns im Dorf auftauchtet, da habe ich euch als Penner und Diebe bezeichnet.« Sie lächelte gutmütig.

»Und ich habe behauptet, Sie haben nicht alle Tassen im Schrank«, entgegnete Reik. »Dafür entschuldige ich mich aufrichtig.«

Madame Toumiot nickte ernst. »Dann fielen diese zwei schrecklichen Schüsse. Eine Minute später kamst du mit dem bewusstlosen Harry auf den Armen die Straße entlang gerannt. Dein Gesicht war so weiß wie der Putz von meinem Haus. Aus deinem Ohr rann Blut. Dein Hemd an der Schulter war blutdurchtränkt. Wie viele Bleikugeln haben dich getroffen?«

Bei dieser Erinnerung zitterte Reiks Unterlippe. Er versuchte, die Tränen zurückzuhalten, dennoch liefen sie über seine Wangen.

»Eine Kugel hat ihm die obere Hälfte vom Ohr abgerissen. Und vier trafen die Schulter«, antwortete Lina für ihren Bruder. »Zwei waren Durchschüsse. Zwei weitere wurden rausgeholt. Eine davon war in unmittelbarer Nähe von irgendeinem wichtigen Gefäß.«

Madame Toumiot nickte. »Sieh mich an, Reik. Sieh mich an.«

Reik hob den Kopf und sah reumütig in die lebhaften grünen Augen der Französin.

»Und trotzdem hast du Harry nicht vergessen!«

Reiks Versuch, die Beherrschung über seine Gefühle zu erlangen, zerfloss vollends. Er warf sich in die geöffneten Arme von Madame Toumiot und weinte bitterlich. Nils ließ verunsichert sein drittes Eclair fallen und klammerte sich an Lina.

»Ich bin für Peetus Tod verantwortlich. Wegen mir hat er diesen«, er suchte schniefend nach den richtigen Worten, »Teufel im Bus geohrfeigt.«

»Nein, nein!«, widersprach Madame Toumiot. Inzwischen wusste jeder im Dorf, wie es zu diesem tragischen Missverständnis gekommen war. »Du bist nicht schuld daran, dass Harry glaubte zu wissen, welchen Ragan ihr sucht. Und schon gar nicht bist du für Ragan Bloms Reaktion verantwortlich.« Sie streichelte behutsam über seine Haare. »Ich gebe dir vollkommen recht, dieser Junge ist ein Teufel! Dort, wo er sich aufhält, ist immer Ärger vorprogrammiert. Er hat keinen Respekt vor Erwachsenen. Er schikaniert andere Kinder und übt schlechten Einfluss auf sie aus. Er schwänzt die Schule. Und wenn wir den Gerüchten Glauben schenken dürfen, schlägt er sogar seine Mutter.«

»Ach du meine Güte«, flüsterte Lina entsetzt.

Madame Toumiot nickte ernst. »Ich könnte genauso schuld am Tod deines Freundes sein.«

Reik sah die Französin verwirrt an, das Gesicht nass von Tränen.

»Ich war nicht hartnäckig genug, um Harry davon abzuhalten, euch zu folgen«, erklärte sie. »Doch selbst wenn ich das getan hätte, es spielt keine Rolle, denn es hätte nichts geändert. Am Ende würde dein Freund von Blom getötet werden. Wenn nicht bei uns im Dorf, dann bei euch im Dorf. Verstehst du mich, Reik, es war vorbestimmt. Es war Schicksal. Und wir Menschen können keinen Einfluss darauf nehmen.« Sie wischte ihm die Tränen aus dem Gesicht. »Denke immer daran, mein Junge. Madame Toumiot weiß, wovon sie redet.«

Reik nickte und glaubte, sich wahrhaftig besser zu fühlen. Im Gegensatz zu seiner Schwester, welche regelrecht angewidert von Madame Toumiots pragmatischer Lebensweisheit zu sein schien. Sie überspielte es jedoch mit einem künstlichen Lächeln.

Die Französin erhob sich, gab Nils vor Entzückung lachend sein viertes Eclair und goss den aufgesetzten Tee in die Tassen.

»So!« Sie überreichte Lina die Tasse auf einer Untertasse. »Ein Gefühl sagt mir, dass ihr etwas anderes hier in Gran-Kotten vorhattet, als mich zu besuchen.« Sie zwinkerte lächelnd.

Reik und Lina wechselten Blicke und erröteten beinahe zeitgleich.

»Wir sind noch immer fest davon überzeugt, dass Ragan Virtanen sich hier im Dorf aufhält«, sagte Lina.

Madame Toumiot runzelte kopfschüttelnd die Stirn. »Aber das begreife ich nicht, Kinder. *Pardon*, wer erzählt euch so eine Lüge?«

»Der Wahrsager und Heiler aus Halm-Stalk«, sagte Lina.

Die Augen der Französin weiteten sich vor Überraschung. Sie schlug die Hand vor den Mund und sah erst Reik, dann Lina an. »Der Mann, der Krebs geheilt hat?«

Sie nickten.

»Sie kennen ihn?«, fragte Lina.

»Nein. Hab nur viel von ihm gehört.«

»Und verstehen Sie uns jetzt?«

»Ja! *Mon dieu*, ja!« Madame Toumiot stellte ihre Tasse ab und erhob sich. »Ich werde euch helfen, Ragan zu finden. Mit mir als Begleitung wird niemand hier im Dorf versuchen, euch loszuwerden oder zu ignorieren. Trinkt euren Tee, trinkt, trinkt! Genießt die Éclairs. Ich brauche *une minute,* um meine Nase zu pudern.«

Es wurde schnell klar, dass ihre Suche nach Ragan ohne Madame Toumiot in einem unkoordinierten Desaster geendet hätte.

Viele der Dörfler waren um diese Uhrzeit auf der Arbeit. Einige in ihren Gärten, die sich meist hinter dem Haus erstreckten, wo man von der Straße aus keine Einsicht hatte.

Da die Französin offensichtlich von jedem Einzelnen in Gran-Kotten den Tagesablauf kannte, führte sie Reik und

Lina gezielt dorthin, wo jemand anzutreffen war. Häuser, die sie vorerst mieden, vermerkte Madame Toumiot in einer imaginären Liste für einen späteren Zeitpunkt.

Und tatsächlich hatte sie nicht übertrieben. Gleich, wie misstrauisch oder feindselig man Reik und Lina bei der Begrüßung beäugte, niemand traute sich, sie in Gegenwart der Französin ohne die notwendigen Informationen wegzuschicken.

Die Eröffnungsrede über das Anliegen ihres Aufsuchens hatte Madame Toumiot gänzlich übernommen. Wobei es sich meistens so anhörte: »*Ich gehe davon aus, du weißt, wer dieser Mann ist! Die Frau an seiner Seite ist die Schwester. Und der Kleine ist ihr Sohn.*« Und noch bevor ihr Gegenüber die Gelegenheit hatte zu antworten, offenbarte sie, niemand Geringeres als der Heiler und Wahrsager aus Halm-Stalk persönlich habe ihnen prophezeit, Ragan Virtanen wäre hier und jetzt genau in diesem Dorf. Und nach allem, was man über ihn hörte, war es nahezu undenkbar, dass er sich irrte. Worauf die meisten mit weit aufgerissenen Augen oder Mündern oder beides zustimmend nickten.

Was Reik und Lina dennoch keinen Schritt weiterbrachte. Unter den Dörflern gab es einige, die Ragan aus alten Zeiten kannten. Einige von ihnen kannten auch Reik oder Lina. Wenn nicht persönlich dann vom Sehen. Schließlich waren sie so gut wie Nachbarn. Lediglich ein einziges Dorf lag zwischen ihnen, weshalb man sich hier und da gelegentlich über den Weg lief. Doch keiner von ihnen konnte bestätigen, Ragan Virtanen in den letzten Jahren gesehen zu haben, geschweige denn vor einem Monat, zwei Wochen oder gar gestern.

Als sie am Haus von Familie Blom vorbeigingen, mussten Lina und Madame Toumiot beruhigend auf Reik einreden und ihn stützen.

Dort, wo Peetu auf dem Boden tot aufgeschlagen war, waren Spuren einer getrockneten Blutlache zu erkennen. Reik war unnachgiebig davon überzeugt, Ragan Blom würde nach wie vor mit einem Gewehr vor dem Fenster hocken und auf sie zielen.

Nach etwa zweieinhalb langatmigen, ergebnislosen Stunden führte Madame Toumiot sie zum Haus, das einer

Familie namens Gutermann gehörte. In der Einfahrt zu ihrem prachtvollen Grundstück stand eine Mercedes-Benz S-Klasse-Limousine. Ein Mann war gerade dabei, zwei Koffer im Kofferraum zu verstauen.

»Guten Tag, Hugo«, sagte Madame Toumiot liebevoll.

Hugo drehte sich überrascht um. Sein versteinertes Gesicht lockerte sich augenblicklich. Er kam lächelnd auf sie zu. Madame Toumiot ergriff seine Hände und gab ihm Küsschen auf die rechte und linke Wange. Die gutmütigen Augen von Hugo leuchteten glücklich. »Guten Tag, mein Name ist Hugo Gutermann.« Er reichte zuerst Lina, dann Reik, dann dem kleinen Nils die Hand.

Die Französin erklärte mit wenigen Worten, warum ihre Begleiter in das Dorf gekommen waren. Hugo sah sich das Foto mehrere Minuten lang an. »Ja, ich kenne Ragan«, sagte er schließlich. Er sah Lina lächelnd an. »Wir hatten mehrmals das Vergnügen, mit gleichen Bekannten, die eine oder andere Flasche Wodka zu leeren. Aber das ist schon eine Ewigkeit her. Wir waren jung und sorglos.« Er gab Lina das Bild zurück.

»Soso, schade, wirklich schade!« Madame Toumiot strich über seinen Rücken und zeigte auf irgendein Haus in der Ferne. »Danke, Hugo. Wir gehen dann weiter. Noch besteht Hoffnung.« Sie sah Reik aufmunternd an.

Sie verabschiedeten sich und marschierten schweigend auf ihr nächstes Ziel zu.

»Madame Toumiot!«, rief plötzlich jemand hinter ihnen.

Sie drehten sich um und sahen, dass es Hugo war. Er winkte mit erhobenen Händen und lief auf sie zu.

»Dürfte ich das Foto nochmal haben? Meine Tochter Moni ist der Meinung, dass sie ihren Ragan kennt.«

Lina gab ihm das Bild.

»Moni?«, fragte die Französin ungläubig. »Wie geht es ihr?«

Hugos Gesichtsausdruck war mit einem Mal gefüllt mit Sorgen. »Es geht ihr besser. Der lebensbedrohliche Zustand von Luritz und Bloms Taten haben sie sehr getroffen.«

Er sah zu seinem Haus rüber und senkte die Stimme. »Moni hat uns darum gebeten, sie und Finn Arvidsson für zwei bis drei Wochen zu meinen Eltern zu bringen. Wir denken, das ist eine gute Idee. Sie könnten sich dort von den Vorfällen erholen.« Sie hatten die Einfahrt erreicht, weshalb Hugo die Stimme senkte. »Dass Finn ein Junge ist, geht mir persönlich natürlich gegen den Strich, sie sind gerade in dem Alter ...« Er zog seine gutmütigen Augenbrauen zusammen. »Moni, Finn und Blom hatten die letzte Woche die Schule geschwänzt.«

»*Oui*, das habe ich gehört«, flüsterte Madame Toumiot. »Ragan Blom hat schon immer schlechten Einfluss auf andere ausgeübt.«

»Als ich das erfahren habe, schimpfte ich Moni furchtbar aus. Ich war kurz davor, das erste Mal meinen Gürtel aus der Hose zu ziehen. Heute bin ich froh, wenn sie mal wieder lächelt. Die Strafe ist längst vergessen.« Er öffnete die Tür zu seinem Haus. »Bitte, kommt doch rein und redet persönlich mit Moni.« Seine Stimme hatte wieder normale Lautstärke angenommen, sein Gesicht strahlte zuversichtlich. »Moni hat vorhin durch das geöffnete Fenster zugehört, hatte sich aber aus Angst vor Ihnen«, er berührte flüchtig Reiks Schulter, »nicht getraut, herauszukommen. Ich habe ihr versichert, dass Sie nicht beißen.«

Reik lächelte und fragte sich, ob das Mädchen Ragan Virtanen wirklich kannte. Moni saß mit verschränkten Armen auf einem Sessel und beobachtete wachsam jede Bewegung, die Reik machte. Trotz der hohen Temperaturen draußen, hatte sie sich in eine Decke gehüllt. Auf dem Boden vor ihr stand ein Glas Milch. Die Begrüßung der Gäste ignorierte sie einfach.

Hugo wies ihnen, offensichtlich beschämt über das Verhalten seiner Tochter, die Sitzplätze zu.

Reik sah sich staunend um. Die Möbel sahen stilvoll und teuer aus. Gegenüber des Sofas aus Leder stand ein Fernseher. Ein Philips Philetta TX 711, zur Hälfte mit einem bestickten Tuch bedeckt.

»Moni, du sagst, dass du Ragan Virtanen eventuell kennst?«, fragte Lina das Mädchen verunsichert.

Hugo überreichte seiner Tochter das Foto. Moni sah sich das Bild neugierig an.

Lina kniete sich neben den Sessel und tippte auf Ragan. »Hier ist er höchstens siebzehn. Heute ist er fünfunddreißig, ein anderes Foto habe ich leider nicht.«

»Sie sind wunderschön!« Moni zeigte auf Lina. »Und da ist der Mann, den Blom erschossen hat.« Sie ließ die

Hand mit dem Foto sinken. »Aber Sie haben recht, das Bild ist vermutlich viel zu alt, um zu sagen, ob das der Mann war, den ich gesehen habe. Er hatte einen Bart, und man sieht damit sowieso anders aus.«

»Moni, Schatz, wo genau meinst du, den Mann gesehen zu haben?« Hugo nahm ihr das Foto ab.

Moni seufzte tief. »Das ist nicht lange her. Als wir die Schule geschwänzt haben, waren wir bei Ingeborg. Sie war um diese Uhrzeit in die Stadt gefahren, glaube ich zumindest. Da sind wir dann einem Mann begegnet, den ich hier bei uns im Dorf noch nie zuvor gesehen habe. Er hatte uns von der Lichtung verjagt und gesagt, wir sollen uns nicht in der Nähe der Hütte seiner Mutter rumtreiben.«

»Seiner Mutter?«, fragte Hugo erstaunt.

»Dann kann das nicht unser Ragan gewesen sein«, sagte Lina enttäuscht.

»Ingeborg hat keine Kinder, das hat sie mir selbst gesagt«, sagte Hugo.

»Das stimmt, sie hat keine Kinder«, bestätigte Madame Toumiot wissend.

»Ja, genau das habe ich auch gedacht. Deshalb erzähle ich euch das. Der Mann hatte schwarze Haare und einen Bart. Ob das der vom Foto war, kann ich leider nicht hundertprozentig sagen. Aber er hat klar und deutlich Ingeborg als seine Mutter bezeichnet.«

Reik und Lina sahen sich an.

Hugo lachte verlegen. »Ich denke, Schatz, du hast da was falsch verstanden. Ingeborg hat ganz sicher keine Kinder. Möglicherweise hast du das geträumt?«

»Nein, nein, nein, ist schon gut! Ich danke dir junge Dame«, sagte Lina, sie stand hastig auf und winkte Nils zu sich. »Wo wohnt Ingeborg? Wir würden sie gerne besuchen.« Sie sah Madame Toumiot hilfesuchend an.

»Ich bringe Sie selbstverständlich hin«, sagte die Französin lächelnd.

»Ich komme mit!«, verkündete Hugo.

»Nein, Papi, bitte nicht.« Moni hastete vom Sessel, klammerte sich mit beiden Händen um seinen Hals und weinte.

»Hugo«, sagte Madame Toumiot zärtlich, »bleib bei Monika, wir kommen schon klar.«

Nachdem sie sich von den Gutermanns verabschiedet hatten, brachte die Französin ihre Begleiter geradewegs zum Pfad, der direkt zu Ingeborgs Hütte führte.

»Sie müsste um diese Uhrzeit zu Hause sein. Aber ich bin mir sicher, Monika täuscht sich. Ingeborg hat keine Familie. Ihr Mann fiel im Krieg, danach hat sie nicht mehr geheiratet.« Sie hob einen Ast vor ihren Füßen auf und schleuderte ihn in die Tiefe des Waldes. »Sie heirateten am Tag seiner Einberufung. Eine weitere traurige Geschichte, die dieser verdammte Krieg mit sich brachte.«

Irgendwann endete der schmale Pfad auf einer Lichtung. Auf der gegenüberliegenden Seite standen ein Häuschen am Rand der Bäume und etwas weiter davor eine alte Frau mit einem Gewehr im Anschlag.

»Was wollt ihr hier?«, fragte sie gereizt.

»Na, na, Ingeborg, ich bin es nur«, sagte Madame Toumiot nervös, die Hände schnellten schützend vor die Brust.

»Und wer ist das?« Ingeborg richtete den Lauf auf Reik.

Anstatt sich vor Lina und Nils zu stellen, ertappte Reik sich dabei, wie er hinter seiner Schwester Schutz suchte.

»Diese netten Menschen suchen einen vermissten Freund«, sagte Madame Toumiot und betonte das Wort *nette*.

»Und was habe ich damit zu tun?«, fragte Ingeborg barsch.

»Monika Gutermann berichtete uns gerade, sie wäre hier einem Mann begegnet, der behauptete, dein Sohn zu sein. Sie war sich nicht sicher, aber es könnte der Mann auf dem Foto sein.« Die Französin drehte sich zu Lina und nahm ihr das Bild aus der Hand. »Möchtest du dir das Foto anschauen?«

Ingeborg runzelte die Stirn. Sie senkte das Gewehr, kam auf sie zu und nahm der Französin das Foto ab.

»Der hier.« Madame Toumiot zeigte auf Ragan Virtanen.

»Noch nie gesehen«, sagte die alte Frau augenblicklich und drückte das Foto in Madame Toumiots Hände. »Verschwindet wieder!« Sie drehte sich um und trottete zu ihrer Hütte zurück. »Ich habe keinen Sohn, das weißt du.«

»Wer könnte dann der Mann gewesen sein, den Monika bei dir gesehen hat?«, offensichtlich ließ sich die Französin nicht so leicht abwimmeln.

Ingeborg blieb stehen und sagte, ohne sich umzudrehen: »Wer weiß, was die Kinder hier getrieben haben, während ich in der Stadt war. Wenn man so hört, was die letzten Tage bei uns im Dorf vorgefallen ist, wohl nichts Gutes. Haltet mich da raus, sage ich.« Sie eilte ins Haus und verriegelte hörbar die Tür hinter sich.

Madame Toumiot drehte sich schulterzuckend um. »Auch wenn Ingeborg sich gerade äußerst seltsam verhalten hat, habt bitte Nachsicht mit ihr, normalerweise ist sie eine sehr, sehr nette und hilfsbereite Dame. Vermutlich zwingen sie die Umstände in unserem Dorf zu mehr Vorsicht.«

Reik schob die zitternden Hände in die Hosentaschen und nickte beklommen. Dieses Dorf war wahrlich gefährlich. Zum zweiten Mal hatte man hier mit einem Gewehr auf ihn gezielt.

»Und wie gesagt, ich bin mir sicher, Monika bringt in ihrer Trauer etwas durcheinander. Gehen wir zurück, wir sind noch längst nicht durch.«

Es dauerte weitere Stunden, bis sie sämtliche Häuser in Gran-Kotten auf der Suche nach Ragan aufgesucht hatten. Und obwohl einige Bewohner Ragan Virtanen von früher kannten, hatte ihn seit Jahren niemand gesehen.

»Und was macht ihr jetzt?«, fragte Madame Toumiot, nachdem Lina sich schwungvoll auf das Motorrad gesetzt hatte.

»Nichts. Wir haben alles versucht«, sagte Reik schulterzuckend. Er warf einen flüchtigen Blick auf Lina und hoffte, dass seine Worte der Wahrheit entsprachen und dass seine Schwester keine weiteren Ideen mehr ausklügelte.

»Ach was!«, sagte Lina überschwänglich, »wir fahren jetzt zum Heiler und werden dort nachhaken, warum er behauptete Ragan würde sich in Gran-Kotten aufhalten.«

»Echt?«, fragte Reik überrascht.

Und bevor Madame Toumiot ebenfalls eine weitere Frage nach etwas stellen konnte, das sie Linas Meinung nach nichts mehr anging, startete sie das Motorrad und ließ den Motor mehrmals im Stand aufheulen. Reik setzte sich eilig hinter seine Schwester und sie winkten alle drei der Französin zum Abschied zu. Dann lenkte Lina die Maschine auf die Straße und fuhr in Richtung Halm-Stalk.

DAN MAKAROW

29 Dan, vierundsechzig Jahre alt und zwei Monate vor seiner, wie er es nannte, *gezwungenen Pensionierung,* lenkte seinen Polis-Wagen in die Einfahrt von Gran-Kotten. Seine Polis-Karriere, mit siebzehn angefangen, hätte er bereits vor neun Jahren beenden können. Doch kurz vor seinem fünfundfünfzigsten Geburtstag starb seine geliebte Frau Luba. Da er seine Töchter nur selten sah, weil er ihre Ehemänner verabscheute, und seine drei jüngsten Enkelkinder sogar nur von Fotos kannte, war ihm nichts geblieben außer seiner Arbeit. Also verlängerte er den Dienst. Was sich wenig später als eine existenzielle Entscheidung herausstellte. Hatte man doch im Land die Rente abgeschafft.

Dan stieg aus dem Auto und holte einen Block aus dem Hemd. Seine Zeugen musste er gar nicht suchen, sie hatten sich bereits um seinen Dienstwagen geschart. »Also Kinder«, er setzte eine freundliche Miene auf, »wer von euch kennt Luritz Evans und Ragan Blom?«

Wie erwartet waren es natürlich alle. Und jeder Einzelne von ihnen sah sich auserwählt zu berichten. Sie redeten wild durcheinander, wobei Dan heraushörte, dass die Kinder offenbar nicht über den Tod von Luritz Evans informiert wurden. Vermutlich weil seine Angehörigen noch nicht zu Hause eingetroffen waren.

»He, ganz ruhig!« Dan hob die Hand und sie verstummten prompt. »Wer von euch ist Monika Gutermann?«

»Moni ist vor etwa zwanzig Minuten zu ihren Großeltern gefahren. Dort bleibt sie erstmal für ein paar Wochen. Sie wohnen in Munte-Landskap«, verkündete ein Mädchen.

»Und du bist?«

»Monis beste Freundin Anika.«

Da es offensichtlich für die meisten der Kinder eine Information war, die sie noch nicht kannten, entstand eine Debatte und ihre Aufmerksamkeit drohte Dan zu entgleiten.

»Heee, ich rede!« Er zeigte auf Anika. »Bist du dir sicher?«

»Natürlich«, entgegnete das Mädchen grimmig.

Das war nicht gut, Morton würde es nicht gefallen. Wenn Dan Pech hatte, stand ihm womöglich eine stundenlange Autoreise bevor. »Und wo wohnen ihre Großeltern?«

Anika zuckte mit den Schultern.

»Ich dachte, du bist ihre beste Freundin«, sagte er und löste damit ungewollt schallendes Gelächter aus.

Anika verschränkte die Hände und lief rot an.

»Und wer von euch ist Finn Arvidsson?«

»Er ist auch weggefahren. Zusammen mit Moni«, sagte Anika und löste erneut eine Debatte aus.

»Wie, auch zu Monikas Großeltern?«

Anika nickte.

»Sind ihre Großeltern auch seine Großeltern?«

»Nein!«

Dan steckte seinen Block zurück in die Hemdtasche. »Dann zeigt mir doch mal, wo Monika wohnt.«

»Wofür? Da ist niemand zu Hause«, sagte Anika.

»Alle weg, was.« Dan kratzte sich am Hinterkopf. »Dann zeigt mir, wo Finn Arvidsson wohnt. Ist dort wenigstens jemand zu Hause?«

»Nein«, sagte Anika, »seine Mutter ist auf der Arbeit und kommt erst gegen Abend zurück.«

»Verdammte Scheiße«, fluchte Dan und löste abermals ungewollt ein Gelächter aus.

BÖSES OMEN

Halm-Stalk

30 In Halm-Stalk angekommen, dirigierte Reik seine Schwester bis zum Haus des Heilers. Lina hielt direkt neben dem Tor an und betrachtete das Holzschild über der Eingangstür.

Beide Male, die Peetu und Reik bei ihm gewesen waren, wartete der Heiler bereits lächelnd mit geöffneter Tür auf sie, was darauf hindeutete, dass er ihr Kommen vorausgesehen hatte. Für Reik war das ein Zeichen dafür, dass dieser Mann etwas besonderes, ja gar heiliges an sich hatte.

Dass der Mann heute nicht vor der Tür stand, war für ihn hingegen ein böses Omen. Etwas stimmte nicht, das spürte er. Dennoch sah er erwartungsvoll auf den Eingang, der sich sicherlich jeden Augenblick öffnen würde. Aber dann erinnerte er sich plötzlich daran, wie der Heiler sie aus seinem Haus verjagt hatte.

Lina stieg ab, holte Nils aus dem Beiwagen und ging mit dem Jungen auf den Armen zur Tür. Reik folgte ihr zaghaft. Als seine Schwester klopfen wollte, hielt er sie am Arm fest. »Warte!«, sagte er leise und hoffte, die Tür möge sich doch noch jeden Augenblick öffnen. Lina sah ihn fragend an. Reik ließ sie los und klopfte selbst dreimal.

»Er ist nicht mehr da!«, sagte eine Stimme hinter ihnen. Ein alter Mann stellte sich neben das Motorrad und hob die Hand zum Gruß.

»Wissen Sie zufällig, wann er wiederkommt?«, fragte Reik.

»Er kommt nicht wieder. Er ist weggezogen, schon letzte Woche.«

»Weggezogen!«, flüsterte Reik ungläubig.

»Und Sie sind?« Lina lächelte den Mann freundlich an.

»Sein Nachbar.« Der Alte zeigte mit dem Finger auf das Haus gegenüber.

»Und wohin ist er gezogen?« Reik rüttelte wütend an der Türklinke.

»Das weiß ich nicht«, sagte der Mann. »Sie sind nicht die Ersten, die nach ihm suchen und mich danach fragen. Aber soll ich Ihnen was verraten, mittlerweile weiß ich nicht einmal mehr, wie mein Nachbar, der Heiler, aussah.«

Reik und Lina sahen sich an und wussten sofort, dass sie dasselbe dachten. Einen alten Mann, dessen Gedächtnis eingerostet war, schenkte man keinen Glauben.

»Ich weiß, was Sie denken«, sagte der Alte ernst. »Aber wenn Sie die anderen fragen, wird es Ihnen jeder hier im Dorf bestätigen. Niemand von uns kann sich an sein Aussehen erinnern. Er muss einen Bund mit dem Teufel geschlossen haben, um so etwas zu vollbringen.«

»So ein Quatsch!«, sagte Lina.

»Ach ja?«, sagte der Alte unbeeindruckt. »Hatten Sie schon eine Visite bei ihm, ich meine, kennen Sie ihn persönlich?«

»Ja, ich«, verkündete Reik aufsässig.

»Na wunderbar.« Der Alte grinste schadenfroh. »Dann sagen Sie mir doch, wie er aussah.«

Reik lachte.

»Ich meine das ernst. Sagen Sie es mir. Ich bitte darum.«

Reik dachte nach. Dann schloss er besorgt die Augen und versuchte vergebens, das Aussehen des Heilers in sein Gedächtnis zu rufen. »Sie haben recht«, murmelte er verwirrt.

»Was?«, fragte Lina erstaunt.

»Ich kann mich wirklich nicht mehr daran erinnern, wie er aussah.« Reiks Herz raste vor Aufregung. Wieder erlebte er etwas Unglaubliches, durch diesen außergewöhnlichen Mann ausgelöst.

Lina wartete, bis er sie ansah. »Verarschst du mich?«, fragte sie leicht verärgert.

»Nein!« Er schloss die Augen und versuchte es erneut.

»Na, was habe ich Ihnen gesagt.« Der alte Mann lachte. »Täglich kommen hier Leute an, die sich von ihm behandeln lassen wollen. Oder ihre Behandlung, oder was auch immer in dieser Bruchbude getrieben wurde, fortzusetzen. Hatten sich zuerst wie Sie über mich lustig gemacht und mussten letztendlich allesamt mit hängenden Köpfen wieder abdampfen.«

»Das gibt es doch nicht.« Lina schlug die Hand vor den Mund.

»O ja, und wie.« Der Alte sah sie hintereinander glücklich an. »Nur eine einzige Frau hatte bis jetzt beteuert, sie könne sich sehr wohl daran erinnern, wie er aussah, und würde seine Fratze niemals in ihrem Leben vergessen. Aber ich glaube, sie wollte es einfach nur nicht zugeben.«

Für einen Moment sahen sie sich wortlos an. Dann verkündete Nils quengelnd, er habe Hunger.

»Und wer war diese Frau?«, fragte Lina den alten Mann.

»Sie kam aus Gran-Igla, vorgestern. Eine ungepflegte, stinkende Säuferin war das. Hat mir ihre Adresse aufgeschrieben und zwanzig Dollar versprochen, wenn der Heiler zurückkommt und ich sie darüber informiere.« Die Augen vom alten Mann leuchteten gierig. »Ich glaube, sie meinte das wirklich ernst.«

»Würden Sie mir die Adresse geben?«, fragte Lina und löste bei Reik ein gequältes Stöhnen aus.

»Lina, was willst du mit der Scheiß Adresse? Komm, lass uns nach Hause fahren, Nils hat Hunger! Außerdem hat das eh keinen Sinn. Deine wilden Ideen geraten langsam außer Kontrolle. Du hältst uns schon den halben Tag auf Trab. Das reicht!«

Lina ignorierte Reik. Sie sah den alten Mann erwartungsvoll an.

»Nein, ich kann Ihnen doch nicht so einfach eine anvertraute Adresse weitergeben.«

»Nein, einfach so bestimmt nicht.« Sie drehte sich zu ihrem Bruder. »Wie viel hast du dabei?«

Fassungslos starrte Reik seine Schwester an. »Ich habe gar nichts dabei, woher auch?« Er zog seine Hosentaschen nach außen.

Lina verdrehte die Augen und wandte sich lächelnd an den Alten. »Wenn Sie mir die Adresse geben, verspreche ich Ihnen, morgen zehn Dollar vorbeizubringen. Ich wohne in Kvist-Yel und heiße Lina Bjornsen.«

»Wenn Sie wüssten, wie viele Menschen mir schon zehn Dollar versprochen haben, müsste ich schon längst reich sein«, sagte der Alte spöttisch.

Lina ging zum Beiwagen und wühlte in ihrer Handtasche rum. »Hier«, sie hielt ihren Ausweis hoch, »nehmen Sie den hier. Ich hole ihn gegen zehn Dollar wieder ab.«

»Bist du bescheuert?«, protestierte Reik.

»Einverstanden«, sagte der alte Mann hastig, trat vor und nahm ihr den Ausweis ab. »Wartet hier, ich hole die Adresse.«

»Da wäre noch was«, stoppte Lina ihn.

Er drehte sich um und sah sie unsicher an.

»Sie laden uns auf ein Mittagessen ein!«

Der Alte lachte erleichtert. »Sie meinen wohl eher Abendessen, Liebchen.«

FINGERABDRÜCKE

Stor-Yel

31 Um 16:07 Uhr klingelte in Mortons Büro das Telefon. »Ja?«, sagte er resigniert.
»Chef-Morton, es geht um die Leiche aus dem Wald. Ich habe jemand Passendes für einen Fingerabdruck gefunden«, sagte eine Stimme am anderen Ende der Leitung. »Tut mir wirklich leid, dass es so lange gedauert hat.«

»Ist schon gut, lasse ich heute durchgehen, Danko.« Er rieb sich die Stirn. Diese verfluchten Kopfschmerzen ließen einfach nicht nach. »Und?«

»Sie gehören Jyrki Bell.«

»Du meinst doch nicht etwa …«

»Doch, Chef, diesen Irren, der seine Frau und seinen Schwager hinrichtete.«

»Wer hätte das gedacht was?«, stellte Morton die Frage laut an sich selbst.

»Na ja, ich dach…«

»Und der andere Fingerabdruck?«, redete er dazwischen, wen interessierte schon, was Danko dachte.

»Nichts zu machen.«

»Finden Sie heraus, ob wir Abdrücke von seiner Frau Rosa Bell, oder seinem Schwager Elmer Muir haben.«

»Daran habe ich auch als Erstes gedacht, Chef, nein, haben wir nicht. Definitiv nicht.«

»Verdammt«, fluchte Morton. »Aber sehr gut, Danko, wenigstens einer, der mitdenkt.«

»Danke, Chef-Morton.«

»Leiten Sie es an Eriksson weiter.« Er legte den Hörer auf. »Patricia, ich brauche Sie!«

Patricia öffnete die Tür und spähte hinein. Sie hatte ihren dämlichen Sommerhut aufgesetzt. Ihre Hand umklammerte eine Henkeltasche. »Chef-Morton, ich wollte gerade nach Hause. Wir haben schon nach vier!«

»Daraus wird nichts, ich brauche Sie hier. Einer der Jungs bringt Sie nach Hause, sobald wir fertig sind. Das wird vermutlich spät. Sie dürfen Ihre Familie anrufen.«

Patricia nickte sichtlich niedergeschlagen. »Wie kann ich Ihnen helfen?«

»Wir müssen zwei Gräber öffnen. Besorgen Sie mir die notwendige Genehmigung.«

»Chef-Morton, wie gesagt, es ist nach vier.« Sie tippte auf eine imaginäre Uhr am Handgelenk. »Das könnte sich als schwierig erweisen.«

»Und deshalb brauche ich Sie!«, sagte Morton mit einem sarkastischen Unterton. »Wer sonst könnte solche Schwierigkeiten meistern? Sie haben eine Stunde Zeit. Und finden Sie Eriksson, er soll vier Männer organisieren und danach seinen Arsch zu mir bewegen.«

Sie seufzte. »Ich brauche die Namen der Verstorbenen.«

»Rosa Bell und Elmer Muir.«

Patricias Augen weiteten sich überrascht.

Morton nickte. »Ja, genau die!«

DIE BRÜDER FRED
UND AKI MADSEN

32 Fred Madsen war gerade dabei, die Schweine mit verfaulten Karotten und Kartoffeln zu füttern, als ein blauer Polis-Wolga in die Einfahrt einbog. »Was wollen die denn hier?«, fragte er verärgert seine Schweine.

Das Auto parkte mitten im Hof. Zwei Polis-Beamte in Anzügen stiegen aus und sahen sich um. Einer von ihnen hatte einen breiten schwarzen Aktenkoffer bei sich.

»He, Sie da!«, rief der Mann ohne Koffer ihm zu. »Herkommen.« Er richtete die Hand nach oben und winkte den Bestatter wie einen Köter mit dem Zeigefinger heran.

»Ich muss die Schweine füttern«, sagte Fred verärgert. »Mein Bruder Aki wird Ihnen garantiert weiterhelfen. Er ist gerade im Büro.« Er zeigte auf das Hauptgebäude.

Seine Antwort schien den Beamten nicht zu gefallen. Sie verzogen beide mürrisch ihre Visagen, wechselten ein paar Worte und schlenderten dann zum Bestattungsinstitut. Kaum hatten sie das Gebäude betreten, bog ein weiterer Polis-Streifenwagen in die Einfahrt ein und parkte direkt hinter dem anderen Wolga. Vier Polis, allesamt Männer, stiegen laut lachend aus.

Der dickste von ihnen sah zu den Hundehütten an der Toreinfahrt und dann zu Fred. »He du«, rief er. »Wo sind die Hunde?«

»Sind alle längst verreckt«, antwortete er kalt.

»Alle drei?«

»Ja!«

Die Polis-Beamten musterten ihn einen Augenblick lang skeptisch, dann bildeten sie einen Kreis und der Jüngste von ihnen, vermutlich ein unerfahrener Polis-Novize in der Ausbildung, verteilte Zigaretten.

Fred stellte den Eimer ab und schlenderte zu ihnen. »Was ist los?«

Die Polis-Beamten unterbrachen ihr Gespräch und sahen ihn herablassend an. »Geht einen Stallburschen nichts an«, sagte der Fette. Sie nahmen ihr Gespräch über Frauen mit dicken Titten wieder auf und ließen ihn unbeachtet stehen.

»Korruptes Pack«, flüsterte Fred leise, nachdem er sich entfernt hatte, und bekam Angst, dass es vielleicht doch irgendwer von ihnen gehört hatte. Er beschleunigte den Gang zum Beerdigungsinstitut.

Aki saß am Schreibtisch und las irgendein Blatt durch. Als er aufsah, war er blass und wirkte zerstreut.

»Was ist hier los?«, fragte Fred.

»Das sind Chef-Polis Morton und sein Kollege Polis-Inspektor Eriksson.« Sein Bruder zeigte nacheinander auf die Beamten. »Sie wollen zwei Tote von Montag exhumieren und noch einmal obduzieren.«

»So einfach geht das nicht.« Fred sprach direkt zu dem Mann, der ihn wie einen Köter zu sich gewunken hatte. Chef-Polis Morton. »Dazu brauchen Sie eine staatliche Genehmigung, unterschrie…«

»Die halte ich gerade in der Hand«, unterbrach Aki ihn.

»Oh, na dann.« Fred lächelte verlegen die Polis-Beamten an. »Ich bin dann mal weg!«

»Wo willst du hin?« Aki erhob sich aufgebracht vom Stuhl.

»Na, ich hole die Leiche von Lars Patel ab. Es war mit der Familie vereinbart, dass wir um 18 Uhr da sind.« Er beugte sich über Akis Schreibtisch und nahm den Schlüssel vom Leichenwagen zwischen den durcheinander liegenden Papieren an sich.

»Du kannst mich nicht hier alleine lassen«, sagte Aki aufgebracht. Er erwischte Fred am Handgelenk und zog daran.

»Ich hole die Leiche und helfe dir dann beim Ausgraben, Bruder«, versicherte er. »Ich bin in spätestens vierzig

Minuten wieder da. Da draußen stehen vier Polis, sie werden dir bestimmt solange helfen.«

»Das glaube ich wohl kaum«, sagte Polis Eriksson lachend.

Ungeachtet dessen verließ Fred mit großen, schnellen Schritten den Raum. Er hörte, wie Chef-Polis Morton Aki in einem arroganten Ton fragte, ob dieser den Zettel nun genug studiert hätte und endlich mit seiner Arbeit anfangen könne.

DIE AUSGRABUNG

33 Per Morton beabsichtigte, seine Frage zu wiederholen, aber da erhob der Bestatter sich schwerfällig hinter seinem Schreibtisch und wies sie an, ihm zu folgen.

Als sie aus dem Haus kamen, stellten die wartenden Polis ihre lebhafte Unterhaltung ein.

»Kommt mit!«, sagte Morton. »Ihr könnt gleich mal richtig arbeiten!«

Eriksson schnaubte verächtlich.

Die Polis-Beamten sahen sich stutzig an, aber niemand von ihnen traute sich, Chef-Morton zu fragen, was genau er damit meinte. Abgesehen von Eriksson, der ständig alles, was der Chef von sich gab, in Frage stellte, hatten sie allesamt den größten Respekt vor ihrem Vorgesetzten. Zumindest, solange er in ihrer Gegenwart war.

Der Bestatter hob zwei Schaufeln auf, die ohne erkennbaren Grund mitten im Hof lagen.

»Was für ein Drecksladen«, sagte Eriksson und verzog das Gesicht, als sie am stinkenden Schweinestall vorbeigingen.

»Sie können eine Schaufel einem meiner Kollegen hinter uns geben«, sagte Morton. Er sah Eriksson dabei herausfordernd in die Augen. Doch dieser sagte nichts. Auch das Schnauben unterließ er.

Der Bestatter nickte und hielt die Schaufel dem Polis namens Bernd van Dijk entgegen. Bernd, dessen Spitzname *Der dicke Bernd* war, dachte nicht daran, die Schaufel entgegenzunehmen.

Madsen hielt die Schippe Stöpa Mironow hin. Einem breitschultrigen, durchtrainierten Polis, der immer wieder seine Probleme damit hatte, die Straftäter bei der Festnahme nicht ins Koma zu versetzen. Weshalb alleine sein Blick ausreichte, um den Bestatter davon zu überzeugen, diese verdammte Schaufel von ihm fernzuhalten.

Madsen lief rot an und versuchte es bei Lars Fitzgerald, dessen Papi eine große Nummer in der Politik war. Doch er schüttelte den Kopf und zeigte auf den Polis-Novizen, Spike Dahl.

Allerdings wandte Spike den besten Trick überhaupt an, um von der Schaufel verschont zu bleiben. Er sah sich neugierig in der Gegend um. Dort wo Madsen außerhalb seines Blickwinkels blieb.

»Na los!«, brüllte Morton, dass alle erschrocken zusammenzuckten.

Spike riss die Schaufel wütend aus Madsens Händen. Worauf seine Kollegen ihn leise auslachten.

Morton zog sein Jackett aus und warf es sich über die Schulter, er hasste das verdammte Ding, besonders im Sommer, und sah zum blauen Himmel hoch. Ein Flugzeug hatte einen weißen Kondensstreifen hinterlassen, der langsam verpuffte. Seine Kopfschmerzen hatten nachgelassen. Endlich.

Aki Madsen führte sie durch die Grabreihen zu der Stelle, wo neue Tote beerdigt wurden. »Hier liegt Rosa Bell und hier Elmer Muir«, sagte der Bestatter mit belegter Stimme. Er zeigte auf zwei frische Hügel Erde. Kleine Holzkreuze mit Namen am Kopfanfang der Gräber gaben an, wer hier begraben lag. Morton sah zum linken Nachbargrab von Rosa Bell. Dort war ihr Mann Jyrki Bell bestattet. »Mörder neben Opfer, wie taktlos.«

Der Bestatter zuckte mit den Schultern. »Glauben Sie wirklich, das spielt für die noch eine Rolle?«

»Für Sie jedenfalls nicht«, entgegnete Morton barsch. »Los, fangt an, ich möchte hier nicht übernachten.« Er zeigte auf das Grab von Elmer Muir und erhoffte sich, hier den anderen Fingerabdruck zu finden. Waren doch erfahrungsgemäß überwiegend die Männer die Übeltäter dieser Welt.

Spike Dahl starrte ihn schockiert an. »Wir sollen eine Leiche ausgraben?«

»Was hast du denn gedacht, was wir hier machen werden, Radieschen ausgraben?«

Spike sah rot angelaufen zu seinen Kollegen in der Erwartung, sie würden ihn auslachen. Doch niemand lachte. Ihre Gesichter waren versteinert, ihre Augen blickten sorgenvoll drein. Spike streifte seine Polis-Strickjacke ab und warf sie unweit vom Grabhügel auf die Erde. Er drehte seine Schirmmütze und legte seine khakifarbene Krawatte hinein. Dann krempelte er die Ärmel hoch und nahm die Schaufel.

Anstatt mit dem Graben anzufangen, wartete der Bestatter, bis der Polis-Novize ebenfalls dazu kam. Er sah jetzt schon so aus, wie Spike Dahl sich fühlte. Sein Gesicht war kreidebleich. Auf seiner Stirn standen dicke Schweißtropfen. Seine Augen huschten unruhig hin und her. Sein Hemd war durchgeschwitzt.

Morton entging Madsens körperlicher Zustand keineswegs. Er sah den Bestatter angewidert an und glaubte, seine Angst zu riechen.

Die Ausgrabung dauerte mehr als eine Stunde. Abgesehen von Morton und Eriksson hatten sich die restlichen Polis beim Graben untereinander abgelöst. Der Bestatter grub pausenlos, wenn auch auffällig halbherzig. Irgendwann waren sie endlich so weit, den Deckel zu öffnen.

Madsen kletterte aus dem Graben und stellte sich zu Morton.

»Wo ist denn Ihre Brechstange, Meister?«, fragte der Chef-Polis ernst.

»Brauchen wir nicht. Im Deckel sind keine Nägel.«

Morton zog die Augenbrauen hoch. »Wie, keine Nägel?«

Madsen schüttelte zerstreut den Kopf auf der Suche nach einer Ausrede. »Aus Kostengründen. Die scheiß Dinger kosten ein Vermögen. Und wir müssen uns letztendlich auch von irgendetwas ernähren.«

»Ach so, verstehe ich nicht«, sagte Morton und löste bei seinen Männern ein verhaltenes Gelächter aus.

Sie lachten verhalten, weil ihnen überhaupt nicht nach lachen war. Der bevorstehende Akt, ein Grab zu öffnen und dadurch seine Heiligkeit zu ignorieren, war etwas Widerliches. Und dann noch der Leichengestank. Grauenhaft.

»Wie dem auch sei, worauf warten wir noch?« Morton sah Madsen fragend an.

Der Bestatter zuckte mit den Schultern. »Auf nichts«, sagte er und sprang zurück in das Grab. »Am besten, wir versuchen den Deckel von beiden Seiten anzuheben, für mich alleine ist er viel zu schwer.«

Stöpa Mironow legte die Hand auf Spikes Nacken und nickte zum Loch. Der Polis-Novize stöhnte ergeben. Sein Gesicht hatte nun dieselbe bleiche Farbe angenommen wie das des Bestatters.

»Wir werden euch den Deckel rüberreichen. Macht euch bereit«, sagte Madsen.

Die Polis-Beamten stellten sich widerwillig näher an das Grab. Ihrem Äußeren nach zu urteilen sahen sie längst nicht mehr wie Staatsvertreter aus. Ihre Uniform war durchgeschwitzt und dreckig von der Erde. Auf ihren schmutzigen Gesichtern sah man die Verlaufsspuren vom Schweiß. Und genau das verstand Morton unter *richtig Arbeiten*.

Der Chef-Polis bemerkte, wie ihn alle anstarrten. Offensichtlich warteten sie auf sein Zeichen, um den Deckel zu öffnen.

»Na los, Eriksson, mach dein Köfferchen auf und bereite alles vor«, sagte er nur, um den Mann zu ärgern. »Die Fingerabdrücke, weißt du noch?«

Eriksson ging ohne Widerworte in die Hocke und öffnete seinen Koffer.

»Na, was ist, seid ihr eingeschlafen? Macht schon auf!« Morton trat näher an das Grab.

»Auf drei«, sagte Madsen und hob gemeinsam mit dem Polis-Novizen keuchend den Deckel hoch.

Morton presste sich sein Jackett auf Nase und Mund. Seine drei Männer über dem ausgegrabenen Loch nahmen den Deckel entgegen und legten ihn eilig neben dem Grab ab.

Es dauerte mehrere Sekunden, bis jeder begriff, was er da sah.

Auf der Straße hinter dem Friedhofszaun hupte mehrmals ein Lastkraftwagen. Zwei Grabreihen weiter marschierte ein älteres Pärchen. Die Frau hielt einen Blumenstrauß in der Hand. Beide starrten die Polis-Beamten neugierig an. Ein Vogel setzte sich auf einen Grabstein rechts vor ihnen und beobachtete, sein Köpfchen hin- und herbewegend, die Grabschänder.

Morton suchte nach den richtigen Worten und wählte unbewusst stattdessen weniger passende. »Wo zum Teufel ist die Leiche?« Er sah vorwurfsvoll den Bestatter an.

Madsen sah ihn flehentlich an und zuckte hilflos mit den Schultern.

»Jemand muss die Leiche ausgegraben haben«, sagte Eriksson. »Aber warum?«

»Weil jemand nicht möchte, dass die Spur zu ihm führt. Wer weiß, vielleicht hätten die Fingerabdrücke weitere Verbrechen aufgedeckt«, meldete sich Lars Fitzgerald zu Wort. »Anscheinend haben wir es hier mit mehr als einem Mord mit Selbstmord zu tun.«

Morton musterte Fitzgerald nachdenklich. »Grabt Rosa Bell aus!«

Seine Männer sahen ihn überrascht an.

»Sollten wir nicht Verstärkung anfordern?«, fragte der dicke Bernd.

»Sind dir sechs Mann an Arbeitskraft zu wenig?«, entgegnete Morton spöttisch.

»Fünf«, sagte Bernd kleinlaut und griff wieder nach einer Schaufel.

»Sechs!«, widersprach Morton »Dich zähle ich doppelt.«

Niemand lachte. *Richtige Arbeit* schien ein geeignetes Mittel gegen Leichtsinnigkeit und Humor zu sein.

»Habe verstanden, Chef-Morton«, murmelte Bernd van Dijk beleidigt.

Morton zeigte auf den Bestatter. »Lasst den Mann ausruhen. Mironow, dich habe ich schon lange nicht mehr arbeiten sehen.«

Stöpa Mironow sah ihn kalt an, hob die Schaufel auf und schlenderte zu Rosa Bells Grab.

Dieses Mal ging die Ausgrabung schneller voran. Die Männer wechselten sich jetzt wesentlich öfter ab und arbeiteten um einiges zielstrebiger. Vielleicht weil sie begriffen, dass es keinen Sinn hatte, sich zu drücken, vielleicht aber auch, weil es nicht mehr lange dauerte, bis die Dämmerung anbrach. Und wie Chef-Morton wollte keiner der Anwesenden auf dem Friedhof übernachten.

»Dürfte ich kurz auf die Toilette?«, fragte Madsen Morton unvermittelt, nachdem Spikes Schaufel zum ersten Mal auf den Deckel vom Sarg gestoßen war. Morton war aufgefallen, dass der Bestatter sich an der zweiten Ausgrabung nicht beteiligt hatte. »Gerade jetzt, wo es so spannend wird, möchten Sie sich verpissen?«

»Ich muss schon seit Stunden.«

»Sie bleiben hier!«

»Wir sind so weit, Chef-Polis Morton!«, sagte Spike. Er warf die Schaufel aus dem Loch und deutete Fitzgerald, sich an die andere Seite vom Deckel zu stellen.

Morton trat näher heran. »Bereit, Männer?« Er sah Mironow und van Dijk an.

»Her mit dem Deckel«, sagte der dicke Bernd.

Der Deckel wurde bei *drei* angehoben und nach oben gereicht. Doch noch bevor Morton die freie Sicht auf den Inhalt hatte, verrieten Fitzgeralds und Dahls Raunen, dass etwas nicht stimmte.

»Wie ich gesagt habe, da steckt mehr dahinter«, sagte Fitzgerald.

Der Sarg von Rosa Bell war leer.

»Ich fürchte, er hat recht!«, bestätigte Eriksson.

»Moment Mal.« Stöpa Mironow beugte sich über die ausgehobene Erde und wühlte darin. »Da!« Er nahm etwas in die Hand und eilte zum Grab von Elmer Muir.

»Was sucht er da?« Spike kletterte aus dem Loch.

»Ich hab's!«, verkündete Mironow, holte etwas aus der Erde von Muirs Grab und kam zu ihnen. »Frische Nägel. Beide Gräber!« Er öffnete seine große Hand und präsentierte zwei mit Erde beschmutzte, gebogene Bolzen. »War mir schon vorhin aufgefallen. Aber irgendwie …«

»Ich dachte, Sie verwenden keine Nägel?«, fragte Morton den Bestatter.

Madsen räusperte sich. »Manchmal ja, manchmal nein, je nachdem, ob wir zurzeit welche haben.«

Morton schüttelte energisch den Kopf. »Das glaube ich Ihnen nicht. Also raus mit der Wahrheit.«

»Das ist die Wahrheit«, sagte Madsen kaum hörbar.

»Wirklich? Letzte Chance!«

»Wirklich«, sagte der Bestatter mit einem flehentlichen Unterton.

»Mironow, van Dijk, Eriksson.« Morton deutete ihnen, ihm ein paar Meter zu folgen. »Ich glaube, er verschweigt etwas. Nehmt ihn mit in die Zentrale. Keine Toilette. Kein

Essen und kein Trinken, bis er redet. Eriksson, du übernimmst das Verhör.«

»Verstanden.«

»Mironow«, er zeigte auf seine Faust mit den Nägeln, »hast du gut gemacht!«

»Danke.«

»Der andere Madsen wollte in spätestens vierzig Minuten da sein. Ist er aber nicht. Ich behaupte mal, er ist geflüchtet. Hat uns ganz schön reingelegt.« Morton zeigte auf Mironow. »Finde ihn. Wenn nötig, hol dir in der Zentrale Unterstützung. Zieh dich vorher um, wasch dein Gesicht. In so einem Aufzug kannst du den Staat unmöglich vertreten.«

»Ja, Chef-Morton.«

»Van Dijk, du bleibst hier, gehst zur Einfahrt und koordinierst von dort aus alles und jeden, der hier ankommt. Dieses Bestattungsunternehmen ist bis auf Weiteres geschlossen.«

Bernd nickte, sichtlich erfreut darüber, die vermutlich gemütlichste Aufgabe von allen erhalten zu haben.

»Sorg dafür, dass die Leichen aus dem Kühlhaus in ein anderes Unternehmen transportiert werden. Benachrichtige die Angehörigen.«

Das Grinsen aus van Dijks Gesicht verschwand schlagartig.

»Eriksson, schick mir drei neue Männer. Am besten die Kräftigsten. Ich möchte noch heute wissen, ob sich Jyrki Bell in seinem Kasten befindet.«

HANDHARKE

34 Bis sie Gran-Igla erreichten, die Straße *Schneeblumenweg* und das Haus Nummer sieben fanden, dämmerte es bereits. Nils saß schlafend im Beiwagen und drohte, jeden Moment in den Fußraum zu rutschen.

Reik sah sich um. In den meisten Gärten herrschte geschäftiges Treiben. Die meisten Anwohner waren um diese Uhrzeit von ihrer Arbeit zurückgekehrt. Und anstatt sich auszuruhen, kümmerten sie sich fleißig um ihre Pflanzen und Tiere, damit sie über den Winter nicht verhungerten. Weil eine Kartoffel zum Beispiel urplötzlich mehr kostete als der Tageslohn vieler Bürger.

Lina zog Nils behutsam auf den Sitz. Der Junge öffnete kurz die Augen, quengelte und schloss sie wieder. Sie zeigte auf das Haus Nummer sieben. Reik nickte und betrat das Grundstück von Greta Lund. Doch noch bevor er die Tür erreichte, kam ein Mann hinter dem Haus hervor. Er hatte kurzgeschorene rötliche Haare, massenweise Sommersprossen im Gesicht, breite Schultern und kräftige Arme.

»Was willst du hier?« Seine Augen verrieten ungezügelte Wildheit.

»Meine Schwester und ich sind auf der Suche nach einer Frau, die vor kurzem einen Heiler aus Halm-Stalk aufgesucht hatte«, sagte Reik eingeschüchtert, nachdem der Mann sich vor ihm aufgebaut hatte und ihre Nasen sich berührten. Er roch stark nach Alkohol und Tabak. »Laut Adresse lebt sie in diesem Haus!«

Kaum sprach Reik es aus, schnellte die Hand des Mannes hervor und vergrub sich in seinem Hals.

»Wann hat sie einen Heiler besucht? Wer bist du?«

»Lassen Sie ihn sofort los«, brüllte Lina mit erstickter Stimme und eilte ihrem Bruder zu Hilfe.

Reik griff mit dem freien Arm nach der würgenden Hand und versuchte sie wegzuziehen. Worauf zwei aufeinanderfolgende Schläge ihn unvermittelt ins Gesicht trafen. Er keuchte benommen.

Lina erreichte sie. Sie vergrub die Fingernägel kreischend in der Faust des Mannes, um weitere Schläge zu verhindern, und schrie nach Hilfe.

Reik versuchte abermals, sich aus dem Griff zu befreien. Es gelang ihm, vermutlich weil der Angreifer sich jetzt auf seine Schwester konzentrierte.

Der Mann entzog Lina mit einem raschen Ruck die Hand und trat ihr in den Bauch.

Reik brüllte vor Wut und schlug mit der rechten Faust wild auf das Gesicht und den Kopf des Mannes ein. Doch statt die Schläge abzublocken, versuchte der Angreifer Reik wieder am Hals zu packen und ihn zu würgen. Die linke Hand vom Verband fixiert und unter zugeknöpftem Hemd verborgen, konnte Reik nicht viel Gegenwehr entgegenbringen. Beide Hände um den Hals gelegt, riss der Mann Reik zu Boden und presste ihm beide Knie in den Magen. Reik konnte plötzlich nicht mehr atmen. Er versuchte, dem Mann ins Gesicht zu schlagen, seine Hände vom Hals wegzudrücken. Beides hatte keine Wirkung.

Lina kam, die Arme um den Bauch gelegt und nach Luft ringend wieder auf die Beine. Sie drehte den Kopf hilfesuchend zur Straße und sah überall Nachbarn an ihren Zäunen versammelt. Sie sahen zu, aber niemand machte Anstalten, ihnen zu helfen.

»Hilfe«, flehte sie verzweifelt und trottete Reik gekrümmt zu Hilfe. Und dann plötzlich, sah sie in dem Fenster des Hauses, dessen Grundstück sie betreten hatten, eine Frau. Mit einem starren Gesichtsausdruck zeigte sie mit dem Finger auf etwas rechts von Lina. Lina sah in die gezeigte Richtung und entdeckte eine Handharke mit drei Zacken neben dem Blumenbeet.

Sie stolperte zum Beet und nahm erst jetzt wahr, wie Nils im Beiwagen lauthals weinte. Sie hob die Harke auf, erreichte in wenigen Schritten den wilden Mann über

Reik und rammte ihm mit aller Kraft das Gartenwerkzeug in den Rücken.

Der Angreifer brüllte vor Schmerz auf. Er ließ augenblicklich von Reik ab und erhob sich. Sein irrer Blick fixierte Lina. Sie wich zwei Schritte nach hinten, mit der Erkenntnis, heute zu sterben. Die Handharke löste sich aus seinem Rücken und fiel auf die Erde. Alle drei Zacken waren mit Blut überzogen.

Nein!

Es war schlimm genug, dass ihr Mann sie ständig demütigte und verprügelte, aber auf keinen Fall konnte sie zulassen, dass jeder Mann auf der Welt das Recht hatte, ihr Schmerz zuzufügen. Sie trat entschlossen einen Schritt vor.

»Du elende Hure!« Er streckte die Hände aus, um sie zu fassen. Doch Lina wich im letzten Moment aus. Er erwischte ihr Kleid und riss es ihr halb vom Körper.

Ein ohrenbetäubender Schuss ließ den Angreifer und sie zusammenzucken und erstarren.

»Das reicht, Lund, lass die Frau in Ruhe«, sagte eine feste Stimme.

Lina sah mitten auf der Straße zwei Männer mit Gewehren stehen. Doch ihr Angreifer hielt sie weiterhin am Kleid fest und zog daran, wenn auch nicht so stark wie vorhin.

»Haltet euch alle raus!«, brüllte er wütend.

Ein weiterer Schuss fiel. Nils schrie, als ob er jeden Moment wahnsinnig werden würde.

»Lass sie los!«, sagte ein anderer Mann, mehr panisch als überzeugend.

Der Angreifer ließ Linas zerrissenes Kleid los. Sie drehte sich um und rannte zum Motorrad. »Es ist nichts passiert!« Sie nahm Nils in die Arme und bedeckte ihn mit Küssen. »Es ist nichts passiert, Mama ist da«, keuchte sie und merkte, dass sie genau wie ihr Sohn am ganzen Körper zitterte.

»Er ist ein Polis«, sagte einer der Männer zu ihr, den Blick fest auf den wilden Mann gerichtet.

Lina nickte. Ein Polis war in diesem Land ein Begriff mit vielseitigen Bedeutungen. Staatsdiener. Freund. Helfer. Stets im Recht. Unantastbar. Korruption. Vertuschung. Und vor allem aber: *Wehe du legst dich mit mir an!*

Reik stolperte hustend in einem weiten Bogen um den Angreifer herum zu ihnen.

»Er ist ein Polis«, flüsterte Lina. »Lass uns nach Hause fahren.«

Reik nickte japsend, riss das Hemd auf und zog wild an dem Gilchrist-Verband, um seine fixierte Hand zu befreien. Kaum auszuhaltender Schmerz schoss ihm durch die Schulter, doch er machte weiter, bis die Hand frei war. Er setzte sich aufs Rad und startete den Motor. Lina stieg mit ihrem Sohn in den Beiwagen.

»Vielen Dank!«, sagte sie an die bewaffneten Männer gerichtet. Doch diese ignorierten sie, ihre Blicke fixierten den aggressiven Polis.

»Ich kriege euch!«, brüllte der Angreifer. Er hatte die Handharke aufgehoben und zeigte damit auf Reik und Lina. »Ich kriege euch!«

Lina sah beklommen zum Fenster, wo die Frau, vermutlich Greta Lund, gestanden hatte. Doch sie war weg. Lina schloss die Augen und verspürte eine unendliche Erleichterung, als das Motorrad aufheulte und anfuhr.

Schon nach kürzester Zeit war Dunkelheit eingebrochen. Kalter Gegenwind peitschte ihnen entgegen. Reik schaltete den Scheinwerfer ein und bremste ab. Bis nach Hause hatten sie noch einige Kilometer vor sich. Er sah besorgt zu seiner Schwester rüber. Sie hielt Nils in den Armen und streichelte sein Köpfchen. Beide hatten die Augen geschlossen.

Wenn man die irre Alte im Wald von heute Mittag außen vor ließ, dann war es das zweite Mal in kürzester Zeit, dass man versucht hatte, Reik umzubringen. Weshalb er plötzlich Durst verspürte. Durst nach Alkohol, so stark wie nie zuvor in seinem, wie er fand, nutzlosen Leben.

Es war kurz vor Mitternacht, als Reik vor seinem Haus hielt. »Ihr könnt heute Nacht bei mir übernachten«, schlug er seiner Schwester vor.

Lina schüttelte entschieden den Kopf. »Besser nicht, je länger er wartet, umso schlimmer wird es.«

Reik lief rot an. Vor Zorn auf seinen gewalttätigen Schwager, aber noch mehr auf sich, weil er nicht in der Lage war, seine Schwester vor diesem widerwärtigen Mann zu beschützen.

Lina umarmte ihn. »Schlaf gut, Bruder, danke, dass du mich begleitet hast.«

Reik zuckte mit den Schultern und löste dadurch eine weitere Welle Schmerzen aus. »Na ja, hat trotzdem nicht viel gebracht.«

Ohne ihm darauf eine Antwort zu geben, setzte Lina sich an den Lenker und fuhr nach Hause.

Anstatt das MZ ES 250/2 von ihrem Mann in die Scheune zu stellen, dort wo sie das Motorrad sozusagen geklaut hatte, ließ sie das Fahrzeug mitten im Hof stehen. Nils schief fest und sie beschloss, den Jungen vorerst hier zu lassen. Sie beugte sich über den Beiwagen und tastete den Fußraum nach Werkzeugen ab, die Björn sicherheitshalber für mögliche Reparaturen mitführte. Ein großer, schwerer Rollgabelschlüssel schien ihr am geeignetsten. Sie zog ihr zerrissenes Kleid aus und deckte damit ihren Sohn zu. Sie glaubte nicht, dass der dünne Stoff ihn ernsthaft warm hielt, vielmehr sollte das Kleid sie nicht noch einmal hindern. In Büstenhalter und Slip bekleidet, und einem Rollgabelschlüssel in der Hand, betrat sie ihr Haus.

»Du verfluchte Fotze, wo warst du?« Björn kam schwankend mit geballten Fäusten auf sie zu.

Wie vermutet, er hatte auf sie gewartet.

Lina schnellte nach vorne und trat ihm mit ganzer Kraft in die Hoden.

Björn brüllte vor Schmerz, die Hände in den Unterleib gepresst sackte er auf die Knie. »Du Fotze, ich werde dich umbringen«, stöhnte er hasserfüllt.

Lina hob den Rollgabelschlüssel und ließ ihn mit ganzer Kraft auf seine Schulter niedergehen. Björn kippte zur Seite, hob schützend eine Hand vors Gesicht und schrie weinend.

»Ab jetzt«, sagte Lina kurzatmig, »bin ich die Gewalttätige in unserer beschissenen Ehe.«

DAS CHAOS

35 Kurz nach 21 Uhr abends erreichte das Chaos seinen Höhepunkt.

Die Ausgrabung von Jyrki Bells Sarg erforderte aufgrund von anfänglich mangelndem Personal viel Zeit. Nachdem sie festgestellt hatten, dass Bells Leiche ebenfalls fehlte, ordnete Morton eine Pause für seine Männer Lars Fitzgerald und Spike Dahl an. Beide waren mit Dreck besudelt und sichtlich erschöpft. Sie hatten sich von den Gräbern zurückgezogen und hockten sich neben die Ruhestätte von Peetu Virtanen, wo sie ihr Essen verschlangen, das Chef-Morton ihnen freundlicherweise zukommen ließ.

Es hatte bereits angefangen zu dämmern, weshalb alle davon ausgingen, dass der Chef-Polis jeden Moment den Schluss für heute verkündete. Doch dazu würde es nicht kommen. Es war Spike Dahl, der mit seinem scharfen Blick in der Abenddämmerung einen aus der Erde herausragenden gebogenen Nagel an Peetu Virtanens Grab entdeckte.

»Chef-Morton, Sie glauben doch nicht ernsthaft, dass der Nagel aus dem Sarg von Virtanen stammt?«, fragte Fitzgerald in der Befürchtung, bis in die Nacht graben zu müssen. Auf seinen Handflächen hatten sich schmerzhafte Blasen gebildet. Er zweifelte daran, diese Tortur länger durchzuhalten. Abgesehen davon endete sein Spätdienst in zwanzig Minuten. »Der Bolzen ist bestimmt bei der Ausgrabung irgendwie dorthin gelangt.«

Morton nickte. »Das hoffe ich. Aber mit *irgendwie* kommen wir keinen Schritt weiter.«

»Sollen wir das nicht auf morgen verschieben?«

Morton sah seine fünf Männer nacheinander an. »Nein! Nur noch das eine Grab, danach entlasse ich euch nach Hause. Versprochen.«

Gegen 23:20 Uhr war es dann so weit, der Deckel von Peetu Virtanens Sarg wurde geöffnet.

»Was geht hier vor?« Fitzgerald vergrub die schmutzigen Hände in den Haaren und starrte Morton ungläubig an.

Die tanzenden Lichter von zwei Taschenlampen in Spike Dahls Händen, offenbaren den leeren Inhalt von Virtanens Sarg.

Morton kämpfte gegen den Impuls an, sich am Hinterkopf zu kratzen. »Das würde ich auch gerne wissen.«

»Und was machen wir jetzt, Chef-Morton?«, fragte Spike.

»Wir riegeln den gesamten Friedhof ab und graben drei weitere frische Gräber aus.«

Seine Männer stöhnten allesamt.

»Aber doch erst morgen, oder?«, traute sich Spike zu fragen.

»Nein, Polis-Novize, nicht morgen, erst nächste Woche Dienstag!«, sagte Morton ungehalten. »Aber da ich euch versprochen habe zu gehen, seid ihr hiermit entlassen. Bis morgen, gute Arbeit, Männer, vielen Dank! Die Jungs vom Nachtdienst machen weiter.«

Niemand rührte sich.

»Gibt's noch etwas zu klären?«, fragte Morton herausfordernd.

»Ich für meinen Teil kann noch bleiben und Sie unterstützen, Chef-Morton, aber ausgraben werde ich nicht mehr.« Fitzgerald zeigte seine Handflächen. »Meine Hände sind voller Blasen. Auch wenn man das in der Dunkelheit nicht sieht.«

»Ich bleibe auch!«, sagte Spike Dahl entschlossen. »Nur kann ich auch nicht mehr graben, es tut mir leid.«

Morton lächelte. »Und ihr bleibt auch?«, fragte er die drei neu hinzugekommenen Männer aus dem Spätdienst.

Alle nickten.

»Gut. Dann lasst uns hier richtig auffahren.«

Noch vor Mitternacht war der Friedhof komplett abgeriegelt. Riesige Strahler aus allen Richtungen beleuchteten das städtische Gräberfeld wie ein Stadion. Reporter und zahlreiche Schaulustige drängten sich am Zaun. Polis-Beamte vom Nachtdienst sorgten dafür, dass niemand die Absperrungen passierte. Ein Bauunternehmen wurde mit der sofortigen Ausgrabung beauftragt. Ein kleiner Bagger unterstütze die Arbeiter. Die notwendigen Papiere für eine Befugnis, die Gräber zu öffnen, interessierten bei all der Aufregung offenbar niemanden. Am wenigsten Per Morton.

In einem, vergleichsweise zu vorher, rapiden Tempo legten die Bauarbeiter das Grab von Peetu Virtanen frei. Der Deckel wurde geöffnet und ein Raunen von mindestens zwanzig Männern ertönte durch die Nacht.

Chef-Morton schüttelte resigniert den Kopf und zeigte willkürlich auf eine Ruhestätte zwei Grabreihen weiter. Gegen 4 Uhr morgens hatten die Bauarbeiter das siebte Grab ausgehoben. Überall fehlten die Leichen.

DIE VERNEHMUNG

Stor-Yel
Donnerstag, 27. Juli 1989

36 Um 8 Uhr morgens, nach nur zwei Stunden unruhigen Schlafs in seinem Bett, betrat Chef-Morton die Polis-Zentrale. Das erste Mal in seiner Berufslaufbahn hatte er sich nicht vor der Arbeit rasiert. Und dann waren da noch seine Kopfschmerzen ... Ohne jemanden eines Blickes zu würdigen, geschweige denn zu grüßen, marschierte er geradewegs zum Raum aus Glaswänden, wo die Befragungen stattfanden.

»Und?«, fragte er Eriksson, der ihm sofort entgegenkam. Frisch rasiert und dämlich grinsend.

»Sie haben acht weitere zufällige Gräber ausgehoben. Davon waren vier leer. Die nicht leeren hatten alle Todesdaten bis 1971. Ab 1972 hatten die Brüder Madsen den Friedhof und das Beerdigungsinstitut übernommen.«

»Was sagt Madsen dazu?«

»Nichts. Sie haben ihn die ganze Nacht wachgehalten. Kein Wasser, kein Essen, keine Toilette. Er beharrt nach wie vor, nicht zu wissen, was auf seinem Friedhof vor sich ging.« Eriksson pustete genüsslich den Zigarettenrauch aus.

»Weiter, weiter, muss ich dir denn alles aus der Nase ziehen?«, drängte Morton verärgert.

»Von Fred Madsen fehlt immer noch jede Spur. Ich vermute, er ist mit seinem Leichenwagen bereits über alle Berge.« Er drückte seine Zigarette in einem überfüllten Standaschenbecher neben der Glastür aus und lachte, als Aki Madsen eine Ohrfeige von einem der Verhörer bekam.

»Manchmal habe ich das Gefühl, dass in diesem Laden ohne mich nichts läuft. Am wenigsten bei dir!«, sagte Morton und winkte einen der zwei Polis im Glasraum zu sich.

»Guten Morgen, Chef-Morton«, begrüßte Arn Gruber ihn freundlich. Seine müden Augen huschten besorgt hin und her.

»Was Neues rausgefunden?«, fragte Morton, ohne zurückzugrüßen.

Arn Gruber sah Eriksson verunsichert an. »Wenn Eriksson Sie über das informiert hat, was wir ihm erzählt haben, dann leider nicht, Chef-Morton. Außer«, er sah zu Madsen, »er hat sich mit einem Mal an seine Rechte erinnert, antwortet seit zwei Stunden wie eine festgefahrene Schallplatte auf unsere Fragen immer mit demselben Satz: *Ich will meinen Anwalt sprechen.* Wir haben uns gedacht, damit besser auf Sie zu warten.«

Morton stöhnte auf. »Einen Rechtsbeistand verlangt er also.« Er sah in Erikssons grinsende Visage. »Wo ist der Anwalt?«

»Wie immer auf seinem Platz!«

Morton drehte sich zum Schreibtisch an der Wand gegenüber des Glasraums. Auf dem Tisch herrschte Unordnung. Eine Karaffe mit Wasser, mehrere benutzte Gläser, ein geöffneter Verbandskasten, ein unordentlicher Stapel weißes Papier und ein umgekippter Becher mit Bleistiften dekorierten die Tischplatte. Er öffnete die oberste Schublade und holte einen gelben Strumpf mit aufgestickten Knopfaugen und roten Haaren aus Filz hervor. »Eriksson, räumen sie den Schweinestall hier auf.« Er forderte Arn Gruber auf, ihm zu folgen, zog die Socke auf seine rechte Hand und betrat den Glasraum.

»Guten Morgen, Chef-Morton.« Paddy Akkila erhob sich und grinste, als er den Strumpf-Anwalt sah.

»Madsen, ich habe gehört, Sie verlangen nach einem Anwalt?« Morton setzte sich auf einen Stuhl gegenüber.

Der Bestatter nickte apathisch. Es schien, als wäre er über die Nacht um zwanzig Jahre gealtert. Auf seinem blassen Gesicht wirkten die roten Streifen der vielen Ohrfeigen wie glühendes Feuer. Seine Arme waren hinter den Rücken gedreht und mit Handschellen gefesselt. Seine Hose war bepisst.

»Hören Sie mir zu, Madsen.« Morton fuchtelte mit der linken Hand vor seinen Augen, den Strumpf hinter dem Rücken versteckt. »Ich habe eine gute Nachricht für Sie, Ihr Anwalt ist schon da!«

Madsens Gesicht hellte sich auf. Er wippte zur Seite und sah an Morton hinweg zu der Glastür rüber. »Wo?«, fragte er nach einem Moment des Wartens.

Gruber und Akkila brachen in Gelächter aus.

Morton präsentierte den Strumpf-Anwalt und zeigte mit dem Zeigefinger auf ihn. »Hier!«

Madsens Augen weiteten sich ungläubig.

»Sie können mit ihm über alles reden.«

»Auch über sexuelle Vorlieben«, fügte Akkila lachend hinzu.

»Sie wollen mich verarschen«, brüllte Madsen aufgebracht. Tränen rannen über sein zur Fratze verzogenes Gesicht.

»Nein, du willst mich verarschen!«, brüllte Morton zurück. »Lügst mich an, behinderst die Ermittlungen und jetzt, wo ich dir deinen Anwalt mitgebracht habe, bist du auch noch undankbar.« Er ballte die Hand im Strumpf zu einer Faust und schlug Madsen ins Gesicht.

Der Bestatter kippte schreiend vom Stuhl und landete unbeholfen auf dem Boden. Sein Kopf schlug auf dem Beton auf.

Morton beugte sich über ihn und hielt den Strumpf-Anwalt vor sein Gesicht. »Sie sollten besser reden, verehrter Mandant«, sagte er mit verstellter Stimme.

Gruber und Akkila brüllten vor Lachen.

Morton zog Madsen am Ellenbogen in eine Sitzposition. Er hatte sich beim Aufprall eine Platzwunde an der Schläfe zugezogen. Der Schlag auf sein Gesicht hingegen hinterließ keinerlei Spuren. »Hör auf deinen Anwalt, rede besser.«

»Ich weiß gar nichts«, der Bestatter weinte kläglich.

»Wo ist dein Bruder?«, fragte Morton ungerührt.

»Ich weiß es nicht.«

Der Anwalt in Form einer Faust schlug erneut zu. Madsen kippte abermals zu Boden. Die Beine wie ein Embryo angezogen, weinte er armselig.

Morton riss die Socke von seiner Hand und warf sie Gruber zu. »Weitermachen, bis er redet.«

»Widerspenstige Sau«, sagte Eriksson, nachdem Morton die Glastür hinter sich zugezogen hatte. In seinem Mund steckte wieder eine Zigarette.

Morton sah ihn kalt an. Am liebsten hätte er diese verdammte, stinkende Lulle in seinen Arsch gerammt. »Lasst die Jungs noch ein bisschen weitermachen. Danach lasst ihn trinken und essen. Begleitet ihn auf die Toilette. Duscht ihn ab, gebt ihm frische Kleidung, lasst ihn glauben, dass er es hinter sich hat. Und dann fangt mit der Befragung von neuem an. Bloß kein Schlaf. Bis Mittag brauche ich Ergebnisse, Eriksson. Ergebnisse!«

Eriksson nickte ernst.

»Ach ja, klebt ihm ein Pflaster auf seine Wunde.« Morton deutete auf seine eigene Schläfe. »Und, Eriksson«, er zeigte auf die Tischplatte, »das nennst du Ordnung? Mach das vernünftig. Ich werde es kontrollieren.«

Der Mittag kam, doch Ergebnisse blieben aus. Mortons Telefon klingelte unaufhörlich. Ebenso das seiner völlig aufgelösten Sekretärin Patricia Ahola. Morton ignorierte sein Telefon und ordnete Ahola an, jeden Anrufer loszuwerden und auf gar keinen Fall auf die Idee zu kommen, ihn mit seinen Vorgesetzten zu verbinden. Zwar war die Erkenntnis, dass Gräber bis 1971 unversehrt geblieben waren und ab 1972 nicht, nach weiteren zwanzig Ausgrabungen untermauert, doch war das seiner Meinung nach viel zu wenig an Informationen. Das wichtigste, die Frage nach dem *Warum*, war nach wie vor unbeantwortet, dabei saß ein dringender Tatverdächtiger nur ein Stockwerk unter ihm.

Eriksson klopfte an der Tür und betrat ohne Aufforderung sein Büro. »Ich fürchte, wir haben ein ernsthaftes Problem.«

Morton deutete seufzend auf den Stuhl.

»Langsam sollten wir das Verhör von diesem Bastard abbrechen. Sein Gesicht sieht zunehmend aus wie eine Pflaume. Die Jungs wissen auch nicht mehr weiter. Zu härteren Maßnahmen als Schläge können wir sowieso nicht greifen. Hier geht es nicht um einen Mord. Oder Vergewaltigung. Oder Entführung. Wir sollten nicht vergessen, dass dort draußen Anwälte laufen, die keine Strümpfe sind. Nicht jeder von ihnen hat den erforderlichen Respekt vor Polis und ihrer zweifelsfreien Arbeit.«

Patricia Ahola platzte in den Raum. »Chef-Morton«, sagte sie nervös und sah Eriksson flüchtig an, »ich weiß Sie haben mir gesagt, ich soll alle abwimmeln, aber da ist jemand, der verlangt sofort zu erfahren, ob Sie den angeforderten Polis-Hund am Freitag haben möchten oder nicht. Und da ich weiß, dass Sie die größte Mühe hatten, einen Hund zu bekommen, dachte ich, ich störe Sie.«

»Ja, natürlich möchte ich den Köter haben Patricia, das wissen Sie auch ohne mich deswegen zu belästigen. Ständig brauchen Sie eine Bestätigung, wann hört das endlich auf?«

Sie lief rot an, senkte den Kopf und eilte aus dem Raum.

Morton griff in die unterste Schublade und erhob sich. »Komm mit, Eriksson.«

Eriksson starrte auf die Dienstwaffe in seiner Hand. »Was ha…« Er beendete den Satz nicht, sondern lächelte stattdessen und folgte seinem verhassten Chef-Polis.

Morton rannte die Stufen, dicht von Eriksson gefolgt, in die unterste Ebene zum Glasraum. Ein Polis-Beamter, der ihm den Weg kreuzte, wich eilig beiseite. »Chef-Morton, was haben Sie vor?«, brüllte er besorgt und folgte ihnen.

Morton trat die Glastür auf. Arn Gruber und Paddy Akkila sprangen erschrocken auf. Morton hob die Pistole und gab einen ohrenbetäubenden Schuss in die Decke ab. Dann richtete er seine Dienstwaffe auf Aki Madsen.

Der Bestatter rutschte vom Stuhl auf den Boden. Sein entsetzter Blick verriet Todesangst. Seine Verhörer wichen auf beide Seiten aus dem Schussfeld.

Morton trat zwei Schritte vor und drückte den Pistolenlauf gegen Madsens Stirn. »Wo sind die Leichen?«

»Chef-Morton, tun Sie das nicht, bitte!«, brüllte eine Stimme flehentlich hinter ihm.

Doch der Bestatter kam nicht dazu, zu antworten. Er verdrehte die Augen, sein Körper sackte in sich zusammen und er kippte seitlich zu Boden.

Paddy Akkila trat vor und beugte sich zu ihm runter. »Es hat keinen Sinn, Chef-Morton, er hat vor Angst das Bewusstsein verloren.«

Morton drehte sich um und sah in Dutzende grinsende Gesichter. Dann sah er zur Decke. Aus dem Einschussloch, inzwischen das vierte Loch unweit von drei anderen, fielen kleine Betonkörnchen herab.

»Es steht zwei zu zwei«, sagte jemand in der hinteren Reihe.

»Mir wäre es lieber, es würde drei zu eins stehen«, meinte Morton. »Seine Aussage ist enorm wichtig. Und jetzt an die Arbeit, genug Spaß gehabt.« Er drehte sich zu Arn Gruber und Paddy Akkila. »Wir haben kaum noch Zeit. Spätestens heute Abend sind wir verpflichtet, ihm seine Rechte zuzugestehen, ansonsten dampft hier die Kacke.«

Die Männer nickten zustimmend, doch ihre Gesichtsausdrücke verrieten Hilflosigkeit.

»Weckt ihn auf, und bloß nicht aufgeben.« Morton schloss die Glastür hinter sich. In der unteren Hälfte hatte sich von seinem Tritt ein Riss gebildet. Schon wieder.

Gegen 16 Uhr klopfte jemand an Mortons Bürotür. Um wenigstens von seinem eigenen Telefon in Ruhe gelassen zu werden, legte er den Hörer daneben ab.

»Herein!«

Dan Makarow betrat das Büro.

Mortons finsterer Gesichtsausdruck hellte sich auf. »Wo hast du dich denn die ganze Zeit rumgetrieben?«, fragte er vorwurfsvoll.

Dan reichte Morton die Hand und setzte sich unaufgefordert auf den Stuhl. »Du hast mich gestern nach Gran-Kotten geschickt, schon vergessen?«

»Nein, natürlich nicht. Aber wie du schon sagtest, das war gestern.«

»Ja, nur habe ich gestern die Kinder verpasst. Der Vater von Monika Gutermann hatte sie und Finn Arvidsson zu seinen Eltern nach Munte-Landskap gebracht. Damit die Kinder sich dort von den seelischen Wunden erholen können.« Dan hielt den Zeigefinger an die Schläfe und machte Kreisbewegungen.

»Munte-Landskap liegt auf der anderen Seite des Landes. Sag mir nicht, du bist dorthin gefahren?«

»Natürlich bin ich gefahren, du hättest mir doch nur die Ohren vollgeheult, wenn ich es nicht getan hätte. Aber erst heute Morgen, die Eltern von dem Mädchen waren gestern spät zurückgekommen. Niemand im Dorf kannte die Adresse der Großeltern. Und ich sage dir ganz ehrlich, ich hatte keine Lust danach zu forschen. Ich bin ein alter

Mann und muss meine Arbeitszeit einhalten, wenn ich am nächsten Tag aufwachen möchte.«

Dan wartete, bis Morton zustimmend nickte.

»Der Vater des Mädchens bestand darauf, bei der Befragung dabei zu sein, und ist dann mit mir wieder nach Munte-Landskap gefahren. Ich habe heute den halben Tag mit einem Banker im Auto verbracht und erfahren, was ich alles in all den Jahren falsch mit meinen Finanzen gemacht hatte. Dann komme ich zurück und kann kaum glauben, was sich gerade in der Polis-Zentrale und auf dem Friedhof abspielt.«

Morton nickte und brachte ein klägliches Lächeln zu Stande. »Dan, mir wächst alles über den Kopf. Und dann ständig diese Kopfschmerzen, ich kann kaum klar denken.«

Dan nickte wissend. »Per, ich habe dir schon immer gesagt, die Kopfschmerzen verursachst du dir selbst. Dein Abverlangen der eigenen Person gegenüber ist erschreckend. Komm mal runter, Junge.« Er zeigte mit dem Daumen hinter sich. »Du hast schon wieder in die Decke geschossen. Das ist eine üble Sache. Und ich habe dir bereits beim ersten Mal gesagt, dass es böse enden wird. Deine Karriere könnte mit einem Mal einen steilen Flug nach unten nehmen. Ein guter Anwalt und ein falscher Richter könnten dich dafür einbuchten.«

Morton nickte ergiebig.

»Ach!« Dan wechselte seine Sitzposition und vollführte eine wegwerfende Handbewegung. »Jetzt stimmst du mir zu, aber am Ende machst du es sowieso wieder.«

»Nein, hiermit verspreche ich es dir.«

Dan sah ihm forschend in die Augen. »Gut. Denk daran, ein Chef-Polis, der sein Wort nicht hält, ist ein Waschlappen.«

Morton öffnete den Mund, um sich mit Dan über die aktuelle Lage zu beraten, doch offensichtlich war sein alter Mentor noch nicht fertig.

»Und dein Umgang mit dem Personal. Junge, Junge. Gerade als ich kam, erwischte ich deine Sekretärin zum zigsten Mal beim Heulen. Du bist inzwischen nur noch von Feinden umgeben. Und du machst beständig weiter. Widerlich, deine Art, mit Menschen umzugehen. Widerlich!«

»Letztens hast du mir noch gesagt, ich hätte mich ge-bessert.«

»Ach, hör schon auf.« Dan wechselte abermals seine Sitzposition. Diesmal vollführte er gleich mit zwei Hän-den wegwerfende Bewegungen. »Vielleicht für eine Woche, und nur weil du Geburtstag hattest.«

»Bist du jetzt fertig?«, fragte Morton gereizt.

»Da!«, sagte Dan und lachte verzweifelt auf. »Genau das meine ich!«

Morton verkniff sich eine Antwort. Er lehnte sich in sei-nem Stuhl zurück und wartete, bis Dan endlich mit dem Tadeln fertig war.

Dan wischte sich mit der Handfläche über das Gesicht. »Die Kinder sind verschwunden.«

»Was?«

»Die scheiß Kinder, die ich befragen sollte, haben sich heute Nacht von der Oma verpisst.«

»Wohin?«

»Ja, das hätten wir auch gerne gewusst. Der Vater ist dortgeblieben. Sobald die Kinder zurück sind, ruft er an. Ich habe bis zuletzt auf sie gewartet. Aber ich hatte nicht vor, dort zu übernachten. Pünktlich um 16 Uhr habe ich Feierabend gemacht. Da guck!« Er zeigte auf die Wand-uhr über Mortons Bürotür. »Morgen kannst du einen an-deren nach Munte-Landskap schicken, um die Blagen zu befragen.«

Morton nickte. »Das mache ich, Dan. Vielen Dank für deine Arbeit.«

Dan beugte sich vor. »Moment, meinst du das ernst oder sarkastisch?«

Morton zeigte auf die ausgebreiteten Akten vor ihm. »Dan, bevor du reinkamst, habe ich mir überlegt, ob wir jemals so viele außergewöhnliche Fälle auf einmal hatten. Eine junge Frau, Caja Finkelstein, parkt am Lehrpfad-Yel und verschwindet spurlos im Wald. Ein Kind, Ragan Blom, das unweit von diesem Pfad lebt, erschießt einen Mann, und steht ebenfalls unter Verdacht, für den Tod eines Jungen namens Luritz Evans aus seinem Dorf ver-antwortlich zu sein. Ein vor kurzem entlassener Kleinkri-mineller, Jyrki Bell, erschießt seine Frau Rosa Bell, sei-nen Schwager Elmer Muir und sich selbst. Gleichzeitig wird eine unbekannte Leiche gefunden und wir stellen fest, Jyrki Bell hat auch etwas damit zu tun. Und jetzt kommt der Höhepunkt, Dan, wir graben aus dringendem Tatverdacht die Leiche von Elmer Muir aus und sie ist nicht da. Auch die Leiche von Rosa Bell fehlt. Dann graben wir, dank Adleraugen von Spike Dahl, das Grab von Peetu Virtanen aus und seine Leiche ist ebenfalls nicht da. Und schwups stellen wir fest, dass alle Leichen der Verstorbenen ab 1972 fehlen. Wie kann das alles zusammenhängen?«

Dan überlegte. »Ich denke nicht, dass das alles einen Zusammenhang hat. Fehlende Leichen ab 1972, das ist eine Zeitspanne, wenn wir bis heute rechnen, von siebzehn Jahren. Das hier«, er zeigte auf die Akten auf dem Tisch, »hat sich alles kürzlich ereignet.«

Morton nickte.

»Erinner dich an die Ereignisse im Sommer 1985. Du warst noch ein Frischling. Auf diesem Stuhl saß Anton Petersen und war sich sicher, dass die vielen Fälle von damals allesamt miteinander verstrickt waren. Er war sich so sicher, dass sein Auge nicht mehr aufgehört hatte zu zucken. Und sein«, Dan zuckte mit dem Zeigefinger nach oben, »du weißt schon, wollte nicht mehr hoch.«

Morton nickte wissend.

»Tja, wie wir heute wissen, Fehlschlag!« Dan drückte freundschaftlich sein Handgelenk. »Wie ich schon sagte, bleib locker, Junge, mit der Zeit wird sich alles lichten. Aber du musst Geduld haben. Die Untergeordneten anzubrüllen und Verdächtige mit einer Waffe einzuschüchtern, lässt das gegenwärtige Problem kaum lösen. Verstehst du, Per?«

Morton nickte widerwillig.

»Gut. Ich habe bereits seit«, Dan drehte sich zu der Uhr, »zwanzig Minuten Feierabend. Habe Hunger wie ein Wolf. Und ich wette, du hast heute noch nichts gegessen. Also hoch mit deinem Arsch und komm mit mir zum überteuerten Restaurant gegenüber. Und dass es überteuert ist, weiß ich nur, weil ich jetzt weiß, wie man mit Finanzen umgeht.«

REIK BERGE

37 Reik öffnete die Augen und setzte sich verwundert auf. Er war tatsächlich auf seinem Zweisitzer eingeschlafen. Außerdem war es nach der Helligkeit und Hitze zu urteilen bereits Mittag. Und gleichzeitig der Moment, da Per Morton mit seiner Dienstwaffe durch die Polis-Zentrale zum Verhörraum eilte, mit dem Ziel, Aki Madsen zu einer Aussage zu bewegen.

Er schlenderte gähnend zur Küchennische. Um seinen Durst zu löschen, füllte er seinen Becher mit abgestandenem Wasser aus einem Zinkeimer und sah durch das Fenster, wie ein Lastwagen kurz vor der Ortseinfahrt anhielt.

Nachdem der Transporter weitergefahren war und sich der Staub gemischt mit der Abgaswolke gelegt hatte, überquerten zwei Personen die Fernstraße und kamen auf das Dorf zu. Es waren, erkannte er, Kinder. Sie blieben bei dem Nachbarn gegenüber von Walters Haus stehen und unterhielten sich mit ihm.

Es waren ein Mädchen und ein Junge. Das Mädchen hatte ein grünes Kleid an. Auf ihrem Rücken trug sie eine Tasche. Der Junge lief mit nacktem Oberkörper und Shorts rum. Sein Oberteil hatte er um die Taille gebunden. Sein rechter Arm steckte in einem Gips.

Reik glaubte zu wissen, dass der alte Sigge gerade mit erhobenem Arm auf sein Haus zeigte. Die Kinder sahen in die gezeigte Richtung, nickten und gingen weiter. Reik runzelte die Stirn, als er das Mädchen erkannte. Keine zwei Minuten später klopften sie an seiner Tür und lösten bei ihm ein unerwartetes Unbehagen aus.

Etwas sagte ihm, wenn er jetzt die Tür öffnete, würde er es im Nachhinein bitter bereuen. Er verharrte, das Glas fest umklammert, neben dem Zinkeimer mit Wasser und wartete.

»Bitte öffnen Sie die Tür, wir haben Sie durch das Fenster gesehen«, sagte das Mädchen.

Reik zögerte.

»Bitte, wir müssen dringend über etwas Wichtiges mit Ihnen reden.«

Reiks mieses Gefühl verstärkte sich durch diese Aussage umso mehr. Dennoch öffnete er. »Was wollt ihr von mir?«

Die Kinder betrachteten verunsichert den durcheinandergebrachten Gilchrist-Verband um seinen Arm. Wie der Junge hatte auch Reik kein Oberteil an.

Doch dann fing das Mädchen an: »Es geht um Ihren gesuchten Freund Ragan«, sagte sie entschlossen. »Sie waren gestern bei uns zu Hause, wissen Sie noch?«

Reik nickte. »Du bist Mimi.«

»Moni«, korrigierte sie ihn.

»Moni«, wiederholte er. »Was ist mit Ragan, hast du ihn wieder gesehen?«

»Nein, danach nicht mehr, aber er war es ganz sicher!«

Reik schüttelte den Kopf. »Nein, das war ein Hirngespinst von mir und meiner Schwester. Das kann unmöglich Ragan gewesen sein, seine Mutter ist vor Jahrzehnten gestorben.« Er zeigte auf Walters Haus. »Er hat in diesem Haus gelebt. Und es gab nie eine zweite Mutter.«

»Nein, das vielleicht nicht, aber ...« Monika verstummte und sah sich um. »Könnten wir bitte drin weiterreden? Ich habe ehrlich gesagt schrecklichen Durst.«

Reik überlegte. »Willst du mir nicht deinen stummen Freund vorstellen?«

»Er ist nicht stumm«, entgegnete das Mädchen.

»Ich bin Finn Arvidsson.« Der Junge reichte Reik wegen seines Gipses die linke Hand, statt der rechten.

»Setzt euch an den Tisch da.« Er öffnete die Eingangstür weit.

Sichtlich erleichtert darüber, dem, was auch immer sie vorhatten, einen Schritt näher gekommen zu sein, betraten die Kinder das Haus.

Reik überreichte jedem ein volles Glas mit Wasser und lehnte sich an den Gasherd. Einen dritten Hocker hatte er nicht. »Du wolltest was erzählen«, sagte er zu Monika.

»Ingeborg hat bestritten, dass sie einen Sohn hat. Und das in einer aufgebrachten Gemütsverfassung und mit einem Gewehr in der Hand. Richtig?« Sie leerte ihren Becher und musterte schweigend sein Gesicht.

Reik wunderte Monikas Kenntnisstand nicht, immerhin war Madame Toumiot auch nur eine tratschende Frau. Er wartete, bis das Mädchen weitersprach, doch ihr Blick haftete an seinen Lippen. Offensichtlich erwartete sie eine Antwort von ihm.

»Ja, so war das.«

»Sie hat gelogen! Finn war dabei, als der Mann wortwörtlich sagte: *Was wollt ihr von meiner Mutter, ihr Fickfressen.*«

Finn nickte hastig.

»Ja, mag sein, aber trotzdem war das unmöglich Ragan Virtanen.«

»Sie haben recht, natürlich kann das nicht seine Mutter sein.« Moni beugte sich vor. »Aber was, wenn ich Ihnen sage, dass er gar nicht weiß, dass es nicht seine Mutter ist.«

Reik runzelte die Stirn und wartete, bis das Mädchen es ihm erklärte. Doch ihr Blick haftete abermals an seinen Lippen. Er kratzte sich am Kopf. »Was soll ich dazu sagen ... was willst du damit sagen?«

Sie nickte zufrieden. »Was wir Ihnen damit sagen möchten, wird am Anfang ziemlich unglaubwürdig wirken, aber Sie müssen uns trotzdem bis zum Schluss zuhören. Und danach entscheiden Sie, wie es weitergeht. Einverstanden?«

»Gut«, sagte Reik zaghaft. »Schieß los.«

Monika nickte, doch es war Finn, der erzählte.

Der Junge redete mindestens eine halbe Stunde lang ununterbrochen. Dabei schien er darauf bedacht zu sein bloß keine Details auszulassen. Er redete auch dann weiter, als Monika an der Stelle, wo sie Luritz die Sandale gewaltsam übergezogen hatten, bitterlich weinte. Danach übernahm das Mädchen und beendete ihre Erzählung damit, wie Ragan Blom von der Polis verhaftet und wegtransportiert wurde.

Reik hörte ihnen gebannt zu. Und als das Mädchen fertig war, plagte ihn eine schreckliche Erkenntnis. Er stand gerade zwei minderjährigen Mördern gegenüber. Die Geschichte mit der Sandale war vermutlich die grausamste, die er jemals gehört hatte. Es war erschreckend, wie geschickt das Mädchen die Erwachsenen davon überzeugt hatte, der Junge habe einen epileptischen Anfall gehabt. Mit dieser Beichte hatten die Kinder Reik zum Mitwisser auserkoren. Wenn er diesen Fall nicht bei der Polis meldete, würde er möglicherweise länger eingesperrt bleiben als die beiden zusammen. Doch er hatte aus der Erzählung nicht nur diese schreckliche Erkenntnis gezogen.

»Ich glaube euch!«, verkündete Reik.

Monika und Finn sahen sich strahlend an.

»Ich glaube euch, dass ihr Ragan vermutlich gesehen habt. Und ich glaube euch, dass Ingeborg ihn irgendwie dazu gebracht hat, zu glauben, sie sei seine Mutter. Ich glaube es euch, weil ich selbst vor kurzem einen Mann kennengelernt habe, der Krebs heilt. Und Menschen wie mich dazu bringt, ihre lange Alkoholsucht von jetzt auf gleich zu bezwingen. Und in der Lage ist, dafür zu sorgen, dass im Nachhinein niemand weiß, wie er, also der Mann, aussieht. Warum frage ich euch, sollte eine alte Frau dies nicht ebenfalls können?«

Unendliche Erleichterung zeigte sich in den Gesichtern der Kinder. Finn klopfte gegen seinen Gips und lächelte Reik freundschaftlich an. Moni wischte sich die Tränen ab.

»Allerdings«, eröffnete Reik seinen nächsten Satz, worauf sich Monikas Miene verfinsterte, »denke ich, dass euch trotzdem nichts anderes übrigbleibt als die Polis zu informieren.«

»Nein!«, sagte das Mädchen entschieden. Sie beugte sich über den Tisch und senkte ihre Stimme. »Ingeborg ist so gerissen, die Polis wird bei ihr nichts finden. Weil sie wissen wird, dass sie kommen.« Sie sah zur Tür dann zum Fenster. »Vermutlich weiß sie jetzt schon, dass wir über sie reden. Vielleicht kann sie uns sogar hören.«

Reik spürte Gänsehaut auf seinem Rücken.

»Haben Sie schon vergessen, was wir Ihnen gerade erzählt haben? Denken Sie wirklich, Ihr Freund ist tot, weil er sich mit Ragan im Bus gezankt hatte?«, sie sah Reik forschend an.

»Ja«, antwortete er verunsichert.

»Nein, Ihr Freund ist tot, weil Sie bei Ihrer Suche nach Ragan Virtanen Ingeborg zu nahegekommen sind. So wie wir. Sie hat uns gegeneinander ausgespielt. Ihr Problem damit fast vollständig beseitigt. Nur noch Sie und wir zwei sind übrig. Und denken Sie nicht, Ingeborg würde nachgeben. Wir sind alle so gut wie tot.«

»Na, ich weiß nicht.« Reik kratzte sich am Hinterkopf.

»Moni, vergiss seine Schwester und ihren Sohn nicht«, meldete Finn sich zu Wort.

»Stimmt!«, sagte Monika. »Sie werden auch sterben.«

Reik stöhnte erschrocken auf.

»Der einzige Weg zu beweisen, dass Ingeborg eine durchtriebene Hexe ist, besteht darin, ihren Freund Ragan und die Fotografin zu befreien. Sie können danach persönlich der Polis erzählen, was Ingeborg mit Ihnen angestellt hat«, sagte Finn.

»Alles andere hat keinen Zweck. Und es ist nur eine Frage der Zeit, wie lange wir noch am Leben bleiben«, fügte Monika hinzu.

»Wenn sie wirklich über alles informiert ist, bevor es geschieht, wie sollen wir dann gegen sie ankommen?«, fragte Reik.

»Wir stürmen ihre Hütte. Und wenn sie auf uns schießt, schießen wir zurück. Und wenn Sie wieder Bäume zum Leben erweckt und die Sonne untergehen lässt, oder irgendwelche anderen Tricks anwendet, so erschießen wir sie. Es reicht, wenn nur einer von uns an sie herankommt. Sie kann unmöglich uns alle auf einmal erledigen«, sagte das Mädchen entschlossen.

Reik erinnerte sich daran, dass Ingeborg ein Gewehr hatte. Und dann an Italowestern, die er, als er noch einen Fernseher besaß, jeden Freitagabend geguckt hatte. Dort flogen die Kugeln an den Protagonisten nur so vorbei. Manchmal ein Geschwader zeitgleich. Doch das hier war Realität und die Kinder offensichtlich viel zu naiv.

»Ich weiß nicht«, sagte er zweifelnd. »Euer Plan hört sich für mich irgendwie nicht realistisch an. Wenn sie dafür sorgen kann, dass die Polis nichts bei ihr findet, warum sollte sie dann nicht auch dafür sorgen, dass wir ebenfalls nichts finden?«

»Na, weil wir alle drei sozusagen auf einem Präsentierteller geradewegs in ihre Arme spazieren.« Monika ballte eine Faust und sah zum Fenster. »Und wir werden dich solange verfolgen, bis wir erreicht haben, was wir wollen. Also sei besser heute da, du verfluchte Hexe!«

Reik spürte, wie sich seine Nackenhaare sträubten. »Ich werde Ingeborg auf keinen Fall erschießen. Selbst wenn sie, wie ihr sagt, wirklich *eine Hexe* ist.«

»Wenn Sie meinen«, sagte das Mädchen kalt und erhob sich. »Aber nachdem Ingeborg Sie erledigt hat, wird sie Ihre Schwester und ihren Sohn ebenfalls erledigen.«

Reik kratzte sich am Hinterkopf und wünschte sich, er hätte vorhin auf sein Gefühl gehört und die Kinder ignoriert.

»Wir müssen sofort handeln. Ingeborg darf keine Zeit haben, sich auf unser Kommen vorzubereiten«, drängte Finn.

Reik nickte nachdenklich. »Habt ihr Waffen?«

»Wir haben eine Pistole von meinem Opa geklaut.« Das Mädchen zeigte auf die Tasche neben dem Tisch. »Die benutze ich, Finn und Sie brauchen noch welche.« Sie sah suchend auf Reiks Wände.

»Ich habe kein Gewehr mehr«, sagte er und erinnerte sich daran, wie er es unter fünffachem Wert verkaufte, um Geld für Alkohol zu haben.

»Sie haben kein Gewehr?«, fragten Monika und Finn ihn ungläubig.

Reik sah durch das Fenster auf Walters Haus. »Nein, aber ich weiß, wo wir zwei Gewehre herbekommen.« Die Waffen hatte der alte Mann ursprünglich als Erbstücke für seine Söhne vorgesehen. Das hatte er Reik im Suff anvertraut, lange bevor alles so dramatisch endete.

Ermattet durch das Marschieren entlang der Fernstraße und ständigem Verstecken, sobald ein Auto kam – schließlich waren Moni und Finn sozusagen auf der Flucht – kamen sie endlich am Lehrpfad-Yel an.

»Hier auf diesem Parkplatz fand man das Auto von der vermissten Fotografin.« Finn deutete auf die Stelle, an der das Auto stand. »Dort fängt der Lehrpfad an.« Er zeigte mit dem Finger über die Straße.

Reik nickte wissend. Wer aus dieser Gegend kannte diesen Pfad nicht?

Sie überquerten die Straße mit schnellen Schritten und verschwanden hinter den Bäumen.

»Wartet.« Moni setzte ihre Tasche ab und wühlte darin. »Ist sie auch wirklich geladen?« Sie hielt Reik die Pistole von ihrem Opa entgegen. FN Browning HP.

Reik kannte das Modell allzu gut. Sein Vater hatte die gleiche Pistole als eine Trophäe aus dem Zweiten Weltkrieg mitgebracht. Er überprüfte das Magazin und entriegelte die Waffe. »Ist geladen«, sagte er und gab sie Monika zurück. Dabei entdeckte er einen Kompass in ihrer Hand. Was für ein raffiniertes Mädchen.

Sie bemerkte seinen Blick und schüttelte lächelnd den Kopf. »Der ist nur für alle Fälle da, unser eigentlicher Kompass ist Finn!« Sie sah den Jungen stolz an.

»Dürfte ich mein Gewehr jetzt schon haben?« Finn zeigte auf eine der Waffen auf Reiks Rücken.

Es war eine Leichtigkeit Walters Gewehre, Nana und Rebecca, von der Wandhalterung zu entfernen. Der alte Mann lag auf dem Boden im Zimmer seiner Söhne und schnarchte. Beide Waffen waren Doppelbüchsen von der Marke Krieghoff. Reik gab dem Jungen Nana und behielt Rebecca, der Name klang irgendwie besser.

»Ich bilde die Vorhut«, sagte Finn entschlossen. Ähnlich wie bei Ragan Blom damals, gab ihm die Waffe in seinen Händen das Gefühl von Macht und Überlegenheit. Bloß sein Gips hinderte ihn daran, das Gewehr richtig zu umklammern.

Reik nickte. »Halte den Pistolenlauf immer nach unten«, wies er Monika an und folgte dem Jungen.

Es dauerte nicht lange und sie verließen den Pfad, um in die Tiefe des Waldes einzutauchen.

»Hier, an diesem Baum hing eines der Schilder.« Finn deutete auf eine breite Fichte mit mehreren Spechthöhlen. Reik stellte sich davor und betrachtete neugierig die rostigen Nägel. Ihre Geschichte über abgerissene Wegweiser stimmte also. Während sie durch den Wald marschierten, zeigte Finn Reik zwei weitere Bäume, wo nicht nur alte Nägel, sondern normalerweise auch neue Schilder angebracht sein sollten. Doch abgesehen von frisch beschädigter

Rinde und Löchern, in denen tatsächlich Nägel gesteckt hatten, waren die Bolzen und die Wegweiser nicht mehr da.

»Sie hat alles wieder entfernt, diese raffinierte Hexe. Was haben wir Ihnen gesagt, sie wird dafür sorgen, dass die Polis nichts findet!«, sagte Moni triumphierend.

Reiks letzten Zweifel daran, dass die Kinder irrten, wenn sie behaupteten, die alte Frau habe die Fotografin auf diese Weise zu sich gelockt, verflogen gänzlich.

Zeitgleich schwappte Finns Entschlossenheit zunehmend in Unsicherheit über. Mit jedem Schritt, der sie näher an Ingeborg brachte, schien das Gewehr in seinen Händen seine Wirkung zu verlieren.

»Wir sind da!«, sagte Finn schließlich. »Bückt euch.«

Reik ging in die Hocke und sah sich stirnrunzelnd um. »Ich sehe nichts.«

»Dort, hinter dem Abhang.« Moni zeigte auf Dutzende Preiselbeerbüsche. »Die Lichtung.«

»Verstanden.« Reik entsicherte Rebecca. Er schlich zum Jungen und sah in sein ängstliches, schweißbedecktes Gesicht. »Mach dir keine Sorgen, Finn, ich beschütze euch.«

Finn brachte ein schwaches Lächeln zu Stande. »Vielen Dank, dass Sie mitgekommen sind.«

»Ich würde mich auch gerne dafür bedanken, dass ihr mich mitgenommen habt, aber dann würde ich lügen.« Er zwinkerte dem Jungen zu und drehte sich zu Monika. »Ab jetzt übernehme ich. Wir verteilen uns und preschen nacheinander vor, so wie in den Kriegsfilmen, versteht ihr, wie ich das meine?«

Die Kinder nickten und liefen links und rechts hinter breite Fichtenstämme. Reik zeigte zufrieden den Daumen nach oben, schlich etwa zehn Meter vorwärts, suchte Deckung hinter einem Stamm und deutete Moni als nächste näher heranzukommen. Zwei Minuten später betrachteten sie, in etwa acht Metern Abstand zueinander, Ingeborgs Häuschen auf der Lichtung. Plötzlich verließ Monika ihre Position und lief, den Pistolenlauf stets nach unten gerichtet, zu Reik.

»Was machst du da?«, zischte er aufgebracht und fuchtelte mit der Hand. »Bleib in Deckung!«

Finn beobachtete sie besorgt und kämpfte gegen den Drang, ebenfalls loszurennen.

»Die Fensterläden sind verschlossen und aus dem Schornstein vom Steinofen steigt kein Rauch«, flüsterte Monika, als sie hinter einer Fichte neben ihm Deckung suchte.

Reik sah zu der Hütte, zuckte dann mit den Schultern und bereute es zugleich, weil es Schmerz auslöste. Wann, fragte er sich, würde sein Hirn das endlich begreifen. »Was willst du mir damit sagen?«

»Entweder ist sie nicht zu Hause oder sie erwartet uns bereits.« Sie sah auf Reiks Handgelenke. »Haben Sie keine Uhr?«

»Nein«, antworte er und dachte an seine vom Vater geerbte Uhr, die er als eines der ersten Dinge verkaufte, um zu überleben, also um seinen Durst nach Alkohol zu stillen.

»Finn!«, rief Monika mit gesenkter Stimme. »Wie spät ist es gerade?«

Der Junge sah hoch in den Himmel. »Etwa zwanzig vor vier.«

Reik sah stirnrunzelnd zur Sonne zwischen den Spitzen der Fichten.

»Wenn wir Glück haben, ist Ingeborg gerade in Stor-Yel. Heute ist Donnerstag, das heißt, sie könnte ihre Teigtaschen auf dem Basar verkaufen. Dieser hat bekanntlich donnerstags länger auf. Bis 16 Uhr.«

»Gut, danke für die Information«, sagte Reik, selbst darüber verunsichert, ob er es ernst meinte. Jetzt wo das Mädchen ihre Position aufgegeben hatte und damit seinen Plan, möglichst unauffällig die Lichtung zu stürmen, zunichte machte, winkte er Finn zu sich.

»Monika, du rennst hinter den Steinofen, Finn, siehst du die Preiselbeerbüsche dahinten? Du rennst einen Bogen zwischen den Fichten und kommst dort raus. Bleib in den Büschen. Aus der Position kannst du hinter das Häuschen und den Holzstapel davor sehen. Ich renne bis zur Tür.«

Finn entfernte sich und pirschte, wie Reik verlangte, bis zu den Preiselbeerbüschen vor. Von hier aus konnte er den schmalen Trampelpfad nach Gran-Kotten sehen. Es wäre so einfach, sich jetzt nach Hause zu verpissen …

Reik nickte dem Jungen zu. »Dann los, los, los«, zischte er, verließ seine Deckung und rannte in gebückter Haltung auf das Häuschen zu. Monika, die ihm anfangs dicht folgte, wich zum Ofen aus und versteckte sich dahinter. Reik erreichte die Hütte, presste den Körper zwischen die Tür und das Fenster, und atmete erstmal durch. Seine Lunge war längst nicht mehr daran gewöhnt, Entfernungen im Laufschritt zurückzulegen. Das Gewehr an sich gedrückt, dem Schmerz an der Schulter ausgesetzt, starrte er auf das Vorhängeschloss an der Tür. Dann suchte er Finn in den Preiselbeerbüschen. Als er ihn entdeckte, zeigte er fragend auf den Holzstapel. Der Junge schüttelte den Kopf und hob den Daumen nach oben. Gut, dort war niemand. Wie es aussah, war Ingeborg nicht zu Hause.

»Bleibt auf euren Positionen«, zischte Reik, lehnte das Gewehr an das Häuschen und eilte zum Baumstamm, auf dem Ingeborg ihr Holz hackte. Und wo jetzt eine Axt steckte. Er nahm das Werkzeug an sich und lief zurück zur Tür. Wenn sie gleich keine verschwundene Fotografin im Hausinneren vorfanden, dann war das, was er gerade vorhatte, ein Einbruch.

Er schlug die Axt solange gegen das Schloss, bis der Riegel sich lockerte und abbrach. Worauf sich die Tür leicht öffnete. Reik lehnte die Axt an das Häuschen und nahm das Gewehr, verwundert, wie leichtsinnig Ingeborg ihr Häuschen mitten im Wald nur mit einem Vorhängeschloss verriegelt hielt. Er sah die Kinder flüchtig an und zog die Tür auf. In der Hütte war es düster.

»Hallo, ist jemand da?« Reik trat verunsichert, das Gewehr im Anschlag, einen Schritt vor. Er erkannte, dass die kleine Hütte in zwei Räume unterteilt war. Der Raum, in dem er jetzt stand, hatte nur ein Fenster. In der Mitte befand sich ein großer Tisch, dahinter ein Regal mit Küchenutensilien und Lebensmitteln. Links an der Wand stand ein riesiger Kohleherd. Einen Kühlschrank gab es nicht. Reik sah zu der Decke und stellte fest, dass auch Lampen fehlten. Das Häuschen hatte also keinen Strom. Er sah in den nächsten Raum, wo zwei Lichtstrahlen durch die verschlossenen Fensterläden den Weg ins Innere fanden. In der Mitte des Raumes glaubte er, ein Sofa zu erkennen.

»Und ist sie da?«, fragte Monika und hätte beinahe durch den Schreck, den sie bei Reik verursacht hatte, einen Schuss aus dem Gewehr ausgelöst.

»Bist du bescheuert?«, zischte er wütend. »Geh sofort auf deine Position. Ich mache das schon.«

Moni ignorierte ihn. Sie hockte sich hin, legte die Pistole von ihrem Opa behutsam auf den Boden, ließ ihre Tasche von den Schultern gleiten und durchwühlte sie. »Hier!« Sie präsentierte Reik eine Taschenlampe, schaltete sie ein und leuchtete in den Nebenraum.

»Ach du meine ...« Das Mädchen ließ erschrocken die Lampe zu Boden fallen und versteckte das Gesicht in den Händen.

Reik, der sich nicht minder erschrak, hob die Taschenlampe auf und leuchtete erneut auf das Sofa. Dort lag eine Gestalt im weißen Unterhemd, das Gesicht zum größten Teil von Haaren bedeckt und streckte eine Hand nach ihnen aus. Ihre Finger öffneten und schlossen sich fortwährend, so als versuche sie, Reik und Moni zu fassen.

Reik gab dem Mädchen die Taschenlampe zurück. »Leuchte auf das Sofa. Komm nicht auf die Idee, jetzt abzuhauen.« Er hob das Gewehr zum Schuss bereit und trat in den Nebenraum. Dieser war kaum größer als der Vorraum. Das Sofa stand mit genügend Sicherheitsabstand vor einem offenen Steinkamin. Offensichtlich hielt dieser die kleine Holzhütte im Winter warm. Über seinem Feuerraum hing ein Gewehr. Links an der Wand stand ein Schrank, ansonsten schien der Raum leer zu sein.

Die Hand der Gestalt bewegte sich mit Reiks Schritten mit und zeigte stets auf seine Position. Jetzt hörte er die furchteinflößende Kreatur sogar röcheln. Etwas sagen, so leise, dass es erforderlich war, sich über sie zu beugen, um es zu verstehen. Monis Lichtstrahl sprang unruhig auf den Körper der Frau. Ja, natürlich, es war eine Frau. Die vermisste Fotografin! Reik senkte sein Gewehr und reichte Caja Finkelstein die zitternde Hand. Er strich ihr über die verschwitzten Haare, um das Gesicht freizumachen. Ihr Mund formte Worte, die kaum zu hören waren. Ihre Augen starrten ihn flehentlich an. Ihr Nachthemd war durchgeschwitzt, sie stank bestialisch.

»Ist das die Fotografin?«, fragte Moni mit beklommener Stimme.

»Ich denke, ja!« Er beugte sich über ihren Mund, um zu horchen, was sie sagte.

»Wir bleiben jetzt alle ganz ruhig«, sagte stattdessen eine andere Stimme.

Moni kreischte auf, das Licht ihrer Taschenlampe sprang vom Sofa auf Reiks Gesicht und fiel dann krachend auf den Boden.

Reik starrte zur Tür. Dabei wich er vom Sofa weg und warf das Gewehr um, das er vorhin unbewusst angelehnt hatte.

Neben Monika stand Finn. Über seine Wangen rannen Tränen, aus seinen Shorts lief Urin. Ein bärtiger Mann hielt dem Jungen Walters Doppelbüchse Nana an den Kopf.

»Lass die Waffe liegen. Komm hierher«, sagte der Mann zu Reik. »Ma, du kannst reinkommen.«

Eine alte zierliche Frau, die grauen Haare zum Teil mit einem Kopftuch bedeckt, betrat das Häuschen. In den Händen hielt sie die Axt, die Reik vorhin gegen die Hauswand gelehnt hatte.

Sie stellte sich zu Monika und streichelte sie am Oberarm. Das Mädchen drehte verängstigt das Gesicht weg. Auch sie weinte.

»Finn und Monika, warum seid ihr solch widerspenstige Kinder? Hatte mein Sohn euch nicht gesagt, ihr sollt euch von mir fernhalten?«

»Ragan«, sagte Reik laut, »sie ist nicht deine Mutter, sie hat dich verhext.«

Ingeborg sah Reik wütend an. »Das ist der Kerl, den die französische Hure vorgestern mit angeschleppt hatte.« Sie deutete mit der Axt auf ihn.

»Ma, ganz ruhig!«, sagte der Mann nervös.

»Ich werde dein Hirn an die Hunde verfüttern«, kreische Ingeborg wütend und stürmte mit erhobener Axt auf Reik los.

Reik erstarrte vor Schreck. Die Axt sauste auf ihn herab und verfehlte seinen Körper nur knapp, weil er sich im letzten Moment zur Seite drehte. Ingeborg stolperte an ihm vorbei und fiel beinahe um.

»Ma, lass den Scheiß!«, brüllte der Mann. Er richtete Walters Doppelbüchse auf Reik. »Ganz ruhig alle zusammen.«

Reik sah furchtsam zu Ingeborg und zu ihrem Sohn und spürte dabei, wie sich die Hand der Frau auf dem Sofa an die Hose an seinem Oberschenkel klammerte. »Ragan«, versuchte er es noch einmal, »sie hat dich verhext. Das ist nicht deine Mutter.«

Der Mann senkte das Gewehr ein kleines Stück. »Ma, nein!«, brüllte er erschrocken.

Ingeborg schwenkte die Axt und zielte damit auf Reiks Kopf.

Reik wich erneut aus und attackierte die alte Frau. »Wehrt euch, wehrt euch!«, brüllte er, griff nach der Axt und brachte seinen Körper rasch hinter Ingeborgs Rücken, damit ihr vermeintlicher Sohn nicht auf die Idee kam, auf ihn zu schießen. Zu Reiks Überraschung griffen die Kinder den Mann an.

Sie umklammerten das Gewehr am Lauf und versuchten, es seinen Händen zu entreißen. Ein ohrenbetäubender Schuss fiel und zerfetzte die Hälfte der Sofalehne knapp über dem Kopf der hilflosen Fotografin. Der Schütze packte Monika mit der freien Hand an den Haaren und zog sie gnadenlos nach unten. Moni brüllte vor Schmerz. Ein zweiter Schuss aus Walters Doppelbüchse ließ die Fensterscheibe unmittelbar neben Reik und Ingeborg zerplatzen und die Fensterläden nach außen aufklappen. Im Raum wurde es augenblicklich deutlich heller.

Im gleichen Moment gelang es Finn, die Waffe aus der Hand des Schützen zu reißen. Überrascht vom plötzlich fehlenden Widerstand, stolperte er nach hinten und fiel rücklings zu Boden. Die Hand vom Gewehr befreit, schlug der Mann Monika mit der Faust ins Gesicht.

Ingeborg ließ endlich ihre schwere Axt los. Den Körper wild hin- und herwindend, versuchte sie Reiks Griff zu entkommen. Ihr Kopftuch verrutschte und verdeckte ihr dadurch die halbe Sicht. Reik sah entsetzt zu, wie Monika bewusstlos zu Boden glitt. Ragan, war es denn wirklich Ragan?, riss Finn das Gewehr aus der Hand und schlug dem Jungen damit ungezügelt auf den Kopf.

»Lass sie in Ruhe!«, brüllte Reik, er hob Ingeborg an und warf sie gegen das geplatzte Fenster.

Ragan, nein das war definitiv nicht Ragan, oder?, hatte mit zwei ungewollten Schüssen zwangsläufig die Munition verbraucht. Er eilte mit großen Schritten, den Lauf des Gewehrs mit beiden Händen fest umklammert, auf

Reik zu. Reik bückte sich, um die Axt aufzuheben, doch sein Gegenüber war schneller. Er hob das Gewehr, wie ein amerikanischer Baseballspieler den Schläger, und schlug ihm mit dem Schaft ins Gesicht. Reik vollführte eine halbe Drehung und landete mit dem Kopf auf dem Bauch der vermissten Fotografin Caja Finkelstein.

Dann war alles dunkel.

CAJA FINKELSTEIN

Lehrpfad-Yel
Rückblick, Freitag, 7. Juli 1989

38 Als Waise wuchs Caja Finkelstein bei ihren Großeltern mütterlicherseits auf. Nachdem zuerst ihre Großmutter, dann ihr Großvater starb, übernahm die Cousine ihrer Mutter die Verantwortung für sie. Zu diesem Zeitpunkt befand sich Caja in der Hochphase ihrer Pubertät. Das und die Trauer über den tragischen Tod ihres Großvaters machten es Tante Agnes und ihrem Mann, Joseph Blumberg, anfänglich nicht leicht, sie zu ertragen.

Doch mit der Zeit verarbeitete Caja die Trauer und fand sich damit ab, eine Frau zu werden. Außerdem hatte sie nicht vor, wie ihr Opa es erhoffte, eine Anwältin oder Ärztin zu werden. Nein, sie wollte Fotografin sein. Ihr Hobby, das ihr sozusagen durch Zufall in den Schoß fiel, zum Beruf machen. Sie beendete ihre Schullaufbahn nach der zehnten Klasse und einem katastrophalen Zeugnis, und startete in Stor-Yel eine Ausbildung zur Fotografin. Um die Entfernung zwischen ihrer neuen Heimat Tre-Hut und Stor-Yel täglich möglichst schnell und unkompliziert zu überwinden, machte sie als einziges Mädchen in ihrem neuen Freundeskreis einen Führerschein. Und kaufte vom beachtlichen Geldbetrag, den Opa Blár ihr hinterlassen hatte, einen Alfa Romeo Giulia.

Das Talent seiner neuen Auszubildenden sofort erkannt, drängte sie ihr Chef Viljo Patel, bei sämtlichen Fotografiewettbewerben mitzumachen. Schon bald gewann sie die ersten Preise. Es dauerte nicht lange und man prophezeite, dass Caja Finkelstein eine aufblühende

Blume mit glänzender Zukunft in der Welt der Fotografie war.

Caja fuhr auf den Schotterparkplatz vom Lehrpfad-Yel und parkte ihr Auto unmittelbar neben der riesigen Informationstafel.

»Fluffy, du kannst es kaum erwarten, was?« Sie tätschelte ihren reinrassigen weißen Malteser an der Flanke. Ihr Freund und Weggefährte seit ihrem zwölften Lebensjahr. »Bleib hier, hörst du!« Sie drückte ihm die Beifahrertür auf und eilte aus dem Auto, um zu verhindern, dass er auf die Straße lief. »Bei Fuß«, sagte sie streng und öffnete den Kofferraum.

Der Malteser gehorchte und kam aufgeregt zurückgelaufen. Caja schulterte ihre Tasche, nahm den Fotoapparat in die Hand und klappte den Deckel zu. »Hierbleiben, habe ich gesagt.« Sie verriegelte ihr Auto, ging zur Informationstafel und betrachtete neugierig die Abbildungen von Pflanzen und Tieren.

»Na los, Fluffy«, sagte sie nach ein paar Minuten und marschierte über die Straße auf den Lehrpfad zu.

Vor genau einer Woche hatte sie einen Mann in einem feinen Anzug aus der Hauptstadt Kapital-Maa aufgesucht. Arvid Olsson war ein Professor für Biologie und erstellte im Auftrag der Regierung ein neues Sachbuch für das sechste Schuljahr. Auf der Suche nach einem Fotografen für Bilder aus der Natur hatte man ihm ausdrücklich die junge, talentierte Fotografin Caja Finkelstein empfohlen. Bei einem Tee mit einem Stück Erdbeertorte erklärte er ihr in einer Konditorei haargenau, welche Bilder er benötigte und wo sie seiner Meinung nach am besten zu fotografieren waren. Mit der Möglichkeit, dadurch eine bedeutende Referenz hinzuzugewinnen, sagte Caja zu.

Nach vier vollen Filmen, viele der Bilder würden Professor Olsson ganz sicher begeistern, fand sie, dass es an der Zeit war, zurückzugehen. Sie sah sich nach Fluffy um und entdeckte ihn abseits vom Pfad zwischen zwei Baumwurzeln nach etwas graben.

»Na los, komm schon, ab nach Hause«, sagte sie und pfiff durch die Zähne. Irgendwo links von ihr hörte sie ein Auto vorbeirasen. Der Lehrpfad verlief unweit der Straße. »Fluffy, komm schon.«

Der Malteser gehorchte ihr nicht. Er spitzte die Ohren, bellte und rannte ins Waldinnere.

»Bleib stehen, Fluffy. Sofort!«, brüllte sie, stieg über einen kniehohen Preiselbeerbusch und folgte ihrem Hund. »Fluffy!« Sie hatte ihn aus den Augen verloren. »Fluffy!« Sie stellte ihre Tasche auf dem Waldboden ab und verstaute ihre Fotokamera. »Fluffy!«, brüllte sie aufgebracht und entdeckte ihn wieder.

Der kleine Malteser hatte sich etwa dreißig Meter von ihr entfernt zwischen zwei Fichten auf die Hinterpfoten gesetzt und beobachtete sie.

»Komm her, du dummer Hund!«, rief sie und erinnerte sich daran, wie er vor Jahren schon einmal vor ihr weggerannt war. Es hatte ganze fünf Tage gedauert, bis sie wieder vereint gewesen waren. Damals dachte sie, sie hätte ihn für immer verloren. Sie breitete die Arme aus. »Na komm, Junge, komm!«

Doch Fluffy regte sich nicht. Er wartete, bis sie näherkam, sprang auf die Pfoten und rannte noch weiter ins Waldinnere.

»Fluffy, verdammt nochmal, wo ist dein Problem? Komm sofort hierher!« Sie pfiff abermals durch die Zähne und beschleunigte ihren Schritt, da der Hund wieder irgendwo hinter einer Böschung aus ihrer Sicht verschwand. Sie achtete auf die Äste und Baumwurzeln unter ihren Füßen, um nicht zu stolpern. Ihr fiel ein, dass im blauen Wald Tiere lebten, die für Menschen gefährlich werden konnten. Dies war einer der Gründe, weshalb sie überhaupt Fluffy mitnahm. Selbst wenn bei so einem kleinen Hund das Gefühl der Sicherheit vermutlich eher trügerisch war. »Fluuuffyyyy!«, schrie sie diesmal verängstigt.

Fluffy gab einen Laut. Irgendwo rechts vor sich. Caja änderte ihre Richtung. Ihr Tempo hatte Laufschritt erreicht. Wie verhielt man sich nochmal, wenn man einem Luchs begegnet? Auf keinen Fall laufen. Sich langsam von dem Tier entfernen. Sie reduzierte ihre Geschwindigkeit. Sicherheitshalber. »Fluffy!«, brüllte sie beinahe hysterisch.

Wieder gab der Malteser einen Laut von sich. Diesmal links vor ihr. Und für einen kurzen Moment erhaschte sie einen Blick auf ihren Hund, bevor er hinter dem dicken Baumstamm einer Fichte verschwand. Caja sah verunsichert in die Richtung, wo theoretisch der Lehrpfad-Yel und die Fernstraße lagen, und folgte Fluffy. Nun weinte sie.

Es verging mindestens eine halbe Stunde, bis ihr kleiner Malteser ihr endlich das Gefühl gab, auf sie zu warten. Wenngleich er sich weigerte, ihr entgegenzulaufen. Er saß auf seinen Hinterpfoten und wackelte rhythmisch mit dem Schwanz hin und her. Seine winzigen Augen leuchteten glasig. Caja stöhnte erschrocken auf. Das letzte Mal, als Fluffy weggelaufen war, hatte er sich ähnlich seltsam verhalten. Ihre Tante und ihr Mann haben sogar damals geglaubt, er hätte Tollwut.

Sie ging in die Hocke. »Na komm, mein Liebling, die letzten Meter gehören dir.«

Der kleine Malteser sprang auf die Pfoten und trottete auf Caja zu. Doch bevor sie ihn berührte, wich er ihr aus, rannte ein paar Meter nach rechts und setzte sich wieder.

»Fluffy«, flehte sie weinend, »bitte komm zu mir. Bitte!«

Der Malteser winselte versöhnlich, drehte sich auf den Rücken und wartete, bis sie ihn erreichte und am Bauch streichelte. Dann nahm sie ihren Hund unendlich erleichtert auf die Arme und sah sich stutzig um.

Die ganze Zeit über hatte sie das Gefühl, genau zu wissen, aus welcher Richtung sie gekommen waren, doch jetzt, wo es soweit war zurückzugehen, war sie verunsichert. Caja drehte sich um ihre eigene Achse, und da entdeckte sie es. Ein festgenageltes Schild an einem Baumstamm. Sie kniff die Augen zusammen und las laut vor. »Nächstliegende Siedlung, hier lang!« Sie sah auf die Spitze vom Wegweiser und glaubte tief im Inneren zu wissen, dass Lehrpfad-Yel und die Fernstraße genau in der entgegengesetzten Richtung lagen.

»Verdammt, Fluffy, schau, was du uns eingebrockt hast«, sagte sie vorwurfsvoll und entschied, sich an die Vorgaben des Schilds zu halten. An welchem Ort sie auch immer rauskam, den Anfang vom Lehrpfad von dort aus zu finden, wäre sicherlich leichter als von hier aus.

Nach einem etwa zehnminütigen Marsch voller Angst und Zweifel entdeckte sie ein weiteres Schild mit derselben

Aufschrift in weißer Farbe. Ermutigt behielt sie den Kurs bei und fand schon bald den nächsten Wegweiser.

Da die hohen Bäume teilweise den Himmel verdeckten, setzte die Dämmerung im Wald wesentlich früher ein. Caja beschleunigte ihr Tempo. Auf keinen Fall hatte sie vor, die Nacht in diesem Wald zu verbringen.

Als sie schließlich, nach einer Ewigkeit, wie es ihr vorkam, verheult und völlig verängstigt, auf einer großen Lichtung ein Häuschen entdeckte, war es im Wald bereits düster. Sie trat aus der Finsternis ins Helle, hier war die Nacht noch um einiges entfernt, und sah sich erstaunt um. Unweit von der Hütte stand ein Steinofen, aus dem Rauch stieg. Caja nahm den Geruch von frischem Brot wahr. Sie drückte Fluffy fester an sich und ging langsam auf den Ofen zu.

Ihr Magen knurrte unaufhörlich. Sie hatte vorhin gar nicht gemerkt, wie hungrig und vor allem wie durstig sie war. Plötzlich trat hinter dem Steinofen eine alte Frau hervor. Caja zuckte erschrocken zusammen. Fluffy bellte die Dame an.

»Still, Fluffy!«, sagte Caja streng und rüttelte ihn leicht. Der Hund verstummte.

»Kann ich dir helfen?« Die alte Dame lächelte freundlich.

»Ja, Allmächtiger, ja!«, sagte Caja erleichtert und weinte hemmungslos.

»Na, na, du hast dich verlaufen, nicht wahr?« Sie breitete die Hände aus und lächelte vertraut.

Caja fiel ihr schluchzend in die Arme. »Ich dachte schon, ich komme nie wieder da raus.«

»Aber das bist du doch.« Die Alte streichelte Cajas Haar. Sie war mindestens einen halben Kopf kleiner als die junge Frau.

»Na komm, lass uns ins Haus gehen. Du hast sicherlich Durst und Hunger. Ich habe frisches Brot gebacken.«

Caja folgte ihr ins Häuschen.

Zwanzig Minuten später hatten Caja und Fluffy ihren Durst gelöscht und ihre Mägen gefüllt. Die junge Frau erzählte Ingeborg, so hieß die alte Dame, wie es dazu kam, dass sie sich verlaufen hatten. Und Ingeborg erklärte, an welchem Ort sie herausgekommen waren.

»Ich fürchte, mein Täubchen, dass es für dich unmöglich sein wird, heute noch nach Hause zu kommen. Es wird schon dunkel. Im Wald sieht man jetzt schon die eigene Hand vor Augen nicht. Wie ich sagte, ist Gran-Kotten nicht weit von hier entfernt und es gibt einen Pfad dorthin, aber im Dunkeln durch den Wald zu laufen ... ich weiß nicht.« Ingeborg sah Caja ernst an und zuckte mit den Schultern. »Und dann die Tiere.«

Noch nicht von dem Schock erholt, wollte Caja um keinen Preis wieder zurück in diesen verdammten Wald.

»Ich habe zwar nur das eine Sofa«, Ingeborg hob die Petroleumlampe an und leuchtete in den Nebenraum, »aber ich schlafe sowieso lieber auf dem Boden.«

»Vielen Dank, dass sie uns aufgenommen haben und dass wir hierbleiben dürfen. Und für das leckere Essen!«, sagte Caja erleichtert. »Aber Fluffy und ich schlafen auf dem Boden.«

»Wie du meinst, mein Täubchen.« Ingeborg tätschelte Cajas Hand. »Nun lass endlich deinen Hund wieder runter, die Tür ist zu, er kann nicht weglaufen, und dann erzähle mir alles über dich. Ich habe so selten Besuch, mit dem ich mich unterhalten kann.«

Caja setzte Fluffy ab und erzählte der alten Dame von ihrem Leben. »Und hätte ich die Wegweiser im Wald übersehen, wäre das vermutlich mein letzter Tag auf dieser Welt gewesen«, endete sie und lächelte. »Ich danke Ihnen abermals.«

Ingeborg sah sie misstrauisch an. »Was für Wegweiser?«

»Na, die Schilder an den Bäumen, sie führen direkt auf Ihre Lichtung.«

Die alte Dame runzelte die Stirn. »Die Schilder sind nicht von mir! Und du bist dir ganz sicher, mein Täubchen? Du hast es dir nicht eingebildet?«

Jetzt war es Caja, die ihre Stirn runzeln musste. »Nein, ich bin mir ganz sicher, es waren insgesamt sechs Wegweiser. Vielleicht gibt es sogar noch mehr.« Sie sah Ingeborg besorgt an. Die alte Frau saß reglos und mit versteinerter Miene da und starrte ins Leere.

»Vermutlich hat man sie dort wegen des Lehrpfad-Yel aufgehängt, falls sich dort irgendwelche Kinder verlaufen. Oder?«

»Hmm, das ist wirklich seltsam«, sagte Ingeborg ernst. Doch dann lächelte sie und zeigte auf den Kohleherd. »Das Wasser kocht!«

Caja sah sie fragend an.

»Na, für den Tee!« Sie wühlte in dem Regal. »Mein Tee ist sehr berühmt in dieser Gegend, musst du wissen. Die Besucher weigern sich, das Haus zu verlassen, ehe sie nicht mindestens eine Tasse davon getrunken haben.« Sie goss das heiße Wasser aus dem Kessel in eine kleinere Kanne mit Tee und stellte sie auf den Tisch. »Und weißt du, was das Geheimnis von meinem Tee ist?«

»Das werden Sie mir nicht verraten, stimmt's?« Caja zwinkerte ihr zu.

»Normalerweise nicht. Aber heute mache ich eine Ausnahme. Und zwar weil du mir so sympathisch bist, mein Täubchen«, schmeichelte Ingeborg, nahm den Deckel von der Kanne und ließ Caja den Duft einatmen. »Die braun-schwarzen Blätter sind ganz normaler Schwarztee. Die grünen hingegen sind Minze.«

»Minze!«, wiederholte Caja.

»Wenn man diese beiden Zutaten zusammen aufkocht, vermischen sich die Aromen und es schmeckt einfach herrlich!«

Der Tee war grauenhaft. Zwar schmeckte Caja die Minze sehr wohl raus, doch der restliche Inhalt, also vermutlich der Schwarztee, hinterließ einen äußerst bitteren Geschmack. Die zwei Tassen trank sie aus Höflichkeit aus, lehnte die dritte aber entschieden ab.

»Weißt du, wenn ich dich so ansehe, muss ich an meinen Sohn denken. Er ist vierunddreißig Jahre alt, gut aussehend, hat einen anständigen Beruf und ist immer noch unverheiratet. Was ist mit dir, Täubchen, bist du schon vergeben? Hast mir nichts von einem Verehrer erzählt.«

Caja lachte. »Soll das eine Verkupplung werden?«

»Ich wünsche mir schon so lange ein Enkelkind.« Ingeborg wischte sich eine Träne aus dem Auge.

Caja lief rot an. »Bitte entschuldigen Sie mich, das war nicht böse gemeint.«

Die alte Dame brachte ein klägliches Lächeln zu Stande und winkte ab. »Es ist schon spät, sicherlich bist du müde vom vielen Laufen.« Sie nahm die Petroleumlampe, die einzige Lichtquelle im Haus. »Komm mit, ich zeige dir, wo du schläfst.«

Caja wischte sich mit der Hand über das Gesicht. Sie war nicht nur schlagartig müde geworden, nein, sie fühlte sich auch seltsam.

Ingeborg schob den Arm unter Cajas Achselhöhle und zog sie hoch. »Na komm schon, komm mit, Täubchen.«

Caja erhob sich und glitt beinahe zurück auf den Stuhl. Ihre Beine drohten unter ihr wegzusacken, der Raum drehte sich. Die alte Frau führte sie zum Sofa im anderen Raum und half ihr, sich hinzulegen.

»Wo ist mein Fluffy?« Sie hob den Kopf an und entdeckte den kleinen Malteser unweit vom Sofa auf den Hinterpfoten sitzen. Seine glasigen Augen glänzten im Lichtstrahl der Petroleumlampe. Ingeborg schob ihr ein Kissen unter den Kopf und deckte sie mit einer bunten Strickdecke zu.

»Irgendetwas. Mir geht es nicht. Ich.«

»Schlaf, mein Täubchen, schlaf, alles wird gut.« Beruhigte die alte Dame die junge Fotografin.

Irgendwann holte sie Fluffys Knurren aus dem verwirrenden Zustand zurück. Sie hob den Kopf und sah, wie sich Ingeborg mit einer Axt in der Hand dem kleinen Malteser nährte.

»Fuffy«, keuchte Caja tonlos. Aus ihrem Mundwinkel lief Spucke. Alles drehte sich, schneller, immer schneller. Sie ließ den Kopf zurück auf das Kissen fallen und schloss die Augen.

Caja wachte auf, weil sie spürte, wie jemand sie anstarrte. Es war dunkel, doch sie sah ganz deutlich eine Gestalt reglos am Fußende des Sofas stehen. Sie versuchte zu schreien, brachte aber nichts weiter als leise Töne hervor. Die Gestalt bewegte sich plötzlich und entfernte sich. Erbrochenes lief Caja aus dem Mund. Sie drehte sich mühsam zur Seite und ließ die Kotze auf den Boden tropfen.

Caja wachte auf, weil sie spürte, wie sie jemand im Gesicht streichelte. Es war Ingeborg, die ihr Erbrochenes sorgenvoll aus dem Gesicht wusch.

»Was ist denn bloß los, mein Täubchen?«

»Iiiii… Weiß ni…« Sie sah auf sich herab und bemerkte, dass sie ein weißes Nachthemd mit Rüschen an den Ärmeln anhatte.

»Ganz ruhig. Du bist vermutlich krank. Trink was.« Ingeborg hielt ihr eine Tasse mit ihrem berühmten Tee an die Lippen. »Ich gehe jetzt ins Dorf und hole Hilfe. Trink.«

Sie schluckte den bitteren Geschmack hinunter und dann war alles wieder dunkel.

Caja wachte auf, weil sie Schmerzen am ganzen Körper hatte. In ihrem Mund steckte etwas, das ihr das Atmen nur durch die Nasse ermöglichte. Sie hob den Kopf und versuchte zu verstehen, wo sie war und vor allem, warum ihre Arme und Beine sich nicht bewegen ließen. Nach ein paar Minuten, es könnten aber auch Stunden gewesen sein, gelang es ihr, ihre verwirrten Gedanken einzufangen, zu bündeln und zu begreifen, dass sie bäuchlings wie ein ausgebreitetes Bärenfell auf Ingeborgs Tisch lag. Ihre Arme und Beine waren vermutlich an die Tischbeine gefesselt. Sie roch ihren eigenen Schweiß und Urin. Und plötzlich erinnerte sie sich an Fluffy. »Flfy!«, rief sie durch den Lappen. »Flfy!« Sie drehte den Kopf auf der Suche nach ihrem Hund in alle Richtungen und bekam einen Schwindelanfall. »Flfy.«

Caja wachte auf, weil jemand an ihrer Hand zog. Den Kopf mühsam nach oben gehoben, sah sie einen Buntspecht auf der Tischplatte sitzen. Der ästhetische Vogel tänzelte unmittelbar vor ihrem Handgelenk und schlug unaufhörlich mit dem Schnabel gegen den strammen Strick. Fasziniert von diesem Anblick, ließ sie den Kopf kraftlos auf die Tischplatte krachen und schlief wieder ein.

Caja wachte auf, weil sie hörte, wie jemand draußen an den Fensterläden rüttelte. Sie drehte den Kopf und sah, wie eine Kinderhand von unten nach dem Haken und der Öse, die die Fensterläden zusammenhielten, tastete.

»Hife!«, brüllte Caja und stellte fest, dass sie sich selbst kaum hörte. »Hife.« Sie drückte die Hände gegen die

Tischplatte und staunte über die durchtrennten Seile. Sie winkelte die Beine an und setzte sich auf. Wann und wie, fragte Caja sich, hatte sie es zu Stande gebracht, die Stricke durchzutrennen? Sie glitt von der Tischkante auf die Füße, verlor das Gleichgewicht und fiel in das Regal neben dem Tisch. Eine der überlasteten Platten gab nach und brach in der Mitte. Packungen mit Mehl und Zucker, Flaschen mit Bratöl, Pfannen und Töpfe krachten polternd auf den Boden und vergruben Caja unter sich.

Caja wachte auf, weil sie spürte, wie Ingeborg sie mit einem kühlen Lappen im Gesicht wusch.

»Ganz ruhig, Täubchen. Du hast hohes Fieber. Während ich Hilfe geholt habe, hast du das Sofa verlassen und bist gestürzt.« Sie drückte gegen Cajas Stirn und löste Schmerz aus. »Du hast jetzt eine Platzwunde. Tut es sehr weh?«

Caja nickte weinend.

»Hier, du musst was trinken.« Sie drückte ihr eine Tasse an die Lippen und ließ die warme Flüssigkeit in ihren Mund laufen.

Caja schmeckte den bitteren Geschmack und presste die Lippen zusammen. Doch anstatt abzusetzen, ließ Ingeborg den Tee unnachgiebig weiterlaufen. »Trink Täubchen, trink, der Doktor kommt schon bald. Er ist bereits unterwegs.«

Caja trank.

Caja wachte von einem lauten Geschrei auf. Vor ihr stand ein Mann und deutete mit dem Zeigefinger auf sie.

»Sinnn Schiiie de Arzzz?«, fragte sie mit schwacher Stimme.

»Mutter, du hast den Verstand verloren!«, sagte er laut, ohne sie zu beachten. »Du machst, was ich dir gesagt habe, und beseitigst dieses Problem.«

»Bitte, schau sie dir doch genauer an, sie ist jung und hübsch«, flehte Ingeborg weinend.

Caja legte den Kopf in den Nacken und entdeckte die Alte am Kopfende vom Sofa.

»Nochmal, ich habe kein Interesse an ihr! Entweder du machst, was ich dir gesagt habe, oder du siehst mich nie wieder!«, brüllte der Mann aufgebracht.

»Ich möchte doch nur ein Enkelkind, ein Enkelkind«, kreischte Ingeborg und schlug Caja mit der Handfläche zweimal ins Gesicht.

»Hillfeee schiie mii…«, krächzte Caja und versuchte, sich aufzusetzen.

Der Mann sah sie angewidert an, wich einen Schritt nach hinten, hob das Bein an und trat ihr ins Gesicht.

Caja wachte auf, weil sie sich verschluckt hatte und husten musste. Ingeborg stand über ihr gebeugt und flößte ihr den Tee ein.

»Trink, Täubchen, alles wird gut! Du hast schlecht geträumt. Der Doktor wird jeden Moment kommen. Trink, ruh dich aus.«

Caja wachte wegen eines undefinierbaren Geräuschs auf. Sie ließ den verwirrten Blick durch das verdunkelte Haus gleiten und sah, wie ein Mann mit einem Gewehr im Anschlag die Hütte betrat. Er blieb stehen und sah sich um. Ein Mädchen kam in das Haus, wühlte in ihrer Tasche und leuchtete dann mit einer Taschenlampe auf Caja …

FLECK

39 Als ob sie sich abgesprochen hätten, was vermutlich auch der Fall gewesen war, betitelten sämtliche Tageszeitungen den gestrigen Tag als *schwarzen Donnerstag.*

Auf dem städtischen Friedhof von Stor-Yel entweihte man weitere 126 Gräber. 85 davon, allesamt mit einem Todesdatum nach 1972, waren leer.

Offensichtlich begeistert von diesem rätselhaften, dennoch selbstverständlich tragischen Ereignis, füllten die Zeitungen mehrere Seiten mit Berichten darüber. Schwarz-weiße Bilder zeigten Bagger, die die Erde aus dem Grab aushoben. Polis-Beamte, die versuchten, die neugierige Menschenmasse vom Gelände fernzuhalten. Verzweifelte Angehörige, die weinend in die Kamera starrten, weil sie nicht begriffen, wie das passieren konnte und wo die Überreste ihrer Verstorbenen geblieben waren.

Und den berühmten Chef-Polis Per Morton, unter dessen Führung das Desaster sehr bald, wenn nicht schon heute, gelöst werden würde. Allerdings sah das Morton völlig anders. Weil Aki Madsen, selbst nach seiner Wild-West-Show, weiterhin eisern schwieg, blieb ihm nichts anderes übrig als dem Bestatter seinen geforderten Anwalt, der kein Strumpf war, zu genehmigen.

Hätte es sich bei dem Fall um einen Mord gehandelt, würde sicherlich niemand aufschreien, wenn sie den Verdächtigen etwas länger, nennen wir es mal *nett,* befragt hätten. Doch da es sich hierbei zunächst um *nur* fehlende

Leichen handelte, würde es später schwierig, zu erklären, warum der Mann so lange so unsanft behandelt worden war.

Es war Dan Makarow, der Morton vorschlug, gemeinsam mit ihm den Mantrailer auf der Suche nach der jungen Fotografin Caja Finkelstein zu begleiten.

»Überlass Eriksson heute das Sagen. Das Wiesel wird sich freuen. Wir fahren raus in die Natur und machen einen Spaziergang durch den Wald. Vielleicht kommst du ein wenig runter. Frische Luft wird dir garantiert guttun. Siehst nämlich beschissen aus. Hast du wieder Kopfschmerzen?«

Und ob er die hatte. Es hatte ihn seine ganze Überwindung gekostet, um heute Morgen aus dem Bett zu steigen.

Da der Mantrailer, zugegeben unerwartet für alle, sich bereits um kurz vor 8 Uhr morgens anmeldete, kamen sie um 9:20 Uhr am Lehrpfad-Yel an. Der Mantrailer, Ismo Peura, fuhr ein sowjetisches Geländefahrzeug UAZ-3151, in dem hinten ein Käfig für seinen Hund integriert war. Morton saß als Beifahrer in Dans Polis-Auto, wie in guten alten Zeiten. In einem zweiten Polis-Wagen saßen Lars Fitzgerald und der Polis-Novize Spike Dahl. Fitzgerald kam mit, um die Tasche mit Proviant und Funkgerät zu schleppen und Dahl, um zu beobachten und zu lernen. Beide hatten gestern Abend die Anweisung erhalten, von Spät- auf Frühdienst zu wechseln.

Sie parkten ihre Autos in einer Reihe, direkt vor der Infotafel. Drei der Holztische waren von Familien besetzt, die sie neugierig anstarrten. Gegen Mittag würde der Platz vermutlich von Menschen überfüllt sein. Schließlich mussten die Eltern ihre Kinder irgendwie durch den Sommer bringen, ohne dass sie dabei verblödeten oder nur Unsinn anstellten.

Morton beobachtete Ismo Peura wie er seinen Hund aus dem Käfig befreite und ihm eine Schleppleine im gemütlichen Tempo anlegte. Vom ersten Moment an war ihm der Mantrailer unsympathisch. Er war noch dicker als Bernd van Dijk, kaute dauerhaft schmatzend ein Kaugummi, etwas, das sich keiner von Mortons Personal in seiner Gegenwart traute, und er war langsam. Wie ein Faultier.

Solange sich die anderen Polis mit der Ausrüstung beschäftigten, beschloss Morton, die Gelegenheit zu nutzen, um Peura eine Frage zu stellen, die ihn am meisten quälte.

»Denken Sie, der Hund wird eine Spur aufnehmen können?«

Peura sah Morton ernst an. »Das ist kein Hund, sondern ein Bloodhound. Sein Name ist Fleck.«

»Fleck«, fragte er spöttisch, »ist also kein Hund?«

Peura lächelte schmallippig und sah zum Himmel. »Die Fotografin wird seit dem 7. Juli vermisst, das ist einundzwanzig Tage her. Richtig?«

Morton war beeindruckt, der Mann hatte sich informiert. »Richtig!«

»In der Zwischenzeit hatte es nicht geregnet. Also zumindest bei uns in Kapital-Maa nicht.«

»Bei uns auch nicht.«

»Besonders windig war es auch nicht. Wenn überhaupt.«

Morton nickte zustimmend.

Peura befahl dem Hund wortlos, sich hinzusetzen. »Fleck ist der Beste von allen. Wenn jemand die Fotografin findet, dann er. Doch damit das klar ist, ich spreche gerade keine Garantie aus! Einundzwanzig Tage sind viel Zeit. Aber wir haben auch schon eine Leiche aufgespürt, die man ganze zwei Monate vermisste. Ich habe von Fällen gehört, bei denen Vermisste noch nach sechs Monaten aufgespürt wurden.«

Morton nickte zuversichtlich. Ihm war nicht entgangen, wie seine Untergebenen hinter seinem Rücken tuschelten. Dass er nach so vielen Tagen nur deshalb weiterhin darauf pochte, einen Polis-Hund zu bekommen, weil es ihm allein darum ging, seinen Willen durchzusetzen. Dass er ernsthaft erwartete, ein Hund würde nach hundertzwanzig Stunden in der Lage sein, eine Spur aufzunehmen, die sie zu der Fotografin führte, war hingegen eine Farce.

Dan stellte sich zu ihnen. »Wir sind soweit.« Er überreichte Peura eine Tüte mit Caja Finkelsteins ungewaschenen Socken, die ihre Angehörigen der Polis extra für diesen Zweck ausgehändigt hatten.

Morton deutete auf die Stelle, wo der Alfa Romeo Giulia von der Fotografin gestanden hatte. »Hier hatte sie geparkt.«

Peura nickte, führte den Hund zu der gezeigten Stelle, öffnete die Tüte und ließ ihn daran riechen.

Morton sah Fitzgerald und Dahl an. Der Polis-Novize hielt die Tasche mit Proviant und Funkgerät mit beiden Händen fest und beobachtete neugierig den Hund.

»Fitzgerald, du trägst die Tasche. Dahl, du passt auf und lernst.«

Fitzgerald sah Morton mürrisch an. »Was soll er denn schon dabei lernen?«

»Halt die Klappe und nimm die Tasche«, sagte Morton barsch und folgte Peura, der wiederum seinem Hund über die Fernstraße folgte.

»Hat er die Spur schon aufgenommen?«, fragte Dahl aufgeregt. Er drückte Fitzgerald die Tasche in die Hand.

Morton, an den die Frage zweifelsohne gerichtet war, schwieg, weil er die Antwort darauf nicht kannte.

Sie folgten Fleck, mit einem Abstand den Peura vorgab, den Lehrpfad-Yel entlang. Bis dieser plötzlich den Pfad verließ und den Weg in die Tiefe des Waldes einschlug.

Die fünf Männer sahen sich gegenseitig ernst an.

»Bis jetzt sieht es gut aus«, sagte Peura mit gedämpfter Stimme. So als wolle er seinen Hund nicht bei der Arbeit stören. Oder vielleicht böse Geister heraufbeschwören, die den Erfolg in Misserfolg umwandelten.

Fleck führte sie für eine lange Strecke stets geradeaus. Lars Fitzgerald horchte Dan Makarows Geschichte über seinen letzten Jagdausflug. Spike Dahl marschierte direkt hinter Morton und versuchte krampfhaft, sich statt auf Makarows Jagd, auf irgendetwas anderes zu konzentrieren. Schließlich war er hier, um zu lernen.

»Scheiße«, sagte Peura plötzlich.

Fitzgerald und Makarow verstummten augenblicklich.

»Was ist los?«, fragte Morton.

»Ich glaube, Fleck verliert die Spur.«

Morton seufzte. »Sollen wir eine Pause einlegen?«

Doch kaum hatte er es ausgesprochen, schlug Fleck seinen Weg nach rechts ein.

Die Männer folgten ihm angespannt.

»Sieht nicht gut aus«, sagte Peura ernst, nachdem sie dem Hund etwa dreihundert Meter gefolgt waren.

Aber dann wechselte Fleck seinen Kurs nach links und beschleunigte das Tempo. Morton sah Peura fragend an, doch der Mantrailer zuckte nur mit den Schultern.

Sie folgten Fleck mindestens weitere zwanzig Minuten. Dann, wie es schien, verlor der Hund seine Spur endgültig.

Peura öffnete die Tüte mit den Socken der Vermissten und ließ Fleck abermals riechen. »Such!«, sagte er leise, woraufhin der Vierbeiner augenblicklich sich im Kreis drehend an dem Waldboden schnupperte. Peura stöhnte leise und schüttete kaum merklich den Kopf.

Und wieder war es der scharfe Blick von Polis-Novize Spike Dahl, der sie, wie zwei Tage zuvor auf dem Friedhof, weiterbrachte. Der junge Mann entfernte sich mit großen Schritten von der Gruppe, eine bestimmte Fichte im Visier, blieb davor stehen, strich knapp auf der Höhe von seinem Kopf über den Stamm und bückte sich suchend nach unten.

»Was ist los?«, fragte Morton. »Hast du was gefunden?«

Spike kam aus der Hocke hoch und lachte. »Einen Nagel!«

»Du willst mich doch verarschen«, sagte Morton und betrachtete den krummen Nagel zwischen seinen Fingern.

Fitzgerald ließ die Tasche fallen, eilte zu Dahl und schlug ihm auf die Schulter. »Du und deine Nägel. Das kann doch nur ein Zeichen sein, oder?«

»Ja, hoffentlich ein gutes«, sagte Spike und zeigte auf die Löcher im Baumstamm der Fichte.

Morton betrachtete die beschädigte Rinde und wandte sich ab. »Wie siehts aus, Peura?«

Der rundliche Mann spuckte sein Kaugummi aus. »Nicht gut, würde ich sagen.«

»Versuchen Sie es mal hier.« Morton zeigte auf die Fichte, wo der Nagel gesteckt hatte.

Peura öffnete den Mund, auf die Stelle zeigend, wo der Hund die Spur verloren hatte, brachte dennoch kein Wort raus und machte einfach das, worum man ihn gebeten hatte.

Doch noch bevor Fleck den Baum erreichte, wandte er sich nach links und eilte weiter ins Waldinnere.

Fitzgerald zeigte fragend, erst auf die Fichte, wo der Nagel gesteckt hatte, dann auf den Hund.

»Vergiss nicht die Tasche«, sagte Morton und folgte dem Mantrailing-Team.

»Dahinten ist wieder eine Fichte beschädigt«, sagte Spike nach einigen hundert Metern und zeigte auf einen Baum rechts vor ihnen. »Ein Nagel steckt sogar noch drin.«

Morton suchte vergebens nach einer Fichte mit einem Nagel. Flecks Geschwindigkeit ließ keine Verschnaufpause zu. »Im Moment wüsste ich nicht, wie uns das weiterhelfen sollte. Augen geradeaus, Dahl. Die Duftspur verläuft in der Regel etwas abseits von der gelaufenen Spur!«, rief Morton sich ins Gedächtnis. »Aber gut möglich, dass die Fotografin den Nagel im Baum auch gesehen hatte.«

Dan, der ihnen als letzter sichtlich ermüdet folgte, blieb stehen. »Ach du Scheiße, jetzt weiß ich es wieder! Chef-Morton, warte.«

Morton blieb ungeduldig stehen und wartete, bis Dan ihn einholte.

»Vor sehr langer Zeit, frag mich jetzt nicht nach dem Datum, hatten sich, ich glaube, zwei Jungs während eines Klassenausflugs hier im Wald verlaufen. Sie waren damals Wegweisern gefolgt, die irgendein Spaßvogel überall hier im Umland aufgehängt hatte. Sie führten bewusst von Lehrpfad und Fernstraße weg.«

»Wie hinterhältig«, sagte Morton. Er legte den Arm auf Dans Schulter und drückte sanft dagegen. »Willst du vielleicht zurückgehen? Du kommst nicht hinterher, alter Mann.«

Dan schüttelte den Kopf. »Es hatte damals ein riesen Gebrüll wegen der Schilder gegeben. Einer der verlaufenen Jungs war der Sohn von irgendjemand Wichtigem. Frag mich nicht, wer das war, keine Ahnung. Auf jeden Fall mussten ein paar der Polis-Jungs dafür sorgen, dass die Wegweiser für immer verschwanden. Doch der hier«, er hielt den vom Polis-Novizen gefundenen Nagel zwischen den Fingern, »sieht fast wie neu aus.«

Morton nahm den verbogenen Bolzen und betrachtete ihn.

»Du glaubst, jemand hat sich zum zweiten Mal denselben Spaß erlaubt?«

Dan nickte. »Warum nicht?«

Morton sah seinem Mentor forschend in die Augen. »Wenn es so lange her ist, dann müsste der Nagel bereits Rost aufweisen. Oder?«

»Davon gehe ich aus. Zumindest der Kopf. Aber der hier glänzt noch!«

»Erzähl weiter, Dan. Was ist deine Vermutung?«

»Meine Vermutung hast du doch schon erraten. Jemand hat die Schilder wieder aufgehängt und die Fotografin ist ihnen gefolgt.« Er zeigte auf Fleck. »Der Hund läuft exakt die Strecke, auf der die Wegweiser an die Bäume genagelt waren, nur halt etwas versetzt.«

Morton nickte. »Und nachdem die Fotografin sich verlaufen hatte, entfernte man die Schilder wieder, aus Angst, es könnte Ärger geben?«

»Vermutlich.«

»Dahl«, rief Morton den Polis-Novizen zu, »halte weiter Ausschau nach Bäumen, in denen Nägel drin waren. Fitzgerald, du auch!«

»Mindestens hundertfünfzig Menschen hatten den Wald auf der Suche nach der Fotografin durchkämmt. Sag mir, wie sie die beschädigten Bäume und Nägel übersehen konnten. Irgendwer hätte doch auf die Idee kommen können, dass da was nicht stimmt.«

»Weil die freiwilligen Zivilisten alle darauf bedacht waren, die Leiche als Erste auf dem Waldboden zu entdecken. Außerdem, wer die Geschichte mit den Wegweisern nicht kennt, kann auch den Zusammenhang nicht erkennen. Dich hat der Nagel vorhin genauso wenig interessiert.«

Morton sah Dan stirnrunzelnd an. »Nicht ausfallend werden, mein Freund.« Er klopfte ihm auf die Schulter. »Was soll ich ohne dich machen, wenn du weg bist?«

»Das weiß ich auch nicht«, sagte Dan wahrheitsgemäß.

»Da!« Spike Dahl zeigte auf eine Fichte rechts vor ihnen.

Diesmal sah Morton die beschädigte Baumrinde sofort.

»Sehr gut Dahl!«, lobte er den jungen Mann. »Von heute an ist dein zweiter Name Adlerauge.«

Spike lächelte strahlend. »Hört sich sehr gut an, Chef-Morton.«

»Weißt du auch, wie weit die Schilder in den Wald führen?«, fragte er Dan.

»Nein. Das war nicht mein Aufgabenbereich. Ich hatte nur den Anfang der Geschichte mitbekommen. Das Ende war mir egal.«

Morton sah zu Fleck und hoffte, der Hund würde sie bis zur Leiche der Fotografin führen. Leben würde sie nach so einer langen Zeit wahrscheinlich nicht mehr.

»Der blaue Wald ist riesig«, riss Dan ihn aus den Gedanken. »Sie könnte tagelang unterwegs gewesen sein, ehe sie verdurstete oder verhungerte, oder einem Tiger begegnete.«

»Einem Tiger?«, fragte Morton verwundert.

»Du weißt, was ich meine, einem Tier, das sie auffraß.«

»Ah, verstehe.« Morton senkte die Stimme. »Sieh dir Fleck an, wie zielstrebig er läuft. Vielleicht werden wir wenigstens diesen Fall bald aufklären.«

Dan nickte zustimmend.

»Hey Peura, wie sieht es aus, können wir eine Pause einlegen oder wird das den guten Fleck durcheinanderbringen?«, rief Morton dem Mantrailer zu.

Peura sah ihn überrascht an. »Dahinten ist eine Lichtung«, sagte er dann und deutete nach rechts. »Falls wir dort rauskommen, machen wir eine Pause.«

Morton nickte zustimmend, es war durchaus möglich, dass die Fotografin auf die Lichtung gelaufen war, er hätte diesen Weg in jeden Fall eingeschlagen, nur um für einen Augenblick den freien Himmel zu sehen.

Und tatsächlich änderte Fleck schon bald seine Richtung. Nach rechts zur Schneise.

Ohne es zu wissen, betraten der Hund und die fünf Männer die Lichtung an fast der gleichen Stelle wie Monika Gutermann und Reik Berge vor weniger als vierundzwanzig Stunden. Und hätte Fleck sie weitere zehn Meter außerhalb der Lichtung geführt, so wären sie auf dem kleinen Trampelpfad, der nach Gran-Kotten führte, gestoßen.

»Ein Häuschen mitten im Wald!«, sprach Fitzgerald das laut aus, was jeder erstaunt dachte.

»Bleib«, sagte Peura zu Fleck und fasste die Leine kürzer.

Auch wenn Morton die Körpersprache der Hunde nicht beherrschte, war es schwer zu übersehen, dass der Hund um einiges angespannter wirkte als zuvor.

Peura nickte zum Häuschen. »Mich würde es nicht wundern, wenn wir sie dort finden.«

Morton betrachtete eingehend die Lichtung. »Ich würde sagen, hier lebt jemand.« Er sah seine Männer an.

»Du hast recht!« Dan deutete auf die Tür, die sich gerade öffnete.

Eine alte Frau mit einem Gewehr, den Lauf nach unten gerichtet, kam zwei Schritte in ihre Richtung, blieb stehen und starrte sie verärgert an.

Fleck bellte einmal laut auf.

»Was wollt ihr hier?«, fragte sie.

»Mütterchen, wir sind Polis-Beamte.« Morton trat einen Schritt vor und deutete mit beiden Zeigefingern nach unten, um seinen Männern auf diese Weise zu sagen, sie sollen jetzt bloß nicht auf die Idee kommen, ihre Waffen zu ziehen. »Wir suchen nach einer jungen Frau, die vermisst wird. Eine Fotografin. Caja Finkelstein. Sie hat sich hier in der Gegend verlaufen. Sie sind ihr nicht zufällig begegnet, oder?«

Die alte Frau ignorierte Mortons Frage. Sie trat einen weiteren Schritt vor und sah sich in alle Richtungen um. »Seid ihr zu fünft?«

»Mit dem Hund zu sechst«, antwortete Fitzgerald sofort.

»Halt dein Maul!«, fuhr Morton ihn an und bemerkte, wie Dan und Spike Dahl die Hände zum Pistolenhalfter gleiten ließen.

»Wir haben Geiseln, verschwindet von hier oder wir töten sie!«, verkündete die Frau in einem ruhigen Ton.

»Was haben Sie, Geiseln?«, fragte Morton verblüfft, breitete die Hände aus und trat nach hinten.

Die Männer begriffen die Geste und folgten seinem Beispiel.

Die alte Frau bewegte sich ebenfalls, die Polis-Beamten stets im Blick, den Gewehrlauf nach unten gerichtet, zur Haustür. Jemand drückte ihr die Tür aus dem Hausinneren auf und sie verschwand in ihrem Häuschen. Doch anstatt, dass die Tür hinter ihr zugemacht wurde, trat ein Mann, der gesuchte Bestatter Fred Madsen höchstpersönlich, mit einem Gewehr im Anschlag zum Vorschein und feuerte seine Doppelbüchse zweimal ab.

Der erste Schuss traf Spike Dahl mitten in die Brust. Der Polis-Novize stolperte drei Schritte rückwärts und fiel tot zu Boden.

Der zweite Schuss traf Mortons rechtes Bein und fegte ihn von den Füßen.

Kaum hatte der Schütze abgefeuert, erschien die Alte hinter ihm, und feuerte ihr Gewehr ab.

Der Schuss traf Dan Makarow in die Schulter und riss ihn wie Morton zu Boden.

Fitzgerald und Peura rannten zurück in den Wald und suchten hinter den nächststehenden Fichten Deckung.

Fleck folgte Peura.

Ein vierter Schuss verfehlte die weglaufenden Männer. Rinde zerbarst an einer der Fichten unweit von Peuras Deckung.

Fred Madsen drückte die alte Frau in die Hütte und schloss die Tür hinter sich. Zwei Wimpernschläge später, klirrte etwas und die verschlossenen Fensterläden neben der Tür wurden aufgerissen.

»Weg da, weg da!«, brüllte Peura Morton und Dan wild mit der Hand fuchtelnd zu.

Drei weitere Schüsse fielen.

Es war Fitzgerald, der versuchte, die Silhouette am Fenster zu treffen. Die bereits eingeschlagenen Fenstergläser zersprangen klirrend.

»Los, mein Sohn.« Dan schlug Morton mit der Handfläche auf den Nacken, sprang auf die Beine und rannte im Zickzackkurs zum Steinofen, der keine zehn Meter von ihnen entfernt war und somit etwas näher als der Wald in ihrem Rücken.

Morton gehorchte Dan. Vor Schmerz brüllend, kroch er zum Ofen.

Noch bevor Dan die Deckung erreichte, bemerkte er, dass sein Schützling statt zu laufen kroch. Er drehte sich, um zurück zu Morton zu laufen, doch da krachten zwei weitere Schüsse.

Der Erste traf wieder Dan. Diesmal an der linken Seite oberhalb vom Becken. Er brüllte entsetzt, schaffte drei, vier wackelige Schritte nach hinten und fiel neben dem Ofen zu Boden.

Der zweite Schuss zerfetzte die Rinde vom Baumstamm auf der Höhe von Fitzgeralds Kopf. Der erschrockene Polis glitt entlang des Stammes in die Hocke und kämpfte mit tiefen Atemzügen gegen die heraufkommende Panik.

»Na los, weg da!«, brüllte Peura Morton abermals zu und feuerte zwei Schüsse aus seiner Pistole auf das Fenster ab.

Morton setzte sich wieder in Bewegung. Doch mit jedem Meter, der ihn näher an den Ofen brachte, war er umso mehr davon überzeugt, dass ihn der nächste Schuss, der fiel, töten würde.

Doch es fiel kein weiterer Schuss. Vorerst.

»Scheiße, Dan«, keuchte Morton, als er die Deckung erreichte.

Makarow lag, den Kopf gegen den Ofen gelehnt, mit ausgebreiteten Armen und Händen auf dem Waldboden. Aus seinen Wunden lief Blut. Viel Blut.

»Ich denke nicht, dass ich diesen Tag überleben werde«, sagte er mühsam.

»Dan, wir müssen deine Blutung stoppen.« Morton drückte gegen die Wunde am Bauch.

Makarow brüllte entsetzt und zog die Hand wütend weg. »Lass den Scheiß, was machst du da?«

»Fitzgerald, hast du Verstärkung angefordert?«, rief Morton und suchte mit hastigem Blick zwischen den Bäumen im Wald nach den Polis.

»Nein, geht nicht!«

»Wie, geht nicht?« Er hatte ihn immer noch nicht entdeckt.

»Das Funkgerät ist in der Tasche!«

»Was willst d...« Morton entdeckte Peura. »Und wo ist die Tasche?«

»Irgendwo da. Ich glaube, neben Dahl«, brüllte Fitzgerald.

Morton zog seine Waffe aus dem Holster und sah sich dabei suchend um. Der Anblick von dem toten Polis-Novizen ließ seine Unterlippe beben. Die Tasche lag nur einige Meter von Spike Dahl entfernt. Dort, wo Fitzgerald vorhin, bevor der ganze Scheiß losging, gestanden hatte.

»Fitzgerald, du dämlicher Vollidiot.«

»Ich weiß, Chef-Morton«, sagte er ehrlich bedauernd.

»Dann lauf zum Auto.«

»Was?«

»Lauf zum Auto, damit du mit dem Funkgerät Hilf...«

»Ich habe Sie schon verstanden. Aber wie soll ich den Weg dorthin finden? Ich werde mich verlaufen!«

»Peura, Sie gehen.«

»Nein!«, entgegnete Peura. »Das ist Mist. Das wird Stunden dauern, außerdem liegt das Funkgerät direkt vor unserer Nase. Wir müssen das Haus stürmen, das ist der einzige Weg.«

»Dan, was sagst du dazu?« Morton sah in das reglose Gesicht seines alten Freundes und Mentors. »Dan, verdammte Scheiße.« Er wischte sich über das verschwitzte Gesicht und schlug sich auf die Unterlippe, damit diese aufhörte zu beben. Ruhig bleiben. Ruhig bleiben, das musste er. Schließlich hatte er hier das Sagen. Dan war tot. Dan konnte ihm nicht mehr aus dieser Situation helfen.

»Peura?«

»Ja?«

»Wo ist ihr Hund ... Ich meine, wo ist Fleck?«

»Bei mir.«

»Können Sie Fleck dazu bringen, Personen anzugreifen?«

Peura ließ sich mit seiner Antwort einige Sekunden Zeit. »Ja!«, sagte er schließlich hörbar ungern.

Morton nickte erleichtert und sah sein Bein zum ersten Mal genauer an. Vermutlich war sein Knie zertrümmert. Die Stoffhose war zerrissen und steckte teilweise in der blutenden Wunde. Der untere Teil der Hose war vollständig durchtränkt. Ihm wurde beim Anblick schwarz vor Augen, weshalb er schnell den Blick abwandte und dabei einen Specht entdeckte, der tief über seinem Kopf vorbeiflog. Morton folgte seiner Flugbahn und sah, wie der Vogel in den Schornstein vom Häuschen hineinflog. In einer anderen Situation würde er dies sicherlich seltsam oder amüsant finden, doch jetzt nahm er es kaum wahr.

»Das Problem ist«, sagte er laut, »ich kann nicht laufen. Mein Bein ist im Arsch.«

Peura lugte hinter der Fichte hervor. »Das ist schlecht. Dann werden Sie uns Deckung geben, während wir das Haus stürmen.«

Morton nickte. Er hatte sich von Anfang an in Peura getäuscht. Der Mann strotzte nur so vor Bedacht und Kompetenz.

»Das ist eine Möglichkeit. Doch ich glaube trotzdem, das ist eine schlechte Idee.«

»Vielleicht, aber was blei...« Ein Schuss im Häuschen ließ Peura verstummen. Jemand brüllte entsetzt. Und für einen Moment erhaschte Morton einen Blick auf die alte Frau, die sich dem zersprungenen Fenster genähert hatte. Er hob rasch seine Pistole, doch sie war schon wieder weg.

Ein weiterer Schuss krachte, worauf jetzt die Alte ebenfalls kreischte.

Morton begriff, dass sie tatsächlich Geiseln hatten, die sich gerade wehrten.

»Jetzt, jetzt, jetzt!«, brüllte Peura, der das offensichtlich auch erkannte. Er verließ seine Deckung und rannte zum Häuschen.

Fitzgerald, die Dienstwaffe mit ausgestreckten Armen vor sich haltend, folgte ihm.

Doch der Erste, der das Haus erreichte, war Fleck. Der anmutige Bloodhound sprang elegant durch das zersprungene Fenster und attackierte die kreischende alte Frau.

DAS LEBEN VON INGEBORG

40 Die Erwachsenen um Ingeborg herum redeten ununterbrochen über Krieg und Revolution. Begriffe, die sie als Kind nicht verstand. Was sie hingegen sehr gut verstand, war der ständige quälende Hunger und die Sehnsucht nach ihrem Vater, der seit Monaten verschwunden war. Tag für Tag saß die kleine Ingeborg zu Hause und wartete, bis Mutter oder einer ihrer Brüder, Egon, Offo oder Tameran, endlich mit irgendetwas Essbarem zurückkehrten. Manchmal erfüllte sich ihre Hoffnung, meistens aber nicht. Schon bald starben Egon und Offo in kurzem Abstand, worauf das Leid endgültig über die Familie herfiel. Es kamen Zeiten, da kehrte Mutter erst am nächsten Tag zurück nach Hause. Meistens jedoch mit Nahrungsmitteln, weshalb Ingeborg das, im Gegensatz zu ihrem Bruder Tameran, gerne akzeptierte. Ohnehin war Mutter nicht mehr dieselbe Person. Sie redete nicht. Weinte nicht. Lachte nicht. Kuschelte nicht. Beachtete nicht.

Sich selbst überlassen, mehr als zuvor, freundete Ingeborg sich mit einer alten Dame aus dem Haus gegenüber an. Diese war ohne Erlaubnis gemeinsam mit ihrem Sohn und dessen Frau in das leerstehende Haus der geflüchteten Nachbarn eingezogen.

Von nun an hatte Ingeborg eine *Oma*. Die Tage wurden endlich spannender und der Hunger stand nicht länger an erster Stelle. Zumindest solange man abgelenkt war.

Irgendwann indes war urplötzlich der Sohn der alten Dame gemeinsam mit seiner Frau geflohen. Wie es schien, hatte er seine Mutter absichtlich zurückgelassen.

Dies geschah im Winter. Draußen schneite es ununterbrochen und man hörte den Wind wehen. Im Kamin knackte das nasse Holz und verstreute glühende Funken. Mutter und Tameran saßen seit Tagen zu Hause und erweckten nicht den Eindruck, nach etwas Essbarem suchen zu müssen. Als ob sie heimlich Essen versteckten, das sie nicht mit Ingeborg teilen wollten. Woraufhin sie das ganze Haus durchsuchte und feststellte, dass dem leider nicht so war.

Den Stuhl an das Fenster geschoben, saß sie davor und winkte der alten Dame zu. Diese saß bei sich zu Hause ebenfalls vor dem Fenster und starrte nach draußen. Allein ein kleines Grundstück und das schlechte Wetter trennten sie voneinander.

Ingeborgs Mutter lag mit halb geschlossenen Augen im Bett. Doch dann plötzlich erhob sie sich mühsam und kam zu ihr. »Was machst du da?«

»Ich winke meiner Oma zu.«

Mutter sah aus dem Fenster.

Ingeborg hatte Mutter gestern über das Unglück der alten Dame informiert. Obwohl sie nicht danach gefragt und keinerlei Interesse hatte, geschweige denn Mitgefühl zeigte.

»Winkt sie zurück?«, fragte Mutter.

»Nein. Sie sieht mich nicht.«

Mutter kam noch näher an das Fenster und winkte der Oma zu. Einmal. Zweimal. Dreimal. Dann drehte sie sich energisch um und rief nach Tameran. »Los, komm mit.«

Ingeborgs Freude verflog als sie ihre Mutter und Tameran am Fenster der alten Dame entdeckte. Sie war nämlich davon ausgegangen, sie hätten das Haus verlassen, um endlich etwas Essbares zu besorgen.

Sie sah, wie ihre Mutter an der Oma rüttelte. Dann unterhielt sie sich mit Tameran. Wobei sie immer energischer mit den Händen fuchtelte, während Tameran weinend fortwährend den Kopf schüttelte. Dann plötzlich schlug sie ihm ins Gesicht. Ingeborg stöhnte erschrocken auf und fing augenblicklich an zu weinen. Bis heute hatte Mutter noch nie eines ihrer Kinder geschlagen. Die Ohrfeige schien bei Tameran Wirkung zu zeigen. Er schob die

Hände unter die Achseln der Oma und zog sie vom Stuhl. Wie es schien, fühlte die alte Dame sich nicht gut, weshalb Mutter darauf bedacht war, ihr zu helfen.

Doch Ingeborg irrte sich. Kaum waren Mutter und Tameran am Fenster der Nachbarin verschwunden, wurde die Tür barsch aufgerissen und sie eilten von Schnee bedeckt ins Haus. Dabei schleppten sie, an Armen und Beinen gefasst, die alte Dame mit sich.

»Oma!«, sagte Ingeborg besorgt und doch leicht erfreut, sie hier im Haus zu haben.

»Ingeborg, geh in den Schlafraum und bleibe dort. Wehe du kommst raus oder guckst aus dem Zimmer«, sagte Mutter, wobei ihre Augen sie drohend anstarrten. »Tameran, geh und hol Vaters Säge.«

Ingeborg gehorchte ohne Widerworte und vergaß die Geräusche, die sie kurz darauf hören musste, nie wieder in ihrem Leben.

Das Geräusch einer Säge. Tamerans klägliches Weinen. Wimmern. Kämpfe mit Würgereiz. Erbrechen. Mutters Worte: *Halte hier fest, säge hier, reiß dich zusammen.*

Irgendwann war Ingeborg eingeschlafen und wurde von einem Duft nach leckerem Essen geweckt. Sie vergaß augenblicklich, dass sie das Zimmer nicht verlassen durfte, und eilte in die Wohnküche.

»Mama, du hast Essen mitgebracht!«, kreischte sie begeistert und sah zum gedeckten Tisch.

Doch Mutters versteinertes Gesicht zeigte keinerlei Freude darüber. »Setz dich«, sagte sie tonlos, nahm eine Gabel und legte mehrere Stückchen gebratenes Fleisch aus der Pfanne auf einen Teller.

Ingeborg machte sich keine Mühe, eine Gabel zu benutzen. Sie griff gierig nach den heißen Stückchen und schob sie eines nach dem anderen in den Mund. Das Fleisch verbrannte ihr die Zunge und den Gaumen. Und dennoch schmeckte es herrlich.

Von diesem Tag an musste Ingeborg nie mehr hungern. Immer wieder begleiteten Tameran und Mutter, meistens nachts, fremde alte Menschen nach Hause. Kaum waren sie ins Haus getreten, musste sie in den Schlafraum eilen, ins Bett kriechen, die Ohren zuhalten und laut ein Liedchen singen, am besten bis sie einschlief. Es dauerte nicht lange und die kleine Ingeborg hatte begriffen, woher das Fleisch kam.

Als am 1. September 1939 der Zweite Weltkrieg ausbrach, war Ingeborg eine sechsundzwanzigjährige Jungfer. Sie lebte gemeinsam mit ihrer Mutter – Tameran hatte sich mit zwanzig Jahren erhängt – in einem winzigen Häuschen, das eher an einen Hühnerstall erinnerte, in einem Dorf namens Halm-Stalk. Tagsüber arbeitete sie in einem großen Sägewerk als Buchhalterin. Abends verbrachte sie ihre Zeit in einem Kinderheim, wo sie den Kindern ehrenamtlich half, die Tage möglichst positiv zu gestalten. Viel Zeit für die Begegnung mit einem Mann fürs Leben blieb dabei nicht.

Als Deutschland im Juni 1941 die Sowjetunion angriff, war das kleine Land zwischen Finnland und Russland endgültig in den Krieg involviert. Männer zwischen achtzehn und vierzig Jahren wurden in die Armee eingezogen. Es verbreitete sich das Gerücht, Verheiratete würden nicht außer Landes stationiert. Ihre Aufgabe bestand vielmehr darin, das Land vor möglichen Angriffen zu schützen. Eine beispiellose Heiratswelle brach aus. Jungfern wie Ingeborg waren zu Göttinnen aufgestiegen. Aussehen, Bildung, Beruf und Eigentümlichkeiten spielten nahezu keine Rolle mehr. Geheiratet wurde jede. Man musste nur sagen: *Ja ich will.*

Auch Ingeborg sagte das zu einem 38-jährigen Mann, von dessen Existenz sie noch vor zwei Tagen nichts wusste.

Matti Madsen aus Stor-Yel war groß, hatte abstehende Ohren, trug eine Brille und zuckte unentwegt mit dem Bein, sobald er sich hinsetzte. Gleich nach der Vermählung in einem Standesamt fuhren sie zum Bräutigam nach Hause und verbrachten die ganze Nacht damit, sich zu lieben.

Am Morgen danach trat Matti seinen Dienst an und fiel drei Wochen später an der Front außerhalb des Landes. Er hinterließ Ingeborg ein Haus, einen darin lebenden alten Vater und Samen, der sie schwängerte. Sich in keiner Weise dem Schwiegervater verpflichtet gefühlt, verließ die Witwe das Haus der Madsens, das jetzt rechtlich ihr gehörte, noch am selben Tag, als sie die Nachricht von Mattis Tod erhielt.

Sie kehrte zu ihrer Mutter zurück und gebar, vier Tage bevor die Faschisten das Land überrannten, zweieiige Zwillinge. Fred und Aki. Zum zweiten Mal in ihrem Leben brachen Leid und Hunger aus.

Dezember 1943, alle Hoffnung, ihre Kleinkinder mit kaum Nahrung und Milch in der Brust über den Winter zu bringen, verloren, überließ Ingeborg ihre Mutter ihrem Schicksal und fuhr, ohne sich zu verabschieden, nach Stor-Yel zu ihrem Schwiegervater.

Der alte Mann lebte noch. Die Einmachgläser vor dem Eintreffen der Deutschen raffiniert im Garten versteckt, gaukelte er Hunger und Krankheit vor und ließ jede Hausdurchsuchung nach Lebensmitteln durch die Feinde widerstandslos zu.

Wenig erfreut über Ingeborgs Erscheinen, fand er sich dennoch damit ab, das Haus und seine Vorräte mit ihr und seinen Enkelkindern zu teilen.

Doch Mitte Mai war das letzte Glas eingelegter Pilze aufgegessen und der Hunger rückte an erste Stelle. Ihre Muttermilch, die kaum für zwei Kinder ausreichte, blieb gänzlich aus. Aki, der Schwächere der Zwillinge, machte den Eindruck, seinem Tod mit jedem Atemzug näher zu kommen. Aus Angst ihren kleinen Liebling zu verlieren, tat Ingeborg das, was getan werden musste, um zu überleben. Sie legte ihre Söhne schlafen, holte eine Axt und rammte sie ihrem Schwiegervater in den Schädel.

Niemand hatte den Alten vermisst. Zermürbt von Hunger, tiefer Trauer und Angst vor dem Feind kämpften die Menschen um das Überleben der eigenen Familie. Insbesondere beim Kampf um Nahrung war jeder andere eine existenzielle Bedrohung. Wen kümmerte da schon ein fremder alter Mann oder eine alte Frau, deren Wahrscheinlichkeit, den Krieg zu überleben, sowieso als gering eingestuft wurde.

Diese Erkenntnis hatten bereits Ingeborgs Mutter und ihr Bruder Tameran vor Jahrzehnten gemacht. Und genau diese Erkenntnis nutze Ingeborg, um den Zweiten Weltkrieg gemeinsam mit ihren Söhnen zu überleben.

Bis zum 2. September 1945 hatte sie neunzehn alte Menschen getötet. Bis Ende 1949, ab da hörte die Nahrungsknappheit im Land gänzlich auf, weitere zwölf.

Vor Fred und Aki machte sie kein Geheimnis daraus. Um zu verhindern, dass die Jungs wie ihr Onkel Tameran später an Schuldgefühlen zerbrachen und sich möglicherweise das Leben nahmen, assistierten sie ihrer Mutter von klein auf. Hier wurde was festgehalten, da gesägt, dahinten weggewischt. Im richtigen Moment der Mutter die Axt zugeschoben, im nächsten verhindert, dass der gerade Ermordete mit der Axt im Schädel beim Umkippen das Geschirr auf dem Tisch zertrümmerte. Und wenn die Dunkelheit heranbrach, vergruben die Jungs die Überreste der Leichen im Garten. So wie ihr toter Onkel Tameran es vor Jahrzehnten getan hatte.

Die schlimme Zeit überstanden, wuchsen Fred und Aki ganz ohne Schuldgefühle zu normalen jungen Männern auf. An den Umgang mit Leichen von Kind auf gewöhnt, willigten sie nach Mutters Drängen ein, einen Beruf als Bestatter zu erlernen, und kauften im Januar 1972 einem alten Totengräber sein Bestattungsinstitut ab. Samt vollem Stall mit Schweinen und Hühnern. Zu diesem Zeitpunkt waren die Brüder Madsen bereits seit mindestens zehn Jahren mit ihrer Mutter zerstritten.

Es war Akis widerspenstige Frau, die Ingeborg den nötigen Respekt als eine Schwiegertochter verweigerte und deshalb mit einer Axt im Schädel starb. Aki war außer sich vor Wut, ließ es seiner Mutter aber letztendlich durchgehen, indem er nicht die Polis benachrichtigte. Gemeinsam mit seinem Bruder beseitigte er die Leiche seiner Frau und meldete sie als vermisst. Es dauerte Monate, bis die Polis aufhörte, Familie Madsen auf der Suche nach der Frau mit Fragen zu belästigen. Und als endlich Ruhe einkehrte, ordnete Aki Fred an, mit ihm aus Mutters Haus auszuziehen. Fred gehorchte, er gehorchte ihm immer.

Es vergingen Jahre, bis Fred eines Tages seine Mutter aufsuchte und unter Tränen um Vergebung flehte. Da lebte Ingeborg schon in Gran-Kotten.

Sie verzieh ihrem verräterischen Sohn und erfuhr von ihm, dass sie ein Bestattungsunternehmen gegründet hatten, wo sie die Toten an die Schweine verfütterten, um so das Geld für Futter zu sparen. Diese Maßnahme, versicherte er, ermöglichte es ihnen, das Vieh auf dem Markt billiger zu verkaufen und dadurch mehr zu erwirtschaften.

Ingeborg dagegen behielt für sich, was sie wieder anstellte, um zu überleben, nachdem sie von ihren Söhnen zurückgelassen worden war.

Sie fühlte sich unendlich erleichtert, als Fred ihr versprach sie ab jetzt mit Fleisch, Menschenfleisch, ihre Schweine schlachteten sie nicht, zu versorgen, damit sie stets genügend Füllung für ihre Teigtaschen hatte.

Aki erfuhr nichts von der Versöhnung. Doch zwischen Ingeborg und Fred entwickelte sich eine innige Beziehung. Und irgendwann kam der Tag, da wollte sie gerne eine Oma sein. Sie drängte ihren Sohn, endlich eine Frau zu finden und zu heiraten.

Aber Fred schien allein bei dem Wort *Frau* nahe der Ohnmacht zu stehen. Jahre vergingen und Ingeborg verfiel dem Wunsch, ein Enkelkind in den Armen zu halten, immer mehr.

Und als eines Tages eine gesunde junge Frau namens Caja Finkelstein auf ihrer Lichtung auftauchte, wurde Ingeborg klar, wie sie Oma werden konnte.

AUF DER LICHTUNG

41 »Reik. Reik, bitte sterben Sie nicht!«
Reik spürte, wie Moni an seinem Bein rüttelte.
Seine Ohren summten. Sein Kopf schmerzte.
Sein Körper lag auf einem kalten, harten Boden. Er roch penetrante Fäulnis.

»Reik, bitte«, sagte Moni weinend. »Bitte.«

Reik öffnete die Augen und sah nichts. Von Panik ergriffen, er sei jetzt blind, setzte er sich erschrocken auf. Sein Rücken knackte dabei laut und löste einen Schmerz aus, den er vorhin noch nicht gespürt hatte.

»Reik! Sie sind endlich wach!«, sagte Moni erleichtert.

»Ich sehe nichts!«, keuchte er.

»Ich auch nicht. Wir sind in einem Erdkeller.«

Reik strich sich mit den Händen über das Gesicht und zuckte vor Schmerz, als er die rechte Schläfe berührte.

»Das war nicht Ragan«, sagte er vorwurfsvoll.

»Ja. Sehr schade«, sagte Moni nach kurzer Überlegung und fing an zu weinen.

»Wo ist der Junge?«, fragte Reik erschrocken.

»Ich bin hier!«, antwortete Finn mürrisch.

»Finn, Allmächtiger.« Reik streckte die Hand aus und tastete nach dem Jungen in der Richtung, aus der seine Stimme kam. »Ich dachte schon ...« Seine suchende Hand fand Finn, berührte seinen Brustkorb und strich über seine runde Brust. Reik zog die Hand erschrocken zurück. »Wer ist noch hier?«, fragte er mit belegter Stimme und dachte augenblicklich an die furchteinflößende Frau auf dem Sofa.

»Die vermisste Fotografin, Caja Finkelstein«, sagte Finn.

»Sie kommt langsam zu sich. Bleibt immer länger wach und redet nicht mehr so viel wirres Zeug«, sagte Moni. Sie kam näher an Reik, legte den Kopf weinend auf seine Brust und löste dadurch Schmerz an seiner Schulter aus. »Wir werden alle sterben. Ich möchte nach Hause. Mami. Papi.«

»Wie lange sind wir schon hier?«, fragte Reik, nachdem das Mädchen sich beruhigt hatte.

»Wissen wir nicht, aber Finn vermutet, einen Tag«, sagte sie schluchzend.

»So lange war ich bewusstlos?«

»Ja. Wir dachten, Sie sterben. Der Mann hat uns gezwungen, Sie in den Erdkeller herabzulassen. Aber wir konnten Sie auf der Leiter nicht lange halten …«

»Ihr habt mich fallen lassen«, beendete Reik den Satz.

»Ja, auf halber Höhe.«

Das erklärte seinen schmerzenden Rücken. »Haben die Alte oder der Mann euch gesagt, was sie mit uns vorhaben?«

»Nein. Sie waren damit beschäftigt, sich die ganze Zeit gegenseitig anzubrüllen«, sagte Finn.

Reik wusste immer noch nicht, wo der Junge saß.

»Worum ging es? Ich meine bei dem Gebrüll.«

»Im Grunde darum, wie dämlich Ingeborg sei. Sie wollte, dass ihr Sohn Caja heiratet und ihr endlich Enkelkinder schenkt«, antwortete Monika.

Reik drückte das Mädchen fester an sich. Wären in diesem dunklen Erdloch statt Kindern Erwachsene mit ihm eingesperrt, würde er mit ziemlicher Sicherheit als Erster seine Würde abwerfen und auf erbärmlichste Weise in Panik verfallen.

»Erklärt mir genauer, wo wir uns gerade befinden.«

»In einem Erdkeller«, sagten Finn und Moni gleichzeitig.

»Nein, das weiß ich doch. Aber wo genau befindet sich dieser Erdkeller? Hinter der Hütte?«

»Nein. Unter dem Teppich, auf dem das Sofa steht«, sagte Finn.

Reik spürte verzweifelt Tränen aufsteigen. »Deshalb ist es so dunkel hier«, sagte er mit erstickter Stimme. »Habt ihr nach einem Lichtschalter gesucht?«

»Das Haus hat keinen Strom«, krächzte die Fotografin. Stimmt, das hatte er vollkommen vergessen.

»Oh, Caja, Sie sind wieder wach!«, sagte Moni überrascht. »Finn soll ich dich ablösen?«

»Ablösen?«, fragte Reik, noch bevor der Junge antwortete.

»Wir streicheln Caja am Kopf. Das beruhigt sie, und sie verfällt nicht in Panik, sobald sie wieder aufwacht.«

»Ich habe so einen schrecklichen Durst«, keuchte die Fotografin.

»Moment«, sagte Finn, worauf etwas klimperte.

»Was ist das?«, wollte Reik wissen.

»Apfelkompott. Das Regal ist voll von eingelegtem Zeug«, antwortete der Junge.

Reik lachte auf, nicht wissend, ob vor Glück oder Verzweiflung. So oder so würden sie vorerst wohl nicht verhungern. Er hörte, wie die junge Fotografin gierig trank.

»Habt ihr versucht, die Klappe zu öffnen? Vielleicht ist niemand zu Hause und wir können fliehen.«

»Die Klappe ist zu, Finn hat es bereits versucht. Ingeborg und der Mann ... ihr Sohn, sind die ganze Zeit da. Wenn wir leise sind, können wir sie hören.«

»Kinder«, sagte Reik entschlossen, »sobald sie das nächste Mal die Klappe öffnen, müssen wir uns wehren. Ansonsten sind wir vermutlich früher oder später tot.«

Für eine lange Zeit schwiegen alle.

»Sie haben Waffen. Wir müssen wenigstens einen dazu bringen, hier runterzusteigen«, flüsterte Moni schließlich.

»Das haben Finn und ich uns bereits überlegt.«

»Ganz genau!«, sagte Reik anerkennend. Das Mädchen und der Junge waren für ihre Altersklasse um einiges gerissener als er damals.

»Wir haben ein Glas zerbrochen und die größten Glasscherben als Ersatz für ein Messer vorbereitet«, flüsterte Finn. »Hier liegt noch eine große Scherbe, die Sie benutzen können.«

»Das ist eine gute Idee«, stimmte Reik flüsternd zu. »Und wie wollt ihr sie hierherlocken?«

»Indem wir uns alle hinlegen und nicht bewegen. Sie sollen glauben, wir sind tot oder ohnmächtig«, flüsterte Moni.

Reik fielen etliche Filme mit Sich-tot-stellen-Strategien ein. Am Ende überrumpelten die Helden ihre Kontrahenten oder die Kontrahenten die Helden und das Tänzchen ging weiter.

»Das könnte funktionieren«, sagte er nur, weil ihm keine bessere Lösung einfiel. Und hätte es eine bessere gegeben, so wären das Mädchen und der Junge garantiert längst draufgekommen.

»Geht es Ihnen besser, Caja?«, fragte er.

»Sie schläft wieder«, flüsterte Finn.

»Hat sie euch irgendetwas erzähl...« Ein aufgeregtes Getrampel über ihren Köpfen ließ Reik verstummen.

»Mutter, nein, bleib drin!«, hörten sie Ingeborgs Sohn brüllen. »Mutter, verdammt noch mal.«

»Was ist da los?«, flüsterte Finn.

»Keine Ahnung, vielleicht ist Ingeborg weg«, überlegte Moni.

»Verdammt, verdammt, verdammt«, sagte der Mann laut.

Oberhalb ihrer Köpfe schabte etwas über den Boden. Dann bildete sich die Umrandung von der Klappe durch das hereinfallende Licht ab.

»Sie kommen«, sagte Reik hastig. »Finn, gib mir die Glasscherbe.« Er konnte jetzt deutlich die Umrisse des Jungen erkennen.

Finn saß an die Wand gelehnt. Auf seinem rechten Schenkel lag der Kopf der Fotografin.

»Macht euch bereit. Schnell. Legt euch auf den Boden.« Plötzlich krachten zwei aufeinanderfolgende Gewehrschüsse. Und mit einem Zeitabstand von drei Wimpernschlägen, zwei weitere. Dann klirrte etwas.

Reik umschloss die Glasscherbe mit zitternder Hand. »Hört auf zu weinen. Sofort. Ihr sollt euch tot stellen. Das war unser Plan«, mahnte er die Kinder.

Drei weitere Schüsse fielen. Der Lautstärke nach außerhalb vom Häuschen.

»Scheiße, Scheiße, Scheiße«, brüllte Ingeborgs Sohn.

»Da sind vermutlich Menschen, die gekommen sind, um uns zu befreien«, sprach Reik den Kindern Mut zu.

Zwei weitere Schüsse krachten. Diesmal aus dem Häuschen heraus.

»Los, bring einen von ihnen nach oben. Am besten das Mädchen«, hörten sie Ingeborg brüllen. »Beeil dich.«

Schwere, laute Schritte näherten sich der Klappe.

Zwei weitere Schüsse folgten, diesmal wieder von draußen.

»Ma, ist alles in Ordnung, haben sie dich getroffen?«, fragte Ingeborgs Sohn besorgt.

»Nein. Nun mach schon.«

Die Klappe wurde aufgerissen.

»Mädchen, komm hoch. Sofort!«, dröhnte die Stimme des Mannes.

Reik öffnete die Augen leicht, doch die plötzliche Lichtflut durch die geöffnete Klappe ließ ihn zunächst nichts erkennen.

»Ich sagte, komm sofort hoch!«, wiederholte Ingeborgs Sohn wütend.

Reiks sah verschwommen, wie er den Kopf in den Erdkeller eintauchte und sich umsah.

»Ihr wollt mich doch verarschen.« Er ließ das Gewehr mit einer Hand haltend nach unten und zielte auf Finn. »Ich zähle bis eins, dann erschieße ich jeden Einzelnen von euch.«

»Nein, bitte nicht!« Reik stellte sich auf die Knie und griff nach der Leiter, um sich hochzuziehen. Die Kinder eilten ebenfalls auf die Beine. Nur die Fotografin blieb ohne sich zu rühren liegen.

»Weg von der Leiter, du Bastard«, blaffte der Mann Reik an. Und dann geschah es. Etwas prallte gegen seinen Kopf. Er brüllte entsetzt und löste einen ohrenbetäubenden Schuss aus. Das Gewehr wurde ihm durch den Rückschlag aus der Hand gerissen und fiel nach unten. Gleichzeitig umklammerte er mit der freien Hand das wilde Ding auf seinem Gesicht und versuchte, es loszuwerden. Dabei verlor er das Gleichgewicht und stürzte wie die Waffe, in den Erdkeller.

Reik, der sich gerade neben der Holzleiter befand, war nicht schnell genug, um auszuweichen. Zuerst traf ihn das Gewehr und einen Augenblick später, der schwere Körper des Mannes. Sie stürzten gemeinsam zu Boden, wobei Reik einen wesentlich härteren Aufprall hatte als Ingeborgs Sohn, der auf ihm landete. Sein Brüllen bekam einen markerschütternden Unterton. Er rollte sich von

Reik runter und umklammerte mit beiden Händen das Ding, nein, einen Specht, dessen langer Schnabel in seinem linken Auge steckte. Der Vogel hatte die Krallen in sein Gesicht vergraben und flatterte wild mit den Flügeln.

Reik sah, wie Finn die Glasscherbe fallen ließ, das Gewehr aufhob und es auf den Mann richtete.

Der Vogel ließ von ihm ab und flog aus dem Erdkeller, keine zwei Sekunden später fiel ein Schuss und Ingeborg fing an zu schreien.

Ingeborgs Sohn schien alles um sich herum vergessen zu haben. Die Hände gegen das blutende Auge gepresst, wand er sich brüllend hin und her.

Reik nickte Finn zu und kletterte eilig die knackende Leiter hoch. Oder war es sein Rücken, der knackte?

Den Kopf nur so weit aus dem Erdkeller herausgestreckt, dass er alles in der Hütte sehen konnte, sah er, wie Ingeborg auf dem Rücken liegend versuchte, sich gegen einen Hund zu wehren. Der Vierbeiner hatte sich in ihren rechten Arm verbissen und zerrte knurrend daran.

Plötzlich wurde die Tür aufgerissen und zwei Polis stürmten die Hütte.

Sofort erfasste einer der Männer Reiks Kopf als Zielscheibe. Der andere, wesentlich dickere Polis, kümmerte sich um Ingeborg und den Hund.

»Halten Sie eine Waffe in der Hand?«, brüllte der dünne Polis Reik an.

Reik schüttelte den Kopf und entdeckte auf dem Boden einen toten Specht. Anders als ihr Sohn hatte Ingeborg den Kampf mit dem Vogel gewonnen.

»Kommen Sie da raus«, sagte Fitzgerald zu dem Mann, dessen Kopf nur knapp über die Augen aus dem Erdkeller herausragte.

»Wir haben hier unten Ingeborgs Sohn. Helfen Sie uns«, sagte dieser aufgeregt.

»Neeiin!«, kreischte die alte Frau und eilte auf die Füße.

»Bleiben Sie ruhig!«, brüllte Peura. Er hatte Fleck befohlen, von der Frau abzulassen und sich hinzusetzen.

Doch die alte Dame ignorierte ihn. Stattdessen streckte sie die Hände aus und versuchte, seine Waffe zu ergreifen.

Worauf Fleck augenblicklich vorpreschte und sie umwarf. Guter Hund.

Morton erschien an der Tür. Das rechte Bein leicht angewinkelt sprang er in die Hütte und hinterließ dabei eine Blutspur, die aus seinem Hosenbein kam.

»Peura, kommen Sie klar?«

»Sicher!«, keuchte der korpulente Polis und schlug der Frau mit der Faust ins Gesicht.

Ihr Kopf knallte gegen den Boden. Sie wurde ohnmächtig.

»Na los, los, etwas schneller«, drängte Fitzgerald den Mann im Erdkeller, als er feststellte, dass er unbewaffnet war.

Morton erkannte ihn sofort. Der Freund des erschossenen Peetu Virtanen. Reik Berge war sein Name.

Er richtete seine Waffe auf ihn. »Da an das Fenster stellen. Mit erhobenen Händen.«

Berge gehorchte.

Fitzgerald nickte Morton zu und näherte sich vorsichtig der Klappe. Dort wurde das Brüllen durch ein wehklagendes Wimmern abgelöst.

»Allmächtiger«, stöhnte Fitzgerald beim Anblick, der ihn dort erwartete.

Ein Junge, vielleicht vierzehn, hielt eine Doppelbüchse im Anschlag auf Fred Madsen gerichtet.

Der Bestatter lag unweit von der Holzleiter. Die Beine angewinkelt und das Gesicht mit den Händen verdeckt, wippte er wimmernd hin und her. Zwischen den Fingern seiner linken Hand rann Blut hervor.

Hinter dem Jungen hatte sich ein Mädchen neben eine liegende Frau in einem Nachthemd hingekniet. Beide starrten Fitzgerald hilfesuchend an.

»Chef-Morton, ich glaube, wir haben nicht nur die vermisste Fotografin gefunden.«

WALTER

42

Es war Fred Madsen, der letztendlich unter Folter die Polis aufklärte, wohin die Leichen verschwunden waren. Und er beging zum zweiten Mal Verrat an seiner eigenen Mutter, indem er auch über ihre Machenschaften berichtete.

Im ganzen Land brach Entsetzen aus. Und jeder fragte sich, ob er möglicherweise Fleisch eines der Schweine gegessen hatte, die mit Leichen gefüttert worden waren. Noch schlimmer waren Menschen dran, die Teigtaschen von Ingeborg gekauft hatten. Und obwohl es eher unwahrscheinlich war, so war sich dennoch jeder gelegentliche Teigtaschenkäufer sicher, ausgerechnet bei dieser Verkäuferin irgendwann mal sein Gericht bekommen zu haben.

Per Mortons Knie würde nie mehr ganz verheilen. Doch mit Hilfe eines Gehstocks könnte er zukünftig in der Lage sein, sich weiterhin zufriedenstellend fortzubewegen.

Die Medien feierten ihn. Die hohen Herren von *da oben* klopften auf seine Schulter. An einem Tag klärte er gleich mehrere Fälle auf und eröffnete neue Ansätze für die Aufklärung weiterer Verbrechen. Die junge Fotografin Caja Finkelstein wurde gefunden. Zwei Kinder, Finn Arvidsson und Monika Gutermann, gestanden, einen erheblichen Teil zum Tod von Luritz Evans beigetragen zu haben. Der Verbleib von hunderten Leichen wurde aufgeklärt und Monster in Menschengestalt wurden entlarvt.

Aus dem Krankenhaus auf eigenen Wunsch hin frühzeitig entlassen, machte Morton es zu seiner persönlichen

Angelegenheit, jeden einzelnen Angehörigen zu informieren, was mit den Leichen ihrer geliebten Verstorbenen passiert war. Ihm war klar, dass es eigentlich völlig überflüssig war, war doch nicht nur das ganze Land, sondern vermutlich die ganze Welt über den Verbleib der Leichen informiert. Doch er fand, die Menschen müssten es auf einem offiziellen Weg erfahren. Ein Gesicht haben, in das sie sehen konnten, während man ihnen die unbestrittene Gewissheit überbrachte.

Dafür benötigte er über drei Wochen. Wochen voller Leid, Wut und Drohungen. Das Letztere weniger an ihn oder die Polis gerichtet, sondern vielmehr an die Totengräber und ihre Mutter, die Teigtaschenverkäuferin.

Bernd van Dijk stoppte den Wagen unmittelbar nach der Einfahrt in Kvist-Yel und zeigte auf das Haus rechts. Hier lebte Walter Virtanen, Vater von zwei kürzlich verstorbenen Söhnen. Ragan und Peetu.

Morton wischte sich seufzend mit der Hand über das Gesicht. Wie gern wäre er heute lieber im Bett geblieben.

FRISCHES HEMD

43 Lina und Reik saßen am Küchentisch und beobachteten durch das Fenster, wie ein fülliger Polis den völlig betrunkenen Walter aus dem Haus führte und auf den Baumstamm neben der Scheune setzte. Damit der alte Mann nicht kippte oder fiel, stellte er sich hinter seinen Rücken und stützte ihn. Chef-Polis Morton, der zuvor von demselben Polis in einen Rollstuhl gesetzt worden war, rollte näher an Walter heran.

»Weißt du noch, wie der Bestatter damals Walter aufsuchte und ihn über Peetus Vorhaben informierte?«

Lina nickte.

»Ich frage mich, was diese Monster getan hätten, wenn der Alte Peetus Hirngespinst zugestimmt hätte.«

Lina erschauerte. »Sie vermutlich umgebracht. Und dich gleich mit.«

»Und dann wären wir alle drei als Füllung in Teigtaschen geendet.« Reik riss erschrocken die Augen auf, nachdem er seine taktlose Aussage begriff. »Was Peetu sowies... bitte entschuldige«, beendete er den Satz und errötete.

Lina zeigte keine Reaktion. Sie starrte aus dem Fenster und fragte sich, ob Walter in seinem Zustand irgendein Wort von dem, was der Polis-Beamte ihm sagte, begriff.

»Willst du Tee, Schwester?«

»Nein. Also der mit dem Krückstock ist der Chef-Polis Morton?« Sie hatte die letzten Wochen viel über diesen Mann in den Zeitungen gelesen und wenn sie ihnen glauben sollte, dann war er sowas wie ein superintelligenter Polis mit übernatürlichen Kräften.

»Ja, das ist er ganz sicher«, sagte Reik und dachte an die letzte Begegnung mit ihm in Ingeborgs Hütte. »Ich mag ihn nicht.«

»Weißt du, woran ich die ganze Zeit denken muss?«

»Nein«, sagte Reik vorsichtig. Linas entschlossener Gesichtsausdruck verhieß nichts Gutes.

»An Greta Lund und ihren verrückten Polis-Ehemann.«

Reik berührte unwillkürlich seinen Hals.

»Vielleicht hat sie Schwierigkeiten mit ihrem Mann und Chef-Polis Morton kann ihr helfen. Und im Gegenzug hilft sie uns vielleicht, mehr über den verschwundenen Heiler herauszufinden.«

»Wozu, Lina, wozu sollen wir etwas herausfinden, das keine Bedeutung mehr für uns hat?« Er erhob sich, stellte sich vor das Fenster und wünschte sich die Polis-Beamten würden endlich wegfahren.

»Weil mein Gefühl mir sagt, dass er von Anfang an beabsichtigte, dass du und Peetu Ingeborg begegnen. Das bedeutet, er ist eventuell ein Komplize von diesen Monstern. Und ich finde, sowas sollte man schleunigst der Polis berichten.« Sie erhob sich ruckartig vom Stuhl und eilte zur Tür.

»Lina, warte!«, brüllte Reik aufgebracht. »Ich muss mir eben ein frisches Hemd anziehen.«

STADT-HOTEL

44 Bis zur Gerichtsverhandlung, die immer näher rückte, durften Finn Arvidsson und Monika Gutermann statt in die Jugenduntersuchungshaft mit ihren Eltern in Liten-Yel in einem Hotel namens Stadt-Hotel untertauchen.

Polis-Beamte vor dem Eingang verwehrten jedem Reporter, der unbedingt ein Interview mit den mittlerweile im ganzen Land bekannten Kindern ergattern wollte, den Zutritt.

Ihr Anwalt, die Gutermanns besorgten ihrer Meinung nach den besten, wobei sie darauf bestanden, die Kosten für Finns Prozess mit zu übernehmen, sah der Verhandlung zuversichtlich entgegen. Angesichts der Tatsache, auf wen die Kinder bei dem ganzen Ärger gestoßen waren. Die psychische Belastung während sie versuchten, Ingeborg zu überführen. Und der gewalttätige Mörder Ragan Blom, dessen Umgang mit Luritz Evans der ausschlaggebende Grund für seinen Tod war, rückte ein Jugendgefängnis für sie in weite Ferne.

Vielmehr, so sah der Anwalt das, waren sie Helden. Sie hatten trotz der Gefahr, derer sie sich bewusst waren, bis zuletzt hartnäckig versucht, die vermisste Fotografin zu befreien. Gut, natürlich war Ingeborg letztendlich keine wirkliche Hexe, aber die hatte es seiner Meinung nach noch nie gegeben. Und Ingeborg war ohnehin viel schlimmer als eine Hexe. Nein, wenn einer um seine Zukunft bangen musste, dann war das Ragan Blom.

Natürlich wollten Moni und Finn nicht ins Gefängnis, und zu gerne hätten sie die Sichtweise von ihrem Anwalt geteilt. Aber es gelang ihnen nicht, zumindest jetzt noch nicht. Geplagt von Albträumen nach dem traumatischen Erlebnis in Ingeborgs Hütte und Schuldgefühlen wegen Luritz' Tod, verspürten sie weder Erleichterung noch Zuversicht. Beide erschreckend abgemagert, wanderten sie wie Geister nachts durch die Flure des Hotels, um sich dem Schlaf und dessen Folgen zu entziehen.

»Papa hat mir vorgeschlagen, das Hotel heimlich durch die Küche zu verlassen, um ein wenig in der Stadt zu spazieren. Willst du mitkommen?« Moni sah Finn unsicher an. Seit dem Vorfall mit Luritz hatte sie aufgehört, ihre Haare zu zwei Zöpfen zu flechten. Stattdessen machte sie aus ihnen einen Dutt, um das Waschen und Kämmen zu vermeiden.

Sie hatten im Essraum gemeinsam Mittag gegessen und waren nun damit fertig. Wobei beide die Hühnersuppe kaum angerührt hatten.

Finn nickte zum ersten Tisch am Eingang des Hotelrestaurants. Dort saß seine Mutter mit Chef-Polis Morton und unterhielt sich leise. Dabei sahen beide Finn immer wieder flüchtig an.

»Irgendetwas verschweigen sie mir«, sagte er ernst. »Vermutlich werde ich doch im Gefängnis landen.«

Moni runzelte die Stirn. »Nein. Das glaube ich nicht. Sie reden über deinen Vater.«

»Was? Warum? Wie kommst du darauf?«

»Ich habe mitbekommen, wie Mama, Papa und deine Mutter über deinen Vater und Chef-Polis Morton geredet haben.« Sie sah Finn vielsagend an.

»Was war das Thema?«

»Das weiß ich nicht, als ich in das Zimmer kam, sagte deine Mutter sowas wie: *Chef-Polis Morton hat gesagt, dass Kjartan ...* und dann verstummte sie. Dein Vater heißt doch Kjartan.«

»Ja klar«, sagte Finn nachdenklich. »Meinst du, er macht sich an meine Mutter ran?«

Moni sah zum Tisch am Eingang.

»Ist schon das vierte Mal, dass er mit ihr alleine redet.«

»Würdest du dich nicht für deine Mutter freuen, wenn sie jemanden findet und nicht einsam bleiben muss?«

»Du meinst, falls ich ins Gefängnis wandere?«

»Nein, ich meine für den Rest ihres Lebens.«

Finn zuckte mit den Schultern und spürte, wie Eifersucht und Hass gegenüber diesem Morton in ihm aufstiegen. »Ich weiß nicht.«

»Allerdings sieht deine Mutter wenig begeistert aus.«

Finn sah seine Mutter an und erwischte sie dabei, wie sie verstohlen Tränen aus den Augen wischte. »Sobald er weg ist, wird sie mir alles beichten«, sagte er entschlossen.

Es dauerte nicht lange, da erhob der Chef-Polis sich von seinem Platz, winkte Moni und Finn zu und war weg.

Gleich darauf ging Selma auf ihr Zimmer. Finn folgte seiner Mutter und wartete, bis sie endlich aus der Toilette herauskam. Ihm schien, als hätte sie dort Ewigkeiten verbracht. Ihre Augen und Nase waren gerötet, was bedeutete, dass sie geweint hatte. Finn klopfte gegen den Gips, um ihre Aufmerksamkeit auf sich zu lenken. Doch den Blick aus dem Fenster nach draußen gerichtet, ignorierte sie ihn. Finn klopfte abermals gegen seinen steifen Verband, der schon bald abgenommen werden sollte.

»Finn, jetzt nicht. Geh mit Moni und ihrem Vater spazieren. Bitte.«

»Was erzählt dieser Chef-Polis Morton dir die ganze Zeit?«

Selma schluchzte. »Jetzt nicht, habe ich gesagt.«

»Jetzt sehr wohl«, sagte er trotzig.

»Geh spazieren«, entgegnete sie ungehalten.

»Warum redest du mit ihm über Vater? Macht er dir den Hof?«

Selma schüttelte energisch den Kopf. »Nein, natürlich nicht. Mach dir diesbezüglich keine Sorgen.«

»Warum redest du dann mit ihm über Vater?«

»Finn«, antwortete sie mit erstickter Stimme, »bitte geh spazieren.«

»Nein!«, brüllte Finn. »Sag es mir. Auf der Stelle!«

Selma drehte sich bitterlich weinend zu ihm um und glitt kraftlos auf den Boden.

»Mama!« Finn eilte besorgt zu ihr. »Was ist denn los?« Jetzt weinte er auch.

»Ich weiß nicht, ob ich es dir erzählen kann«, schluchzte Selma. »Ich weiß nicht, ob du alt genug bist, um das zu verkraften.«

»Ich werde bald vierzehn, Mama, sag es mir. Bitte.«

Selma wischte sich die Tränen weg und atmete mehrmals tief durch, um sich auf diese Weise zu beruhigen. Sie ergriff Finns gesunden Arm und ließ sich hochziehen. »Setz dich.« Sie deutete auf das Bett und setzte sich dann neben ihn. »Die Polis hat überall auf Ingeborgs Lichtung vergrabene Überreste von Menschen gefunden.«

Finn verzog qualvoll das Gesicht und glaubte zu erahnen, was das bedeutete.

»Sie sind ganz sicher, dass Bloms Vater und dein Vater dazugehören. Sie benutzen eine Methode, bei der sie die Zähne von ausgegrabenen Schädeln mit Röntgenbildern vo...« Ihr Satzende wurde vom Weinen erstickt. Sie fiel in seine Arme und umarmte ihn fest.

»Nein!«, sagte Finn wütend. »Nein! Papa lebt! Er hat uns wegen einer anderen Frau verlassen. Nein, nein, nein!« Er schubste seine Mutter weg und rannte zur Tür.

»Finn, warte!«, rief Selma ihrem Sohn hinterher. »Bitte!«

Doch Finn Arvidsson hörte seiner Mutter nicht zu. Er musste erstmal alleine sein.

ZUKUNFT

Tre-Hut

45 Einundzwanzig Tage lang wurde Caja Finkelstein von Ingeborg gefangen gehalten. Genug Zeit, um eine psychische Störung für den Rest des Lebens davonzutragen. Doch zum Glück schien es so, als wäre dieses Erlebnis fast spurlos an ihr vorübergegangen. Die ganze Zeit von Ingeborg betäubt gehalten, erinnerte sie sich an so gut wie gar nichts. Genaugenommen hörten ihre Erinnerungen auf, nachdem sie auf dem Parkplatz von Lehrpfad-Yel geparkt und Fluffy die Beifahrertür geöffnet hatte, und kamen erst wieder, nachdem sie im Krankenhaus, umgeben von Ärzten, ihrer Tante, ihrem Onkel und ihren Cousins, aufwachte. Sie vermutete zunächst einen Autounfall verursacht zu haben und glaubte zu träumen, als man ihr von Ingeborg berichtete.

Fluffys Tod traf sie sehr. Mit ihm war ihr letztes Familienmitglied gegangen. Ingeborg hatte den kleinen Malteser wie die Überreste ihrer menschlichen Opfer in der Nähe der Hütte vergraben. Die Polis behielt Fluffys Körper vorerst als Beweisstück für den bevorstehenden Strafprozess.

Aus dem Krankenhaus entlassen, suchte Caja den Kontakt mit Arvid Olsson, der sie mit seinem Auftrag sozusagen unbewusst direkt in Ingeborgs Fänge geschickt hatte. Und fand zu ihrer Überraschung heraus, dass in der Universität von Kapital-Maa noch nie ein Professor für Biologie namens Arvid Olsson gearbeitet hatte. Sie informierte die Polis darüber und zwei Tage später stand fest, dass es im ganzen Land keinen Professor unter diesem Namen gab. Daraufhin sollte sie mit einem Polis-Zeichner das Phantombild des Mannes erstellen und stellte fest, dass sie sich überhaupt nicht daran erinnern konnte, wie er aussah. Offensichtlich hatte Ingeborgs berühmter Tee bei ihr mehr Gedächtnislücken verursacht als erwartet.

Doch Chef-Polis Morton störte Cajas Erinnerungslücke nicht. Er notierte sich etwas in seinen Notizblock und garantierte ihr, alles daran zu setzten, diesen Mann so schnell wie möglich zu finden.

Was ihren Fotoapparat, ein Zenit 11, anging, so bekam Caja ihn zu ihrer großen Freude unbeschädigt zurück. Ingeborg versteckte ihn gemeinsam mit Cajas Kleidung und Tasche in dem Erdkeller. Vermutlich hatte sie noch keine Gelegenheit gehabt, die Gegenstände zu veräußern.

Ihre Kamera zurückerlangt, freute Caja sich auf ihre Zukunft als Fotografin. Sie nahm sich vor, wie der Mann, der ihr einst seinen Zenit 11 schenkte, irgendwann den Preis für das World Press Photo of the Year zu gewinnen. Denn egal wie düster einem das Leben gegenwärtig erscheint, Ziele sind ein guter Weg, um die Dunkelheit zu vertreiben. Nicht wahr?

DAS UNIVERSUM

46 Nikitin, das war nur einer von seinen zahlreichen Rufnamen, man könnte ihn genauso gut Arvid Olsson, Professor für Biologie, oder Jalo oder nach vielen weiteren Namen benennen, sah sich gezwungen, das Land für mehrere Jahrzehnte zu verlassen.

Zum ersten Mal in seinem langen Leben musste er seine mystischen Werkzeuge, deren Funktion er nur teilweise verstand und beherrschte, zurücklassen, da diese in anderen Ländern nicht funktionierten. Die sogar bereits ihre Wirksamkeit verloren, sobald er sich wenige Kilometer einer Grenze näherte. Es war ihm ein Rätsel, warum das so war. Ein Rätsel, das ihn für immer mit diesem Land verband.

Der Preis dafür, Ingeborg für ihr Vergehen, weniger an der Menschheit als an ihm selbst, zu bestrafen, war höher ausgefallen, als erwartet.

Gleich nachdem er im Sommer 1983 auf dem Basar von Stor-Yel eine Teigtasche von ihr gekauft und hineingebissen hatte, wusste er, was er da gerade im Mund hatte. Nicht, weil er schon mal Menschenfleisch gegessen hatte, sondern weil sein esoterischer Instinkt, den er über Jahrzehnte durch die Benutzung seiner geheimnisvollen Werkzeuge als einen positiven Nebeneffekt erlangte, ihm das verriet. Kaum hatte er das Fleisch ausgespuckt, fühlte er, wie sein Gespür stumpfsinniger wurde und in kürzester Zeit beinahe vollständig verschwand. Gleich, wie oft er seine Werkzeuge benutzte, es kam nur sukzessive wieder. Was eine verheerende Auswirkung mit sich brachte, da er mit einem Mal vieles falsch einschätzte, ja, gar überschätzte und, nehmen wir von allen Dingen nur die Wichtigsten, fast mit seinem Leben dafür bezahlte.

Dann, im Frühjahr 1985 auf einem Volksfest von Fortfarande-Vann, begegnete ihm die niederträchtige Teigtaschenverkäuferin unerwartet wieder und er wusste plötzlich sofort, wie er seinen esoterischen Instinkt wiedererlangen konnte. Dabei war es von Anfang an so offensichtlich. Das Universum erwarte von ihm, dass er die Teigtaschenverkäuferin für ihre Hinterhältigkeit, unwissenden Menschen Fleisch ihresgleichen zu essen zu geben, bestrafte.

Und je mehr er über die Frau erfuhr, umso fester glaubte er daran. Gleichzeitig hatte er große Angst vor ihr. Gebeutelt durch die falschen Entscheidungen in den letzten Jahren war er sich sicher, ein Zusammentreffen mit der alten Dame, um sie eigenhändig zu bestrafen, würde seinen eigenen Tod bedeuten.

Nein, für diesen Zweck hatte er seine Werkzeuge. Dank ihrer Vielfalt war es noch nicht einmal nötig, sich in ihrer Nähe aufzuhalten, um sie zu töten. Wobei gleichzeitig die Frage aufkam, ob das Universum Ingeborgs Tod als Bestrafung ansah, oder eher als eine billige Lösung.

Es hatte ganze vier Jahre gedauert, bis der Heiler endlich im Stande war, zuzuschlagen. War er anfangs davon ausgegangen, dass Ingeborg diese Grausamkeiten eigenständig beging, war er umso mehr entsetzt, als er feststellte, dass diese Frau eine Brut zur Welt gebracht hatte, die nicht minder grausam war. Ihm kam die Erkenntnis, dass Ingeborgs gesamte Linie aus der Welt ausradiert werden musste, um das Universum zufriedenzustellen.

Abermals kam die Frage auf, ob der Tod dieser Familie nicht weniger als eine halbherzige Lösung war. Daher entschied Nikitin sich, der Welt Ingeborg und ihre Söhne zu offenbaren. Sollten letztendlich Menschen dieses Landes über die angebrachte Strafe für diese Monster entscheiden.

In Ingeborgs früherem Zuhause in Halm-Stalk eingezogen, bekam er mit der Hilfe eines seiner mystischen Werkzeuge die Gelegenheit, mehr über sie als junge Frau zu erfahren.

Was ihn nicht weiterbrachte, denn offenbar war Ingeborg keineswegs nur böse. Die größte Herausforderung für Nikitin stellte nicht die Entlarvung von ihr selbst, sondern die von ihren Söhnen dar. Sie würde ihre Brut niemals verraten.

Doch auch dafür hatte der Heiler letztendlich eine Lösung gefunden. Wie er Aki und Fred Madsen enthüllen konnte, ohne dabei selbst auf irgendeine Weise aufzufallen. Allerdings erst, nachdem er ihre Mutter beseitigt hatte.

Mit Caja Finkelstein und ihrem Hund Fluffy hatte er gleich zwei wichtige Aspekte für die erstrangige Umsetzung. Erstens, durch den Bekanntheitsgrad der jungen Frau hatte er eine Person auserwählt, der die Zeitungen besonders viel Interesse schenken würden. Schließlich kam sie sozusagen aus ihrer Gilde, weshalb die Polis, dieses korrupte Pack, sich extra viel Mühe geben würde, sie zu finden. Zweitens, durch den kleinen Malteser Fluffy hatte er einen Hund, den er schon mal vor Jahren mit seinem mystischen Werkzeug, dem Animalis-Seher, gesteuert hatte. Hierfür war ein Haar von dem Hund notwendig. Und dieses hatte der Heiler noch vom letzten Aufeinandertreffen mit Familie Finkelstein behalten.

Erfreut darüber, dem Ganzen nach so vielen Jahren endlich ein Ende zu bereiten, geschah fünf Tage vor der Umsetzung seines Plans, Caja Finkelstein durch den Hund zu Ingeborg zu lotsen, etwas Verheerendes. Etwas, das noch Jahrzehnte in der Zukunft sein Leben beeinträchtigen würde.

Nikitin saß gerade auf dem Bett und las die Tageszeitung, als er plötzlich spürte, wie jemand beabsichtigte, ihn aufzusuchen und sich mit schneller Geschwindigkeit seinem Haus näherte. Er sah rasch in sein Büchlein, wo sämtliche Termine festgehalten wurden und stellte fest, dass keine Visite für den Rest des Nachmittags vereinbart war. Was wie üblich nur bedeuten konnte, dass ein neuer Patient kam, um seine Hilfe zu ersuchen.

Kaum hatte er sein Monokel um den Hals gehängt, hörte er ein Motorrad in der Ferne. Jetzt würde es höchstens drei Minuten dauern, bis der Besucher bei ihm war. Er musste nur noch das Haus finden, wobei ihm die Dörfler am Ortsanfang diesbezüglich sicherlich gerne helfen würden. Denn eins stand fest, jeder im Ort mochte den berühmten Heiler.

Er sah neugierig zu, wie ein Mann auf einem Moto Guzzi California II vor seinem Haus stoppte und ihm zuwinkte. Als er seinen Helm und die Brille abnahm, lächelte er vertraut. Was im Heiler Unbehagen auslöste.

Der Mann war mittlerer Statur, hatte eine Glatze und einen rötlichen Vollbart der zwei große Narben verdeckte. Auf seiner Glatze prangte eine Tätowierung, deren Muster wohl nur für einen Insider dieser Kultur zu entschlüsseln war.

Wäre Nikitin ein Mensch, der sich schnell von Vorurteilen lenken ließ, so würde er davon ausgehen, dass dieser Mann mit ziemlicher Sicherheit ein ehemaliger Strafgefangener war. Vermutlich ein gewalttätiger Geldeintreiber oder dergleichen. Was, wenn man die Sache aus finanzieller Sicht betrachtete, ganz gut war. Erfahrungsgemäß hatten diese Menschen die meisten Dollarscheine in der Tasche und waren gerne bereit, natürlich ohne es zu wissen, für seine Dienstleistungen weit über dem Durchschnitt zu bezahlen.

»Ich nehme an, Sie möchten zu mir?«, fragte er freundlich und hob die Hand zum Gruß.

»Das hoffe ich doch!« Der Motorradfahrer zeigte auf das Holzschild über der Tür. »Sind Sie dieser Heiler?«

Nikitin nickte lächelnd. »Kommen Sie rein und erzählen Sie mir, wie ich Ihnen helfen kann.«

Der Mann stellte sein Motorrad ab, hängte seinen Helm und die Brille um das Lenkrad und kam mit ausgestreckter Hand auf ihn zu. »August Petersen.«

Nikitin ergriff lächelnd seine Hand. »Die Menschen hier nennen mich einfach Heiler. Das dürfen Sie auch!«

Der Mann drückte seine Hand fest. »Schön, Sie endlich kennenzulernen, Herr Heiler.«

Einige Minuten später saßen sie sich am Tisch gegenüber. Und während Petersen sich in dem kleinen Häuschen neugierig umsah, kämpfte Nikitin gegen den Drang wegzulaufen. Sein Gefühl sagte ihm, dass dieser Mann kein hilfesuchender Narr war.

»Also, mein Lieber, wie kann ich Sie glücklich machen?«, fragte er mit fröhlicher Stimme.

»Ich denke«, Petersen beugte sich grinsend vor, »wir kommen gleich zur Sache.«

Nikitin nickte nervös.

»Wie ist ihr richtiger Name?«

»Nikitin!«, antwortete er und tat so, als wäre er verwirrt. »Wobei ich Ihnen versichere, dass der Erfolg der Behandlung keineswegs abhängig von meinem Namen ist.«

Petersen zuckte mit den Schultern. »Wie auch immer, Heiler Nikitin. Aber verrate mir bitte, wie nennen die Menschen dich sonst noch.«

Nikitin wischte sich nervös Schweißtropfen von der Stirn. »Tatsächlich nennen mich die meisten schlicht Heiler. Oder, allerdings die wenigsten, Nikitin.«

Der bärtige Mann lehnte sich zurück in seinen Stuhl und betrachtete eingehend sein Gesicht. »Das ist alles, keine weiteren Namen?«

Der Heiler breitete die Hände aus und schüttelte den Kopf. »Nein. Nicht dass ich wüsste.«

»Hmmm«, brummte Petersen nachdenklich, strich über seinen Bart und schlug ihm plötzlich mit der Faust ins Gesicht.

Nikitins Rücken prallte gegen die Stuhllehne, doch bevor er benommen vom Stuhl fiel, packte der Mann ihn am Kragen und zog ihn nach vorne.

»Sitzenbleiben. Ich will deine Hände auf dem Tisch sehen. Hab gehört, du bist ein gefährlicher Mann.«

Nikitin spuckte einen ausgeschlagenen Zahn zusammen mit Blut aus. »Sie verwechseln mich mit jemand anderem«, lallte er.

»Da bin ich mir nicht sicher, Knut Melender«, entgegnete Petersen und beobachtete konzentriert wie er auf den Namen reagierte.

Nikitin schüttelte den Kopf. »Ich bin nicht Knut Melender.«

»Nein?«, fragte der Mann amüsiert, öffnete seine schicke Jeansjacke, holte einen Zettel aus der Innentasche, faltete ihn auf und legte ihn vor ihn hin. »Du behauptest also, das auf dem Bild bist nicht du?«

Nikitin starrte entsetzt auf eine Bleistiftskizze mit seinem Gesicht.

Petersen lachte. »Jaaa, wie du siehst, gibt es Menschen, die sich noch sehr wohl an deine Visage erinnern, nachdem du Leid über sie gebracht hast. Nicht damit gerechnet, was, so wie du glotzt.«

»Wer?«, fragte der Heiler kaum hörbar.

»Das spielt keine Rolle. Aus Angst, du könntest meinen Klienten vor deinem Tod noch mit irgendwelchen Flüchen belegen, wollte er nicht, dass du seinen Namen erfährst. Hab gehört, du kannst so etwas. Verfluchen.«

»Vor meinem Tod?«, fragte Nikitin erschrocken.

Petersen nickte und hörte auf zu grinsen.

»Ich habe Geld. Was halten Sie davon, wenn ich ihnen alles, was ich habe, gebe und Sie mich dafür in Ruhe lassen?«

»Wie viel hast du denn?« Petersen beugte sich nach vorne und sah ihn prüfend an.

»Etwas über fünftausend amerikanische Dollar.«

»Das ist viel«, gestand der Mann mit dem tätowierten Schädel. »Hast du es hier?«

Nikitin nickte. »Aber Sie bekommen es nur, wenn Sie mir versprechen, mich am Leben zu lassen.«

Petersen überlegte kurz. Dabei strich er nachdenklich über seinen rötlichen Bart. »Einverstanden!«

»Ich habe es dort drüben unter der Holzdiele.« Nikitin zeigte auf eine Stelle auf dem Boden neben dem Bett.

»Dann bring es mir«, sagte Petersen und holte plötzlich eine Pistole aus dem Hosenbund hinter seinem Rücken hervor. Eine 9 mm Winchester Magnum, die geschickt von seiner Jeansjacke verdeckt war.

Nikitin rührte sich nicht. »Sie brauchen die Waffe nicht. Ich habe nicht die Absicht, sie zu verärgern.«

Petersen warf den Kopf in den Nacken und lachte. »Du bist wahrlich ein Wiesel. So wie man es mir erzählte.« Er nickte zum Bett. »Na los. Bringen wir es endlich hinter uns.«

Nikitin schüttelte weinend den Kopf. »Sobald Sie das Geld haben, werden Sie mich töten. Habe ich recht?«

Petersen hob seine Pistole vor sein Gesicht. »Ich kann dich auch erst töten und dann das Geld holen.«

»Wer mich tötet, wird selbst schon bald den Tod finden«, sagte der Heiler drohend.

»Ach was, das sagst du nur so. Damit kannst du mich nicht einschüchtern.« Er drückte ihm die Pistole an die Stirn. »Wenn du zehntausend Dollar hättest, dann würde ich mir überlegen, dich zu verschonen.«

»Ich könnte das Geld problemlos auftreiben.« Nikitin entzog seinen Kopf dem kalten Lauf der Pistole.

Petersen schüttelte den Kopf, den Lauf erneut an seine Stirn drückend. »Nein, ich hatte eher an sofort gedacht.«

»Ich verstehe das nicht. Ihre Mutter hatte mir gesagt, das würde anders verlaufen«, sagte der Heiler schluchzend.

»Was?«, fragte der bärtige Mann verwirrt und ließ die Pistole leicht sinken.

»Das!«, brüllte der Heiler, umfasste Petersens Hand mit der Waffe blitzschnell mit beiden Händen, drückte sie gegen die Tischkante und vergrub die Zähne darin. Dabei drehte er den Körper vom Lauf der Pistole weg.

»Du Hund!«, brüllte Petersen und schlug ihm mit der Faust ins Gesicht.

Von dem harten Schlag benommen, ließ Nikitin von ihm ab und fiel auf den Boden.

Petersen sprang vom Stuhl, umrundete den Tisch und starrte entsetzt in den Lauf einer winzigen Pistole, die ihn augenblicklich durch einen Kopfschuss tötete. Sein Körper fiel rückwärts nach hinten und landete krachend auf dem Boden.

»Du elender Hurensohn«, japste der Heiler weinend vor Glück, da es ihm gelungen war, dem versuchten Anschlag auf sein Leben zu entgehen.

Er zog sich am Tisch auf den Stuhl, küsste seine Baby-Browning und legte sie behutsam ab.

Dann nahm er die Skizze in die Hand und zerriss sie nach kurzem Betrachten wütend in Kleinteile. Das erste Mal in seinem langen Leben, war es jemandem gelungen, sein Abbild korrekt wiederzugeben. Doch wie war so etwas möglich? Wo er stets darauf bedacht war, Menschen, die mit ihm in Kontakt traten, mit Hilfe seiner *speziellen* Schokolade, dazu zu bringen, sein Aussehen zu vergessen.

Zu erfahren, wer dem bärtigen Mann mit tätowierter Glatze den Auftrag gegeben hatte, ihn zu finden und zu töten war für den Verlauf seines Lebens von großer Bedeutung. Petersens Tod, bevor er wichtige Informationen über sich und seinen Mandanten verraten konnte, war eine Tragödie, doch mit einer Pistole bewaffnet, ließ er ihm keine andere Wahl, als die akute Gefahr sofort zu neutralisieren.

Der Heiler schlug mit der Handfläche wild gegen die Papierfetzen seiner Zeichnung auf dem Tisch. Nicht zu wissen, ob die Gefahr mit Petersens Tod beseitigt war, bedeutete, weiterhin in Gefahr zu sein. Es könnte jederzeit ein weiterer Attentäter auftauchen. Noch schlimmer, schon morgen könnte sein Gesicht auf der Titelseite der Zeitung abgebildet sein, mit der Überschrift: *Dieser Heiler kannte möglicherweise das Baby aus dem Sumpfbrunnen. Wer kennt diesen Mann?*

Das naheliegendste in solchen Situationen war, dieses Land auf unbestimmte Zeit zu verlassen. Doch solange das Problem mit Ingeborg nicht aus der Welt geschafft war, würde das Pech nach wie vor künftig wie Hundescheiße an seinem Schuh kleben und ihn beeinträchtigen. Dessen war er sich sicher.

Daher kam eine Flucht vorübergehend nicht in Frage. Seine Pistole hatte ihm nicht das erste Mal das Leben gerettet. Außerdem hatte er noch einige andere Tricks parat. Er würde in der nächsten Zeit viel vorsichtiger sein müssen. Und sobald Ingeborg und ihre Söhne überführt worden waren, sofort das Land verlassen.

Vorausgesetzt er fand bis dahin nicht heraus, wer sich seine Visage gemerkt hatte.

Der Heiler erhob sich zitternd von seinem Stuhl und betrachtete die Leiche vor seinen Füßen. Hätte jemand den Schuss seiner Baby-Browning gehört, würde es garantiert Unruhe im Dorf geben. Er spähte aus dem kleinen Fenster. Alles gut.

Jetzt war es wichtig, dass Petersen, für Nachbarn sichtbar, sein Haus und Halm-Stalk verließ. Am besten auf die gleiche Weise, wie er gekommen war. Auf seinem lauten Motorrad.

Das hinzukriegen war dank eines seiner mystischen Werkzeuge machbar, der Preis dafür war allerdings viel zu hoch. Ganze zwei Jahre seines Lebens würde er verlieren, um einen Toten dazu zu bringen, auf ein Motorrad zu steigen und sich mindestens drei Stunden Fahrt von hier zu entfernen.

Er wischte seufzend über seine Lippen. In seinem Mund schmeckte er Blut. Es war der rechte Schneidezahn, den dieser glatzköpfige Bastard ihm ausgeschlagen hatte. Ein weiterer Preis, den er bezahlen musste, seit er Ingeborg begegnet war.

Der Heiler schlenderte schwerfällig zum Schrank und holte das Mortem-Move hervor, ein Werkzeug, mit dem man in der Lage war, Tote zu bewegen.

Ein Kopfring aus Mahagoniholz. Oben ragte ein Stahlstift mit Gewinde heraus, in dem eine kleine Glaskugel eingedreht war. Rechts und links am Ring gab es jeweils acht winzige Nadeln. Diese steckten in Hülsen, waren beweglich und dazu gedacht, in die Schläfen des Trägers reingedrückt zu werden. Das Gewinde der Glaskugel und die sechzehn Nadeln waren mit einem roten, dünnen Garn verbunden. Es war, vergleichsweise zu anderen Werkzeugen, eine recht schmerzhafte Prozedur, diesen Ring einzusetzen.

Nikitin drehte die Glaskugel heraus, beugte sich über den toten Mann und stach mit einer Nadel in dessen Fingerkuppe. Dann drückte er die Öffnung der Kugel, dort, wo gleichzeitig das Gewinde war, an das Einstichloch und wartete, bis sie sich etwa ein Viertel mit Blut füllte. Als er fertig war, setzte sich der Heiler an den Tisch, drehte die Kugel zurück auf den Stahlstift, seufzte tief, zog den Mahagoniring auf den Kopf und presste sich vor Schmerz stöhnend die Nadeln in die Schläfen.

Zuerst zuckten Petersens, Zeige- und Mittelfinger. Dann, mühsam, schlossen sich seine Hände zu Fäusten. Sein leerer Blick wurde lebendig. Er blinzelte. Setzte sich keuchend auf, kam mühsam auf die Beine, ging schwankend zur Tür, blieb stehen, kam zurück, bückte sich und hob seine 9 mm Winchester Magnum auf. Nach drei Versuchen traf er endlich den Hosenbund hinter seinem Rücken und steckte die Waffe hinein. Dann öffnete er die Tür und ging, ohne diese wieder zu schließen, zu seinem Motorrad.

Er sah sich auf der Straße um, dann betrachtete er genauer sein Moto Guzzi California II. An der Seite hing eine Tasche aus Leder. Petersen wühlte darin und holte lediglich seine Geldbörse hervor. Dann nahm er seinen Helm und die Brille vom Lenkrad und schlenderte zu Nikitins Toilettenhäuschen. Die Pistole, die Brille und den Helm warf er ins Loch. Wenn er einen tödlichen Unfall unterwegs haben sollte, dann musste dieser am besten mit zermatschtem Schädel enden. Die Geldbörse ließ

Petersen neben einem zugeschnittenen Stapel Zeitungspapier, oder anders genannt Klopapier, liegen.

Dann schlenderte er schwankend zurück zum Motorrad und wenn ein Außenstehender Petersen dabei beobachtet hätte, wie unnatürlich er sich auf sein Moto Guzzi setzte und umständlich den Motor zum Laufen brachte, würde dieser denken, er sei von einem Schlaganfall getroffen. Doch sobald er losgefahren war, änderte sich seine unsichere Körperhaltung zu einem selbstbewussten, aufmerksamen Fahrer.

Kaum hatte er Nikitins Straße hinter sich gebracht, ließ der kahlköpfige Mann seine Maschine mehrmals laut aufheulen, beschleunigte die Geschwindigkeit und fuhr, begleitet von missmutigen Blicken der Bewohner, aus Halm-Stalk nach Süden in Richtung Stor-Yel.

Es schien, als könnte Nikitins Plan, den Mann weit von seinem Dorf wegzubringen, aufgehen. Petersens Gleichgewicht auf dem Motorrad zu halten war einfacher, als erwartet, und die breite, überwiegend gerade Fernstraße ermöglichte es, langsamere Fahrzeuge zu überholen. Doch dann flog ein Insekt in Petersens Auge und Nikitins Sicht trübte sich unerwartet.

Eine Zeit lang lenkte der Heiler Petersen weiter, wobei es ihm immer mehr vorkam, als wäre das Insekt nicht in das Auge des Toten, sondern in sein Eigenes geflogen. Eine plötzliche Unruhe packte Nikitin und er glaubte, jeden Moment verrückt zu werden, wenn er dieses verdammte Insekt nicht aus dem Auge des Toten entfernte. Das Motorrad leicht abgebremst, löste Petersen eine Hand vom Lenkrad und führte es zum Auge, um daran zu reiben.

Dies geschah in dem Moment, als er das Ortsschild von einem Dorf namens Kvist-Yel passierte. Auf der Gegenfahrbahn kam ihm gerade ein Lastkraftwagen entgegen. Und dann traf das ein, was erst viele Kilometer weiter hätte passieren sollen. Beschäftigt mit dem Insekt im Auge, lenkte Nikitin unwillkürlich das Motorrad auf die andere Straßenseite und prallte in den Lastwagen.

Petersens Körper flog einige Meter durch die Luft und landete auf einer Wiese neben dem Graben.

Der Heiler brüllte verärgert auf. Und auch Petersen brüllte zeitgleich auf.

Nikitin griff nach dem Mortem-Move und wollte es gerade von seinem Kopf reißen, als sein esoterischer Instinkt plötzlich so stark wie seit Jahren nicht mehr sagte, dass es noch nicht vorbei war.

Petersen drückte die Hände gegen die Erde und kam stöhnend auf die Beine. Seine Knochen knackten am ganzen Körper. Über seinem linken Auge rann Blut. Er sah an sich hinab und stellte fest, dass sein linkes Bein seltsam verdreht war. Den Blick wieder geradeaus gerichtet, sah er überrascht zwei Männer auf sich zulaufen. Petersen bewegte sich ihnen entgegen, und als sie ihn fast erreicht hatten, blieb er stehen, hob die Hände und sagte *Papa*. Die Männer starrten ihn erschrocken an.

Nikitin streifte den Mortem-Move ab und Petersens Körper fiel zu Boden.

Hocherfreut über seinen zurückkehrenden esoterischen Instinkt, wenn auch nur für einen kurzen Augenblick in einer Stärke wie vor der Begegnung mit Ingeborg, akzeptierte der Heiler Petersens Besuch und die neue Gefahr, die sich dahinter verbarg.

Zuversichtlich in die Zukunft blickend, freute er sich schon darauf, in wenigen Tagen Caja Finkelstein mit ihrem Hund zu Ingeborg zu lotsen. Und es hatte tatsächlich reibungslos funktioniert.

Doch dann kam der nächste unerwartete Rückschlag. Und der Heiler fragte sich, während er den Tisch außer sich vor Wut umwarf und hemmungslos dagegen trat, warum das Universum ihm Stolpersteine in den Weg warf, obwohl er alles daransetzte, Ingeborgs Taten zu offenbaren. Dieses Mal war es die Polis mit ihren unfähigen Jagdhunden und die freiwilligen Helfer im Wald, die versagten. Sie alle waren nicht einmal in die Nähe von Ingeborgs Lichtung gekommen, um überhaupt auf die Idee zu kommen, die junge Frau könnte in die Fänge der Alten geraten sein. Hinzu kam noch, dass Ingeborg die Wegweiser, die er an den Bäumen angebracht hatte, wie sie es selbst einst vor vielen Jahren getan hatte, gefunden und abgerissen hatte.

Von der Wut erholt, beschloss Nikitin mit Hilfe seines Animalis-Sehers und einem eigens dafür eingefangenen Specht herauszufinden, ob Caja Finkelstein überhaupt noch lebte.

Hier traf er das erste Mal auf einen Jungen aus Gran-Kotten, der sich, wie sich später herausstellte, zusammen mit zwei weiteren Kindern in den Kopf gesetzt hatte, Ingeborg sei eine Hexe. Ohne zu wissen, was genau der Junge auf Ingeborgs Lichtung beabsichtigte, nutzte der Heiler den Umstand, um die noch lebende Caja Finkelstein zu befreien.

Doch der Versuch scheiterte. Sie war viel zu benommen, um den Vorteil der durchgetrennten Seile zu nutzen und der Junge viel zu feige, um nachzusehen, was im Häuscheninneren los war.

Von Verzweiflung gepackt, war Nikitin kurz davor, den endgültigen Beschluss zu fassen, das Land für mindestens dreißig Jahre zu verlassen. Die Geldbörse des toten Petersen enthielt überhaupt keine Papiere, die ihm einen Anhaltspunkt gaben, woher der Mann kam und wer sein Auftraggeber sein mochte. Der Krieg schien an allen Fronten verloren zu sein.

Doch da tauchten plötzlich Peetu Virtanen und Reik Berge vor seiner Haustür auf. Und ihm wurde klar, warum sein esoterischer Instinkt ihn damals dazu brachte, mit Petersen aufzustehen und das Wort *Papa* zu einem alten Mann, der auf ihn zugelaufen kam, zu sagen. Und nein, selbstverständlich war Petersen nicht der Bruder von Virtanen, wo dieser verschollen war, interessierte den Heiler am wenigsten. Aber mit Peetu Virtanen hatte Nikitin einen Mann vor sich, mit dem er, wie man so schön sagte, zwei Fliegen mit einer Klappe schlagen konnte.

Die Befreiung von Caja Finkelstein und die Kontaktaufnahme mit Greta Lund, diesem widerspenstigen Miststück, das sich seit vielen Jahren weigerte, ihre Schuld nach empfangener Dienstleistung zu begleichen.

Das einzig Schlechte an der Sache war, dass Peetu Virtanen stark an seiner Heilkunst zweifelte. Weshalb Nikitin diesem Mann mehr Wahrheit über sich erzählte, als er es einem anderen Menschen gegenüber jemals getan hatte. Und da ihm ohnehin nichts anderes übrigblieb als das Land für mehrere Jahre zu verlassen, erschien diese Entscheidung keinerlei Gefahr mit sich zu bringen. In dreißig Jahren würde kein Mensch mehr an ihn denken. Da war er sich sicher.

Doch Peetu Virtanens Besuch bei Greta Lund endete mit einem Desaster, genauso wie der Versuch, diesen Mann zu Caja Finkelstein zu führen. Nikitin zertrümmerte weinend, zutiefst vom Universum enttäuscht seine Möbel, packte seine Habseligkeiten und verschwand im Schutz der Dunkelheit aus Halm-Stalk. Womit er nicht rechnete, war die Eigendynamik, die sich dank Finn Arvidsson, Monika Gutermann und Reik Berge entwickelte. Auch die Polis schien ihre Arbeit endlich richtig zu machen. Es stellte sich heraus, dass Peetu Virtanens Scheitern bei Greta Lund und die vielen Toten, die aus diesem Zusammentreffen resultierten, letztendlich dazu führten, die Machenschaften von Ingeborg, Aki und Fred Madsen endgültig zu beenden.

In einem Versteck, nur fünfzehn Kilometer von der sowjetischen Grenze entfernt, hatte der Heiler sogar die Ehre, sich mit seinem Specht an der Befreiung von Caja Finkelstein zu beteiligen.

Kaum war der Vogel von Ingeborgs Schuss getroffen, vergrub Nikitin zufrieden mit sich selbst und dem Universum seine mystischen Werkzeuge im blauen Wald unter einer riesigen Fichte. In spätestens drei Jahrzehnten würde er aus der UdSSR, dem größten Land der Erde, zurückkehren.

Doch jetzt erstmal, nach dreihundertzweiundachtzig Jahren Selbstaufopferung und Kampf ums Überleben, hatte der Heiler, wenn auch ungewollt, genügend Zeit, um sich zu erholen und neue Kräfte zu sammeln.

EPILOG

Die Zwillinge Fred und Aki Madsen starben im Abstand von fünf Minuten und nur nach drei Monaten Aufenthalt in dem strengsten Sicherheitstrakt des Landes. Beide wurden pauschal zu zweihundertvier Jahren Haftstrafe verurteilt. Da die Todesstrafe seit 1950 abgeschafft war, hatte man diese bei den Brüdern auf einem inoffiziellen Weg vollzogen. Mitten im Hof, während des einstündigen Ausgangs und somit der einzigen Abwechslung am Tag für die Gefangenen aus der Einzelhaft, traf ein perfekt gezielter Ziegelstein Fred mit der Spitze genau an der Schläfe. Im selben Moment erwischte Aki ein weniger gut platzierter Backstein am Hinterkopf. Fred war augenblicklich tot. Aki hingegen stürzte zu Boden und bekam noch mit, wie ein Tumult auf der Suche nach den Werfern entstand. Nach fünf Minuten hilflosen Zuckens und Schreiens, niemand schien ihn zu beachten, erschlaffte sein Körper und er starb mit dem Kopf in der eigenen Blutlache.

Ingeborg überlebte ihre Söhne um neun Monate. Man hatte nicht vor, der zu vierhundert Jahren verurteilten Mörderin die Nachricht über den Tod ihrer Söhne vorzuenthalten. Eingesperrt in eine dunkle Zelle, nackt, ohne Ausgang oder sonstigen Kontakt zur Außenwelt, zerfraß der Verlust sie solange, bis sie letztendlich an einer unbehandelten Lungenentzündung starb.

Übersetzung der Städtenamen

Gran-Kotten
Gran = Korn (Schwedisch)
Kotten = Schuppen (Finnisch)

Kvist-Yel
Kvist = Zweig (Schwedisch)
Yel = Fichte (Russisch)

Halm-Stalk
Halm = Stroh (Schwedisch)
Stalk = Halm (Englisch)

Sol-Vindur
Sol= Sonne (Schwedisch)
Vindur = Wind (Isländisch)

Green-Paju
Green - Grün (Englisch)
Paju - Weide (Finnisch)

Lehrpfad-Yel
Yel = Fichte (Russisch)

Gran-Igla
Gran = Fichte (Schwedisch)
Igla = Nadel (Russisch)

Stor-Yel
Stor = groß (Schwedisch)
Yel = Fichte (Russisch)

Liten-Yel
Liten = klein (Schwedisch)
Yel = Fichte (Russisch)

Tre-Hut
Tre = Holz (Norwegisch)
Hut = Hütte (Schwedisch)

Folgt Viktor Dück auf Amazon, um seine Veröffentlichungen nicht zu verpassen. Abonniert den Newsletter des Autors, um an besonderen Aktionen für seine Leser teilzunehmen.

Website:
www.viktor-dueck.de

Facebook:
Viktor Dueck

Instagram:
viktor_dueck_autor

Amazon-Autorenseite:
Viktor Dueck

Weitere Bände des Autors finden Sie
auf den folgenden Seiten.

DÜSTERE VERKETTUNG
BLINDE HINTERLIST

Würdest du gegen all deine moralischen Werte verstoßen, um deine Familie zu retten?
1985: Blár Finkelstein, ein kriegsversehrter Veteran, steht vor einer verzweifelten Entscheidung. Zusammen mit seiner Enkelin lebt er am Rande der Gesellschaft – vergessen, arm, ohne Hoffnung. Doch plötzlich taucht ein Ausweg auf: Die Auslieferung eines mysteriösen Päckchens. Was sich zunächst als harmloser Auftrag anhört, entpuppt sich als eine Hinterlist. Der unbekannte Retter hat seine Augen überall und wittert jeden Verstoß gegen seine Regeln. Als Blár bei seinem Auftrag einen schwerwiegenden Fehler begeht, ist es ihm unmöglich, der Strafe zu entkommen.
In einem Rennen gegen die Zeit, bei dem jeder Tag zählt, muss Blár sich entscheiden: Wie weit ist er bereit zu gehen, um diejenigen zu schützen, die er liebt.

DÜSTERE VERKETTUNG
BLINDE GRAUSAMKEIT

Stell dir vor, du siehst Kinder, die wie Kopien deiner eigenen aussehen. Was würdest du tun?
1969: Die charismatische Frida Heinrich erlebt einen schockierenden Moment, als sie auf der Straße zwei Kinder entdeckt, die ihren eigenen verblüffend ähneln. Getrieben von der brennenden Frage nach deren Herkunft, gerät sie in den Bann eines Heilers, dem übernatürliche Kräfte nachgesagt werden. Doch die Faszination schlägt schnell in Schrecken um, als der Heiler seine dunkle Seite offenbart. Ein Netz aus Manipulation und Angst umschließt Frida und ihre Familie, während der Heiler seine Macht mit blinder Grausamkeit ausübt. Fridas Suche nach Wahrheit verwandelt sich in einen Kampf ums Überleben – nicht nur gegen eine übermenschliche Bedrohung, sondern auch gegen die dunkelsten Winkeln der menschlichen Seele.
Wird Frida die wahre Herkunft der Kinder herausfinden oder tragisch scheitern? ...